KB190079

영광의 헤일로
2

영광의 해일로 2

초판 1쇄 인쇄 2025년 3월 10일
초판 1쇄 발행 2025년 3월 31일

지은이 하제
펴낸이 이진영 배민수
기획 · 편집 밀리&셸리
디자인 스튜디오 허브
마케팅 태리
펴낸곳 (주)테라코타 **출판등록** 2023년 1월 13일 제2024-000080호
주소 서울시 용산구 원효로 128 e-테크벨리오피스텔 907호
메일 terracotta_book@naver.com
인스타그램 @terracotta_book

ⓒ 하제, 2025
ISBN 979-11-93540-20-6 04810
       979-11-93540-18-3 (전6권 세트)

영광의 해일로 2

하제
현대 판타지 소설

테라코타

차
례

1. 변주곡 — 7

2. P-R의 러브콜 — 46

3. 위로의 노래 — 78

4. 또 다른 하루 — 121

5. 음악에 남은 발자국 — 167

6. 랑데부 — 199

7. 가수, 노해일 — 240

8. 노장과 어린 가수 — 270

9. 베이시스트 — 301

10. 노해일 밴드 — 337

11. 더 미드데이 쇼 — 376

12. 파도타기 — 411

1. 변주곡

혜일로는 창문을 멍하니 바라보았다. 창문 너머의 건물 전경과 함께 노해일의 모습이 비쳤다. 그는 골똘히 생각에 잠겼다. 3집에 앞서 'I am HALO' 녹음을 마쳤고 베일(VEIL)에 음원을 보냈다. 모든 게 만족스러운데 무언가가 신경 쓰이는 게 있었다. 그게 무엇인지 알 수 없어 답답한 기분이 들었다.

"무슨 생각하니?"

"예? 아….'"

혜일로는 어머니의 목소리에 고개를 돌렸다. 부동산 아저씨와 이야기하고 있던 그녀가 어느새 그의 옆에 와 있었다.

"어때?"

박승아는 나쁘지 않다고 생각하며 4층 내부를 한번 쭉 둘러보았다. 건물 연식은 좀 되었지만 리모델링을 해 깔끔해 보였다.

"별로니?"

"음."

헤일로는 그제서야 건물을 둘러보았다. 방을 쓱 돌아보며 벽을 두드려보니 "텅텅" 하고 얇은 벽이 울린다. 방음 처리를 하겠지만 그래도 좀 아쉽다.

"조금만 더 둘러보고 올게요."

"네, 언제든 오십쇼!"

어머니는 헤일로의 표정을 보고 마음에 들어하지 않는다는 걸 단번에 눈치챘다. 공인중개사에게 옅게 웃어 보이곤 건물에서 나왔다. 헤일로는 슬슬 작업실을 구해야 할 시점이라 인터넷으로 매물만 살펴보다 오늘 직접 나왔다. 벌써 세 번째 건물인데 생각보다 마음에 드는 곳이 없었다.

"뭐라도 먹고 들어갈까?"

원래 다음 건물로 곧장 가려던 박승아가 돌연 식사 이야기를 꺼냈다. 아들의 표정을 보고 딴생각하고 있다는 걸 알아챘기 때문이다. 헤일로는 고개를 끄덕이고 어머니를 따라 움직였다. 식당에 자리를 잡은 어머니는 다 안다는 얼굴로 헤일로를 바라봤다.

"진수가 걱정돼서 그렇지?"

"네?"

헤일로는 뜬금없는 말에 눈을 껌뻑거렸다.

"사람들이 이야기를 많이 하잖니. 착하고 정말 성실한 애인데."

박승아도 소식을 들어 알고 있다. 장진수가 오디션에 떨어졌고 아직 욕을 먹고 있다. 황제일 프로듀서의 총애를 받고 와일드카드를 받아버린지라, 그 대신 떨어진 다른 참가자의 팬, 그리고 그냥 물어뜯는 게 즐거운 사람들이 장진수를 헐뜯었다.

"우리가 도와줄 수 있는 게 없을까?"

박승아는 장진수에게 정이 많이 들었다. 밥을 한두 번 먹은 게 아니니 그럴 만하다. 그녀는 붙임성이 좋은 장진수를 꽤 예뻐했다.

'지금 이 상황에 도와줄 거라.'

"글쎄요."

이미 일어날 일은 다 일어났고 경합에서 떨어졌다. 아직 여론이 사납긴 해도 얼마 후면 관심이 사라질 것이다. 그때까지 도와줄 수 있는 건…. 헤일로가 생각하기엔 없었다.

"스스로 견뎌야 할 문제예요."

헤일로는 어쩔 수 없다는 표현을 쓰지 않았다. 인기와 관심의 이면에는 항상 부정적인 관심도 존재했다. 이 경우 그 부정적인 관심이 커진 상태고 주변에서 해줄 수 있는 건 없었다. 헤일로 또한 그랬다. 그에게 세상이 집중한 만큼 필연적으로 논란과 루머가 뒤따랐다. 물론 그는 실력보단 다른 이유였지만 크게 다르지 않을 것이다. 그가 'I am HALO'로 극복했듯 장진수도 스스로 극복해야 했다.

"뭐, 위로는 해줄 수 있겠죠."

"그렇겠지?"

어머니의 얼굴이 조금 밝아졌다.

* * *

유례없이 '그'의 새 음원이 스포티파이를 포함해 글로벌 스트리밍 플랫폼과 너튜브에 업로드되었다. 이건 아무도 예상하지 못한 시점이었다. 게다가 이제까지 '그'가 정규나 EP(미니앨범)를 내놓았다면, 이번에 올라온 건 싱글 음원이었다. 심지어 이번엔 그럴듯한 장소의 이미지를 담았던 표지도 없이 기본 이미지만 덩그러니 올라와 있다.

특별한 마케팅도 없이 업로드된 음원은 사실 수많은 음원 속에 파묻히기 충분했다. 그러나 '그'를 알고 있는 사람들은 일하던 중 화장실로 나와 음원을 몰래 들었고, 새벽 3시 해가 떴다며 기상했다. 그리고 '조작 논란'의 시작점인 블로거는 이불 속에서 그가 던진 질문 'Who is HALO?'에 답변이 도착했다는 걸 발견했다. 바로 내가 헤일로라는 대답이 세상에 울리기 시작한 것이다.

헤일로는 음원 성적을 이미 알고 있기에 현재의 추이에 큰 영향을 미치지 않을 거로 생각했다. 다른 세상이더라도 사람은 크게 변하지 않으니까. 그들이 다시 헤일로의 음악을 사랑하게 된 만큼 이번에 올라간 곡엔 호불호가 갈릴 것으로 예상했다. 하지만 헤일로는 몰랐다. 지금은 그때와 다르다는 것을. 사람들의 반응, 조작 논란, 신인, 얼굴 없는 가수… 수많은 변화 속에서도 가장 달라진 건 노래를 부른 헤일로 자신이었다.

음원의 의도가 루머에 대한 대항임은 다르지 않지만, 이번에 그는 루머 속의 자신보다는 현재의 자신에게 더 집중했다. 가사의 수위를 낮췄지만 분명 같은 선율을 사용했고 큰 틀은 비슷했다. 그런데 너희들은 결국 날 좋아하게 될 거라는 말이 굉장히 다른 느낌을 만들었다. 적어도 개척의 역사를 가진, 개인의 자유와 의지를 중시하는 어느 나라의 마음을 강타하기에 충분했다.

***

헤일로는 홍대에 갔다. 자신에게 MIDI(미디)를 알려준 형들에게 감사 인사 겸 여행 선물을 주려는 게 첫 번째 목적이었고, 두 번째는 이 세상으로 온 이래로 어떤 문제에 직면했을 때 해결책을 주었던 곳이 홍대였기에 본능적으로 오게 되었다. 다만 그는 장진수를 만나는 건 예상치 못했다. 웬만한 사람은 비판과 비난에 익숙하지 않기 때문에 장진수가 그냥 집에 박혀 있을 거라고 여겼다. 혹여 만나더라도 그가 장진수에게 해줄 수 있는 건 아무것도 없었다.

헤일로는 이젠 집만큼 익숙해진 계단을 성큼성큼 내려갔다.

"안녕하세요."

"잠깐 설마 해일이?"

"아니, 진짜 해일이야? 와, 해일이 많이 컸다!"

"여행 갔다며, 잘 다녀왔니?"

반기는 형들 사이에 장진수가 있었다.

"하긴 클 때 됐지."

"얼마나 큰 거야? 73 정도 될 거 같은데. 와, 역시 애들은 눈 깜짝할 새 크는구나. 초등학생 같던 게 그래도 고등학생처럼 보이네. 이건 진수가 졌다."

형들은 이제 키로 못 놀리겠다며 중얼거리곤, 그가 가져온 쇼핑백을 흘깃 쳐다봤다. 딱 봐도 술병을 넣은 것 같은 긴 쇼핑백이었다.

"그건 우리 거야?"

헤일로가 위스키가 든 쇼핑백을 내려놓자, 그들은 감동한 얼굴로 다가와 쇼핑백을 열었다. 그러곤 꽤 값나가는 술을 보며 행복한 비명을 질렀다.

그들과 달리 장진수는 헤일로에게 담담하게 인사했다.

"잘 다녀왔나?"

"어."

헤일로는 장진수의 의외의 모습에 조금 놀랐다. 욕을 먹고 의기 소침할 줄 알았는데 생각보다 멀쩡했다. 아니, 의연해 보이기까지 했다.

"신경 쓰지 마. 내가 못 해서 떨어진 건데."

헤일로가 의아해한다는 걸 알았는지 그가 담담하게 말했다. 정 말 예상치 못한 반응이었다. 그래서 헤일로도 할 생각이 없었던 말 을 해버렸다.

"많이 늘었던데."

거짓말은 아니었다. 헤일로는 우연히 알고리즘에 뜬 장진수의 마지막 무대를 보고 그가 얼마나 실력이 늘었는지 알게 됐다. 발음 도 고쳤고, 무엇보다 안 좋은 버릇이라 생각했던 것들도 더 보이지 않았다. '쇼 바이 쇼' 원곡을 가져왔던 그 중학생은 전혀 생각나지 않을 정도였다. 그가 유럽에서 즐기고 있는 사이에 장진수도 자기 시간을 낭비하지 않았다.

그의 말이 의외였던 듯 장진수가 잠깐 움찔했다.

"…고맙다."

"사실인데."

헤일로는 어깨를 으쓱했다. '미안해'로 끝난 대화보단 '고맙다' 로 마무리한 대화가 듣기 좋았다.

작업실 무리들은 술병을 치켜들고 마셔도 되냐고 묻더니 대답 도 듣기 전에 오픈했다. "짠" 하며 어디서 나온지 모를 잔이 부딪쳤 다. 헤일로는 철없는 그들을 보다가 자리에서 일어났다. 돌아갈 시 간이었다. 그때, 뒤에서 장진수의 목소리가 들렸다.

"야. 나 공부하려고."

'공부?'

뜬금없는 단어에 헤일로가 멈춰 서자 장진수가 말을 이었다.

"처음엔… 그냥 힘들어서 다 때려치울까 했는데. 누가, 앞서서 달려나가는 걸 보니까, 도저히 포기할 수가 없더라고. 처음부터 다시 공부할 생각이야. 내가 할 수 있을진 모르겠지만, 아니 해야지. 그래서 언젠가 너도 이기고 싶어."

그렇게 말했지만 실제로 이기고 싶은 얼굴은 아니었다. 헤일로가 피식 웃자 장진수가 눈치를 보았다. 헤일로는 늘 그렇듯 무심하게 '하고 싶으면 하는 거지 별걸 눈치 보네'라고 생각할 뿐이었다. 그리고 그가 자신을 이길 수 있을 거라고 생각하진 않지만 순순히 대답했다.

"해."

별거 아닌 말이었는데 장진수의 얼굴이 확신을 받은 것처럼 밝아졌다.

"난 이번엔 진짜 열심히 할 거야."

"언젠 열심히 안 했냐?"

굳이 연습하는 걸 보지 않아도, 실력이 늘었다는 건 열심히 살았다는 증거다.

"응."

헤일로는 장진수가 열심히 했다고 생각했기에 그의 대답이 의외로웠다.

"난 열심히 안 했어."

장진수가 말을 더듬거리며 이었다.

"나도 누구처럼 여유롭게 보이고 싶어서. 뭔가 나 혼자만 열심히 하는 거 같으니까 쪽팔렸어. 나 혼자만 뒤떨어진 것 같잖아. 밤새도 절대 티를 안 냈지. 그냥, 누구처럼 그렇게 보이고 싶어서. 근데, 난 그러면 안 됐던 거더라고. 여유 부릴 시간이 없었어."

스스로 자신의 노력과 재능을 부정하는 데도 장진수는 이상하게 시원해 보였다.

"난 앞으로 정말 열심히 살 거야."

"…그래."

헤일로는 문득 한 문장을 떠올렸다.

'아이는 돌연 어른이 된다.'

그는 그 말을 딱히 믿지 않았다. 나잇값이란 게 존재하지 않는다고 여겼고, 나이란 건 죽을 날을 세는 디데이와 같다고 생각했다. 하지만 오늘 그게 무슨 의미였는지 막연히 알 것 같았다.

헤일로는 장진수에게서 옛날의 자신을 발견했다. 모두가 안 된다고 했던 상황에서 포기하지 않는 모습이, 언젠가의 자신과 같다. 장진수의 눈이 단단해져 있었다. 더는 아이처럼 보이지 않았다.

"아, 맞다."

집에 돌아가는 길에 장진수가 소리쳤다.

"축하해. 너 이제 돈 짱 많이 벌게 되었더라. 이렇게 잘 될 줄은 진짜 상상도 못 했는데…. 유명해져도 시작은 한국에서 먼저일 거라고 생각했는데."

"응."

헤일로가 태연하게 대답하자 장진수가 너답다는 시선을 보냈다.

"채널 보니까, 다들 추리하고 난리 났던데 어떻게 할 거야?"

장진수가 보기에 생각보다 문제가 커진 것 같았다. 사람들이 기대하는 모습이 적어도 여기 있는 노해일과 달랐다. 머리카락이 하얀색일 거라는 추측은 결과적으로 맞긴 하다. 이제 검은색 뿌리가 많이 올라왔지만 노해일은 여전히 은발이었다. 그들이 말하는 백발과 다른 느낌이지만 어쨌든 일치했다.

"이제 막 기자회견 가서 '아이 앰 아이언맨!' 하는 거야?"

헤일로는 장진수가 무슨 소리를 하는 건지 이해하지 못했지만, 느낌상 정체 공개를 의미한다는 걸 알았다.

"당분간은 생각 없는데."

"그럼 음원만 올릴 거야? 지금처럼?"

"응."

어거스트와 나눈 대화처럼 당분간 음악 활동에 나갈 계획이 없었다.

그러자 장진수가 이해가 가지 않는다는 듯 고개를 기울였다.

"그래? 너 앞에 나서는 거 좋아하지 않았냐?"

장진수는 '관종'이라고 표현하지 않고 에둘러 말했다. 그리고 노해일이 사람들 앞에서 노래를 부르는 걸 얼마나 좋아하는지, 11월에 했던 버스킹부터 늘 사람들에게 저를 보여주며 얼마나 행복해했는지 떠올렸다. 장진수는 그렇게 즐기는 노해일을 보며 곧 세상에 알려지겠다 싶었다. 그런 애가 음원만 올리는 걸로 만족한다는게 다소 이해가 가지 않았다. 심지어 그 음원이 뮤직비디오나 MP4 파일을 가장한 MP3지 않은가?

장진수는 어느새 걸음을 멈춰선 헤일로에게 물었다.

"무대 보여주고 사람들 앞에서 노래 부르는 걸 제일 좋아하는 것 같던데, 그렇게 좋아하는 걸 안 하겠다고?"

* * *

사람들은 말한다.

"'그'는 과거의 아주 유명했던 뮤지션일 거야, 누가 봐도 밴드를 이끌었던 거 같은데, 60년대 강타했던 밴드가 누가 있지?"

더 나아가 추론한다.

"그는 영국인이 분명해. 포시 악센트를 쓰는 상류층 혹은 대학을 졸업한 엘리트, 중년의 백인 남자, 목을 언제 다쳤거나 오랫동안 쉬었던 사람일 거야."

그리고 명사가 더해졌다. 이제까지 헤일로를 향한 수많은 명사. 술고래, 애연가, 헬창, 상남자… 그 명사들이 모여 'HALO'라는 하나의 형태를 만들었다.

헤일로는 '완성된 HALO' 이미지를 바라봤다. 팬들이 3D 일러스트로 만든 'HALO'는 노해일과는 완전히 다른 이미지였다. 그리고 밑에 '이와 달라도 어떤 형태든 환영한다'고 쓰여 있었다. 그의 너튜브 채널도 같았다. 늘 그의 정체를 추론했던 다른 영상과 달리 'I am HALO'가 올라간 영상에 가장 먼저 달린 댓글은 'I already love you. whatever you are(나는 이미 당신을 사랑해. 당신이 무엇이든)'였다. whoever(누구든) 대신 whatever(무엇이든)를 쓴 건 헤일로의 가사를 그대로 가져온 것이다. 그리고 비슷하게 댓글이 달려 있었다. '당신이 어디 있든, 누구든 우리는 당신을 사랑할 거야', '당신이 무엇이든, 나는 당신의 첫 번째 팬이야'라고.

헤일로는 '내가 숨어 있지만 않고, 다른 형태로 노래 부른다면,

이들은 나를 언제 알아볼 수 있을까?' 하는 생각을 했다.

어느 순간, 헤일로의 입꼬리가 쓱 올라갔다.

"말로만 자신하는 건 누구나 할 수 있지. 재미도 없고."

'I am HALO'의 가사가 울려 퍼진다.

내가 누구든 어떤 모습을 하든 너희는 나를 영광이라 부르리

말은 누구나 할 수 있다. 말로는 누구나 백만장자가 되고 신실한 사람이 될 수 있다. 헤일로는 그게 싫었다. 다른 평범한 사람처럼 입만 나불대고 싶지 않았다. 그래서 'I am HALO'라는 음원이 만족스럽게 나왔음에도 찜찜했다. 아무나 헤일로와 같은 음악을 만들진 못하겠지만, '너희들은 날 좋아할 거야'라는 말은 누구나 할 수 있으니까. 그는 직접 보여주고 싶었다. 그들이 다른 형태인 헤일로를 좋아하게 됨으로써 "봐, 내가 무엇이든 너희는 나를 다시 헤일로(영광)라고 부르고 있잖아!"라고 외치고 싶었다. 그가 말뿐인 남자가 아님을 증명하고 싶었다. 장진수의 말대로 굳이 숨을 필요가 없었다. 새로운 이미지에 새로운 음악을 하고 새로운 시도를 하며 사람들이 그를 사랑하길 기다리면 됐다.

가슴 속에서 무언가 뿜어져 나왔다. 차를 타고 시상식에 가던 그날, 그를 괴롭히던 무기력이 씻은 듯이 사라졌다. 그동안 그를 괴롭혀온 새로운 음악에 대한 영감이 오케스트라를 만든다. 나를 꺼내달라고 비명을 지르던 것들이 환희를 부르짖는다. 그가 가리키는 악기에서 선율이 뿜어져 나왔다.

헤일로가 엄지와 검지를 마찰하자 세상이 쥐 죽은 듯이 고요해진다. 그러나 헤일로는 어느 때보다 요동치는 소리를 들었다.

그 시각 심상치 않은 기운이 태평양 건너 대륙을 감싸고 있었다. 그곳은 무척 넓은 땅이다. 동쪽에 일어난 소식이 서쪽에 전해지기까지 오랜 시간이 걸리는 데다 전해져도 큰 관심을 두지 않을 만큼 광활한 세상이었다. 수억 명의 인구가 자리 잡은 대륙에선 매일 수억 개의 이야기가 생겨났고, 모든 사람이 한 문제에 크게 신경 쓸 수 없었다. 그래서 어떤 신인 가수의 스포티파이 및 디지털음원 조작 논란도 생각보다 화제가 되진 않았다. 관심 있는 건 그 가수의 팬이나 조작 자체에 진절머리를 내는 몇몇 관계자가 다였고, 대부분 여론은 무관심에 가까웠다. 조작 논란에 대해선 들었어도 그 결과가 어떻게 되었는지 모르는 사람도 많았다.

그러나 매우 바쁜 일상을 살아가는 뉴요커 밀러의 귀에 우연히 한 선율이 들려왔고, 시카고 미시간 호수에서부터 캘리포니아 산타모니카까지 잇는 루트 66을 따라 주행하던 트럭 운전사 리암은 라디오에서 흘러나오는 음악에 귀를 기울였다. 사실 그들의 취향에 맞는 음악은 아니었다. 그들은 꿈과 희망찬 미래, 청춘의 성장을 이야기하는 음악을 그리 좋아하지 않았다. 하이틴스러운 디즈니식 음악을 좋아하기에 그들은 너무 현실을 살아가는 사람들이었다. 그러나 취향과 상관없이 듣기 좋은 노래가 있다. 이유야 여러 가지가 있을 수 있다. 어쩌다 들은 가사가 우연히 마음을 움직였다거나 멜로디가 정말 좋았다거나.

별다방의 로고가 그려진 컵을 든 밀러는 가사에 귀를 기울였고, 리암은 트럭을 세운 채 담배를 피우다가 선율에 귀를 기울였다. 가슴이 벅차올랐다. 음악이 가진 에너지가 무기력한 일상에 활기를

만들었다. '불구였거나 집이 없는 부랑자 혹은 거리의 짐승이었어
도 다시 내가 되었을 거'라는 자신감 넘치는 메시지가 전염병처럼
퍼져나갔다. 어느 순간 리암은 힘차게 액셀을 밟았고 밀러는 또렷
하게 눈을 떴다. 그리고 수많은 이슈를 흘려보내며 인생을 열심히
살고 있던 사람들이 궁금증을 갖게 되었다. 이런 노래를 부를 수 있
는 사람은 누구인지.

* * *

헤일로는 하고 싶은 게 많았다. 모든 걸 다 하고 싶은 아무것도
모르던 10대가 된 기분이었다. 그는 가장 먼저 헤일로서 해보지
않았던 음악을 시도해볼 생각이었다. 이곳에서 음악을 들으며 새
삼 느낀 건 자신의 음악에 빈틈이 없다는 것이다. 장점이나 단점을
이야기하는 게 아니다. '특징' 정도라고 할 수 있겠다.

그의 음악은 클래식처럼 다양한 세션으로 채워졌다. 악보 단 한
마디에도 빈틈이 없다. 어떤 음악은 정말 챔버 오케스트라단으로
구성하기도 했다. 사람의 감정을 어떻게 한두 개의 악기로 표현하
겠는가. 헤일로는 당시 느꼈던 감정을 표현하기 위해 세션을 구성
했고 여러 소리가 모인 화음을 중시했다.

물론 이 세계에서도 헤일로처럼 음향을 꽉 차게 사용하는 뮤지
션이 존재했다. 다만 수많은 뮤지션과 수많은 음악이 있듯이 헤일
로와 정반대의 음악을 만드는 사람도 많았다. 그냥 하나의 세션만
으로 이루어진 음악, 세션 사운드보단 목소리의 선율에 집중한 음
악, 특히 목소리로 세션을 만든 음악은 굉장히 참신하게 느껴졌다.

"그것도 아카펠라라고 하던가."

그가 아는 아카펠라와 비슷하면서 차이가 있었다. 성가대나 코러스는 넣어봤지만, 혼자서 영상을 찍어 아카펠라를 만들 수 있다는 건 그에게 충격에 가까웠다. 물론, 이 모든 것들을 당장에 할 순 없다. 예산도 예산이지만 해야 할 일이 많은데 그의 몸은 하나였다. 우선순위를 정해야 한다. 헤일로는 노해일의 음악 노트를 폈다. '고백' 이후로 그가 노해일로 살아오며 얻은 영감이 노트에 적혀 있었다. 처음 학교 수업을 받으며 가졌던 영감부터 간간이 적어놓은 멜로디가 습작처럼 남아 있다.

헤일로는 눈을 감았다. 그리고 가장 말하고 싶은 이야기가 무엇일까 생각했다. 그가 늘 중점적으로 생각했던 건 자신의 감정이다. 분노, 환희, 우울 등의 감정을 중심으로 잡고 앨범의 수록곡을 작곡했다.

'근데 그건 헤일로의 음악으로도 충분하지 않을까?'

새로운 음악에 물론 그의 감정이 담기겠지만, 그의 감정이 메인이 아닌 이 세상에 관해 이야기하고 싶었다. 노해일이 되어 마주쳤던 세상이 얼마나 낯설면서 따뜻하고, 어설프면서 아름다웠는지. 여전히 연인을 그리워하며 돌아와달라고 애원하는 곡은 못 쓰겠지만 말이다.

고민은 길지 않았다. 헤일로는 노트를 덮고 MIDI를 켰다. 이번에 새로운 폴더를 만드는 대신 새로운 프로젝트를 만들었다. 프로젝트의 이름은… 아직 정하지 못했다. 그냥 'NEW PROJECT'로 내버려두기로 했다. 중요한 건 그게 아니니까.

헤일로는 눈을 감고 뒤죽박죽 얽혀 있는 멜로디 중 가장 원하는 것을 끄집어낸다. 완성본이 아니라 토막으로 이루어진 멜로디다.

그는 여기서 몇 개를 끄집어내고 새로 작업해가며 완성해낼 것이다. 그는 메인 선율을 찍으며 즐거운 고민을 했다. 어떤 음표를 써야 할까. 주 세션은 뭐로 할까. 그의 이전 음악을 내보일 때는 잠잠하던 마음이 들떠 어쩔 줄 몰라 했다.

하지만 사람은 하고 싶은 일만 하며 살지는 못한다. 책임감 없는 쾌락을 누리고 싶은 헤일로도 비껴갈 수 없는 진리였다. 하고 싶지 않은 일까지는 아니지만, 더 재미있는 걸 하다 보니 과제같이 느껴지는 일이랄까? 헤일로에겐 그런 과제가 있었다. 3집 녹음. 싱글 하나 올렸다고 2월을 그냥 보낼 건 아니기에 반드시 녹음해야 했다.

헤일로는 이젠 전용 스튜디오 같은 HY스튜디오에 방문했다. 늘 그랬듯 강영민에게 인사한 후 지난번에 깜빡한 여행 선물을 줬다.

"안녕하세요."

"오 왔니?"

역시 강영민은 아지트 사람들처럼 선물로 바로 달려들지는 않았다. 그는 선물에 관심이 있기보단 선물을 가져온 이에게 하고 싶은 말이 많았다. '임금님 귀는 당나귀!'라고 외치고 싶은 이발사와 같은 심정이었다. 그는 최근 헤일로가 방문할 때마다 의미심장하다고 해야 할까, 음흉하다고 해야 할까, 아무튼 평소와 다른 표정으로 쳐다보며 뭔가 묻고 싶은 걸 어떻게든 참고 있었다. 다행히 강영민은 스튜디오 운영자이자 전문 엔지니어답게 헤일로의 녹음 시간을 방해하지 않았다.

헤일로는 일단 3집에 집중했다. 3집 수록곡들은 대개 까다로운 구석이 많다. 특히 '그런데도 우리는 한다네(Even so we do)', ESWD는 작자 미상의 구전 노래를 일렉 버전으로 편곡한 곡으로 예기치 못한 엇박자와 함께 16비트와 32비트를 오가는 기교가 들어갔다. "헤일로의 기타 실력은 형편없다"라고 말하고 다니던 기타리스트의 정신이 나가버리도록 어렵게 만든 거라, 지금 그도 약간 어지러웠다. 한 번만 연주해도 손이 저린데 실수해선 안 되었다.

기나긴 녹음을 끝내고 녹음실에서 나온 헤일로는 눈을 반짝반짝 빛내는 강영민과 마주했다. 강영민은 곧바로 질문하기보다 오랜 시간 동안 말을 골랐다. 헤일로는 그의 질문이 정해지기 전에 먼저 묻고 싶었던 질문을 꺼냈다.

"사장님, 혹시 뮤직비디오도 찍으세요?"

"뮤직비디오…?"

헤일로의 이런 질문을 예상 못한 강영민이 되물었다.

"뮤직비디오에 관심이 생겼니? 근데 어… 그런 거 안 찍으려는 거 아니었어?"

질문의 뉘앙스에서 '일부러 모습을 숨기는 게 아니냐'는 의미가 담겨 있었다. 이제까지 헤일로의 행보가 그랬으니 이상한 질문은 아니었다. 헤일로가 담담하게 대답했다.

"그거 말고요."

"그럼?"

그러다 강영민이 눈을 번쩍 떴다.

"그러고 보니 계정이 하나 더 있었지? 그걸 살리려고?"

그들의 관계의 시작점이라 떠올리는 게 어렵지 않았다.

'계정?'

헤일로도 잊고 있다 방금 떠올렸다. 그가 말한 건 노해일로서 개인 활동이었지만, 생각해보니 기억 저편에 묻어둔 계정이 하나 더 있었다. 단 한 번도 쓸 생각을 하지 않았는데.

"그렇죠."

헤일로는 방금 생각난 티를 내지 않고 대답했다. 강영민은 눈치채지 못했고, 그저 눈앞의 소년이 도대체 어떤 그림을 그리고 있는지 진심으로 궁금했다. 다른 건 몰라도 그 '비밀'을 알고 있는 그로선 소년을 지켜만 봐도 재밌었다.

'wave_r 계정의 부활이라.'

최근까지 그 계정을 들어가보았던 강영민은 불현듯 최근 노해일을 찾던 사람을 떠올렸다. 강영민이 아닌, '노해일'. 'wave_r'의 영상을 보고 접촉하다가 안 되니까, 영상 속에 찍혀 있는 스튜디오 마크를 보고 찾아온 것이다. 강영민은 헤일로가 'wave_r'에 관해 이야기하지 않았다면 그대로 까먹을 뻔한 일 하나를 기억해냈다.

"해일 학생, 요즘 시간 괜찮아?"

"네? 갑자기?"

헤일로가 뜬금없는 질문이라고 생각했던 것도 잠시, 강영민이 덧붙였다.

"별건 아니고 혹시 드라마 OST(Original Sound Track) 하나 녹음할 생각 없나 해서."

"OST요?"

"그래, 최근에 누가 영상에 있는 마크를 보고 날 찾아왔더라고. OST 제안 좀 해주면 안 되겠냐고."

"그 사람이 날 어떻게?"

헤일로는 '헤일로'에게 온 제안인 줄 알았다가 그게 아니라는 걸 깨달았다. 일단 그의 녹음파일 중에 영상이라 부를 수 있는 건 단

하나밖에 없었으니까. 노해일의 계정! 단 하나 올렸던 그 계정이 여전히 살아 있었다. 강영민이야 영상을 만들어줬으니 다시 찾아갈 수 있었을 것이다. 그러나 그 계정이 아직도 살아서 그에게 돌아온 건 의외였다. 돌아온 타이밍도 딱 그가 다른 형태로 음악을 하겠다고 결정한 시점이다.

"무슨 OST인데요?"

"가만있자, 전화번호 찾아줄게."

* * *

상암동 HBC 방송국의 제2 사옥 18층, 〈오늘부터 우리는〉 회의실에 앉아 있는 음악지원팀이 이빨 자국이 진하게 찍힌 컵을 한 잔씩 물고 벽에 기대어 있었다.

"이제 슬슬 OST 작업 마쳐야 하거든요…."

한 명이 그러곤 말을 흐렸다.

그들은 드라마 시놉시스가 나오자마자 드라마에 맞는 음악을 작곡했고 곧장 가수를 섭외했다. OST 하면 흔히 떠올리는 유명 가수들의 섭외는 거의 끝났다. 음악감독과 총괄 PD가 캐릭터 주제곡에 대해서 청춘답고 흔치 않은 음색을 요구했다는 것이 문제다. 청춘물에 청춘다운 목소리를 찾는 건 좋다. 다만, 이토록 지연될 줄은 몰랐다. 방영되기 전에 슬슬 녹음을 진행해야 했다. 물론 어떤 드라마는 2회차를 남겨두고 녹음하는 경우도 있다. 요샌 반응만 좋으면 OST를 더 만들기도 하니까. 그러나 2화에 등장할 조연 캐릭터의 주제가라면 지금쯤 작업을 끝내야 하는 것이 맞다.

"새로운 가수라면… 길라온 어때요?"

"길라온이라면, 〈쇼유〉의 길라온?"

"예, P-R의 길라온이요. 감독님도 재밌게 보셨던 그거."

익숙한 이름에 음악감독이 고개를 들었다.

"그것도 한 2, 3화부터 재미없더라. 티저는 잘 뽑았던데."

"뭐, 그래도 괜찮지 않던가요. 그래서 길라온 어떠세요."

"길라온은… 아무래도 희태보다는 유진이가 어울리지 않나? 애가 밝잖아."

"아무렴요."

"그럼 섭외 요청해봐."

"희태는요?"

"음… 일단 보류."

'길라온'을 건의했던 이가 그럴 줄 알았다는 듯 팔짱을 꼈다.

"아직도 그 너튜번가 뭔가 기다리고 있는 거예요?"

섭외를 진작 끝냈어야 하는데 '누군가'가 감독의 마음에 쏙 든 나머지 이 보류상태가 끝없이 이어지고 있다. 유명한 사람도 아니고 겨우 영상 하나 올린 애한테 왜 꽂혔는지…. 그들도 보긴 했다. 그 아이의 노래가 얼마나 좋은지 감성이 뛰어난 막내는 눈시울을 적셨다. 얌전한 모범생 '희태'의 주제곡에 잘 어울린다는 거, 충분히 이해했다. 그래도 이건 아니다 싶었다.

"이쯤 되면 그냥 포기하는 게 좋지 않을까요? 우리가 할 수 있는 건 다 했는데. 걔가 안 하면 걔 손해지 우리 손핸가?"

그쪽에서의 미응답, 정확히 말해 확인도 안 하니 손 놓고 기다릴 수만 없었다. 그래 봤자 너튜버, 일반인이 아닌가. 새로운 목소리고 캐릭터 주제곡에 잘 어울리는 거 알겠는데, 노래 잘 부르고 캐릭터 주제를 잘 소화할 가수는 찾아보면 많을 것이다.

"아서라. 우리 감독님 이미 꽂히셨다. 사실 그 너튜버와 계약해서 곡 받자는 얘기도 했으니까. 드라마랑 이미지가 안 맞아서 말았지만. 절절한 로맨스였으면 넣었을 거다."

감독은 팀원들의 지속적인 항의와 불만을 무한히 방치할 순 없었다. 이미 드라마가 제작되고 있으니 말이다.

'진짜 데려오면 좋을 텐데.'

"하루만 더 기다려보자고."

감독이 어쩔 수 없다는 듯 결론을 내렸다.

* * *

헤일로는 스크롤을 내리며 너튜브를 확인했다. 이번에 확인하는 건 'HALO_Official' 계정이 아니라 존재 자체를 잊어버리고 묻어두었던 'wave_r'이다. 자동저장되어 있던 아이디로 로그인했다. 그동안 구독자 수가 줄어들긴 했다. 사망한 계정이라 생각하고 구독을 끊은 것이다. 그러나 수많은 영상 속에 그대로 묻힐 줄 알았던 '고백'을 여전히 찾는 사람들이 있었다. 누군가는 구독 취소조차 잊어버렸지만 누군가는 여전히 찾아오며 댓글을 남겼다.

헤일로는 '고백'을 재생시켜놓고 강영민이 준 전화번호를 꺼내 봤다. 강영민은 꽤 시간이 흘러서 섭외가 끝났을 수도 있지만 그래도 관심 있으면 연락해보라고 했다. 원래 헤일로였다면 관심 두지 않았을 것이다. 작곡 의뢰였다면 모르지만 드라마 OST의 보컬 의뢰였다. 한마디로 남의 노래를 불러달라는 거였다. 그는 한평생 남의 노래를 불러본 적이 없었다. 피처링, 듀엣 부탁이 많았지만 늘 거절했다. 자신의 음악만 하기도 바빴고 부르고 싶지 않은 퀄리티의 곡도 많았다. 심지어 지금은 어떤 곡을 불러야 하는지도 모르는 상황이다. 그런데도 고민하는 건 이 기회가 '헤일로'에게 온 게 아니었기 때문이다. 이 OST 의뢰는 '노해일'의 몫이자 그가 쟁취했어야 할 결과물이었다. 이 의뢰를 시작으로 노해일이 무대에 올랐을지도 모른다고 생각하니 차마 거절할 수가 없다. 어쩌면 노해일도 무대에 서게 될 운명이 아니었을까?

'노해일이었다면 분명히 했겠지?'

헤일로는 톡톡 책상을 두드리다 명함을 들었다. 그리고 다른 손으로 번호를 꾹꾹 눌렀다. 핸드폰을 손에 쥐고 있었는지 한 남자의 목소리가 곧장 들려왔다.

「네, 여보세요?」

* * *

"네, 여보세요?"

AD가 구부린 자세로 전화를 받으며 회의실을 나섰다. 흘끗 시선을 던진 사람들은 이내 관심을 거뒀다. 방송인이라면 핸드폰을 손에 쥐고 사는 게 일상이라 회의 중간에 전화를 받건 문자를 하건 나무라거나 불쾌해하지 않았다. 사무실에서도 온종일 핸드폰만 만지고 있지 않나. 회의실에 모인 사람들에게 지금 중요한 건 눈앞에 있는 총괄 PD다.

총괄 PD는 회의를 정리하며 마지막으로 음악감독을 바라봤다.

"정호야."

"예."

그가 웬일로 진지하게 음악감독을 불렀다. 그리고 한숨을 푹 내쉬더니 말했다.

"우리 이제 적당히 하자."

음악감독은 눈을 번쩍 떴다. 다 안다는 듯 총괄 PD가 덧붙였다.

"나도 아쉽긴 한데 우리가 매달릴 이유는 없잖냐. 세상에 가수가 하나냐."

"…그렇죠."

"그리고 길라온 섭외는 어떻게 됐어?"

"당연히 수락이죠."

섭외를 맡았던 AD가 외쳤다.

총괄 PD가 생각했다. 좀 질질 끌었다고. 주연 주제곡도 이렇게 끌 필요가 없는데 조연 주제곡에 너무 집착했다.

음악감독도 솔직하게 인정했다. '알겠습니다. 포기하고 타 기획사에 연락해보겠습니다'라고 대답하려고 할 참이었다. 그때 문이 벌컥 열리며 전화를 받으러 갔던 AD가 들어왔다. 올해 보았던 것중 가장 밝은 얼굴로 전화를 흔들었다.

"감독님, PD님! 왔어요!"

"뭐 떡볶이라도 시켰어?"

PD가 느긋하게 되묻자 AD가 두 손을 저었다.

"아니요, 그게 아니라…!"

"그럼?"

"그, PD님이 그렇게 바라시던 너튜버요. 지금 연락 왔다고요. 하고 싶대요."

잠깐 정적이 일었다. 회의실에서 방금 포기하자는 결론이 났는데 그와 동시에 연락이 온 것이다. 음악감독이 벌떡 일어났다. 그는 '고백' 영상을 본 이래로 어떻게든 그 아이를 데려오고 싶었다. 작가가 반전이 있다 언질 준 '희태'에게 그 아이의 노래가 가장 잘 어울린다고 생각했다.

"당장 보자고 해!"

감독이 벌떡 일어나 외쳤다. 감독이 얼마나 간절했는지 잘 아는 AD가 고개를 끄덕였다.

"네! 그렇게 전하겠습니다."

*＊＊

"드라마 OST 녹음을 한다고?"

"네, 어떤 캐릭터 주제곡이라고 들었어요. 아, 그런데 녹음한다고 다 드라마에 삽입되는 건 아니라 너무 기대하지는 말라고 그러더라고요."

"말은 그렇게 해도 분명 들어갈 거 같은데?"

헤일로도 씩 웃으며 고개를 끄덕였다. 자신의 노래를 선택하지 않으면 누구의 노래를 선택할 수 있겠는가.

"좋다. 혹시 무슨 드라마인지 물어봤니?"

"자세한 건 직접 미팅하며 이야기해주겠다고 했어요. 제가 들은 건 곧 방영될 드라마라는 거."

"어머, 곧?"

갑작스러운 미팅이었다. 그러나 박승아는 드라마 OST라는 소리에 선뜻 데려다주겠다고 했다. 그녀는 친구와의 약속도 취소하고 아들과 함께 상암동 한 카페로 향했다.

"잘됐다."

운전 중인 박승아는 즐거웠다.

"요즘 부르고 싶은 노래가 많이 없었는데 잘됐다. 우리 아들 노래면 분명 좋은 곡이겠지?"

'부르고 싶은 노래가 없다고?'

헤일로가 고개를 갸웃하며 말했다.

"제 노래를 부르면 되잖아요."

그동안 HALO의 이름으로 수많은 음원이 플랫폼에 올라갔다. 1집의 네 곡, 2집 여섯 곡, 3집은 다섯 곡, 거기에 더해 싱글까지 적지 않은 양이다.

"음, 그게… 엄마가 따라 부르긴 좀 어려워서."

헤일로가 생각지도 못한 답에 고개를 돌렸다.

"제 노래가 어려워요?"

"조금? '우리가 다시 만날 때(When we meet again)' 같은 곡은 할수 있는데 다른 노래는 좀 힘들더라고."

그 말과 함께 헤일로에게 스쳐 지나가는 기억이 있었다. 조용한집 안에 주크박스처럼 콧노래를 흥얼대던 어머니가 최근 그의 노래는 따라 부르지 않았다. '그게 어려워서였다고?'라고 생각한 그는 일단 납득이 가지 않았다. 영어가 어렵다는 건 아닐 것이다. 어머니는 영어를 할 줄 알았고 '우리가 다시 만날 때' 역시 영어였다.

'그럼 뭐가 어렵다는 거지?'

헤일로는 어머니가 그나마 불렀던 '우리가 다시 만날 때'와 다른 곡의 차이를 생각해보았다. 차이라고 할 게 잘 생각나지 않았다. 전자는 멜로디가 밝다는 것? 다만 멜로디가 밝은 건 이번에 올라갈

3집 '그런데도 우리는 한다네'도 마찬가지였다. 멜로디 자체는 즐겁고 경쾌하다. 다만, 가사가 우울하고 연주가 엄청나게 어렵다.

그러다 헤일로는 왜 그런지 짐작해냈다. 그는 다른 연주자들이 따라하기 힘들게 일부러 박자와 코드를 어렵게 짰다. 감정, 멜로디, 연주 방법 모두 오로지 헤일로 자신을 위해서만 만들곤 했다.

'어려울 수도 있겠구나.'

헤일로는 미팅 장소에 도착할 때까지 그 말을 곰곰이 되새겼다.

* * *

"HALO? 그게 뭔데."

바깥세상은 항상 시끄럽다. 한국도 변화무쌍한 곳이지만 해외를 따라갈 수 없다. 새로운 트렌드, 새로운 스타, 새로운 이슈가 끊이지 않았다. 김경진은 늘 주변인들보다 한 박자 늦었다.

동료가 그를 타박했다.

"야, 이쪽에서 일하는 놈이면 이미 알았어야지. 뭐, 어디서 템플스테이라도 하고 왔냐."

"내가 부처님 볼 시간이 어딨냐. 아티스트 봐야지."

"그럼 뭐, 진짜 애만 보는 거야?"

김경진은 HALO가 뭐길래, 이렇게 혼나야 하나 싶었다.

"그리고 그게 뭐냐니! 해외 나가서 그러면 맞아 죽을걸? 해외 나간 우리나라 가수들 SNS에 태양 이모지 하는 거 못 봤어?"

"그래? 이따 찾아볼게. 지금은 라온이한테 전달할 게 있어서."

'수박' 차트는 봐도 빌보드 차트까진 안 찾아보는 김경진은 이번에 또 새로운 스타가 나타났나 하고 단순히 생각했다. 해외 스타고 뭐고, 일단 맡은 업무는 해야 했다. 그는 연습실에 있을 길라온에게 향했다. 요즘 좀처럼 기운이 없는 길라온에게 드라마 OST 제의가 들어왔다고 전할 생각이다. 신인으로서 정말 좋은 기회다. OST에 참여하면 대중에게 쉽게 이름을 알릴 수 있으며 드라마가 잘 되면 그 이득은 더 커진다. 물론, HBC가 드라마에 약한 편이긴 하지만 그래도 간혹 크게 빵빵 터트리는 게 HBC 아닌가. 또 사이트에 올라온 시놉시스도 괜찮아 보였다. 원작도 있다고 하니 스토리가 산으로 가진 않을 것이다.

"라온아."

김경진은 연습실에서 쪼그리고 앉아 음악을 듣고 있는 길라온을 발견했다.

"네, 형."

"드라마 OST 하나 안 해볼래?"

"드라마요?"

길라온이 고개를 든다. 관심 있는 게 분명했다. 김경진은 대략 어떤 드라마인지 설명했다. 시놉시스나 제작진 라인업, 그리고 OST 참여가 얼마나 좋은 기회인지도 말했다.

"너도 참여하면 좋을 것 같아서. 이번에 신인 가수들 꽤 참가한다고 하더라."

"…좋아요."

길라온이 대강 고개를 끄덕였다.

일단 긍정은 긍정이지만 김경진은 찝찝함을 떨칠 수 없었다. 길라온은 아직도 〈쇼유〉에 붙잡혀 있다. 새로 사귄 친구가 불명예로 떨어져서 아쉬워서인지도 모른다. 계속 이렇게 가면 좋지 않다. 김경진은 길라온이 OST를 할 수 있도록 어른스럽게 설득하기로 했다.

"이렇게 낑낑대지 말고 그냥 연락이라도 해 라온아. 밥 사준다고. OST 녹음하면 돈 버니까 그걸로 사줘. 뭐, 부담되면 친구도 아무나 데려오라고 하고."

연락도 못 하고 한없이 폰만 보던 길라온이 고개를 번쩍 들었다. 한 번도 생각해보지 않은 방법이다. 그러나 통할 것 같기도 했다. 언젠가 장진수가 너랑 비슷한 친구가 있다며 소개해주기로 했다. '쇼 바이 쇼'의 공동작곡가이자 편곡자라고 했다. 그 친구도 궁금하지만 장진수가 걱정되는 게 우선이다.

"좋아요, 돈 벌어서 연락할게요!"

길라온이 우렁차게 외쳤다.

* * *

"학생? 그러니까, 혹시 웨이버(waver) 씨?"

노해일의 너튜브를 본 사람들은 채널명대로 웨이버라고 부르겠구나, 하는 생각을 하며 헤일로는 태연하게 인사했다.

"노해일입니다."

"아! 노해일… 그래서 웨이, 버군요!"

새삼 깨달은 듯 모자를 쓴 남자가 고개를 끄덕였다.

"드라마 〈오늘부터 우리는〉 음악 제작팀 AD 이종섭입니다. 계약사항과 OST에 관해 얘기하러 나왔고, 어… 우선 스튜디오로 이동할까요?"

"네."

헤일로가 담백하게 고개를 까딱였다.

이종섭 AD는 의아했다. 영상에서 중고등학생 정도 되어 보여 웬만해선 사회생활을 해보지 않았을 테니 어리숙한 모습을 보여도 감수하려고 했다. 어른답게 인내심과 관대함을 가지고. 그런데 뭐랄까, 앞에 있는 학생은 태도나 표정이 신인이나 지망생으로 보이지 않았다. 이미 연예계 생활 한 10년은 한 것 같다.

'하긴 너튜브 올린 지 꽤 됐고 그동안 뭘 했을 수도 있지.'

요즘 애들이 워낙 성실하게 산다는 건 그도 잘 알고 있다. 이쪽 업계는 아니더라도 공모전이나 예술고 입시 등 비슷한 경험을 했을 수 있다.

"우선 노해일 씨의 녹음이 무조건 쓰일지 확신할 수 없어요."

스튜디오에 도착하자마자 이종섭 AD는 해일로에게 계약서를 주고 사인을 받은 후(보호자 동의서는 주차 후에 들어온 박승아에게 나중에 받았다) OST와 드라마 환경을 설명해주었다.

"쪽대본 얘기는 이미 많이 들어봤을 테고, 또 찍어봐야 알겠지만 노해일 씨의 보컬이 생각보다 캐릭터 테마에 맞지 않을 수 있으니까요. 무슨 말인지 알죠?"

대본 얘긴 그렇다 치는데 후자는 네가 못 부르면 안 넣어주겠다는 말로밖에 안 들려 해일로는 입꼬리를 올리며 생각했다.

'재밌네.'

"네."

이종섭 AD가 해일로를 바라보았다. 그럴 리 없다는 뉘앙스가 담긴 대답에 요즘 애들은 다 이렇게 자신감이 넘치나 싶었다. 그리고 엔지니어한테 부탁해놓고 돌아가려다 음악감독과 총괄 PD를 고민하게 만든 아이의 실력이 얼마나 대단한지 보고 싶어 다시 자리를 잡고 앉았다.

헤일로는 대본을 쓱 읽었다. 장르는 멜로, 과거에 불량아였던 주인공이 교사가 되어 자기와 비슷한 학생들을 가르치는 내용이다. 처음에는 대충 주어진 일만 하려던 주인공이 진심이 되어 학생들을 가르치고, 사연 있는 학생들이 결국 주인공을 믿고 따르게 되는 쌍방 성장 스토리다. 그중에서 헤일로에게 주어진 곡은 모범생 '희태'의 테마곡이다.

'모범생이라.'

얌전한 모범생 그대로의 모습을 보여주는 희태는 노해일과 닮아 있는 것 같다. 헤일로와는 완전히 반대되는 성격이었다. '고백'의 영상을 보고 추천했다는 사람은 그 영상 속에서 이런 얌전함을 보았을 거다. 그랬다면 좀 잘못 본 거지만 어쨌든 헤일로는 노래해야 할 아이의 이야기를 이해해보기로 했다.

'이 자식은 왜 모범생일까? 뭘 위해 이렇게 사는 거지? 부모님을 위해? 그냥 공부가 좋아서?'

대본엔 특별한 내용이 나와 있지 않았다. 쪽대본이라 2화까지밖에 없어 인물을 파악하기 어려웠다. 헤일로는 대본을 내버려 두고 악보를 보았다. 음악은 보이지 않는 정보를 더 많이 품고 있다. 그가 노해일의 '고백'을 결국 이해했던 것처럼. 멜로디는 잔잔하게 단조롭게 흘러간다. 하루의 일상을 이야기하는 노래다. 다만, 무언가 있을 것 같다. 잔잔한 멜로디 뒤에 숨어 있는 은근한 우울….

'찾았다.'

헤일로는 입꼬리를 올렸다. 마침 그가 3집에서 표현한 게 우울이 아닌가? 그가 현재 가장 잘할 수 있는 주제다.

"녹음 시작할게요."

헤드폰 너머에서 엔지니어의 목소리가 들려왔다. 헤일로는 MR을 들으며 눈을 감았다. 늘 그렇듯 곡을 외우는 건 어렵지 않다. 한 번 보면 머릿속에 그대로 기억됐고 언제든 꺼낼 수 있었다.

나는 그렇게 또 눈을 감고 달아오른 햇빛에 녹아드네

한마디 내뱉을 때, 그는 석양이 지는 운동장에 있었다. 어느새 그네를 타고 다리 아래 바람을 느끼고 있었다. 아무도 없는 운동장에서 그네를 타는 건 무슨 느낌일까? 그는 희태의 이야기를 따라 움직였다. 긴 여행이 되진 않을 것이다. 러닝 타임이 2분 정도 되는 곡이다. 조연 캐릭터의 테마라 곡이 길지 않았다. 다만 마지막에 박힌 도돌이표가 이 멜로디를 무한히 돌게 했다.

"와…."

헤일로가 한 구절을 시작했을 때, AD 이종섭은 혼이 빠진 것처럼 헤일로를 바라보았다. 뭐랄까, 진짜 희태가 글에서 나와서 노래를 부르는 듯한 느낌이 들었다. 글 속의 인물이 살아 움직이고 있었다. 신인을 섭외하자고 했을 때 은근히 기성 가수를 바랐던 그는 더 이상 아쉽지 않았다. 다른 희태가 생각나지 않았다. 이게 희태 자체였다. 그는 불현듯 자신이 저 소년에게 했던 말을 떠올렸다.

"노해일 씨의 보컬이 생각보다 캐릭터 테마에 맞지 않을 수 있으니까요. 무슨 말인지 알죠?"

맞지 않으면…. 맞지 않으면…. 자신의 바보 같은 목소리가 귀에 반복적으로 들렸다. 이게 안 맞으면 뭐가 맞을까. 과거로 돌아가면

제 입을 틀어쥐고 일단 들으라고 외치고 싶었다. 부끄러움, 다음에 물꼬를 튼 건 경악, 그리고 '도대체 얘는 어디서 튀어나온 거지?' 하는 의문 섞인 감탄이다. 이런 애가 어디에나 있다면 음악 제작팀이 고생할 일도 없었을 것이다.

혜일로와 눈이 마주친 이종섭은 제 생각이 읽힌 것 같아 움찔했다. 나이답지 않게 여유로웠던 아이가 저를 쳐다보고 있었다. "어때, 이래도 별로야?"라고 묻는 것 같았다. 그는 침을 꿀꺽 삼키고 창틀에 다가가 양손을 모았다. 이외에 그의 감정을 표현할 수 있는 수단은 없었다.

'이런 실력이, 저런 분위기가 묻힐 수가 없는데.'

노해일이 특별히 잘생긴 건 아니었다. 처음 봤을 때 은발이 튄다는 생각, 딱 그 정도였다. 하지만 이종섭은 곧 '시선이 꽂힌다'라는 표현이 왜 있는지 깨달았다. 여유롭던 아이에게서 희태의 권태로움까지 흐른다. 어른이 아이의 탈을 쓴 것 같기도 하다. 음악감독과 총괄 PD님이 보았던 게 이런 것이었을까. 이종섭은 벽을 느꼈다.

"와! 뭐, 따로 코치할 것도 없네."

엔지니어가 허탈하게 웃으며 의자에 기댔다.

"저 왜 불렀어요? 그냥 핸드폰으로 녹음해서 대충 편집하면 되잖아."

"아니, 어떻게 핸드폰으로 녹음해요."

이종섭은 얼떨떨한 얼굴로 대답했다.

엔지니어는 꾸준히 여운을 토해냈다.

"뭐라고 해야 하지? 멱살 잡혀서 드라마에 끌려 들어간 기분이네. 어디서 찾아냈어요?"

"하하하. 뭐, 저희가 운이 좋았죠."

그들은 사담을 나누며 긴 여운을 즐겼다. 그러다 5분이 지나도록 학생이 녹음실에서 나오지 않은 걸 깨달았다.

"근데 왜 안 나와?"

"그러게요. 지쳤나?"

헤일로는 악보를 빤히 바라보았다. 녹음실 너머의 사람들이 그에게 나오라고 손짓하고 있었다. 밝은 얼굴이었다. 그의 녹음에 만족했다는 걸 알 수 있었다. MR도 이미 끊겼다. 2분 정도의 짧은 곡이라 녹음이 오래 걸릴 리 없었다.

'분명 끝났긴 했는데. 이 기분은 뭐지?'

헤일로는 무언가 하다만 기분이었다.

'도대체 도돌이표가 왜 있는 걸까.'

악보를 처음 볼 때부터 그의 신경을 건드린 부분이다. 여기엔 도돌이표가 아니라 파트2가 들어가야 할 것 같다. 설마 미완성곡을 준 건 아닐 테고, 이상하게 희태의 이야기가 끊어진 느낌이 들었다.

헤일로는 이종섭 AD와의 대화를 떠올렸다. 그는 OST의 목적이 가수의 실력이 얼마나 뛰어난지 보여주기 위함이 아니라, 드라마를 가장 극적으로 만드는 음악적 장치라고 했다. 그 이상으로 튀면 안 된다고. 그들은 이미 만족하고 있고 요청받은 건 이미 끝마쳤다. 이제부터 헤일로 자신의 욕심이란 소리였다. 욕심! 그의 입꼬리가 올라갔다. 그는 늘 자신의 욕심을 위해 살아갔다. 지금이라고 해서 금욕적일 이유가 없었다.

"아직 안 끝났어."

제멋대로라고 해도 어쩔 수 없다. 헤일로는 머리를 흐트러트리고 헤드폰을 목 아래로 내렸다. 제멋대로 마이크를 톡톡톡 쳤다.

"뭐야?" 하며 녹음실 너머에서 누군가 입을 뻐끔거린다.

헤일로는 씩 웃어 보였다. 그리고 머릿속에 그려진 악보에 도돌이표를 지웠다. 남의 곡은 함부로 손대는 게 아니지만, 역시 그는 남의 노래와 잘 맞지 않는 듯하다.

하나둘 셋 넷. 희태의 멜로디가 들려온다. 아까보다 빠른 박자. 이 이야기가 앞으로 어떻게 흘러갈지 모르지만, 사람이 햄스터도 아니고 어떻게 무한한 굴레에 갇혀 있겠는가. 희태의 이야기가 이렇게 끝나선 안 된다. 무한히 반복되는 어둠을 누군가 끊어주길 바랐을지 모른다. 그 역할은 드라마의 주인공인 선생님인가 혹은 자신인가. 그건 드라마에서 풀게 될 테지만 어찌 되었든 헤일로는 무한을 유한으로, 도돌이표를 2절과 온점으로 바꾸었다. 그는 처음으로 자신이 아닌 타인의 이야기를 집중해서 불렀다. 그리고….

"녹음 안 하고 뭐 하나?."

"감독님 오셨어요? 녹음은, 이미 하긴 했어요."

"그럼 지금은?"

"갑자기 부르는데 멈출까요?"

"아니, 종섭아. 잠깐만 있어 봐."

언제 왔는지 모를 음악감독이 자신을 뚫어져라 쳐다보고 있다는 것도 헤일로는 알지 못했다.

* * *

〈오늘부터 우리는〉 제작팀 음악감독은 길라온의 녹음에 잘 집중하지 못했다. 뭐랄까, 잘 부르긴 하는데 ASMR처럼 소리가 고막에 도달하지 못하고 흩어졌다. 사실 그도 왜 집중하지 못하는지 알았다. 길라온이 못 부르는 게 아니라 지금 같은 스튜디오에 와 있는 다른 소년의 노래가 더 궁금했기 때문이다.

"저쪽은 어떻게 되어가고 있어?"

"녹음 진행 중이라고만 들었는데, 보고 올까요?"

"…됐어. 이쪽 거의 끝났겠다 나도 확인차 갔다 와야지."

음악감독은 어쩔 수 없다는 듯 일어나 길라온에게 고개를 끄덕이며 작업실에서 벗어났다. 그리고 그가 뛰는 듯 걸어간 곳은 다른 작업실. 그는 문을 조심스레 열고는 흘러나오는 소리에 눈을 번쩍 떴다. 희태의 노래가 울려 퍼진다. 단순히 우울한 모범생의 노래가 아니라 무한한 세계에서 벗어나고 싶은 아이의 간절한 노래가.

"종섭아, 잠깐만 있어봐."

음악감독은 저 세계를 무너트리고 싶지 않았다. 희태에게 뭐가 있다는 걸 알았지만 뭐가 있는지 몰라 공백으로 내버려둔 음악이 채워진다. 아이는 아직 완전히 채워지지 않은 가사를 허밍으로 대신하며 완성해나가고 있었다. 그러나 이미 완벽하다. 그가 '고백' 영상에서 아이에게 발견한 건 단순히 뛰어난 보컬 실력이 아니다. 카메라 속에 나타난 우울과 그 속에 있는 간절한 바람이 희태와 잘 어울린다고 생각했다. 물론, 자작곡의 구성도. 옆에 두고 어디까지가 저 아이의 능력인지 알고 싶었는데 깜짝 선물을 받은 기분이었다.

"근데 쟤 좀 건방진데요? 감독님 곡을 제멋대로 건드리고 있잖아요."

이종섭은 원곡 작곡가의 권위에 대한 도전 같아서 불쾌했다.

"종섭아."

그때 음악감독이 그를 불렀다.

"예."

"만약 마이클 잭슨이 와서 네 곡 바꾸라고 하면 어떡할 거야?"

"잭슨이 바꾸라면 바꿔야죠. 잭슨인데."

세상에 어떤 뮤지션이 잭슨의 조언을 무시할 수가 있겠는가.

"아니, 근데 감독님은 저 애가 마이클 잭슨이라고 생각하세요? 잘 부르기는 한데 잭슨은 좀. 오버 아닌가요?"

"뭐가 어떻게 다른데."

"잭슨은 천재고, 쟤는⋯."

이종섭은 자기도 본 게 있으니 뭐라고 하지는 못했다.

"감독님은 어떻게 생각하시는데요?"

아는 만큼 보인다고 했다. 이종섭은 혹시 몰라 음악감독의 견해를 물어봤다. 그러자 그가 담백하게 대답했다.

"나야 모르지. 천재일지 그냥 이 시대에 지나갈 음악인일지는 후대만 아는 거니까."

"뭐, 그건 그렇죠."

그가 원하는 대답은 아니었다. 그때 음악감독이 다시 그를 불렀다.

"종섭아."

"예, 감독님."

"근데 잭슨이고 모차르트고, 내가 쟤 키우고 싶으면 어쩌냐?"

"네?"

이종섭이 침을 튀기며 놀랐다. 박정호 음악감독은 제자를 둔 적은 단 한 번도 없었다.

"뭐, 일단 작업은 다 끝내고 생각해야지. 당장 한다는 소리는 아니야."

"예….."

"근데 종섭아, 저 곡도 PD님께 올려."

"예?"

이종섭은 이번에 다른 의미로 놀랐다. 그의 눈이 데구루루 소년
을 향한다.

"PD님이 진짜 싫어하실 텐데. PD님 톱스타가 애드리브 하는 것
도 되게 싫어하잖아요. 감독님 쟤 좋아하는 거 아녔어요?"

마음대로 노래 불렀다고 하면 PD님 성격에 노발대발할 것이다.
그런데도 음악감독은 어깨를 으쓱할 뿐이다. 이종섭은 그의 저의
를 이해할 수 없었다.

"녹음은 잘 됐지?"

"예, 녹음은 잘하고 있습니다."

"다 끝나면 계약서도 다시 쓰고."

음악감독이 몸을 돌리며 씩 웃었다. 자신은 저 아이가 무척 마음
에 드는데, 오랜 동료이자 선배인 강 PD는 어떻게 반응할지 몹시
기다려졌다.

*　*　*

〈오늘부터 우리는〉 2화를 편집하기 위해 오후부터 편집실에 박
힌 PD는 음악감독이 보낸 파일을 확인했다. 주인공부터 2학년 5반
주요 학생들의 테마곡(OST) 목록이 나열되었다.

"이게 뭐야?"

차례대로 완성된 음원을 듣던 중 마우스 포인트가 한 곳에서 멈

쳤다. 오래 누적된 피로 때문에 짜증이 나는 건 어쩔 수 없었다.

"희태 테마곡은 하나일 텐데."

단조롭게 쓰여 있는 희태 테마는 그가 알던 것과 달리 두 개가 도 착해 있었다. '희태 Theme(Reprise)'이라는 이름이 붙어서 러닝 타임이 4분으로 늘어 있었다.

"왜 시키지도 않은 짓을 했지?"

총괄 PD가 못마땅하게 바라봤다. 아직 대본이 다 나오지 않는 상황에 레프리제(reprise: 변주되어 반복)는 불필요해 보였다. 그는 당 장 음악감독에게 전화해서 뭐라고 하려다 핸드폰을 내려놓았다. 그 래도 이유가 있으니 보냈을 거란 생각이 들었다. 다른 사람도 아니 고 박정호 아닌가. 그는 짜증을 누르며 드라마 편집 영상을 내려놓 고 음원을 클릭했다. 이윽고 그가 아는 희태의 곡이 들려왔다. 2분 까지 그가 알던 곡이다. 희태의 목소리가 굉장히 잘 뽑혀 만족스러 웠다. 총괄 PD는 고개를 끄덕이며 들었다. 그리고 뒤이어 들려온 음 악에 눈을 크게 뜨며 놀랐다.

"잠깐만. 완성되지 않았어야 할 희태의 이야기가…."

음원을 멈추려던 손가락이 까딱하다 만다. PD는 결국 음원을 끝 까지 듣고 핸드폰을 들었다.

"정호야, 이거 뭐야?"

"네, 뭘요? PD님."

밤과 낮이 없는 방송국이라 새벽 3시란 시간에도 아랑곳하지 않 고 전화를 걸자, 음악감독이 하품하며 받았다.

"희태 레프리제 뭐냐고."

"아, 그거요. 들으셨어요? 어때요?"

뭐냐는 물음에 어떠냐는 질문이 돌아오자, 총괄 PD는 속으로 '이 새끼'하고 중얼거렸다.

음악감독은 그가 화가 난 게 아니라는 걸 이미 눈치챘다.

"과해. 조연의 테마가 아니라 주연 테마 같잖아."

"그건 그렇죠."

음악감독도 솔직하게 동의했다.

"게다가 희태의 스토리가 어떻게 될지에 따라 못 써먹을 가능성도 있고."

그것도 맞았다. 둘 다 이미 알고 있는 것이었다. 음악감독은 대답을 미뤘다. 다른 스태프였다면 당장 폐기하겠다며 고개를 박았겠지만 그는 뒤이어 들려올 말을 기다렸다. 이 순간 음악감독과 PD는 같은 생각을 공유했다. 만약 진짜 의미 없는 곡이었다면 음악감독은 PD에게 음원을 보내지 않았을 테고, PD는 음악감독에게 전화하지 않았을 것이다.

"그래서 이거 언제 만든 건데?"

"아, 그거요? 제가 만든 거 아니에요."

음악감독은 허허롭게 웃다가 스튜디오에서 있었던 일화를 들려줬다. 가만히 음악감독의 말을 듣던 PD가 비소했다.

"건방진 놈이네."

옆에 누군가 있었다면 PD가 화났다고 겁을 먹었을지도 모른다. 그러나 PD는 화가 난 게 아니었다. 그는 음원을 뚫어져라 보며 손가락으로 책상을 툭툭 두드렸다. 버리기는 아깝고 쓰기엔 너무 강렬하다. 왜 음악감독이 테마곡과 테마 변주곡 두 곡을 보냈는지 이해했다. 그에게 선택하라는 것이다. 버리든 가져가든. 그가 마음에 들어할 걸 이미 알고 있었으면서.

"어떡하시겠어요?"

PD는 다시 책상을 툭툭 두드렸다. 결론은 금방 났다.

"뭘, 어쩌겠어. 고."

물론 그가 혼자 결정할 사안은 아니다. 총책임자이긴 하나 이 음악을 어떻게 써먹을지 작가와 상의해야 할 거다.

"PD님, 그럼 이만 들어가겠습니다. 써먹을 거면 추가계약을 해야 해서요. 편곡이나 공동작곡 등록도 해야 하고. 요즘은 옛날처럼 날로 먹으면 안 되는 시대잖습니까."

"그래. 알아서 해라. 아, 잠깐만 정호야."

전화를 끊으려던 PD가 덧붙였다.

"얘 뭐야?"

"네, 너튜버 웨이…."

"그거 말고. 이름."

전화기 너머에 잠깐 정적이 흐르더니 곧 그가 원하던 답이 들려왔다.

"그래."

그거면 됐다. 알고 싶은 건 그뿐이었다. PD는 미련 없이 전화를 끊었다. 그는 쓸모없는 놈을 기억하지 않는다. 쓸모 있는 놈, 언젠가 뜰 놈, 이미 뜬 놈. 딱 그렇게만 기억하기도 벅차다. 그중 이번에 알게 된 이름 옆엔 '건방진'이란 수식어가 붙는다. 요즘 애들처럼 얌전한 놈은 아니라는 생각이 든다. PD는 문득 고개를 기울였다.

"어디서 들어본 이름 같은데."

2. P-R의 러브콜

"재밌었다."

OST 녹음 직후 보호자 동의까지 받은 헤일로는 스튜디오를 나오면서 들려온 목소리에 고개를 돌렸다.

"목마르지? 자, 물."

"오, 고마워요, 형."

장진수 또래의 남자애 하나, 그리고 그 옆에 있는 보호자 남자 하나가 보였다. 남자애와 눈이 마주쳤다. 인사성이 밝은 아이인지 마주치자 손을 흔든다. 헤일로는 옅게 웃어 보이곤 몸을 돌렸다.

어머니가 보호자 계약을 마치고 나왔다. 그녀는 주차에 시간을 끈 걸 몹시 아쉬워했다.

"듣고 싶었는데 엄마는 결국 한 곡도 못 들었네."

"한 곡만 녹음했는걸요."

"그래도."

어머니는 드라마 방영일을 헤아려보며 안타까워했다. 그러면서도 OST를 불러달라고 하지 않았다. 이번에도 모두와 들을 거라고 했다. 헤일로는 '모두'가 도대체 누구인지 궁금했다.

"OST 녹음은 괜찮았니?"

집으로 가는 차 안에서 어머니가 'HALO' 음원을 재생시켜놓고 물었다.

"뭐, 나쁘지 않았어요."

헤일로는 창문틀에 팔꿈치를 댄 채 처음으로 '희태'라는 남을 위해 만든 곡에 대해 생각했다. 이건, 장진수의 자작곡을 좀 다듬어준 것과 다르다. 이번엔 그가 자의로 가사와 멜로디를 변주해서 불렀다. 멜로디가 간단해서 변주하기 어렵지 않았다. 오히려 쉬웠다.

헤일로는 음악 노트를 폈다. 가장 끝에 '이것도 어렵나?'라는 의문이 적혀 있었다. 어머니가 그의 곡이 어렵다고 한 이후로 새로 만든 곡들에 같은 의문이 붙었다. 평생 이런 고민을 하게 될 줄 몰랐다. 그는 늘 자신의 감정으로 곡을 만들고 자신을 위해 연주했으니까. 다른 사람들은 그냥 그 노래를 듣는 것으로 충분하다고 여겼다. 그러나 막상 어렵다는 말을 들으니 좀 신경이 쓰였다. 옛날엔 그에게 노래가 어렵다는 사람이 왜 없었을까. 헤일로 주변에는 늘 업계 사람들과 그를 사랑한 팬들이 있었으니, 그의 면전에 대고 "네 노래 어렵다"라고 할 사람은 없었다. 그를 비평하는 평론가 쪽 역시 어렵다가 아니라 형편없다, 일기장 수준이라고 했을 뿐이다.

'어렵지 않은 노래라.'

헤일로는 펜을 굴렸다. 어렵지 않고 쉬운 노래에 대한 고민이 깊어졌다.

"참, 해일아! 작업실은 내일부터 다시 찾아볼까?"

'고민할 게 한둘이 아니군.'

작곡에 대한 고민과 함께 혜일로는 슬슬 사람에 대한 필요성을 느꼈다. 음악에만 집중하고 싶은데 벌여놓은 일이 또 다른 일을 낳는다. 그의 일을 방해하는 모든 것을 대신해줄 사람이 필요했다. 부동산부터 시작해서 자산관리인, 뮤직비디오 제작사와 엔지니어, 변호사, 무엇보다 그가 레코드를 세우면 관리해줄 사람. 어머니와 아버지가 전문가도 아니고, 설령 전문가라도 이 모든 걸 부담할 수 없으니 말이다.

"피곤하면 좀 쉬어도 되고."

"아니에요, 빨리 구하면 좋죠."

차에서 내려서 어머니의 주차를 기다리며 혜일로는 복잡해진 머리를 문질렀다. 그러던 중 '지이잉' 메시지가 왔다. 복잡한 머리를 환기해주는 내용이었다.

> 장진수: 너랑 비슷한 애 하나 소개해줄까?

며칠 후, 혜일로는 장진수를 만나러 홍대에 나갔다.

"점점 추워지네."

그는 자신과 비슷하다는 애는 사실 별로 궁금하지 않았다. 장진수가 '애'라고 칭한 순간, 녀석과 비슷하겠지 싶어 이미 기대를 버렸다. 홍대입구역에서 밖으로 나오니 지나가는 사람이 간간이 혜일로에게 시선을 던졌다. 그는 시선에 아랑곳하지 않고 기타를 메고 이동했다.

"왔냐?"

도착한 치킨 가게 앞에 장진수와 함께 소개해준다는 애도 있었다. 헤일로는 태연하게 손을 들고는 옆으로 시선을 돌렸다.

"어, 넌?"

딱 보아도 누군가 만져준 깔끔한 옷을 입은 갈색 머리의 소년은 솔직하게 드러나는 표정이 방송 쪽에서 좋아할 상이다. 헤일로는 단번에 이 소년이 스튜디오에서 스쳐 지나며 봤던 애라는 걸 떠올렸다. 상대도 알아본 것 같았다. 그러나 뭐라고 말을 붙이기 전에 장진수가 소개해주었다.

"뭐야, 둘이 어디서 봤어? 야, 노해일. 얘는 〈쇼유〉에서 만난 길라온이고, 이쪽은 같은 반 노해일. 내가 말한 걔가 얘야."

"'쇼바쇼' 공동작곡가?"

"어."

길라온이 갑자기 눈을 빛냈다. 장진수와 다른 의미로 수다스러워 보여 헤일로는 무슨 말을 듣기도 전에 벌써 귀가 아파왔다.

분명 안부로 시작한 대화였는데 어느덧 길라온과 장진수 둘의 공통 관심사인 〈쇼 유어 쇼〉로 이야기가 흘러갔다.

"거기서 우리 더 잘할 수 있었는데."

"내가 좀 더 잘했어야 그때…."

헤일로는 밥만 적당히 먹고 갈 생각이었다. 이런 걸 바란 건 아니었는데 베이비시터가 된 기분이었다. 그는 따분한 얼굴로 길라온과 장진수의 이야기를 흘려들었다. 봇물 터지듯 쏟아진 이야기는 대충 〈쇼유〉에서 떨어진 에피소드다. 황제일 프로듀서와 함께 같은 팀이 된 길라온과 장진수는 페어 자체는 동갑내기에 나쁘지 않다고 기대받았는데 음원은 그렇지 않았다. 장진수는 실력이 계속 늘었지만 동갑인 길라온한테 완전히 묻혔고, 길라온은 자기 실력을 제어하지 못해 곡을 잡아먹었다. 황제일 프로듀서는 몇 번 시도하다 프로듀싱을 포기했다. 그러곤 그대로 세미파이널에서 탈락. 대충 들어봐도 개판인 것 같았다.

헤일로는 서로 고해성사 대결을 시작한 길라온과 장진수를 방관하며, 마늘 간장소스에 치킨을 찍었다. 적당히 사과하고 잘하자며 끝낼 줄 알았는데 애들이라 그런지 도저히 끝날 기미가 보이지 않았다. 뭐가 그리 아쉬웠는지 몰라도 밥상에 신경도 안 쓴다. 고해성사도 적당히 해야지, 헤일로는 슬슬 자신이 신부님이 된 건 아닌지 헷갈릴 정도였다.

"그렇게 아쉬우면…."

헤일로가 입을 연 건 치킨이 모두 바닥났을 때였다. 마지막 고기까지 다 먹은 헤일로가 입을 닦고 말했다.

"지금이라도 해."

그의 말에 장진수와 길라온이 동시에 입을 다물었다. 시끄럽던 양쪽 귀가 단숨에 조용해졌다.

"뭘?"

장진수가 되물었다.

"지금까지 계속 아쉽다고 한 거."

말로만 해서 아쉬워하는 건 의미가 없다. 시간 낭비다. 차라리 아쉬워하지 말거나 아쉬움을 풀어버리거나 둘 중 하나를 선택해야 한다.

"지금이라도 보여주면 되잖아."

그렇게 보여주고 싶은 게 있었다면 지금이라도 보여줄 수 있다. 결과가 어떻든 아쉬워하기만 하는 것보단 나을 것이다.

헤일로는 말문이 턱 막혀버린 장진수에게 말했다.

"더 열심히 살겠다며."

장진수가 언제가 말했던 '열심히 한다'는 걸 헤일로는 '후회하지 않고 살겠다'는 의미로 받아들였다.

"어떻게?"

길라온이 묻자, 헤일로는 가게 바깥을 가리켰다. 세상 어디에나 무대가 있었다. 그가 원한다면 무대가 되었다.

"지금?"

헤일로는 고개를 끄덕였다. 그리고 답답하게 구는 두 아이를 둘러보며 물었다.

"갑자기 사람들이 무서워진 건 아니지?"

"아닌데?"

장진수가 주먹을 꽉 쥐었다. 길라온이 고개를 젓는다.

"그럼 가자."

'따분했는데 잘됐다'라고 생각한 헤일로는 기타를 메고 앞질러 나갔다.

"MR도 없는데."

헤일로를 멍하니 보던 길라온이 중얼거렸다. 그는 불가능하다고 생각했다. 그러나 이상하게도 가슴이 두근거렸다.

[(속보) 홍대에 〈쇼유〉 황제팀 뜸!!!!]

[구라ㄴ]

[와 이왜진 어그로가 아니네. 방금 길라온이랑 눈 마주침.]

[황제일은 안 옴?]

[오 누가 버스킹 존 양보함. 저기 예약 빡센데.]

[진짜 공연해주나? 근데 장진수 ㅈ같이 못하지 않냐.]

[오!!!!]

[왜? 잘함? 길라온은 원래 잘하고.]

[?]

[답!]

〈쇼유〉의 결승이 끝난 지 얼마 되지 않은 터라 일찍 떨어진 황제(길라온, 장진수, 황제일)팀에게 관심이 쏠렸다. 커뮤니티가 뜨거워진 만큼 사람들이 몰려들었다.

사람들이 욕할까 눈치를 보던 길라온과 장진수는 헤일로가 쳐주는 기타에 맞춰 끼를 드러냈다. 그들이 〈쇼유〉에서 보여주고 싶었던 진짜 무대를 했다. 합을 맞춘 지 좀 됐으니 서로 안 맞는 부분이 있는 건 어쩔 수 없었다. 그건 기타 연주로 적당히 때우고 있어 웬만해선 이상함이 느껴지지 않았다. 그들을 인터넷에서처럼 무섭게 물어뜯는 사람들은 없었다. 오히려 환호성을 지르고 같이 떼창을 했으면 했지.

[어떤데?]

[좀 치는데!]

[길라온은 고음 쩔고 장진수 진짜 많이 늚.]

[저 팀 왜 포기했냐. 세미 잘하면 붙을 수 있었을 거 같은데.]

[그리고 뒤에 기타 치는 애가 ㄹㅇ 미침.]

* * *

[길라온 홍대]

문자만 보고 김경진 매니저는 무슨 일이 생겼나 싶어 달려왔다. 분명 친구끼리 만난다고 하지 않았나. 정차 신호에 SNS를 흘끗 살핀 그는 버스킹 존에서 땀을 흘리며 환하게 웃는 길라온에 미묘한 감정을 느꼈다. 〈쇼유〉 이후로 이렇게 밝게 웃는 건 오랜만인 것 같았다. 김경진은 군중 속에 있는 이들을 방해하지 않고 멀리서 지켜봤다. 일단 걱정은 한시름 놓았다. 아티스트도 저렇게 즐거워하고 생각보다 반응이 좋았다. 그가 보기에도 방송보다 더 잘하는 것 같았다.

그는 사장에게 걱정하지 않아도 된다는 메시지를 보낸 후 장진수와 길라온 뒤에서 반주를 쳐주는 기타리스트를 발견했다. 대충 치는 것 같으면서도 훌륭한 반주였다. 노래가 끝나면 원래 음원과 다른 비트나 멜로디를 연주했는데 그것도 괜찮게 어울렸다. 편곡 커버라기보다는 원곡을 모르는 기타리스트가 대충 어울리게 반주를 맞춰주는 것 같았다. 그런데 그게 오랫동안 밴드에서 기타를 쳐왔던 것처럼 무척 자연스럽고 능청스러웠다. 그러다 그는 소년을 어디서 봤다는 걸 떠올렸다. 머리끝이 은색인 흔치 않은 외견.

"어. 그, 스튜디오?"

그러고 보니 얼핏 들었던 것 같다. 이번 OST에 신인이 대거 참여하는데 너튜버도 하나 있다고. 실제로 저 애를 봤던 곳에 〈오늘부터 우리는〉 제작팀 AD도 있었다. '설마, 그 애가 저 앤가' 하고 깨달은 이후에 김경진은 길라온이 아닌 너튜버라는 소년만 쳐다봤다. 보컬 실력은 안 봐서 모르겠지만 음악감독이 추천했다면 잘할 테고 무엇보다 기타 연주 실력이 심상치 않았다.

'소속된 회사가 있으려나.'

언제나 새로운 얼굴을 찾는 연예계. 훌륭한 연주 실력에 묘하게 눈에 띄는 분위기는 누가 뭐래도 스타상이다.

"저 사람은 누구래?"

"장진수 실친인 것 같던데. 아까 이름 얘기해줬는데, 인사하면서."

버스킹 자리를 양보해준 사람들이 기타리스트에 대해 떠들었다. 음악 좀 하는 사람이라면 이 무대를 실질적으로 지배하고 있는 사람이 누구인지 보이지 않을 리 없었다.

"뭐라고 했더라."

김경진은 주머니 속에 명함을 만지작거렸다.

"특이한 이름이었는데. 에일? 아니, 해일이었나? 노해일?"

어쩌면 우연일지도 모른다. 버스킹의 무대인사를 기억하는 사람이 얼마나 있겠는가. 그 무대인사를 기억해서 다시 되짚어주는 사람은 거의 없었다. 그러나 김경진의 귓속에 기타리스트의 이름이 꽂혀 들어왔다.

"노해일?"

김경진은 흘려 발음하다 어느 순간 고개를 기울였다. 어디서 들어본 이름 같은데 잘 생각이 나지 않았다. 흔치 않은 이름이라 기억나지 않을 리 없는데….

장진수와 길라온의 세미 경연곡 무대가 끝나자마자 익숙한 멜로디가 들려왔다.

"흠흠."

장진수가 좀 더 앞에 나왔다.

사람들은 '수박' 1위까지 했던 곡을 알아듣고 환호성을 질렀다.

"'쇼바쇼'다."

어쿠스틱 기타로 일렉 기타처럼 비트를 만든다. 사람들은 비트에 맞춰 발을 굴렀다. 김경진은 다른 곡은 다 편곡했던 기타리스트가 '쇼 바이 쇼'만은 제대로 연주하는 걸 깨달았다.

장진수가 랩을 내뱉었다. 1화와 비교도 안 되게 나아진 실력으로. 그리고 길라온이 훅을 불렀다. 그렇게 부르고 싶다는 노래를 부르니 만족한 얼굴이었다. 사람들이 훅을 따라 부르고 반주에 맞춰 머리를 흔들었다. 이 모든 흐름을 손에 쥔 기타리스트는 완벽한 '쇼 바이 쇼'의 반주를 끝냈다. 누구보다 '쇼 바이 쇼'의 곡조를 잘 알고 있는 것 같았다.

"어?"

김경진은 탄성을 내뱉었다. 사장님과 녹진 프로듀서가 '쇼 바이 쇼'에 관해 무슨 대화를 나누었던 거 같다. 곡의 공동작곡가와 편곡자에 관해서였던가?

"-가 누구야?"

"찾아봤는데 협회에 등록만 돼 있고, 다른 기록은 없어."

김경진은 핸드폰을 들어 '수박' 차트에 들어갔다. 그리고 아직도 듣고 있는 음원의 정보를 클릭했다. 작곡자 란에 '장진수, 노해일', 편곡자 란에 '노해일'이 적혀 있었다. 그 이름이 볼드체라도 되는 것처럼 또렷이 들어왔다. 김경진은 멍한 얼굴로 기타리스트를 바라봤다. 음악감독이 찍은 보컬 실력, 수준급인 기타 연주, 그리고 무대 앞에 있는 장진수보다 더 시선이 가는 매력.

"형, 저 진수랑 진수 친구 만나고 올게요."

"그래, 사고 치지 말고."

"제가 언제 사고를 쳤다고."

"그런데 진수 친구는 누구야?"

"있어요."

장진수의 친구. 김경진은 팔에 닭살이 올라왔다. 옆에서 아무렇지 않게 곡을 만져줄 수 있는 존재. 소속된 회사가 없었던 중학생에게 공동작곡자와 편곡자가 있었던 이유를 알아버린 것 같다. 그는 한동안 '노해일'이란 이름을 찾아본 녹진 프로듀서를 떠올렸다. 녹진은 당연히 '노해일'이란 사람이 그와 나이대가 비슷하거나 연륜 있는 프로듀서라고 여겼다. 그래서 못 찾았다면? 김경진은 침을 꿀꺽 삼키고 핸드폰을 들어 익숙한 번호를 꾹 누른다.

"안녕하세요, 프로듀서님. 저 경진인데요."

* * *

헤일로는 인정했다. 장진수의 말이 옳았다고. 그가 한 말 중 거의 유일하게 맞는 말이었던 것 같다. 그는 무대가 좋다. 사람들 앞에서 노래 부르고 기타를 연주하는 게 가장 행복했다. 그렇게 좋아하는 걸 안 하고 살 생각을 하다니 말이 안 된다. 헤일로는 입꼬리를 올려 미소 지었다. 눈이 마주친 군중이 멍하니 그를 바라보았다.

헤일로는 대충 길라온과 장진수의 무대를 따라 연주했다. 한 번도 안 들어봐서 똑같은 음원을 만들진 못하겠지만, 꼭 알아야 연주

할 수 있는 건 아니다. 곡조가 보이니 반주는 어렵지 않았다. 마지막 앙코르 곡은 '쇼 바이 쇼'였다. 그는 길라온과 장진수의 듀엣을 마지막으로 버스킹을 즐겁게 끝냈다. 사람들이 몰리자 길라온의 매니저라는 사람이 딱 필요할 때쯤 나타나 밴으로 안내하는 것까지 완벽했다. 헤일로는 집에 데려다주겠다는 제안을 거절하지 않았다. 그런데 그리 좋은 선택은 아니었다.

"해일아, 우리 레이블에 들어올 생각 없어? 사장님이랑 녹진이 형이랑 우리 레이블 사람들 다 너 좋아할걸."

한참 동안 그의 기타 실력에 감탄하던 길라온이 레이블 이야기를 반복했다. 길라온만 그래도 충분했는데 매니저란 사람도 말을 얹었다.

"슬슬 음악 활동 시작하려면 본격적으로 케어해줄 사람이 필요할 거예요."

길라온이 P-R의 장점을 어필했다면 매니저는 레이블의 필요성을 어필했다.

"맞아, 매니저 형도 좋아. 스케줄 관리부터 내가 못 챙기는 걸 잘 챙겨줘. 너도 필요하지 않아?"

"…매니저는 필요하긴 하지."

헤일로가 한 번 호응해주자 길라온의 얼굴이 확 밝아졌다. 사람이 필요하단 이야기였지 P-R에 들어간단 말은 아니었는데.

"P-R에 좋은 사람들 많아서 너한테 맞는 사람도 만날 수 있을 거야."

"글쎄…" 하며 헤일로는 생각에 잠겼다. 맞는 사람이 그렇게 쉽게 나왔으면 왜 진작 사람을 구하지 않았겠는가.

"왜? 너는 어떤 사람이 좋은데."

헤일로는 이전에 뽑았던 매니저의 기준을 생각해보았다. 일을 잘하는 건 기본이다. 그의 매니저는 우선 정신력이 강해야 했다. 헤일로는 논란 속에 산다는 게 과언이 아니라 정신력이 약한 매니저는 쉽게 그만두곤 했다. 논란, 루머 속에서도 본인을 잃지 않고 꿋꿋해야 했다. 다음으로 그가 신뢰할 수 있는 사람, 그가 뭘 해도 믿어주며 그를 어떤 이유로든 배신하지 않을 사람이 좋다. 또 엑셀밖에 없는 그에게 브레이크를 걸며 올바른 길로 안내할 사람이 필요하다. 무조건 그가 옳다고 하는 사람은 원치 않았다. 마지막으로 매사에 심각하고 진지하기보다 때에 따라 농담을 던지고 같이 웃을 수 있는 사람이라면 대충 잘 맞는 사람이라고 할 수 있겠다.

가만히 그의 말을 듣고 있던 길라온은 조건이 세 개 이상 달리자, 고개를 기울였고 매니저의 목소리도 줄어들었다.

그리고 옆에 있던 장진수가 어처구니없다는 듯 말했다.

"세상에 그런 사람이 어디 있냐."

"그러니까."

그래서 헤일로가 사람을 구하는 게 늦어지는 거였다. 매니저는 모르겠고 다른 사람을 구하는 게 더 빠를 것 같았다.

어쨌든 P-R 레이블에 대한 거절 의사였지만 P-R은 생각보다 더 끈질겼고, 생각보다 좀 더 노해일을 원했다.

* * *

P-R의 녹진은 노해일의 프로듀싱과 편곡 능력에 주목했다.

"'그' 노해일이 이번에 라온이 OST에 참여한 너튜버라고?"

물론, 처음엔 믿기 힘들어했지만.

"그 나이대에서 도저히 나올 수가 없는데."

녹진은 '쇼 바이 쇼'의 코드와 구조가 정말 마음에 들었다. 할 수 있다면 P-R로 데려오고 싶었다. 거짓말도 과장도 아니었다.

노래 잘 부르는 사람은 세상에 많다. 그중에서 '최고'를 논한다면 또 다르겠지만 어느 정도 잘 부르는 가수는 널리고 널렸다. 작곡도 마찬가지다. 물론 모차르트나 베토벤 같은 작곡가를 말하는 게 아니다. 현대 사회에서 멜로디 한두 라인을 뽑아 저작권 등록을 할 수 있기에 누구나 작곡자가 될 수 있었다. 하지만 프로듀싱은 아니었다. 가수도 작곡자도 프로듀서 앞에선 신선한 재료일 뿐이다. 결국, 어떤 '디시(dish)'가 나오냐는 프로듀서에 의해 결정된다. 괜찮은 가수, 괜찮은 작곡가보다 더 희귀한 게 괜찮은 프로듀서였다.

녹진은 이미 기타 연주가 수준급이란 걸 확인한 상태로 SNS에 올라온 노해일의 영상을 봤다. 프로듀싱 실력을 알려면 원곡을 들어야 했다. 그러나 누구에게 물어도 원곡을 들려줄 리가 없었다. 어떤 작곡가가 편곡되기 전 날것의 모습을 아무에게나 보여준단 말인가. 그러던 때 녹진은 노해일이 'wave_r'라는 이름을 가진 너튜버라는 걸 떠올렸다. 그리고 그 너튜브 채널이야말로 그에게 답을 가져다줬다. 쇼 앤 프루브(Show and Prove)에서 프루브를, 투박한 곡에 드러난 프로듀싱이 증명해주었다. 동일 인물의 실력이 분명했다.

"데려오자."

그래서 그는 삼장의 앞에 와 있다. 그날과 같았다. 다른 건 그날 데려오자는 건 장진수였고, 오늘은 노해일이었다.

"그 애는 진짜야. 우리가 데려오자."

"들어보니 어디 소속되는 거 싫어하는 눈치라던데."

"원래 능력 있는 애들은 소속되는 거 싫어하는 편이긴 해. 나도 그렇고."

그게 레이블 대표 앞에서 할 말은 아니었지만 녹진은 당당했다. 그도 계약할 때 기한이 표기되어 있지 않았기에 들어온 거였다. 그는 언제든 의사만 있다면 P-R에서 나갈 수 있었다.

"우리 레이블의 목적은 새로운 아티스트 발굴과 그들이 자기 색을 유지할 수 있게 도와주는 것이지."

"그렇지."

"영입이 우선이지만 반드시 영입하지는 않아. 협력관계를 유지하며 앨범 제작과 홍보를 도와주기도 하지. 그게 원래 레이블의 역할이기도 하고."

그들의 레이블이 크루(crew)와 소속사 성격을 띠긴 했지만 원형은 레이블(유통제작사)이었다. 주로 영입한다 뿐이지 소속으로 데려오지 않아도 좋았다. 녹진은 그저 괜찮은 관계를 만들고 싶었다.

"노해일이라고 했나? 네 생각에 그 친구 재능은 어떤데. 내 말은 장진수는….'

"56번은 좀 안타까웠지. 근데 이번에 달라. 진짜 천재야. 한국에서 손꼽을 프로듀서가 될지도 몰라. 어쩌면 세계적으로도 손꼽을 프로듀서가 될지도. 뭐, 아직은 먼 얘기지만."

사실 프로듀싱이 아니더라도 레이블에서 탐낼 조건을 이미 다 가지고 있긴 하다. 훌륭한 기타 연주 실력에 감미로운 보컬, '고백'을 작곡했던 작곡 실력까지. 사실 한 사람이 다 그걸 어떻게 가지고 있나 싶지만, 불세출의 천재는 이 넓은 세상 어딘가에서 갑자기 튀어나오기 마련이다.

"안녕하세요. P-R 레이블의 프로듀서 녹진입니다."

이렇게 노해일을 향한 P-R의 구애가 시작되었다.

***

"음."

헤일로는 에스프레소를 마시며 건너편에 앉은 남자를 바라봤다. 검은색 안경을 쓴 남자가 무해하게 손을 흔들었다. 한겨울에 옅은 갈색 코트, 스카프를 두른 채 오들오들 떨고 있는 모습이 잘나가는 프로듀서인 건 모르겠고 불쌍해 보였다.

"안 추우세요?"

"추워요. 그래도 곧 있으면 괜찮아지겠죠?"

P-R 레이블이라는 이름과 함께 찾아온 남자는 첫째 날 저를 '프로듀서 녹진'이라고 밝히고 자신의 포트폴리오 주소가 적힌 명함만 주고 갔다. 그건 적어도 명함만 준 다른 기획사보다 괜찮은 방법이었다. 그를 프로듀싱하겠다는 의미인 줄 알고 어떤 사람인가 헤일로가 찾아보았으니 말이다. 긍정적인 의도의 검색은 아니었으나 일단 포트폴리오를 검색하게 만드는 게 그 의도였다면 성공이다.

헤일로는 녹진이 프로듀싱한 음악과 자작곡을 찾아보고 그가 꽤 괜찮은 능력을 가지고 있다는 걸 알게 되었다. 그래도 자신을 프로듀싱한다는 건 받아들일 수 없었다.

"제 의사는 이미 밝힌 것 같은데요."

"원래 잘 맞는 사람 찾기가 참 어려운 세상이죠. 잘 맞는 회사 찾기도 어렵듯이."

녹진은 헤일로가 매니저에 대해 굉장히 까다롭고 회사 소속에 긍정적이지 않다는 걸 이미 보고 받았다. 그렇지만 어떻게 설득할 요량으로 찾아왔다. 특히, 잘나가는 프로듀서가 메일이나 전화가 아니라, 직접 찾아와 자신의 포트폴리오가 박힌 명함을 줬으니 모든 성의 표시는 다 한 것이다.

헤일로는 그래서 더 의아했다. '헤일로'라면 몰라도 '노해일'은 아직 보여준 게 없다고 생각했으니까. 노해일은 이제 막 시작했을 뿐이다. 찾아보면 없는 건 아니겠지만. 어쨌든 어딘가에 소속할 생각이 없는 헤일로는 더는 말을 돌리기 싫었다.

"그래서 하고 싶은 제안은요?"

"첫날은 자택에서 봤고 두 번째는 카페에서 봤으니 다음 만남은 P-R 사옥 근처였으면 좋겠군요. 아실지 모르겠지만 저희 사옥이 위치한 성수역에는 괜찮은 카페가 많습니다."

녹진이 은은하게 웃으며 말했다.

P-R에 들어오라고 계약서 비슷한 말을 꺼냈다면 헤일로가 바로 거절했을 텐데, 만만치 않은 사람이었다.

"어때요? 괜찮은 제안이었나요?"

"괜찮은 카페가 많다는 말에 흥미가 생기긴 하지만 아쉽게도 요즘 할 일이 많아요."

"오! OST 작업은 이미 끝났을 테고 혹시 새로운 곡을 작업 중인가요?"

"네."

딱히 숨길 이유가 없어 헤일로는 솔직하게 대답했다.

녹진이 영업사원처럼 두 손을 펼치며 말했다.

"저희 P-R 사옥에 또 괜찮은 작업실이 마련되어 있죠. 특히 제 작업실에 오면 깜짝 놀랄 겁니다. 제 자랑 중 하나입니다."

녹직은 아까부터 헤일로에게 오라고 직접적인 제안은 하지 않았지만 홍보할 건 다 홍보하고 있었다.

헤일로는 "괜찮습니다" 하고 웃으며 거절했고 두 번째 만남은 그렇게 끝났다.

* * *

두 번째 귀환!

담배, 교복 등 단속에 걸려 벌을 받았던 불량아가 교사가 되어 모교로 돌아오는 〈오늘부터 우리는〉 티저와 예고편이 뿌려졌다. 티저의 OST는 남자 4대 보컬 중 하나인 신주혁이 맡았고, 예고편과 함께 음원이 스트리밍 사이트에 올라왔다. 또한, OST는 신인가수들이 대거 참여했으며, 그중 〈쇼유〉에서 수준급 가창을 보여준 길라온과 너튜버도 있다고 언급하는 기사가 동시다발적으로 올라왔다. 웹툰 원작에 주연급을 제외하고 신인 배우로 이루어진 〈오늘부터 우리는〉 드라마 자체에 대한 관심도는 크진 않았지만, 적어도 OST를 좋아하는 사람들은 테마곡에 관심을 가졌다.

처음에 테마곡에 관해서 이야기하던 사람들 사이에 원작 팬들이 끼어들었다. 그들은 가장 좋아하는 최애 캐릭터들을 언급하며 '우리 유진이 테마곡은 누가 부를지 궁금하다'는 식으로 가상캐스팅을 하듯 어울리는 OST 가수를 찾았다. 사실상 캐릭터 인기투표와 다름없었다. 그때 누군가가 '희태 테마도 나옴?' 하고 묻자, 커뮤니티는 다 같이 약속이라도 한 듯 조용해졌다. 아니, 정확히 그 게 시물만 보지 못한 것처럼 무시하고 다른 캐릭터들의 테마곡에 대해서만 떠들었다.

그리고 10분 후쯤, 누군가가 댓글을 달았다. '걔가 테마가 왜 있음? 그냥 노잼 캐'라고. 이게 희태에 대한 관심 전부이다. 사실, 이쪽은 온건한 편이고 희태를 싫어하다 못해 혐오하는 팬도 더러 있었다. 주인공이 그렇게 기회를 줬음에도 끝까지 손을 잡지 못하고 잘못을 저지른 희태를 답답해하고 고구마라 일컫는 사람도 있었다. 원작 작가에게 혹시 본인이냐고 비꼬는 사람이 있을 정도다.

드라마 작가도 희태가 중요하게 조명받으면 팬들이 싫어할 거란 것도 잘 알고 있었다. 애초에 원작 변형을 극단적으로 싫어하는 게 원작 팬이니 욕할 사람은 무조건 나올 것이다. 대신 원작 작가의 요청대로(계약사항은 아니다) 좀 더 확고한 악역으로 쓰려고 했다.

그러나 작가는 지난밤 마음을 바꿨다. 어젯밤, PD가 전해준 희태 변주곡을 밤새 듣고서 써놓았던 대본을 지웠다. 지워지는 글자 수가 많아질수록 마음이 아프지만 더 좋은 길이 보이니 어쩔 수 없었다. 그러곤 카페인 도핑을 하곤 새로운 이야기를 휘갈겼다. 이 변형을 독자와 시청자들이 어떻게 받아들일지 모르겠다. 마지막 에피소드이니 시청자들의 반응을 보려면 한참 먼일이다.

"그래도 이 그림이 더 예쁜데 어떡해."

타닥. 결국 작가는 엔터를 눌렀다.

***

'사옥이 성수동이라고 했나.'

헤일로는 이제 지독하게 익숙해진 무해한 얼굴을 보며 주변을 살폈다. 혹시 주변에 파파라치나 비슷한 게 있나 싶었다. 보이는 건 없다. 당연하게도 헤일로의 신원이 세상에 알려진 게 아니니. P-R의 사옥이 성수동이란 말만 안 들었으면 그가 사생팬인 줄 알았을 거다.

"흠."

"왜 아는 사람 있니?"

어머니의 물음에 헤일로는 고개를 저었다.

성수역에 레이블과 기획사가 많다는 건 그도 익히 들어 알고 있었는데 이 주변이었나 싶었다. 하긴 작업실 매물이 많은 곳은 꼭 이유가 있다. 세 번째 만남은 성수동 카페이면 좋겠다는 말을 그대로 들어준 것 같아 찝찝했다. 원래 헤일로는 남의 말을 잘 들어주는 성격이 아니다.

익숙한 얼굴 옆에 투블럭컷의 남자가 헤일로를 보더니 성큼성큼 걸어왔다.

"안녕하세요."

딱 그들 앞에 멈춰 섰다.

"P-R 대표 삼장입니다, 처음 뵙겠습니다."

"P-R이라면?"

"네, 예전에 저희 프로듀서님이 직접 찾아갔다고 들었습니다. 자택에 막무가내로 찾아가 놀라셨을 텐데 진심으로 죄송합니다."

"괜찮습니다, 집 안에 들어온 것도 아니고 현관에서 명함만 주고 가시던데요."

박승아는 아들과 관련해서 관대했다. 이미 옛날부터 집 앞에 기자들이 깔리고 집 밖에 못 나갈 수 있는 상황을 상상해봤기 때문이다.

"이해해주셔서 감사합니다."

삼장은 헤일로를 바라보았다. '네가 걔구나'라는 시선이었다. 그러곤 삼장은 다시 어머니에게 말했다.

"실례가 아니라면 근처에 사옥이 있는데 잠깐 시간을 내주실 수 있으십니까?"

"사옥이요?"

"네, 성수동에 저희 레이블이 있습니다. 꼭 아드님께 저희 레이블을 소개해주고 싶습니다. 만약 저희 레이블에 오신 이후로도 마음에 들지 않는다고 하시면 앞으로 귀찮게 하지 않겠습니다."

정중한 어투에 레이블에 대한 자신감이 깔려 있었다.

헤일로는 팔짱을 끼고 있다가 고개를 끄덕였다. 쓸데없이 시간을 끄는 것보다 거절하려면 빨리 거절하는 게 양쪽에게도 이득이다.

"엄마는 근처 서점에 있을 테니, 얘기하고 올래? 서점에 들러야 했는데 지금 다녀와야겠다. 물론 계약은 아직 엄마 아빠랑 상의한 후에 해야 하는 거 알지?"

헤일로는 뭐라 하기도 전에 자신의 뜻을 알아차린 어머니가 고마웠다. 헤일로가 고개를 끄덕이자 어머니는 그의 머리를 한번 쓰다듬고, 제 아들을 잘 부탁한다는 듯 삼장에게도 눈인사를 하고 떠났다.

헤일로는 왜 그들과 우연히 마주칠 수 있었는지 금방 깨달았다. 정말 멀지 않은 곳에 P-R 레이블 사옥이 있었다. 사옥 건물에 크게 P-Rosper(프-로스페르)라고 적혀 있었다. 사옥에 들어가자마자 안에 있던 사무직과 아티스트로 보이는 사람들과 눈이 마주쳤다. 아무도 없던 베일과 느낌이 달랐다.

P-R은 힙합 레이블로 시작해 다양하게 장르를 넓히고 있는 만큼 개성이 강했고 생기도 넘쳤다. 대표인 삼장과 프로듀서인 녹진을 다들 형이라 부르는 게 일반적인 회사보단 크루에 가까웠다.

"뭐야 해일이? 안녕! 우리 레이블 들어오는 거야?"

"지금 매우 진중한 작업 중이다, 라온아."

"사장님 꼭 성공하십쇼!"

연습실 앞에서 마주친 길라온은 처음에 반색하더니 결의에 차서 손을 들어 보였다.

곧 도착한 녹진이 자랑하던 작업실에 헤일로는 처음으로 관심을 가졌다. 강영민의 스튜디오나 OST 녹음 때 방문했던 스튜디오와 차원이 달랐다.

"저는 믹싱이나 마스터링도 직접 하는 편이라 이것저것 많이 가져다 뒀죠."

"직접 한다고요?"

"남이 하는 건 어떻게든 마음에 안 들더라고요. 그래서 직접 합니다."

녹진이 너도 그렇지 않냐는 듯 헤일로를 은근히 바라보았다. 분명 헤일로의 마음을 관통하는 말이긴 했다. 팬들은 클래식이다, 레트로다 옹호해줬지만 헤일로는 이 세계에서 온 이래로 만든 모든 음원에 아쉬운 마음이 있었다. 정확히는 이런 것도 만질 수 있다는 걸 알게 되면서 나온 자연스러운 아쉬움이었다. 그래서 작업실을 구한 후 믹싱이나 마스터링도 배우려고 했는데, 이들은 적어도 헤일로가 필요로 하는 것 하나 정도는 정확히 찔렀다.

사옥 구경을 끝내고 대표실로 자리를 옮긴 후 그들은 헤일로에게 P-R 레이블 소속 아티스트에게 제공되는 서비스에 대해 설명했다. 앨범 제작, 유통, 홍보는 기본이고 방송 섭외와 스케줄 관리, 인력 지원 등 매니지먼트 서비스도 제공한다고 했다. 분명 그중에는 헤일로에게 필요한 것도 있었다. 일반 스튜디오에서는 불가능하다고 말한 뮤직비디오 제작이나 작업실, 인력 같은 건 끌렸다. 그러나 결국 답은 같다.

"제안은 감사하지만 거절하겠습니다."

삼장이 왜냐고 묻기 전에 헤일로가 빠르게 대답했다.

"여러 이유가 있지만 무엇보다도 전 제 레이블을 만들 생각이라서요."

처음부터 생각했던 거다. 헤일로 자신만을 위한 독립 레이블. 그는 여전히 다른 아티스트가 아닌 오로지 자신을 위해 이루어진 기획사를 만들고자 했다. 좀 시간이 걸리더라도 괜찮았다.

"전 이제 가봐도 될까요?"

헤일로는 자리에서 벌떡 일어남으로써 타협의 의사가 없음을 밝혔다. 삼장은 이렇게 단호하게 거절할 줄 몰랐는지 아니면 개인 레이블이라는 말에 당황했는지 입을 다물고 있었다.

그때 녹진이 피식 웃으며 대화에 끼어들었다.

"야, 삼장아. 내가 그랬지? 해일 씨는 소속 아티스트 체질 아니라고. 처음부터 이런 식으로 말했으면 안 됐어."

녹진이 헤일로를 보며 눈을 찡긋거렸다.

"잠깐 우리 둘이 대화하죠. 더 건설적인 이야기가 될 거예요."

'그러니까 어디서부터 말해야 할까.'

녹진은 잠깐 할 말을 정리하곤 입을 열었다.

"전, 해일 씨와 같은 사람을 잘 알아요."

녹진이 제 이야기를 풀어냈다.

"저도 옛날부터 참견이나 간섭이 싫었어요. 내가 이미 만들어놓은 세계를 파괴한다고 생각했죠. 사실 틀린 말도 아니고. 그래서 지금 여기 있는 거고. 독립 쪽은 아무래도 해일 씨가 생각하는 것만큼 간섭이 적거든요. 뭐, 그래도 소속 아티스트에겐 조금의 조언이 갈 순 있겠죠."

녹진은 솔직하게 인정했다. 그리고 삼장을 흘끗 바라봤다. 삼장은 어떻게든 소속 아티스트로 데려오고 싶은 모양인데, 녹진은 처음 만났을 때부터 소속으로 데려오는 건 포기하고 있었다.

"1인 기획사 만들 생각인 거 예상은 했어요. 해일 씨는 능력이 있잖아요. 당장 아무 데나 들어간다고 해도 받아줄 테고. 눈이 있다면 거절할 곳은 없겠지."

헤일로가 고개를 끄덕이자, 녹진도 당연하게 받아들였다. 눈앞에 있는 소년은 충분히 자신 있어도 됐다.

"그거."

녹진은 본론을 꺼냈다. 삼장은 끝까지 말하지 않았지만, 만약 노해일이 받아들이지 않을 시 준비했던 2안이었다.

"독립 레이블. P-R이 지원해줄게요. 뭐, 서브 레이블로 이름이 들어갈 수 있겠지만 실질적으론 독립. 여기도 독립 레이블이니 독립의 독립 레이블이 되겠네."

회심의 개그였지만 소년은 웃어주지 않았다.

"위치는 소속 아티스트와 비슷할 거예요. 아, 근데 이건 원래 협력 아티스트에게도 제공되는 거라 특별대우라고 생각할 필요 없어요."

퍼준다고 생각하겠지만 실질적으로 퍼주는 건 없었다. 원래 P-R은 소속 아티스트가 아니더라도 소통이 활발한 편이었고 컬래버나 의뢰도 흔쾌히 받아들었다. 음원 제작, 유통, 홍보는 수익을 공유하니 무료라고 할 게 없었다. 물론, 1인 레이블 지원은 새로운 아티스트가 아니라 기존 아티스트가 독립을 원할 때 해주는 거지만, 프로듀싱 협력만 있다면 녹진은 괜찮은 거래라고 생각했다.

"노해일 씨는 욕심이 많은 사람일 거예요. 내 음악이 좀 더 많은 사람에게 닿길 바라며 가장 높은 곳에 있길 바라죠. 지금도 작업실 찾으랴 사람 구하랴 시간 아깝지 않나요? 그거 우리가 해줄게요."

헤일로는 천천히 입꼬리를 올렸다.

"저만 욕심이 많은 건 아닌 것 같은데요."

거절하려는 그를 끝까지 붙잡는 모습이 보통 욕심이 많게 느껴진 게 아니었다. 그에 녹진이 따라 웃으며 대답했다.

"나도 그랬거든."

P-R과의 대화는 거기서 끝났다. 계약이란 게 번갯불에 콩 구워 먹듯 이루어지는 게 아니거니와 미성년자라 보호자 동의 없이 계약을 진행할 수도 없었다. 또 유통 쪽 문제는 이중계약이 될 수 있어서 말해봐야 하고. 물론 아티스트가 아닌 음반 단위의 계약이라 큰 문제가 되진 않을 것 같았다.

* * *

헤일로는 베란다 테라스 의자에 앉아 하얗게 변한 석촌호수를 바라봤다. 모든 것이 낯선 세상이 익숙해지기까지 얼마 걸리지 않았다. 그의 앞에 놓인 핫초코와 거실에서 TV를 보며 그의 음악이 나오기만을 기다리는 어머니, 그리고 어머니에게 붙잡혀 나온 아버지까지.

헤일로는 계속 속 썩이고 귀찮게만 굴던 것들이 해소되었다는 후련함 위에 아직도 해야 할 일이 저 눈처럼 쌓여 있다고 생각했다. 해야 할 게 많다는 게 얼마나 행복한 일인가. 그는 앞으로 이루어야 할 것을 계속 떠올렸다. 처음에 이곳에 왔을 땐 이게 뭔가 싶었는데 지금은 이곳에 와서 다행이라고 생각한다. 언젠가 다시 그날과 같은 날이 올 것이다. 모든 것을 이루고, 더 이상 뭘 해야 할지 모르는 날들. 그날이 오기 전에 헤일로는 지금을 좀 더 즐기고 싶었다.

눈이 오는 하루
창 너머의 하얀 세상이 낯설게 느껴졌지만

거의 완성된 노래가 나온다. 한국어로 된 가사는 영어보다 어렵다고 생각했지만, 이곳에 처음 왔을 때 들은 황룡필의 '비상'이 인상 깊어서 한국어로 된 노래를 만들고 싶었다. 어머니가 그의 노래가 어렵다고 한 것도 마음에 걸렸다.

노랫소리에 OST를 기다리던 어머니가 고개를 돌려 그를 바라봤다. 아버지는 반대로 눈을 감았다. 네가 원하는 대로 하라는 듯.

헤일로는 고개를 돌리고 노래를 이어갔다.

숨결에 피어난 꽃들이 홀씨가 되어 어설픈 위로를 하고
어설픈 바람을 타고 날아가

네가 그리는 세상을 따라 고개를 돌리니

어느새

* * *

결정은 빨랐다. 헤일로는 부모님과 함께 P-R에 다시 방문했다. 계약서를 쓰는 동안 누군가는 아쉽다는 얼굴이었고, 누군가는 역시 그렇냐는 얼굴이었다.

"그럼 앨범 제작 일정을 잡겠습니다."

헤일로가 사인하는 걸 보며 녹진이 덧붙였다.

"저희 서브 레이블로 오면 더 편할 텐데. 전에도 말했지만 형식적인 형태일 뿐입니다."

"감사합니다. 다만 협력관계로 만족하겠습니다."

완전한 거절은 아니었으나 러브콜 자체에 대해서는 거절이었다. 헤일로는 여전히 완전한 독립 체제를 꿈꿨고 빚을 진다는 건 또 다른 구속이라는 걸 잘 알고 있었다. P-R 레이블과 계약을 한 건 독립 레이블 관련이 아닌, 헤일로가 관심 있었던 실물 앨범 제작 및 홍보와 관련된 것이다. P-R과 당분간 인력이 완성되기 전까지 협업하기로 이야기를 나누었고, 이에 대해서도 정당한 대가를 지급할 거다.

그리고 그가 다음에 한 것은 유통 정리다.

「호오, 헤일로가 아닌 '해일 로(Hae-Il Roh)'로서 활동을 하겠다는 말씀이죠?」

"네."

「스티븐 킹과 리처드 바크먼처럼 두 개의 음반을.」

전화 너머의 어거스트 베일이 한참을 흥미로워했다.

「잘 이해했습니다. 뭐, 당신의 두 번째 아이덴티티를 놓친 것이 아쉽긴 하지만 집착하지는 않겠습니다. 갑자기 시크릿 아이덴티티를 버리지는 않을 테니.」

시크릿 아이덴티티니 두 번째 아이덴티티니, 말하는 어거스트는 히어로 영화나 첩보 영화에 빠진 것 같았다. 실제로도 그랬다. 최근 누가 '그'에 대해 정말 바보 같은 추리를 했다고 늘어놓는 걸 보면 이 반응이 거짓은 아니었다.

어거스트는 마지막이 되어서야 한마디를 꺼냈다.

「헤일로 씨, 하고 싶은 말이 하나 있습니다만.」

"네. 말씀하세요."

「혹시 레코드사와 계약을 하고 싶은 건지 의사를 여쭙고 싶군요. 저도 괜찮은 곳 하나를 알고 있습니다.」

음흉하기도 하고 간절하기도 한 속내에 헤일로는 피식 웃었다.

「레코드사가 아니더라도 도움이 필요하다면 언제든 말하십시오.」

어거스트는 늘 그렇듯 정중하게 덧붙였고, 그는 굳이 사양하지 않았다. 어거스트의 도움이 당장 필요하진 않을 것 같지만.

한참 찾아 헤맸던 괜찮은 작업실 매물을 발견한 헤일로는 고민 없이 곧장 계약했다. 아직 'HALO' 디지털 스트리밍 음원 정산이 치러지진 않았지만 그동안 들어온 '쇼 바이 쇼' 음원 수익과 너튜브 저작권 수익이 꽤 든든했다. 부족하다면 적금을 하나 깰 수 있다던 어머니는 월세는 충분히 낼 수 있는 통장을 보고 놀랐다.

"우리 아들은 알아서 잘하는구나."

그녀는 아마 다음 달에는 매매도 가능한 통장을 보게 될 것이다.

적절한 작업실을 구하면서 법인 신청도 단번에 끝냈다. 법인이 승인되면 법인 대표로서의 의사를 행사할 수 있다. 이렇게 과제들이 어느 정도 해소되며 무거웠던 어깨가 조금 펴졌다.

"조심조심!"

헤일로는 기지개를 켜며 가구가 들어오는 작업실 벽에 기대었다. 아직 제대로 설비가 들어오지 않았지만, 곧 이곳에서 HALO의 4집을 만들 것이었다.

* * *

헤일로가 이사로 한창 바쁜 시기에 〈오늘부터 우리는〉 금토 드라마가 방영되었다. 1화가 주인공이 모교로 돌아와 여전히 개판인 교실을 마주치는 게 주 내용이었다면, 2화부턴 주요 등장인물의 이야기가 시작되었다.

2화부터 주인공과 제대로 부딪히는 민재부터 시작하여 에피소드가 풀리기 시작했다. 원작 팬들은 뮤지컬 넘버처럼 순차적으로 발매될 거라는 테마곡을 기다렸다. 그들이 가장 기다리는 건 분위기 메이커인 유진이나 첫 번째 에피소드를 이끌어나갈 민재였다. 그리고 기대처럼 민재의 이야기가 시작되며 반항아다운 록 메탈의 선율이 깔리자 열광했다.

[민재야ㅠㅠㅠㅠ 영원히 행복해.]

[유진이 테마는 다음주에 나오나? 그냥 지금 공개해.]

[나중에 듀엣해도 좋겠다.]

엔딩으로 달려가는 에피소드. 시청자들이 한 화가 끝나가고 있음을 아쉬워하는 중 희태가 등장했다. 선한 인상의 배우는 낯선 얼굴이지만 희태와 잘 어울렸다. 정적이고 선하고 모범적이다. 그래서 뒷이야기를 알고 있는 사람들은 짜증 날 만큼 똑같다며 화를 냈다. 그때 들려오는 우울한 선율⋯. 희태도 테마곡이 있었냐며 그럴 시간에 유진이 테마나 들려달라고 하려던 열혈 시청자 수빈이 입을 다물었다. 처음 듣는 목소리가 고막을 간지럽혔다. 분명 희태를 연기했던 배우와 목소리가 달랐지만, 희태의 목소리가 들려왔다. 희태가 노래하고 있었다. 웹툰 원작에서도 그리고 어디에서도 단 한 번도 서술되지 않은, 자신의 내면을.

나는 그렇게 또 눈을 감고–

목소리에 매우 취약한 편인 수빈은 빠르게 희태 테마를 검색했다. 인기 등장인물만 이야기하던 〈오늘부터 우리는〉 게시판이 희태의 이야기로 들썩였다.

[와 방금 뭐야.]
[고막 녹아내리는 줄.]
[힁 테마곡 퀄리티 미쳤네. 잘 뽑혔다.]
[처음 듣는 목소린데.]
[힁 테마곡 가수 누구임? 목소리 개살벌하다.]

[난 미성보단 중저음판데 이런 미성은 에바지ㅠㅠ]

[풀버전 듣고 싶다.]

순전히 OST에 대해 감상하고 감탄하는 부류가 있는가 하면 위기를 느낀 다른 캐릭터의 팬들도 있었다.

[아니 휘 이렇게 힘주면, 우리 애 건 더 좋다는 건가?]

[휘한테 신나박이급 붙인 거임?]

유진의 팬인 수빈은 다시 희태의 테마를 돌려들으며 우려했다. 유진이의 테마가 나오기도 전에 법석 떠는 걸지도 모르지만, 이름 있는 가수가 부른 민재 테마가 희태의 테마에 묻혔다는 게 걸렸다. 2,3화의 에피소드는 민재 이야긴데 다들 희태의 OST에 대해서만 떠들고 있지 않은가. 그리고 이건 단지 〈오늘부터 우리는〉을 봤던 시청자와 원작 팬들만의 대화가 아니었다.

"감독님! 지금 가우스에서 희태 테마 누가 불렀냐고 연락 왔는데요?"

"기자들한테도 계속 연락 와요."

"허허, 뭐 새삼스레."

"우리 감독님 좋으시면서 괜히 그러신다."

"그만 떠들고 일하자, 일!"

음악감독의 얼굴에 웃음꽃이 피었다. 제가 만든 음악이 관심받는다는데 누가 싫어하겠는가. 그렇다고 OST가 드라마를 잡아먹은 건 아니었다. 전반적으로 반응이 괜찮았다. 아직 초반부이고 원작 팬의 화력도 무시하지 못하지만 긍정적인 신호였다. 편집에 한참 공을 들이고 있는 PD가 아직 짜증 한 번 안 냈다는 게 그 증거다.

그리고 다른 쪽의 관심도 있었다. 늘 새로운 음악, 새로운 가수에게 관심이 많은 기성 가수들이다.

> △△: 주혁아 이번에 OST 들었어. 좋더라. 근데 희태? 테마 부른 애 누구인지 아니?
>
> ◇◇: 우리 주혁이 신인한테 '수박' 왕좌 그대로 뺏기는 거 아냐ㅋㅋ

메시지를 보던 남자가 피식 웃었다.

'내가 기를 쓰고 1위를 하고 싶어 하는 어린애인 줄 아나.'

새로운 얼굴이 등장하곤 하는 게 '수박'이다. 게다가 크게 신경 쓰이지도 않는 건 그게 희태의 테마이기 때문이다. 주연도 아닌 조연에 등장인물의 성격과 역할, 서사를 따라가야 하는 OST 성격상 잠깐 임팩트는 줬어도 결국 메인 OST를 이기지 못할 것이었다.

"그보다 우리가 신경 써야 하는 건 따로 있지."

중요한 건 희태의 테마가 아니다. 남자가 헤드폰을 내려놓고 깊은 숨을 들이켰다. 파괴적인 선율이 머리를 어지럽힌다. 그곳에서 들려오는 열여섯 개의 곡. 외부에서 온 파도가 한국에 진입하고 있었다.

3. 위로의 노래

HALO의 시대가 도래했다!

빌보드의 이색적인 움직임이 나타났다. 빌보드 차트를 관심 있게 찾아 보는 사람이라면 아마 이 움직임을 눈치챘을지도 모른다.

HALO, 아는 사람은 다 알고, 모르는 사람도 이제 알게 될 이름을 필자 는 말하고 싶다. 혹자는 빌보드 1위도 아니고, 겨우 빌보드에 들어온 신 인 가수가 아니냐고 생각할지도 모른다. 필자는 그런 이들에게 한 번 이라도 들어보라고 권하고 싶다. 듣게 된다면 분명 '태양'을 부르짖게 될 것이다. 그리고 빌보드 1위가 다인가? 그걸 하지 못한 건 그의 음악 이 부족하기 때문이 아니라, 니들이(지워지다 만 흔적이 남아 있다) 그가 오로지 디지털 음반만 발매하기 때문이다. 얼굴 없는 가수, 디지털 음 반, 형식적인 앨범 표지와 아쉬운(필자가 생각하기에 의도한 거다) 음향. 아무것도 알려지지 않은 신원에 이제 막 생기기 시작한 팬덤, 단 한 번 의 실연을 갖지 않으며(필자는 간절히 바라고 있다) 어디에도 나타난 적이 없다는 등. 아쉬운 점 몇 가지가 있기에 빌보드 1위를 쟁취하지 못했다. 그러나 불후의 명곡이자 팬들을 향한 답가 'I am HALO'를 시작으로, HALO의 모든 음원이 빌보드에 진입했으며 싱글 'I am HALO'는 핫 100 23위에 도달했다. 스트리밍 횟수와 라디오 에어플레이 횟수에서 높은 점수를 받으며! 위에서 말한 모든 아쉬운 점을 가지고서 말이다. 그리고 그의 세 앨범 수록곡이 모두 이제 빌보드의 수문장이 되어가고 있다. 비틀스가 1년에 한 번 곡을 뽑았다면 그는 한 달에 한 번 곡을 뽑는다. 이대로라면 빌보드가 그의 곡으로만 이루어지는, 말도 안 되는 일이 일어날지도 모른다.

…(중략)…

이에 따라 K-POP의 빌보드 진출은 더 어려워지고 있다. 벌써 '수박' 차트만 보더라도 그의 음악이 무섭게 치고 올라오고 있다. 이대로라면 기성 가수가 아닌 이상…

인터넷에 한 기사가 올라왔다. 여러 가지 의미로 관심을 끈 한국 인터넷 기사였는데, 그 의도가 HALO에 대한 찬양인지 공포인지 K-POP과 신인 가수에 대한 걱정인지 알 수 없었다. 이런 일기장에나 쓸 법한 기사가 어떻게 통과됐는지 모르겠다. 헤일로는 이 기사를 자신에게 보낸, 장진수의 저의는 무엇인가 싶었다.

'이거 때문에 그런가?'

헤일로는 '수박' 어플을 눌렀다. 기사가 말한 대로 한국 음원 차트, 대표적으로 '수박'에 HALO의 음원이 올라오고 있다. 유럽에서 시작했던 물결이 미국을 거쳐 아시아에 닿기 시작한 거다.

'수박' 차트 톱 100에 한국 팝이 아닌 해외 팝이 올라오는 건 종종 있는 일이다. 한국은 애초에 외국어로 된 팝에 거부감도 없는 편이며 해외 팝가수 팬덤도 존재했다. 원래 좋은 음악엔 국경이 없고. 또한 HALO의 음원이 빌보드를 타게 한 SNS 이슈들, HALO 너튜브 채널에서 보이는 광신도 같은 댓글, 그의 팬덤이 만든 애니메이션, 리믹스, 틱톡 등이 흥미를 이끌었다. 그 결과….

- 53위. I am HALO │ HALO
- 57위. When we meet again (title) │ HALO
- 64위. Struggle (title) │ HALO]
- 65위. Even so we do (title) │ HALO

이제 막 착륙했을 뿐인데, 이 아래로 앨범 수록곡들이 나열되어 있다. 대중이 막 듣기 시작했다는 의미다. 그리고 기사에선 이런 추세에 따라, 신인가수나 새 음반 작업이 힘들어질 거라고 했다. 보통 때였다면 '차트인'했을 음반들이 의문의 폭격으로 인해 묻히고 말 테니까.

헤일로는 입꼬리를 올리며 '그런데 그건 다른 사람들의 이야기'라고 생각했다. 과거의 자신이 훌륭했다는 건 인정하나, 현재의 자신만 못하다.

"이번에 가수들 싹다 복귀 늦춘 거 알아?"

"왜?"

헤일로는 검은 머리를 낯설어하며 머리를 쓸었다. 은발보다 검은색 머리가 더 많이 자라서 정리를 한번 했다.

"이번에 빌보드 가수 성적이 살벌하다잖아."

"왜 아덴이라도 복귀했어?"

"비슷한 것 같던데."

녹음 스튜디오에 있는 사람들이 잡담을 하는 동안 혜일로는 머릿속으로 일정을 정리했다. 2월 중순에서 말, 노해일의 데뷔와 함께 HALO 4집도 업로드할 계획이다. 벌써부터 포크 기타와 일렉트로닉 기타 선율이 울부짖는다.

"혜일 씨는 앨범 일정 이대로 가실 건가요?"

"네."

"괜찮으시겠어요?"

"안 될 이유가 있나요?"

"그, 그런 건 아닌데 좀 상대가⋯."

혜일로가 어깨를 으쓱하니, 질문한 이가 머쓱하여 입을 다물었다. 혜일로는 다시 소리에 집중했다. 야성을 쓰다듬는 핫초코 같은 어쿠스틱 멜로디가 들려왔다. 이것은 노해일의 첫 번째 앨범. 혜일로의 음악과는 다르다. 혜일로의 곡이 일렉 기타 사운드와 음향으로 가득 차 있다면, 노해일의 곡은 보다 목소리에 집중되어 있다. 혜일로의 음악처럼 사람을 한곳에 몰아넣고 폭풍처럼 몰아치지도 않는다. 그러나 선율은 마법처럼 사람의 시선을 끌어당기고 카메라 한가운데 있는 검은 머리의 소년에게 집중하게 했다.

소년의 목소리는 밀물과 같다. 물이 서서히 차올라 의식하지 못하고 물속에 갇히게 되는 것처럼 노래를 듣는 사람들은 이미 바다 한가운데에 갇혀 있다. 온기로 가득 찬 물이 무릎을 적신다. 이대로 있어도 좋다. 숨이 막혀도 좋으니 온기가 빠져나가지 않길 바랐다.

혜일로는 노래를 부르다 말고 눈을 떴다. 사람들이 눈을 감고 편안하게 미소 지으며 그의 음악을 감상하고 있다. 연신 고개를 끄덕이는 사람도 있었다. 그가 처음 이곳에 온 이래로 변화한 감성을 표현한 건데, 잘 전달된 것 같다. 헤일로는 만족스럽게 웃었다.

* * *

"라온아, 이번에 들어온 신인 봤어? 네 친구라고 들었는데."

"네? 아, 네. 근데 들어온 건 아니에요."

"어쨌든 소문으로 대표님이랑 프로듀서님이 그렇게 바짓가랑이를 붙잡았다던데 진짜야?"

"글, 쎄요⋯."

길라온은 말끝을 흐리며 이 대답을 몇 번이나 했는지 생각했다. 녹진의 러브콜이 소문난 이후로 만나는 사람마다 그를 붙잡고 물었다. 이해가 안 되는 건 아니었다. 길라온 이후 처음 들어온(?) 신입에 관심이 쏠리는 건 당연했다. 아무렴, 아직 데뷔도 안 한 신인에게 '독립 레이블' 지원까지 입에 담았는데, 소문이 안 날 리가 없었다. 게다가 그 신인은 러브콜을 차고 개인 레이블을 차렸다고 하지 않았나. 좁은 한국 음악계에 조금이라도 흥미로운 일이 생기면 호기심을 해소하지 않고는 못 견디는 사람들이 있다. 그들은 조금만 기다리면 알 수 있는 사실을 어떻게든 먼저 알아내려고 노력했다.

"싱어송라이터로 들어온 거야? 녹진 형이 그렇게 붙잡는 성격이 아닌데. 도대체 뭐 하는 애길래. 혹시 차윤우처럼 엄청 잘생겼나? 그럼 인정."

물론 그 관심이 항상 긍정적이지만은 않았다.

"선배 가수들은 컴백 시기를 늦추는데 신인이 데뷔한다고? 누군지 모르겠지만 신인이라 그런가. 배짱 두둑하네. 그러다 한번 망해 봐야 정신을 차리지."

"형은 컴백 안 하세요?"

"컴백? 내가 컴백하게 생겼냐? 너도 들어봤을 거 아냐."

"뭘요?"

"그거."

길라온이 어색하게 웃으며 고개를 끄덕였다. 선배 가수가 말하는 '그게' 무엇인지 모를 리가 없다. 현재 한국 연예계에서 가장 주목하고 있는 가수. 기성 가수들 복귀까지 미루게 만드는 파괴적인 행보. 당연히 음악 하는 사람인 길라온도 들어봤고 경탄했다.

"듣자마자 와 미쳤다. 처음으로 벽을 느꼈다니까. 나도 천재 소리 꽤 들었는데. 역시 천재에도 클래스가 있다더니. 나는 그냥 한국에서 만족하고 살아야지."

선배 가수가 한참 동안 자기가 느낀 벽에 대해 떠들더니 20분쯤 지나서 다시 원래 화제로 돌아왔다.

"어쨌든 신인 음원 들어봤어?"

"아니요. 제가 어떻게…. 그리고 음원을 들었으면 안 되죠."

"그건 그래도 친군데 안 들려주디? 아니, 궁금해서 여기저기 찔러봤는데 아무도 말 안 해주더라고."

그가 아쉽다는 듯 투덜거렸다. 앨범 제작에 조금이라도 관여했던 스태프들이 약속이라도 한 듯 입을 다물었다. 나중에 음원이 나오면 들어보라고 할 뿐 어떻다 얘기해주지 않았다.

"도대체 어떻길래. 막 진짜 별론가? 아무도 안 말리는 거 보면, 언제 내도 망할 거 같으니까 그냥 두는 거지."

"하, 하, 하."

길라온은 뭐라고 대답해야 할까, 고민하다가 웃어넘겼다. 그는 선배의 말에 동의하진 않았지만 어차피 음원을 들어보면 알게 되겠지 생각했다.

"그래서 걔는 지금 뭐 하고 있어? 선배들한테 인사도 안 하고."

"한창 바쁠 때라서 신경 못 쓰는 게 아닐까요?"

"어디 있는데?"

"글, 쎄요? 녹진 프로듀서님이랑 있나."

사실, 길라온은 노해일이 어디 가서 뭐 하고 있는지 알고 있다. 카톡을 잘 안 보긴 해도 연락이 되면 노해일은 아무렇지도 않게 말해주었다.

"걔한테 언제 나오라고 해봐."

"네? 어딜요?"

"어디긴, 우리 밤모임."

선배의 말에 길라온이 눈을 번쩍 떴다.

"왜 그래. 내가 뭐, 못할 말이라도 했어? 요즘 시대에 내가 기합을 주겠냐, 뭘 하겠냐. 심지어 미성년자라며. 아직 9시 뉴스에 나오고 싶은 맘 없어."

"…"

"그리고 내가 걱정 좀 하긴 했지만 진짜 후배가 망하길 바라겠냐. 선배로서 대중들의 취향, 팁 좀 전수해주려고 하는 거지. '수박' 1위 하는 법, 전략적 데뷔, 뭐 이런 거. 내 생각엔 애가 센스가 좀 없는 거 같거든? 지금 시기가 암만 봐도 데뷔할 때는 아니잖아. 선배좋은 게 뭐겠어."

노해일이 '쇼 바이 쇼'로 이미 '수박' 1위를 했다는 걸 아는 길라온이 '딱히 필요 없을 것 같은데'라고 생각하며 옅게 웃기만 했다.

"아무튼 우리 모임 나오라는 거 빈말 아니니까 전해줘. 어 내가 나중에 확인해본다."

"그, 음… 한번 노력해볼게요, 선배! 근데 걔가 워낙 바빠서 안 될 가능성이 커요! 전 바빠서 이만! 조심히 들어가세요!"

"어, 어, 잠깐만 라온아. 아직 안 끝났는데."

길라온은 재빨리 말을 끊고 뛰쳐나왔다. 저 선배가 나쁜 사람이 아니라는 건 알지만, 그래도 한창 바쁠 친구의 시간을 빼앗고 싶지 않았다.

'지금쯤 프로필 촬영 중이려나.'

그가 녹음 스튜디오 대신 촬영 스튜디오에 있다는 걸 아는 길라온은 선배한테 잡힐세라 잽싸게 엘리베이터에 올라탔다. 선배는 데뷔니 뭐니 걱정하지만 길라온은 걱정하지 않았다. 아마 노해일을 직접 본다면 누구도 걱정하지 않을 것이다. 다만 다른 걱정이 든다면….

"프로필 촬영 힘든데."

길라온은 프로필 촬영이 얼마나 오래 걸렸나 떠올리며 몸을 떨었다. 장진수가 노해일은 '걱정할 필요가 없는 놈'이라고 하지만 촬영장은 누구나 힘든 곳이다.

* * *

헤일로는 팔짱을 낀 채 못마땅한 얼굴로 거울을 들여다보고 있었다. 그의 앞에 놓인 정체를 알 수 없는 도구들.

"흐음."

메이크업 거울 앞에 앉아 있는 헤일로는 이 자체로 이질적이라

안 될 곳에 있는 느낌이었다.

"대충 찍으면 안 될까요?"

"'대충'이요? 그럴 순 없죠."

앨범 제작팀 팀장은 못 들을 단어를 들은 듯 단호하게 답했다.

"대중에게 가장 먼저 노출되는 게 프로필 사진이에요. 집에서 나온 껄렁한 모습을 보여줄 순 없죠, 상식적으로. 그리고 기본적으로 다들 이렇게 한답니다. 앞으로 화장 한두 번 할 게 아닌데 빨리 익숙해지시는 게 좋을 거예요."

'상식적'으로 그리고 '기본적'으로…. 그가 좋아하는 단어는 아니다. 헤일로는 손가락을 툭툭 두드렸다.

배우도 아닌 그가 앨범 표지도 아닌 프로필을 왜 찍어야 하는지 물으니 그녀는 인터넷과 플랫폼에 올라갈 사진이라고 했다. 직접 검색해서 보여준 인물 사진을 보고 그제야 '프로필 사진'이 무엇인지 알았다. 대중이 '노해일'이란 이름에 관심을 갖고 검색해보았을 때 가장 먼저 보게 될 사진, 첫인상이자 앞으로 그의 대표적인 이미지가 될 사진이라고 팀장이 몇 번이나 강조했다.

"눈감아 주실래요?"

메이크업 아티스트가 커다란 붓을 가지고 왔다. 헤일로의 얼굴을 매만질 붓이다. 메이크업 아티스트는 그에게 아이돌 프로필 메이컵을 할 거라고 했다. 얼굴에 음영을 만들고 입술에 색을 칠하고 눈썹도 그리고 눈에 선과 그림자를 만들어 인상을 진하게 만들면, 노해일의 얼굴에 잘 어울릴 거라고 했다. 화장이 끝나면 왁스로 앞머리를 넘기고 옷걸이에 걸린 세미 정장을 입고 촬영할 것이다.

처음에 헤일로는 프로필 촬영에 크게 신경 쓰지 않았다. 음원을 간섭하지 않는다면 프로필 촬영같이 모르는 분야는 전문가 도움을 받는 것도 괜찮다고 생각했다. 그런데 막상 촬영을 위해 화장을 한다 하니 의문에 빠졌다. 이건 아무리 봐도 자신 같지 않았다. 이렇게 정리되고 꾸며진 건 자신이 아니다. 대중한테 가장 먼저 보이는 이미지…. 헤일로는 거울을 보며 고개를 기울였다. 옆에서 그의 행동을 주시하는 메이크업 아티스트와 팀장에도 아랑곳하지 않고 생각했다. 이것이 대중에게 보여주고 싶은 이미지인가.

"촬영이 처음이죠? 그럼 더 제 말을 따르는 게 좋을 거예요."

그의 행동이 답답했는지 팀장이 덧붙였다.

"글쎄요."

헤일로는 짧게 대답했다.

프로필 촬영은 처음이라도 그가 촬영을 처음 해본 건 아니다. 늘 헤일로의 앨범은 그의 얼굴이나 전신, 반신이 딱 박혀서 나왔다. 앨범이 나올 때마다 그는 카메라 앞에 섰다. 그러나 그땐 코디나 전문가의 손을 그리 타지 않았다. 그들은 헤일로의 얼굴을 빤히 보고는 도저히 건드릴 데가 없다며 머리만 정리해준 뒤 소품이나 의상을 쥐여줬다. 게다가 3집 이래론 그조차도 하지 않았다. 자다가 일어나 뒷머리가 눌려 있든 말든 자유롭게 찍었다. 모든 게 그의 의사대로 정해졌고 누구도 그의 의견을 반대하지 않았다. 그것으로도 충분했으니까.

'지금은 뭐가 다를까.'

헤일로는 팔짱을 끼고 한 가지만 생각했다. 이게 '자신'이 원하는 모습인가. 답이 곧장 나왔다. 절대, 아니다. 그러니 망설일 이유가 없었다. 헤일로는 제작 팀장을 올려다봤다. 의아해하는 제작 팀장과 눈이 마주친 순간 말했다.

"전, 이대로 갈래요."

"예? 그게 무슨….."

"이대로 촬영할게요."

"예?"

제작 팀장이 당황했다.

"아니…."

프로필 촬영하는데 꾸미지 않고 자기 모습 그대로 가겠다고 말한 사람은 처음이었다. 어떤 식으로 보였으면 좋겠다고 의논하는 사람은 있어도, 날것 그대로를 보이겠다는 사람은 없었다. 원래 연예인이란 '만들어지는 이미지'가 가장 중요한데, 제작 팀장은 아직 눈앞의 소년이 '프로필'의 중요성에 대해 모르나 싶었다.

"몇 번이나 말했지만 프로필은 첫인상이에요. 사람들이 가장 먼저 보게 될 노해일 씨의 이미지!"

"그래서요."

"예?"

그녀가 이해하지 못한 듯 되묻자 헤일로가 씩 웃으며 대답했다.

"이게 나라서."

헤일로는 사람들이 가장 먼저 보게 될 이미지가 그대로의 자신이었으면 했다. 특별히 꾸미지 않아도 봐주면 그걸로 됐다. 그 이후의 관심은 충분히 얻을 수 있다. 그가 가장 사랑하는 방식으로.

"그게 다예요."

그녀가 완전히 납득하지 못해 덧붙였다.

"이러면 사람들이 안 좋아할 텐데요."

"글쎄요. 그렇지 않던데."

소년이 이미 경험해보았다는 듯 태연하게 말하니 그녀는 더욱 이해할 수 없었다. 그러나 확고한 아티스트의 뜻을 꺾을 수도 없어 허리에 두 손을 짚은 채 소년의 촬영을 관망했다. 조금이라도 문제가 생긴다면 촬영에 개입할 생각이다.

"그대로 찍으실 건가요?"

"예."

검은색 후드티 위에 갈색 재킷, 무난한 청바지와 등에 멘 어쿠스틱 기타. 소년은 스튜디오에 입고 온 옷 그대로 카메라 앞에 섰다.

'이게 아닌데' 하며 제작 팀장이 손톱을 물었다. 소년의 의상도 충분히 값비싼 브랜드긴 했지만, 원래 기획했던 '모범적이고 부드러운 이미지의 고등학생' 콘셉트에선 완전히 벗어났다. 저건 그냥 캐주얼한 복장이 아닌가. 게다가 흐트러진 머리는 잘못하면 부스스하고 지저분한 인상을 줄 수 있다. 왁스도 바르지 않아 상한 머리 끝이 떠 있기까지 했다. 어딜 봐도 정돈되지 않은 날것 그대로였다.

경험 많은 제작팀도 메이크업 아티스트도 이게 맞나 싶었지만, 소년은 여유로웠다. 신인답지 않게 카메라에 익숙했다. 긴장한 티도 하나 없고 카메라를 의식하지 않았다. 잘생기진 않았는데 이상하게 눈에 확 들어온다. 그거야 '완벽하지 않으니까'.

제작 팀장이 현기증을 느끼며 이마에 손을 올렸다. 복장만 문제가 아니다. 차윤우처럼 잘생겼어도 메이크업을 안 받는다고 하면 할 말이 많은데, 소년은 외모로 승부하는 타입이 아니다. 특히, 미인 미남이 많은 연예계에선 평범하거나 혹은 아쉽다는 소리를 자아내기 쉽다. 분위기가 특이하긴 하지만 카메라에서 잡혀봤자 얼마나 잡히겠는가.

카메라를 한참이나 들여다보던 사진작가가 고개를 갸웃했다. 그 모습에 제작 팀장의 속이 더 터져나갔다.

"아무래도 메이크업을 좀 시켜야겠죠?"

"아니, 그건 아니고."

제작 팀장이 불만족스러운 얼굴로 카메라를 흘끔 바라봤다. 사진작가가 카메라를 쥐고 있어 어떤지 제대로 보이지 않았다. 생각보다 그가 별말을 하지 않는다고 생각했을 뿐이다. 그녀의 예상대로였다면 벌써 한마디 했을 것이기 때문이다.

사진작가가 다시 카메라에 집중한다. 앵글 한가운데에 소년이 담긴다. 흐트러진 검은 머리가 하얀 피부와 대비되어 더 짙어 보였다. 이마를 감싸는 앞머리 중 몇 가닥은 옆으로 쓸려 있고, 몇 가닥은 조금 뾰족한 눈 끝을 감싼다. 소년의 머리보다 몇 센티미터 올라간 어쿠스틱 기타와 부드러운 세무 가죽이 차분함을 강조하며 검은색 후드티가 소년의 얼굴을 조명한다.

"나쁘지 않은데?"

제작 팀장의 생각과 달리 사진작가는 나쁘지 않다고 생각하며 시험 삼아 셔터를 몇 번 눌렀다. 카메라는 왜곡에 의해 실제 이미지를 보존하지 못하지만, 그런데도 카메라가 매력적인 이유는 그 순간을 간직하기 때문이다. 단순히 카메라 앵글에 담긴 환경뿐만 아니라 그때의 시간, 감정, 분위기, 그 모든 것을.

'그래, 앵글 속의 소년처럼.'

말간 이미지 사이로 드러나는 강렬한 눈빛. 평범하다 할 수 있는 외모가 그 눈빛 하나에 반전된다. 카메라는 소년의 자유로우나 정제된 분위기를 극대화했다. 원래 기획한 얌전한 소년은 결단코 아니었으나 "좋은데?"라고 작가는 중얼거릴 수밖에 없었다.

그의 마음을 읽은 것처럼 앵글 너머의 소년이 씨익 웃었다.

찰칵. 셔터가 닫혔다.

* * *

창에서 햇볕이 쏟아져 들어왔다. 그 앞에 놓인 흔들의자와 카펫, 한쪽 벽면에 비스듬히 쌓아 올린 음반과 책을 보면 굉장히 아늑한 가정집 같지만, 이곳은 기존 스튜디오를 리모델링해 꾸민 헤일로의 작업실이었다. 녹음실과 마스터링실이 분리된 건물은 굉장히 쾌적했다.

"와, 넓네."

LP판과 턴테이블을 선물로 들고 온 아지트 사람들이 선물을 내려놓고 건물을 살폈다. 녹음실, 마스터링실, 그리고 화장실까지. 또한 다들 음악을 하거나 했던 사람들인 만큼 그 안에 있는 악기들을 당연히 한 번씩 건드려봤다.

"예산도 안 아낀 것 같고."

"뭐, 많이 벌 테니까."

최신식의 모던한 인테리어, 성수동 월세까지 따져보면 들어간 비용이 어마어마할 거다. 아직 어린 10대의 지출이라 상상하기 어려운 돈이다. 그러나 누구도 걱정하지 않았다. 적어도 이 자리에 모인 사람들은 헤일로가 앞으로 얼마나 돈을 많이 벌어들일지 알고 있었다.

"이게 뭐예요?"

"별거 아냐."

헤일로는 뻘쭘해하는 아지트 사람들을 아랑곳하지 않고 선물을 뜯었다.

'턴테이블 박스는 테이블 위에 올려놓으면 되고, 이건….'

헤일로가 멈칫하자 한진영이 머리를 쓰다듬으며 웃었다.

"헌것이라 좀 그런가."

"감사합니다, 제가 정말 좋아하는 앨범이에요."

한진영이 준 선물은 그가 아지트에서 가장 처음 들었던 음악, 황룡필의 3집 초판 LP였다. 그때 봤던 것처럼 2면으로 나누어져 있었다. 헤일로는 턴테이블 옆에 내려놓았다. 그들이 돌아가면 들어볼 생각이었다.

"베이스 다시 시작하셨네요."

헤일로는 한진영의 손을 흘끗 보며 말했다. 마지막으로 봤을 때 열어져 있던 굳은살이 다시 가득했다.

한진영은 이번엔 손을 숨기지 않고 앞뒤로 뒤집었다.

"아, 요즘 흥미로운 기타 교본을 발견해서 슬슬 연습하고 있었어."

"어려우면 말씀하세요. 작곡자로서 잘 알려드릴게요."

"크흠."

이후로 강영민도 찾아왔다. 아지트 사람들이 악기나 인테리어에 관심이 많았다면 강영민은 엔지니어답게 마스터링실 설비를 집중적으로 구경했다. 녹진 프로듀서가 추천해준 기기들이라 모자랄 데가 없었다. 한참이나 엔지니어의 로망이 구현된 마스터링실을 보던 강영민이 아쉬운 얼굴로 말했다.

"이제 우리 스튜디오에서 볼 일은 많이 없겠구나."

헤일로의 개인 작업실에는 이미 있을 게 다 있었다. 그의 스튜디오보다 더 최신식의 설비로.

"언젠가 이런 날이 오게 될 줄 알았지. 생각보다 빠르지만."

강영민은 단번에 헤일로가 HY스튜디오에 오게 될 일이 없다는 걸 깨달았다.

"그래도 비밀은 꼭 지킬 테니 걱정 마렴."

강영민은 엄숙한 표정으로 고개를 끄덕이더니 입에 지퍼를 채우는 시늉을 했다.

'그게 엄청난 비밀은 아닌데.'

헤일로는 피식 웃고 고개를 끄덕였다.

법인 설립 허가와 함께 헤일로의 공식 레이블 'H'가 만들어졌다. 노해일의 이름 철자인 H와 헤일로의 H를 따서 만든 이름이다. 그리고 공식적인 업무를 시작하려고 할 때 전화가 걸려왔다. 직원을 채용하거나 그의 앨범이 완성되기도 전이다.

「처음 인사하네. 나 박정호 감독이에요. 이렇게 말하면 모르려나? 해일 씨가 부른 희태 테마곡 원곡 작곡자.」

〈오늘부터 우리는〉 제작진, 정확히 음악감독은 희태 테마 레프리제 버전을 잘 들었다고 했다. 함부로 제 곡을 편곡한 것에 기분이 나쁠 수도 있는데, 그런 부분에 대해선 개방적인 사람이었다. 한참을 희태 레프리제에 대해 이야기하던 박 감독이 본론을 꺼냈다.

「해일 씨, 혹시 드라마 촬영장에 온 적 있나? 로케 말고, 스튜디오라도.」

"아니요, 없습니다."

「그럼 잘됐네. 한번 촬영장 와보는 게 어때요?」

"네?"

뜬금없는 제안이었으나 박 감독은 곧 이유를 설명해줬다.

「독립 레이블 차렸다는 말은 들었어요. 한참 바쁠 시기란 건 알지만 이쪽도 이유가 있어서. OST 대부분이 재녹음 들어갈 예정이거든.」

드라마 OST 재녹음은 종종 있는 일이다. 가수 본인이 컨디션 난조 등의 이유로 불만족해서 재녹음을 요청하는 경우도 있고, 드라마 대본이 바뀌면서 만들어놓은 OST를 못 쓰게 되는 경우도 있다. 또 대본이 바뀌지 않아도 극 중 영상과 음악의 싱크로율을 극대화하기 위해 이미 완성된 음원을 재녹음하기도 했다.

「'여러 가지' 이유로 내용상에 수정이 있어서 OST를 그냥 쓸 수 없게 됐어요.」

이번 경우는 대본 및 전개 수정이 가장 큰 원인이었다. 박 감독이 의미심장하게 '여러 가지'를 강조했다.

「뭐, 저쪽에서 '누구' 때문에 자극받아서 재녹음을 요청하기도 했고. 물론 아직 희태 테마곡은 재녹음 예정에 없긴 하지만. 혹시 모르니까 촬영장에 와서 살펴보는 게 어떨까요. 나도 오랜만에 현장 분위기 좀 볼 겸 나갈 건데 인사도 했으면 하고. 희태 테마에 해일 씨 지분도 있고 하니 재녹음이나 편곡한다면 도움이 될 거예요.」

드라마 촬영장이 헤일로도 궁금하긴 했다. 영화 촬영장은 가본 적 있지만 드라마 촬영장은 한 번도 가보지 못했다. 또, 박 감독이 계속 강조하는 포인트가 아무래도 헤일로 자신을 말하는 것 같았다. 희태 테마 변주곡에 대해 책임이 있는 그는 가봐도 나쁘지 않겠다고 생각했다.

「아, 그리고 희태 배우분이 해일 씨를 그렇게 만나고 싶어 하네요. 사실 그럴만해. 해일 씨 덕분에 대본 비중이 늘어났거든.」

엿듣는 사람도 없는데 박 감독이 속삭였다. 웃음기가 섞여 있지만 사실이었다.

혜일로는 일정을 살펴봤다. HALO 4집…. 좀 빠듯하긴 하지만 시간 내기는 가능할 것 같았다.

「그럼 장소는 문자로 따로 보내줄게요」

* * *

〈오늘부터 우리는〉은 일산에 있는 한 고등학교 로케이션과 일산 스튜디오에서 촬영을 번갈아 진행한다. 혜일로가 받은 주소는 일산의 고등학교였다. 입학하지는 않지만 결국 고등학교에 가보게 된 혜일로는 '노해일은 학교와 떨어질 수 없는 운명이 아닐까' 하는 생각을 잠시 했다.

잠실에서 일산까지는 자동차로 대략 1시간 20분 정도 소요됐다. 혜일로는 또 어머니의 자동차를 타고 가야 하나 싶었는데 길라온도 같은 곳에 가는 덕분에 그의 밴을 얻어 타게 됐다. 길라온 역시 〈오늘부터 우리는〉 제작진의 연락을 받았다. 오늘 OST 재녹음 때문에 선배 가수들도 올지 모른다는 얘기를 듣고 길라온은 은근히 기대하고 있었다.

"편하게 이용해, 해일아. 이제 동료니까!"

"…이미 편해 보이는데?"

김경진이 떨떠름하게 말할 정도로 혜일로는 제 차에 탄 것처럼 편하게 다리를 꼬고 앉아 있었다.

"앞으로도 계속 타고 다녀도 돼, 해일아!"

"라온아, 내 의견은⋯."

"아니야, 나도 이제 슬슬 매니저를 구해야지."

미성년자라 차를 직접 운전할 수도 없고 언제까지 어머니가 운전하는 차에 탈 수 없었다.

"그 기준에 맞는 사람 찾기 어려울 텐데."

노해일의 '매니저론'을 지난번에 유심히 들었던 길라온이 덧붙였다. 그러곤 그의 까다로웠던 기준을 되새겨봤다. 욕먹는 것도 두려워하지 않고, 신념이 있으며, 매사에 진지하기보다 함께 웃을 수 있으며, 신뢰할 수 있는 사람. 물론, 이게 로드 매니저보단 치프 매니저의 기준일 테다.

"아닌가?"

길라온은 문득 떠오른 사람이 있어 고개를 기울였다. 그러곤 노해일을 흘끗 돌아보았다. 그는 창 너머를 보며 무슨 생각에 빠져 있었다.

헤일로 일행이 일산의 고등학교에 도착해보니 신축 건물에 일반인이 들어오지 않도록 줄이 쳐 있고, 그 안에 패딩을 입은 무리가 모여 서 있었다. 스태프와 엑스트라 연기자들이었다.

"어! 일찍 오셨군요! 잠시만요."

그들을 맞이한 건 이종섭 AD였다. 그는 스태프 목걸이를 나눠주며 일행을 음악감독에게 데려갔다. 음악감독은 작은 의자에 앉아 현장을 둘러보고 있었다. 아직 촬영 시작 전이라 총괄 PD와 카메라 감독은 이야기를 나누고 있었다.

"왔어요?"

박정호 음악감독은 어린애들 둘이 보이자 활짝 웃으며 다가왔다.

"어서 와요. 길라온 씨는 이미 내 얼굴 알지?"

"안녕하세요, 감독님! 길라온입니다! 만나 봬서 반갑습니다!"

헤일로도 따라 인사했다.

음악감독은 텐션이 완전히 대비되는 두 아이를 보며 산타클로스처럼 껄껄 웃었다. 그러고는 그들의 어깨를 잡고 인사해야 할 사람을 알려주었다.

"이리 와서 인사부터 하고 와요. 총괄 PD님, 모자 쓰신 분이 카메라 감독님, 그리고…."

인사를 마친 후 잠시 시간이 났을 때 그들은 연예인들에게 시선을 빼앗길 수밖에 없었다. 촬영장에 유명 연예인이 도착하자 가수는 봤어도 배우는 거의 못 본 길라온이 호들갑 떨었다.

"와, 이소라다. 와와 양하늘!"

헤일로는 길라온의 호들갑을 한 귀로 흘리며 한참 촬영장을 바라봤다. 음악감독이 잠시만 있으라며 총괄 PD를 보러 가서 잠깐 여유가 생겼다.

"어…. 길라온 씨?"

그때였다. 말간 얼굴의 남자 하나가 다가왔다. 어디서 많이 본 교복을 입고 그 위에 더플코트를 입고 있었다. 패딩이 아니라 굉장히 추워 보였지만 남자는 담요를 두를 뿐 코트를 갈아입지는 않았다. 그는 음악감독 쪽으로 향하다가 길라온을 발견하곤 멈칫했다.

"어!"

남자를 유심히 보던 길라온이 눈을 번쩍 떴다. 그리고 헤일로와 남자를 번갈아 보더니 헤일로에게 재빠르게 속삭였다.

"헤일아, 네가 부른 그, 희태 역 맡으신 분."

"아!"

헤일로는 길라온이 알려준 이후에야 깨달았다. 그리고 그 속삭임을 들은 남자도 눈을 번쩍 떴다.

"헤일이라면, 노해일 씨? 제 테마곡 불러주신 분이세요?"

"네, 노해일입니다."

아직 노해일의 프로필이 인터넷에 올라가 있지 않아 그의 얼굴을 모르는 탓에 어리바리하게 있던 남자는 헤일로의 확답과 함께 목소리를 듣고는 점차 확신하게 됐다. 한참 헤일로를 뚫어져라 바라본 남자가 입을 열었다.

"안녕하세요. 〈오늘부터 우리는〉에서 희태를 맡은 이정민이라고 합니다. 만나서 반가워요. 어, 그리고…. 정말 감사하다고 얘기하고 싶었어요."

배우는 허리를 숙여 헤일로에게 인사했다. 음악감독이 헤일로에게 언질했던 분량 이야기는 사실이었다. 배우가 저보다 어린 소년을 향해 인사하자 스태프의 시선이 잠깐 그들에게 몰렸다. 그러거나 말거나 배우는 부담스러울 정도로 눈을 반짝이며 헤일로만 쳐다보았다.

"레프리제 정말 잘 들었어요."

'음악감독한테 어디까지 들었는지 모르겠지만 음원은 다 들은 것 같고 그외 편곡도 들은 것 같네.'

헤일로의 추측이 맞았음을 디렉터와 대화하던 음악감독이 돌아왔을 때 확인할 수 있었다.

"오, 어떻게 잘 이야기하고 있네. 정민 씨, 이쪽이 희태 테마를 부르고 레프리제를 만든 노해일 씨예요. 그렇게 만나고 싶어 하던. 그리고 희태 역을 연기하는 이정민 씨."

"네, 인사했습니다, 감독님. 오늘 올지도 모른다고 해서 기다렸는데 정말 만나게 되었군요."

"이렇게 어린 친구일 줄 몰랐죠? 이정민 씨가 스물여덟인가? 이 친구는 열일곱이에요. 열일곱!"

음악감독의 말에 배우는 차분하게 고개를 끄덕였다.

"네, 놀라긴 했습니다. 레프리제, 아니 희태 테마를 들었을 때부터 쭉. 새삼 깨닫는 거지만 나이는 별로 중요한 게 아니군요."

그렇게 말한 배우가 다시 한번 하얀 치아를 드러내며 감사하다는 말을 전했다. 촬영이 시작할 때까지 감사하다고만 할 것 같아 음악감독이 그를 보냈다. 그러곤 푹 한숨을 내쉬며 그가 꽤 오랜 무명을 거쳤다고 이야기했다.

"느낌이 어때요?"

"뭐가요?"

"해일 씨가 녹음할 때 그 자리에 계속 있었던 건 아니지만, 듣기론 갑자기 영감을 받고 만들었다고 들었는데. 그걸로 대본이 바뀌었잖아요. 한 배우는 원래 예정되어 있던 것보다 더 큰 역할을 받고, 한 캐릭터는 엔딩이 바뀔지도 모르고, 누군가에게는 야근을 선사했잖아요."

그리고 감독은 길라온과 '유진'역을 맡은 배우도 바라보았다.

길라온은 선배이기도 한 아이돌에게 인사했다. 그는 재녹음이고 뭐고 촬영장에 온 게 마냥 좋았다.

"글쎄요…."

혜일로는 미묘한 눈으로 그들을 바라봤다. 단지 변덕으로 진행한 편곡이었다. 이렇게 감사 인사를 받을 만큼 열심히 만들진 않았다. 그래서 사실 받지 않아도 될 인사를 받은 것 같았다.

"그리고 재녹음한다는 거 가수 측에서도 요청 있다고 했잖아요. 그거 희태 테마 나가자마자 연락이 온 거예요. 시청자 의견처럼. 아니, 사실 가수가 잘 알지. 이러다가 안 되겠구나 싶어서. 선배들 재녹음시킨 기분 어때요?"

혜일로는 그 부분만큼은 복잡미묘한 심정이 아니라 당연하다는 듯 웃었다. 음악감독은 당돌한 그 모습이 마음에 들었다.

"현장 분위기는 어때요? 괜찮지 않나. 물론, 촬영이 제대로 안 풀리면 그것만큼 스트레스 받는 일도 없지만 오늘은 잘 풀리네."

음악감독은 흘끗 혜일로를 살폈다. 그가 재녹음이니 배우니 하며 소년을 불렀던 이유가 사실 하나 더 있었다. 그는 소년의 음악이 좋았고 키우고 싶다는 마음은 변함없었다. 그래서 소년이 드라마 촬영장의 분위기를 보고 흥미가 생겼으면 했다. 드라마와 영화 음악의 매력에 대해 보여주고 싶었다. 거대한 서사의 한 중요한 부분을 차지하여 만들어나가는 극의 아름다움을.

"생기가 넘치고 한시도 지루하지 않네요."

"그렇지, 그렇지."

그래서 소년의 긍정적인 대답이 들려왔을 때 음악감독은 반은 해냈다고 속으로 주먹을 쥐었다. 하지만 뒤이어 들린 말에 허탈하게 웃었다.

"마치 무대처럼."

"어!"

"뭐, 이곳도 하나의 무대겠죠. 내가 가장 좋아하는 걸로 날 보여 줄 수 있는 거대한 콘서트 같아요. 마음에 들어요, 여기."

소년이 웃으며 말했다.

무대를 정말 좋아하는 얼굴. 음악감독은 이 순간 소년이 있어야 할 곳이 드라마 촬영장이 아닌 무대라는 걸 깨달았지만 한편으로 소년을 키우고 싶다는 욕망이 더 커졌다. 그래서 그는 충동적으로 물었다.

"그럼 작업 한 번 더 해볼래요?"

헤일로는 박정호 음악감독의 질문에 눈을 한 번 깜빡였다. 그러 곤 천천히 고개를 저었다.

"말씀은 감사하지만 당장은 하고 싶은 음악이 있어서요."

그 대답에 음악감독이 깔끔하게 물러났다.

"그냥 해본 말이었으니 부담은 갖지 말아요. 뭐, 그렇다고 빈말 은 아니고. 나중에라도 잘 생각해봐요. 드라마 음악이란 게 여러모 로 매력이 많거든. 재미있기도 하고."

그에게 윙크한 음악감독이 뒤를 돌아보았다. 이종섭 AD가 그를 부르고 있었다.

"감독님! PD님께서 부르세요."

"오케이, 잠깐만. 조금 더 구경하고 가요. 나는 일 좀 할게."

"네, 감사합니다, 감독님."

길라온이 공손하게 인사했다.

"야! 너 멋있다."

감독님이 멀어지자 길라온이 감탄했다.

"감독님한테 벌써 같이 작업하자고 말 듣고, 또 그걸 바로 거절하고."

프로듀서 형과 사장님의 러브콜을 거절했다는 말은 들었지만, 그것과 음악감독의 제안을 거절한 것은 길라온에게 굉장히 다르게 느껴졌다.

"좋은 기회이지 않았을까."

"글쎄, 어중간한 건 별로라서."

OST 작업이 재밌긴 하지만 헤일로는 두 번 하고 싶은 마음은 없었다. 언젠가 그가 만든 음악을 드라마나 영화에 넣는다면 그건 또 다를 수 있다.

"하긴, 우린 지금 우리 길을 가기도 바쁘지."

길라온이 헤일로의 말을 이해하고 고개를 끄덕였다.

헤일로는 이왕 촬영장에 온 김에 자세히 보고 싶어 스태프석에 자리를 잡고 앉아 주변을 둘러보았다. 그가 촬영장을 제대로 보는 건 거의 처음이었다. 방문이야 해봤지만 친구를 보러 간 거라 촬영장에 얼마나 머물렀겠는가. 더욱이 그가 왔다고 하면 사람이 너무 많이 몰려서 촬영 진행도 어려웠고.

그가 이곳이 마음에 든다고 한 건 진심이다. 열심히 일하는 스태프부터 지시대로 움직이는 음향 장비와 카메라, 패딩을 입은 군단 속에 있는 배우들까지 하나하나 쌓아올려 극을 만들어나가는 모습이 아름다웠다. 헤일로는 그들을 보며 손가락을 움찔거렸다. 몇 가지의 음들이 레고처럼 모여 멜로디가 되었다. 완성된 곡은 아니었으나 소리로 발산하고 싶었다. 기타를 가져오지 못한 게 아쉽다.

헤일로는 손가락을 튕기며 카메라 앞에 선 이정민을 바라봤다. 스물여덟 살이라고 했는데 교복을 입은 배우는 전혀 어색하지 않았다. 추천장을 빌미로 주인공에게 누명을 씌우라고 지시받는 상황에서 드러나는 갈등과 고뇌가 고등학생의 것과 같았다. 아직 완성되지 않은 극인데도 어색하지 않은 걸 보면 연기를 잘하는 사람이 분명했다.

"*느낌이 어때요?*"

불현듯 음악감독의 말이 떠올랐다. 희태의 이야기가 이렇게 끝나면 안 된다고 생각한 변덕이 일으킨 변화.

"컷!"

"와, 한 번도 NG 안 내는 것 봐. 난 이정민 씨가 저렇게 연기 잘하는 줄 처음 알았어."

PD 옆에서 진지하게 카메라를 들여다보며 연기에 대해 말하고 있는 배우를 보니 확실히 미묘한 감정이 들긴 했다.

"선배님들은 안 오시나?"

이소라 배우가 쐈다는 간식을 받아온 길라온이 아쉽다는 듯 말했다.

헤일로는 커피 냄새가 나는 빵을 받아 한입 베어 물었다. 커피 내음 안에 고소한 버터 향기와 짭짤한 맛 그리고 푹신한 빵에 눈이 커졌다. 커피 향을 곁들인 스콘 같을 줄 알았는데 맛있었다. 길라온도 "인사하고 가고 싶었는데"라고 하면서 빵을 입에 넣었다. 이어서 헤일로는 컵에 담긴 커피를 마셨다가 그대로 뱉었다. 누가 에스프레소에 물을 부었다. 쌉쌀하고 고소한 원두 향이 나야 할 것에서 담뱃재 넣은 물맛이 났다.

"이게 뭐야."

"너 아메리카노 안 마셔? 완전 애 입맛이네."

길라온은 담배 탄 물 같은 아메리카노를 잘도 마시며 말했다.

헤일로는 어처구니가 없었다.

'애한테서 애 소리를 들을 줄이야.'

"아메리카노 말고 라테도 있을걸."

그러곤 길라온은 커피 트럭을 가리켰다. 스태프가 몰린 트럭이었다.

"다시 받아와. 아, 이소라 배우님 보고 넋 잃지 말고."

"이소라 배우?"

이제까지 커피 트럭을 유심히 보지 않았던 헤일로가 눈썹을 찡그리며 배너를 바라보았다. 교복을 입은 여배우의 얼굴과 함께 응원 문구가 새겨져 있었다. 반하고 넋을 잃고 하기에는….

"너무 어려 보이는데."

한참 유심히 바라보던 헤일로가 말하자 길라온이 아메리카노를 품 뱉었다.

"어…. 우리가 할 소리는 아닐걸?"

일단 그들은 열일곱 살이었고, 반면 이소라 배우의 나이는 서른둘. 그녀가 학생 역에 잘 어울린다고 해도 실제 열일곱 살이 어려 보인다고 하는 건 말이 이상했다.

"이소라 배우님 연세가 서른둘인가…."

"서른이 넘었다고?"

헤일로는 믿을 수 없다는 듯 다시 배너를 돌아보았다. 아무리 봐도 그의 눈에 10대로밖에 보이지 않았다. 노해일을 처음 봤을 때도 초등학생이려니 했는데 그것과 비슷한 느낌이다.

"흐흠."

그때, 뒤쪽에서 들려온 헛기침 소리에 길라온이 뒤를 돌아보았다. 패딩을 입은 한 남자가 흠흠 거리며 눈을 굴리고 있었다. 그리고 그 뒤에 팔짱을 낀 여자와 시선이 닿은 순간 길라온은 입을 헉하고 다물었다. 뒷말하려던 건 아닌데 뒷담화가 되어버렸다. 다행히도 그들은 딱히 뭐라고 하지 않고 길라온과 노해일을 흘끗 보고는 지나쳐 밴이 세워진 운동장으로 향했다.

* * *

김경호는 밴에 올라타다가 헉하고 놀랐다. 가만히 커다란 거울을 들여다본 마녀가 입꼬리를 실룩거리더니 웃었기 때문이다. 소름이 끼쳤다.

"누나, 갑자기 왜 그러세요?"

"경호야."

"예."

"내가 아직 뭐, 학생 같고 좀 어려 보이나?"

김경호는 그 뜬금없는 말에 정색했다. 그의 배우는 백설 공주의 마녀처럼 만족스럽게 제 얼굴을 들여다보고 있었다.

"하긴 저번에도 민증 검사를…."

"누나."

김경호는 진지하게 말했다.

"계란 한 판이면 이제 자중하실 때도 되지 않으셨…."

"야!"

"죄송해요."

이소라가 고함을 지르자, 그제야 김경호는 제 신분이 '수드라'인

걸 인지했다. 한참 씩씩거리던 이소라가 팔짱을 끼고 거울을 내려 놓았다. 그녀는 다행히 자화자찬을 끝마쳤다.

"나가서 음료수 좀 사 오렴."

"음료요? 닥터페퍼면 될까요?"

"아니, 나만 입이니. 감독님, 스태프분과 다른 배우분들도 먹을 수 있게 사와."

'스태프가 몇이었지? 군이 나보고 사 오라는 건 뒤끝 아닐까' 생각하며 김경호는 입술을 삐죽이고 뒤를 돌았다.

그때 다시 이소라의 목소리가 들렸다.

"그리고 경호야."

"예에."

"요즘 애들 뭘 좋아하니? 요즘 애들이 좋아하는 음료수도 사 와."

김경호가 황당해하며 고개를 저었다. 그도 벌써 스물일곱이다. 이소라가 말하는 애들이 그녀에게 어려 보인다고 되지도 않는 말을 뱉었던 바로 그 애들인 거 같은데, 그들은 누가 봐도 중학생이 아닌가.

"아니, 누나. 제가 요즘 애들이 뭘 좋아하는지 어떻게 알아요?"

"그럼 계란 한 판인 내가 아니?!"

"다녀오겠습니다."

드르륵. 밴이 열림과 동시에 닫혔다.

이소라는 어이가 없다는 듯 멀어지는 뒤통수를 보다 한숨을 내쉬었다. 그녀의 매니저는 다 좋은데 눈치가 좀 없는 게 문제였다.

'뭐, 착하고 일 잘하면 됐지. 그나저나 그 애 이름이 노해일이라고 했나.'

이소라는 우연히 듣게 되었던 이름을 떠올렸다. 스태프들끼리 대화하는 걸 듣기로 희태 테마 부른 가수라고 했다. 데뷔를 아직 안 한 신인인데 음악감독이 그렇게 좋아한다고. 희태 테마라면 배우들 사이에서도 화제였다. 진짜인지 모르겠지만 그 테마 때문에 작가가 대본을 바꿨다고 한다. 이소라가 듣기에도 희태 OST는 좋긴 했다. 대본을 바꿀 정도인지는 알 수 없었다. 그러나 확실히 희태의 대사와 장면이 많아지긴 했다. 이소라는 길라온의 뒤에 있던 소년을 떠올렸다. 아직 데뷔하지도 않았다면서 그녀를 바라보는 눈이 꽤 건방졌다. 나쁜 의미는 아니다.

"음음, 나쁜 애는 아니지."

그녀가 고개를 끄덕였다. 그리고 씩 웃으면서 폰을 들었다. 가지런한 손가락이 빠르게 키보드를 누른다.

> 야 주혁아.
> 촬영장에 희태 테마 부른 애 왔는데 너보다 훨 낫더라ㅋㅋㅋ
> 주혁: ㅋ

"평소 톡 확인도 잘 안 하는 놈인데 순식간에 1이 사라지네."

의식하고 있는 게 분명하다. 답장도 바로 왔다. 이소라는 킥킥 웃으며 폰 너머의 얼굴을 상상했다.

> 너도 오늘 여기 왔어야 하는데.
> 보면 깜짝 놀랄걸, 너랑 좀 닮았어 ㅋㅋ

주혁: 뭐래. 개소리s

¹진짜라니까.
¹오늘 스케줄 있어 못 온다니 안타깝다.

그는 그녀의 말을 전혀 신뢰하지 않는 게 분명했다. '읽씹'이나 '안 읽씹'은 익숙한 것이라 이소라는 핸드폰을 두고 밴의 문을 열었다. 의자에 남겨둔 핸드폰이 울린 건 그로부터 얼마 지나지 않아서였다.

주혁: 좀 궁금하긴 하네.¹

***

헤일로가 촬영장에서 돌아온 지 얼마 되지 않아 14부작 드라마 〈오늘부터 우리는〉이 13화를 방영하며 엔딩을 향해 달려가고 있었다. 학생들은 주인공을 진정한 선생님으로 받아들였지만, 이사장은 주인공을 어떻게든 쫓아내고 싶어 했다. 그래서 가장 얌전한 모범생인 희태를 이용해 주인공에게 입시 비리 누명을 씌우는 게 지난주의 이야기다.

다른 건 모르겠지만 희태 역할이 원작에서보다 많아지자 원작 팬들은 시청자게시판을 불태웠다. 사실 원작 팬이 아니더라도 답답하고 우유부단한 캐릭터는 보는 시청자를 속 터지게 했다. 배우가 연기를 잘해서 더 그랬다. 그리고 오늘 방영되는 13화가 희태에겐 가장 큰 분기점이란 걸 적어도 원작을 본 사람들은 알았다. 어른들의 손에 놀아나는 희태에게 주인공이 몇 번이나 기회를 주지만, 희태는 결국 그의 손을 잡지 않았다. 그리고 주인공이 유일하게 구원하지 못한 학생으로 남는다. 곧 '그 장면'이 나올 체육관 농구코트를 보고 시청자들은 벌써 분통을 터트렸다.

[휠 왜 이렇게 많이 나옴.]
[작가 본인임???]
[대충 생략하고 넘어가지;;;]

주인공이 희태를 찾아 체육관에 들어갈 때, 주인공이 아닌 희태의 테마곡이 들려오기 시작했다. 이전과 시작이 같았다. 그래서 더 불편하게 만들었다. 한 번도 생각하지 못한 희태의 내면, 그의 내면 이야기가 들려올수록 희태뿐만 아니라 희태를 포기해버린 주인공에게도 불편함이 생길 수밖에 없었다.

주인공은 희태에게 사실을 밝히라고 했고, 희태는 하지 못했다. 원작처럼 주인공은 희태에게 같이 가자고 손을 내밀지만, 희태는 결국 그 손을 잡지 못한다. 푹 한숨을 내쉬며 점점 멀어지는 주인공. 점점 멀어지는 운동화를 보며 희태의 고개가 아래로 떨어졌다. 후회와 두려움이 그 얼굴을 휩쌌다. 철컥 문이 닫혔다. 여기까지가 원작의 그 장면이었다. 원래의 희태의 테마였다면, 도돌이표로 다시 원래대로 돌아갔을 것이다. 하지만….

뚠. 이질적인 피아노 소리와 함께 곡이 달라졌다. 그걸 가장 먼저 반영한 건 배우의 연기도 카메라의 움직임도 배경도 아니었다. 화면은 멈춰 있었다. 하지만 시청자들은 무의식적으로 무슨 일이 일어나리라는 걸 느꼈다. 원작과는 다른.

나는 그렇게 또 눈을 감고 달아오른 햇빛에 녹아드네

분명 숨결이 섞인 가사는 똑같은데 무언가가 변하고 있었다.

철컥. 희태가 고개를 들었고 그와 함께 카메라도 같이 고개를 들었다. 체육관의 문은 닫혀 있었다. 그러나 그 문에 기대어 있던 주인공이 희태를 차분히 바라보고 있었다. 통통. 농구공이 희태의 손에 부딪혀 벽으로 굴러간다. 그와 함께 멀어졌던 주인공의 운동화가 성큼성큼 그에게 다가왔다. 주인공의 뒤로 빛이 들어온다. 운동장의 석양이 체육관의 창문을 타고 들어온 것이다.

석양이 희태의 발치에 닿는다. 희태 아래 그려졌던 그림자가 석양을 타고 뒤로 미끄러지기 시작했다. 눈물 젖은 희태의 눈에 주인공이 들어온다. 그가 무슨 표정을 짓는지 무슨 말을 하는지 보이지 않는다. 그러나 주인공이 달고 온 독한 담배 냄새가 코앞에서 멈춰 섰다. 희태는 한치의 일그러짐 없이 고개를 들고 주인공을 바라봤다.

"희태야."

불현듯 그런 목소리가 들렸다.

"어른들 때문에 많이 힘들지?"

주인공은 희태에게 손을 내밀지 않았다. 원작과 같다. 그러나 농구 골대에 기대어서 희태의 곁을 지켰다.

"너에게도 그냥 좋은 어른이 필요했을 뿐인데."

주인공이 품에서 라이터를 꺼냈다. 피우지는 않았지만 피우고 싶다는 듯 지포 라이터를 딸깍이며 돌렸다. 그는 언젠가 만난 스승이 그걸 줬다고 했다.

"난 역시 좋은 어른은 아닌 것 같다. 늘 말하는 거지만 좋은 선생도 아니지. 내가 성질이 좀 그렇잖냐."

담담한 목소리가 희태를 울렸다. 지포 라이터를 한참이나 딸칵이던 주인공이 어느 순간 딸칵임을 멈췄다.

"근데 너희를 만나고 나서 좋은 어른이 뭔지 대강 알 것 같더라, 대강…."

희태가 주인공을 올려다보았다.

"희태야."

주인공이 희태를 온화하게 불렀다.

"네 속도로 걸어와. 늦어도 괜찮으니까."

희태는 소매로 눈을 닦았다. 일렁이던 시야가 그제야 또렷해졌다.

"네가 올 때까지 기다릴게."

그곳엔 그를 따뜻하게 웃으며 지켜보는 선생님이 있었다.

"내가 돈은 없지만 시간은 재벌이거든, 암."

실없는 농담이나 던지는 사람이 그렇게 거대해 보일 수 없었다.

희태의 레프리제가 울렸다. 희태의 삶이 도돌이표가 아니라 온점으로 향할 수 있는 길이 비친다. 그 온점이 좋은 결말인지 나쁜 결말인지 알 수 없다. 하지만 희태는 더는 도돌이표에 갇힌 채 살지 않기로 했다.

정말 느린 속도였지만 석양이 지고 달빛이 체육관에 차올랐다. 그때가 되어서야 희태는 선생님의 앞에 섰다. 굳게 닫힌 빗장이 드디어 열렸다. 그와 함께 시청자게시판의 빗장도 열렸다. 그리고 몇 게시글과 함께 시청자게시판이 그대로 터졌다.

[희태야ㅠㅠㅠㅠㅠㅠㅠㅠㅠㅠㅠㅠㅠ]

[희태 노래 뭐임? 미쳤다 진짜ㅠㅠㅠㅠ]

[이거 누가 부른 거예요???]

[ERROR; 접근할 수 없는 사이트입니다.]

"흐읍."

노해일의 어머니는 13화 엔딩을 그대로 차지한 희태의 레프리제를 들으며 오열했다.

고음으로 올라가는 희태의 노래. 더 이상 길을 잃은 채 한곳을 맴돌기보다 앞으로 나아간다. 누구도 그의 길을 알 수 없으나 누구나 그의 길을 응원해줄 것이다. 왜냐면…. 누구나 인생에서 한 번쯤 희태였던 적이 있기 때문이다. 희태였던 이들은 어른이 되었고 과거의 자신을 위로한다. 희태의 이야기와 그의 변주곡으로 앞으로 나아갈 용기를 얻는다.

OST는 극을 완성해주는 중요한 장치이다. 드라마의 한 장면을 극적으로 보여주며 명장면을 만들어내고, 그 명장면이 OST를 오랫동안 머릿속에 각인시킨다. 그리하여 이건 곧 또 다른 시작일지도 모른다.

시청자게시판은 다음 날 새벽이 되어서야 복구됐다. 그때부터 올라온 게시글 중 '희태 노래가 머릿속에서 안 멈춰ㅠㅠㅠㅠ'라는 제목이 가장 높은 조회 수와 댓글을 차지했다. 그 밑으로 드라마 내용에 관한 이야기가 이루어졌다. 주로 희태에 대한 이야기였고 주인공의 이야기도 없잖아 있었다. 그런데 모두가 OST를 한 번도 빠트리지 않고 이야기했다. 주인공의 이야기를 할 때도 결국 희태의 테마 이야기가 나올 정도였다. 장면을 이루는 데 인물, 사건, 배경 모두 빼놓을 수 없지만, 그 명장면에 가장 크게 일조한 것은 OST라고 모두가 보았다.

[와 이거 메인 OST임? 신주혁이 부른 가디언보다 좋은데?]

[이거 도대체 누가 부름?? 신나박이 수준인데?]

[ㄹㅇ 가수는 되게 담담하게 부르는데 감정 표현이 미쳤다.]

[아니 이거 왜 이렇게 따라 부르기 어렵냐. 들을 때는 쉬워 보였는데 1절 다 못 부르고 헉헉대는 데 이거 정상임? 그리고 고음 뭐임.]

곡에 대한 감탄부터 곡의 역할에 대해 분석한 글도 있었다.

[지금 생각해보면 희태 테마는 신의 한수였다. 테마 처음 들을 때부터 너무 세서 미쳤나 했다. 희태한테 공감할수록 원작 결말이 찝찝해지니까. 근데⋯ 희태가 바뀌었네. 말이 안 되는데 왜 말이 되지. 희태 성장한 거 생각하면 와⋯ 진짜 감탄밖에 안 나옴. 희태 모든 행동이 이해가 안 되는데 이해가 됨. 노래가 ㄹㅇ 미친 게 개연성 다 씹어먹음.]

사실 웹툰에서 단 한 번도 변화의 기미를 보이지 않았던 희태가 바뀐 건 어떻게 보면 개연성 파괴이자 캐릭터 붕괴일지도 모른다. 그러나 누구도 개연성을 지적하지 않는 건 다 이유가 있었다.

['수박'에 드디어 희태 테마 올라옴.]

[드디어ㅠㅠ]

[2화부터 숨 참고 기다렸다 뒤진 1인 승천함.]

기존 등장인물 테마곡이 싱글로 발매된 상황에서 희태의 테마곡을 끝까지 올려주지 않은 제작진은, 레프리제가 13화의 엔딩을 장식하고 나서야 음원 사이트에 올렸다. 다른 인물의 테마곡과 달리 두 가지 버전이다.

- 89위. 반복되는 삶 (〈오늘부터 우리는〉 희태 Theme(Reprise)│노해일

- 100위. 반복되는 삶 (〈오늘부터 우리는〉 희태 theme)│노해일

명장면의 물살이 음원 차트에 그대로 반영되었다. 이게 끝이 아니었다. 바로 다음 날 〈오늘부터 우리는〉의 마지막 회가 연타를 날렸다.

10년 후, 한 남자가 교사가 되어 모교에 돌아온다. 이제 어른이 된 희태는 운동장을 추억하듯 보다가 운동장에 넘어진 아이를 발견했다. 누구도 그 아이를 도와주지 않았다. 그때 희태가 넘어진 아이에게 손을 뻗었다. 아이가 손을 잡고 일어나며 희태의 얼굴이 카메라에 잡혔다.

"늦어도 괜찮아."

과거 그를 기다려주었던 선생님과 같은 따뜻한 표정이다.

"네 속도로 가도 돼. 얼마든지 기다릴 테니. 선생님은 시간이 많거든."

함께 들려오는 희태의 레프리제.

"자, 가자."

카메라가 손을 잡은 어른의 그림자와 아이의 그림자를 확대했

다. 그림자 위에 '오늘부터 우리는' 글자가 새겨지며 희태의 레프리제가 크게 울렸다.

〈오늘부터 우리는〉의 메인 OST가 따로 있었음에도 마지막 화를 장식한 OST는 희태의 테마 변주곡이었다. 이건 곧 주인공의 지지를 받은 새로운 주인공이 희태라는 걸 보여줬다. 원작과 완전히 다른 분기점이다. 그러나 시청자들은 전혀 이상함을 느끼지 못했다.

희태의 변주곡이 드라마에서 가장 중요할지도 모르는 엔딩을 차지하며 희태가 주인공이 되었다고 생각하게 했으니, 기존에 올라왔던 음원을 따라잡는 건 순식간이었다. 차트 100을 차지하고 있던 주연들의 테마곡이 단숨에 따라잡혔고, 신주혁이 부른 메인 OST와도 동등한 순위대에 잠깐 자리했다. 톱텐에 미동이 없는 와중 폭발적인 성장이었다.

[와 희태 곡 벌써 21위까지 올라왔네. 하긴 명곡이라.]

[희태 테마가 씹명곡인 게 다른 노래 싹 다 생각 안 나.]

[드라마 OST 듣고 전율이 흐른 건 10년 만인 듯.]

[희태 테마가 메인 OST 아녔어?]

[다른 때 같았으면 벌써 1위였을 텐데.]

엄청난 너튜브 조회 수를 기록하며 마지막회 시청률까지 부스터가 되어 희태 테마곡의 순위 상승은 필연적이었다. 하지만 누구도 희태의 곡이 1위를 할 거라곤 생각하지 않았다. 그도 그럴 것이 1위에서 17위까지 거대한 철옹성이 존재하고 있었다. 어느 순간 차트를 차지한 브리티시 팝은 황소개구리처럼 다른 음원을 모두

내쫓았다. 컴백한 인기 아이돌 그룹의 발랄한 댄스곡도, 연륜 있는 가수의 절절한 발라드도, 특정 시기에 슬그머니 모습을 드러내는 좀비 곡들도, 원래라면 톱텐에서 놀고 있어야 하는데 20위권 근처에서 맴돌고만 있었다.

- 1위. I am HALO│HALO
- 2위. When we meet again (title)│HALO
- 3위. Struggle (title)│HALO
- 4위. Even so we do (title)│HALO

어떻게 보면 믿을 수 없는 일이다. 해외 팝이 그것도 앨범의 모든 수록곡이 한국의 음원 순위를 점령하고 있다는 건. 심지어 빌보드 1위 곡도 아니다. 그러나 누구도 철옹성을 비판하지 못했다. 호불호가 나뉠지라도 그 강렬한 감정을 한 번이라도 맛보면 싫다는 소리가 나오지 않았다. 게다가 비평이 올라오거나 다른 곡이 침범하려고 하면 광신도들이 달려들어 물어뜯기도 했다. 어느 정도 시간이 흐르기 전까지 누구도 이 콘크리트를 뚫지 못할 거라고 확신했다.

총 열일곱 개의 곡, 바로 다음에 희태 OST가 안착했다.

- 18위. 반복되는 삶 (《오늘부터 우리는》 희태 Theme(Reprise))│노해일

분명 다른 기성 가수를 제친 훌륭한 성적이지만, 다른 때였으면 반드시 1등을 했을 곡이기에 사람들은 안타까워했다. 그러나 누구도 18위가 이 곡의 성적이 될 것을 부정하지 않았다. 그건 혜일로도 마찬가지였다. 혜일로도 이 곡의 성적을 18위 정도로 예상했다. 다만, 혜일로는 다른 사람들처럼 그리 안타깝진 않았다. 어차피 OST는 온전한 자신의 곡도 아니고, 공동작곡과 편곡에 이름을 올린

변주곡은 그때의 변덕으로 인해 만들었을 뿐이다. 게다가 성적이 아쉽게 끝나는 게 사실은 자기 앨범 때문이라 아쉽지 않았다. 오히려 당연했다. 중요한 건 앞으로 낼 그의 음원이라고 여겼다. 그런데….

- 16위. 반복되는 삶 (〈오늘부터 우리는〉 희태 Theme(Reprise)) │ 노해일

"어?"

헤일로는 의아해 고개를 갸우뚱했다. 그건 다른 사람들도 마찬가지였다. 희태의 OST가 다른 기성 가수들이 뚫지 못한 벽을 비집고 들어갔다. 비록 아주 미세한 상승이고 그 막강한 타이틀곡을 이기진 못했지만 분명 들어갔다. 헤일로는 이날, 축하와 위로가 담긴 메시지를 받았다. 1위 했어도 전혀 이상하지 않은 곡이고 운이 없었을 뿐이다, 1위보다 더 가치가 큰 성적이다, '그'도 사람이니 휴식기엔 네가 더 좋은 성적을 받게 될 거다… 따위의 내용이었다. 또한 세간의 눈도 쏠렸다. 아무렴 신인이 기성도 막혔던 빌보드 가수의 음악을 뚫은 것이다. 그러니 얼마나 순위가 더 올라갈지 주목했다.

희태의 레프리제가 기어이 10위까지 올라갔다. 누구도 예상치 못한 성적이었다. 헤일로를 포함한 누구도 생각지 못했다.

"왜지?"

헤일로는 의문을 가졌다. 다른 사람 모두가 축하하는데 그는 멍하게 음원의 성적을 바라보았다. 화가 난 건 아니었다. 그냥 이해가 안 되었다. 희태의 레프리제는 한 번도 시도해보지 않은 방식으로 만든 것이다. 자신이 아닌 '희태'라는 캐릭터를 위해 만든 변주, 단지 변덕이 나서 만든 곡이다. 그런 곡이 HALO의 음원만큼 사람들에게 사랑받고 있다.

어머니가 오열하는 동안 차분하게 수건을 내밀었던 그는 처음으로 희태 레프리제의 클럽 영상을 찾아봤다. 이미 아는 내용이고 여전한 자신의 노래가 나왔다. 듣기 나쁘지 않았다. 언제나 자신의 노래처럼 듣기 좋았다. 그러나 충동적으로 바꾼 이 노래가 자신의 원래 음원과 비등하게 싸울 정도인가, 정말 알 수 없었다. 영상 클립 아래에는 '좋아요'와 댓글이 표시되었다. HALO_Official의 영상들만큼 꽤 많은 숫자가 찍혀 있었다. 헤일로는 본능적으로 스크롤을 내렸다. 늘 그렇듯 '좋아요' 순위로 인기 댓글이 위에 올라와 있었다.

[눈물이 안 멈춰요ㅠㅠ 처음엔 희태 성장한 거 보고 감동받아서 울었는데 이젠 노래 때문에 계속 울컥하게 돼요. 원래 희태 되게 싫어했는데 이제 보니까 내가 싫었던 건 그냥 어설프고 답답하게 구는 내가 아니었을까. 근데 노래가 자꾸 이런 모자란 나도 괜찮다, 희태처럼 어른이 될 수 있다, 느려도 이상한 게 아니라고 말해주니까 안심이 된다고 해야 하나. 희태의 노랜데 내가 위로받네. 진짜 이상하다.]

그의 채널과 달리 장문의 댓글이 많았다. 헤일로는 천천히 글을 내렸다.

[몇 년 만에 처음 울게 된 거 같습니다. 우울증으로 오래 고생했는데 우연히 보게 된 드라마에서.]

비슷한 내용이 많았다.

[이 곡은 희태의 성장을 노래한 게 아니라, 희태와 비슷한 우리를 위로하는 곡인 거 같아요.]

댓글을 남긴 사람들은 희태의 노래를 듣고 치유 받았다고 이야기했다. 헤일로는 문득 생각했다.

'내가 이런 말을 들은 적이 있었나?'

헤일로는 제 곡을 듣고 누군가가 치유 받았다는 말을 들은 적이 없었다. 그의 음악은 늘 그 자신에게 집중되어 있었다. 오로지 자신의 감정을 표현했고 그걸 사람들에게 들려주었다. 사람들은 늘 그의 음악에 휩싸였고, 그의 강렬한 감정에 압도되었으며 곧 찬양의 말을 쏟아냈다. 반대로 희태의 곡에서 사람들은 헤일로의 감정에 집중하지 않는다. 오히려 그들 자신의 이야기에 대입해 공감하며 치유하고 성장했다고 이야기한다.

나쁜 기분은 아니었다. 신기하기까지 했다. 그의 앞에 놓인 새로운 길을 발견한 기분이다. 그가 OST를 하지 않았다면, 아니 정확히 노해일이 되지 않았다면 절대로 발견하지 못했을 길이었다. 그건 마치 좋은 어른을 만나 새로운 길을 걷게 된 희태와 같았다.

어머니가 희태의 곡을 흥얼거렸다. 헤일로는 따뜻한 얼굴로 콧노래를 부르는 그녀가 무슨 생각을 하는지 궁금했다. 어머니도 본인의 이야기를 생각하고 공감하고 있을까.

눈이 마주치자 어머니가 환하게 웃는다.

"OST도 이렇게 잘 됐으니 네 음악만 잘 나오면 되겠다. 분명 다들 좋아할 거야."

그녀는 한 치의 의심도 없이 그의 음원이 잘 되리라고 믿었다.

혜일로는 MIDI로 만들어놓은 음악을 재생했다. 노해일의 이름으로 나올 음악은 이제 녹음도 끝나서 홍보와 함께 발매만 하면 됐다. 그런데 음악을 듣고 있자니 이런 충동이 들었다.

'다시 한번 사람들의 감정을 불러일으키고 싶다. 원래의 내 방식이 아닌, 이번에 새롭게 보았던 길로.'

어쩌면 오만일지도 모른다. 혜일로 자신의 감정도 스스로 다룰 줄 모르는데, 타인의 감정을 건드리려고 하는 건 더 어려울 것이다. 그래도… 혜일로는 펜을 들었다.

다시 한번 '되게 행복한 노래네요', '이제 앞으로 나아갈 수 있을 것 같아요'라는 소리를 듣고 싶었다. 드라마의 장면, 그 한 요소로서가 아닌 오로지 자신의 힘으로.

지이익! 거센소리에 박승아는 화들짝 놀라 돌아봤다.

혜일로는 매직으로 제 노트에 선을 그었다. 원래 만들어놓았던 악보였다. 그가 새로운 시도를 해보겠다고 만들어놓았던 악보. 그런데 더 새로운 길을 보고 나니 이것들이 지루하게 느껴졌다.

"뭐 하니?"

"새로운 시도요."

혜일로가 씩 웃으며 대답했다.

꽤 괜찮게 나온 멜로디만 버려도 아깝지 않다. 더 좋은 음악을 만들 테니까. 혜일로는 남들은 벌벌 떨었을 일을 아무렇지도 않게 행했다. 오선지가 양분된다. 악보를 깔끔하게 지운 혜일로는 다음 장에 곡을 새겨놓았다.

4. 또 다른 하루

"PD님, 이번에 싹 다 컴백을 미뤄서 한 칸 비는데 어떡하죠?"

"그날 누가 오는 날이었지?"

"신주혁이요. 앞 시간대가 비어요."

"섭외할 사람이 그렇게 없어?"

KDS 방송국 음악방송 PD가 '수박' 차트를 대강 훑어보다 한숨을 내쉬었다. 18위까지 차트를 차지한 황소개구리가 무섭다는 건 이해하지만, 성적 신경 쓴다고 컴백을 미룬다는 게 괜히 한숨이 나왔다.

"이분은 섭외하기 어렵겠지?"

"그분은 KDS가 아니라 NDC에서 섭외하려고 해도 안 된다던데요."

"걔네가 벌써 움직였어?"

"아니, 다른 사람도 아니고 빌보드에 만리장성 세우신 분이니 당

연하죠. PD님, 다른 것도 아니고 이거에 즉각적으로 반응하는 데
가 미국이잖아요."

엄지와 검지가 맞닿은 제스처를 보며 PD가 고개를 끄덕였다.

'그래, 그 동네가 진정한 자본주의의 국가긴 하지.'

"PD님, 그래서 그런데 이 아티스트는 어때요?"

"응?"

"이환희 선생님도 오늘 넌지시 물으시던데요. 섭외 안 하냐고."

"그⋯. 아직 얼굴도 제대로 드러낸 적 없는 신인이기도 하고⋯."

말하고 보니 그들이 언제부터 그런 걸 따졌나 하는 생각이 들었
다. PD는 유일하게 황소개구리의 장벽을 뚫은 음원을 확인했다.
요즘 핫한 그 드라마의 메인 OST, 아니 사실 한 조연의 테마곡이
다. PD도 재미있게 본 드라마다. 확실히 이 곡의 임팩트가 남다르
긴 했다. 성적만을 말하는 게 아니었다. 프로그램 특성상 음악을 꽤
많이 듣는 그는 드라마를 보고 오랜만에 소름 돋았다.

"선생님도 물으셨다고 했지?"

"네, 네. 얼굴 한번 보고 싶다고 하셨어요."

PD는 〈이환희의 드로잉북〉 스케줄표를 내려놓으며 말했다.

"섭외하자."

***

- 10위. 반복되는 삶 (〈오늘부터 우리는〉 희태 Theme(Reprise)) | 노
해일

결국 OST는 더 높이 올라가지 못하고 10위에서 성적을 마감
했다. 그러나 이 곡은 단순히 10위의 성적으로서만 남지 않았다.

여러 가지 수식어가 생겼다. 메인 OST보다 더 좋은 곡, 빌보드 가수 음원을 이긴 곡. 이뿐만이 아니라 사람들은 이 곡을 플레이리스트에 넣고, 음원 1위 곡처럼 받아들였으며, 평소였다면 잘 몰랐을 OST의 가수에게도 관심을 가졌다. '노해일'이라는 새로운 이름을 인지한 것이다.

'인지'라는 건 단순히 존재를 알게 되었다는 의미가 아니다. 〈오늘부터 우리는〉의 희태 역을 맡은 이정민 배우가 일약 스타로 떠올라 여러 예능에서 섭외를 받는 것처럼 '노해일'이라는 신인 가수에 대한 관심도 급증했다. 단순히 좋은 OST를 불러 운 좋게 톱텐에 든 신인이 아닌, 한 명의 가수로서. 특히 예능에 나간 이정민 배우, 그리고 테마곡을 만들었다고 알려진 음악감독이 비하인드를 털어놓으면서 '노해일'의 이름이 서서히 알려졌다.

> 희태 역 이정민 "희태 테마 불러준 노해일 씨에게 정말 감사해….""
> 조연을 주연으로 만들어준 명품 OST
> 인터뷰 | 박정호 음악감독 "〈오늘부터 우리는〉 희태 테마 변주곡의 작곡자는 따로 있어….""

원래 작은 일도 크게, 큰일은 더 크게 키우는 게 연예계가 아닌가.

드라마에서 가장 많이 노출되었던 메인 OST, 그리고 인기 아이돌의 발랄한 댄스곡, 기성 가수의 발라드보다 높은 성적을 거둔 '신인'을 놓칠 리가 없었다. 혜일로에게 잡지, 인터뷰와 함께 방송 섭외가 밀물처럼 들어왔다.

"방송이라."

헤일로는 팔짱을 끼고 고민했다. 그는 원래 음원을 전면 폐기하면서 바빠졌다. 그러나 시간을 내지 못할 이유는 없다. 밤새 넘쳐나는 영감에 괴로워하며 MIDI를 찍었고 잘 진행되어가고 있다. HALO 4집이야 이미 완성되었던 걸 다시 만드는 거고.

헤일로는 "크흠" 목이 다치지 않게 가다듬었다. 녹음만 무리하지 않으면 된다. 노해일의 몸은 아직 성장기였고 성대도 예민한 시기라 다치지 않게 잘 다루어줘야 했다. 기지개를 켜니 밤샘 업무로 뻣뻣하게 굳었던 뼈에서 '뿌드득' 소리가 났다. 거울에 비친 황폐한 몰골. '더 크려면 잠을 더 잤어야 했는데' 하는 후회는 길지 않다.

헤일로는 씻고 나온 후 수건으로 머리를 털며 섭외 요청 메일을 다시 확인했다. 부모님은 그의 음악 및 방송 활동에 터치하지 않겠다고 선언했다. 법인도 승인된 상황에 그가 하고 싶으면 하고, 하고 싶지 않으면 안 하면 되었다. 헤일로는 소파에 앉아 목록을 살폈다.

"흠."

토크쇼, 인터뷰, 그런 것들이 주를 이룬다. 나쁘지는 않다. 그가 죽기 직전에 앞두고 있던 것도 토크쇼였고 한두 번 한 것도 아니다.

'인터뷰도 뭐, 물어볼 거야 뻔하지.'

헤일로는 신인 시절 했던 인터뷰를 떠올려보며 고개를 끄덕였다.

"근데 당장은 굳이."

희태의 레프리제에 대해 인터뷰를 할 수는 있겠지만 그건 뭐랄까, 시선이 분산된 느낌이다. 인터뷰한다면 온전히 자신에게 집중된 인터뷰를 했으면 좋겠다. 앨범과 음원을 낸 후에 진행해도 늦지 않다. 다른 예능도 마찬가지다. 헤일로는 사람들과 어울려 노는 걸 즐겼지만 언제나 음악이 우선이었다. 음악이 있는 곳, 음악을 만들

수 있는 곳, 그리고 즐길 수 있는 곳. 그가 방송에 나온다면 그런 이유였다. 음악이 없는 곳은 없었다. 그는 지금도 같은 생각이다. 방송에 참여한다면 좀 더 음악과 관련된 걸 하고 싶었다. 체력이 부족하니 콘서트는 힘들더라도 미니콘서트라거나 버스킹 같은 자신이 좋아하는 것들을 다루는 프로그램… 분명 있지 않을까 기대했다.

"어머, 〈이환희의 드로잉북〉에서도 섭외가 왔네."

"아세요?"

"당연히 알지. 엄마가 챙겨보는 것 중 하나야."

헤일로는 고개를 기울였다. '드로잉북'이란 이름만 보고 그림 그리는 방송인가 싶어 넘겼다.

헤일로가 모르는 눈치이자 박승아가 "그거 있잖니" 하며 설명했다.

"저번 주였나 저저번 주에 황룡필 나왔잖아. 그쪽 PD 섭외 참 잘한다 생각은 했는데 역시 보는 눈이 있네."

황룡필이라면 '비상'을 부른 아티스트다.

'그 사람이 그림을 그리러 나왔다고?'

헤일로가 눈을 데굴 굴리자 어머니가 직접 TV를 틀어주었다. 그녀가 보다 만 듯 중간에 끊겨 있었다.

'밴드를 이루는 세션과 보컬리스트?'

헤일로는 단번에 그림을 그리는 방송이 아닌 걸 깨달았다.

"처음부터 틀어줄까?"

"아니요, 괜찮아요."

어머니가 헤일로를 흘끗 보고 재생 버튼을 눌렀다. 영상과 음악 모두 중간부터 시작했으나 몰입이 어렵지 않았다. 헤일로는 쿠션을 껴안은 채 집중해서 프로그램을 보았다. 스튜디오 안에서 벌어지는 미니콘서트와 이를 보며 호응하는 관객들, 그리고 콘서트 중간마다 들어간 토크쇼.

[선생님의 습작도 한 번 들어볼 수 있을까요?]

[습작 수준이라 좀 아쉬울 수도 있는데, 한번 해보죠. 허허.]

[아쉽다뇨! 영광입니다, 선생님!]

헤일로가 바라던 것처럼 오로지 음악과 아티스트에만 초점을 맞춘 프로그램이었다. 토크쇼는 예정에 없긴 했지만, 라이브 무대와 관객을 발견한 순간 헤일로는 강렬하게 하고 싶어졌다. 늘 그렇듯 그를 움직일 동기는 하나면 충분했다.

* * *

〈이환희의 드로잉북〉은 시청자들한테 오랫동안 사랑받은 음악방송이다. 사랑받는 이유야 여러 가지가 있다. 진행자의 맛깔나는 입담, 프로그램의 구성, 관객과의 소통 등. 그러나 무엇보다 어떤 음악방송에서도 쉽게 볼 수 없는 다양한 장르의 아티스트를 게스트로 섭외하기에 시청자들에게 사랑받는 장수프로그램이 되었다. 대중에게 거의 알려지지 않은 인디밴드부터 대형 기획사에 소속되지 않은 독립 아티스트, 유명 아티스트와 아이돌까지 사실상 한국에서 음악을 한다는 뮤지션이 골고루 나와 라이브 무대를 보여주고, 이환희와 음악 토크를 나누었다. 프로그램의 구성은 그게 다였지만 굉장히 볼 게 많았다.

라이브 무대는 대중에게 귀를 즐겁게 하고 새로운 아티스트의 존재를 알아가는 기쁨을 주었고, 아티스트에게 제 실력을 마음껏

내보이고 이름을 알릴 기회를 주었다. 다만, 이런 라이브 무대는 양날의 검이 되기도 했다. 실력이 훌륭하면 상관없지만 반대의 경우에 그대로 민낯이 드러나는 방송이 되기 때문이다.

그리고 번외로 카메라에 대한 악명도 높았다. 제작진은 일부러 그런 게 아니라며 부정하지만, 가끔 인터넷을 떠도는 엽기사진 일부가 〈이환희의 드로잉북〉에서 나왔다. 그래서 방송국 로비에 도착했다는 신인을 데리러 간 스태프는, 후드티에 어쿠스틱 기타만 달랑 메고 온 소년을 보고 화들짝 놀랐다.

"안녕하세요."

"안녕하세요, 어, 노해일 씨?"

"네. 노해일입니다."

열일곱 살이라는 말은 들었지만 직접 보니 당황스러웠다. 딱 열일곱 살, 맨얼굴은 둘째 치고 그를 보며 옅게 입꼬리를 올리며 인사하는 소년이 그런 노래를 불렀다는 게 믿기지 않았다. 스태프는 천진하게 뒤따라오는 소년을 살짝 돌아봤다. 연예인에 호들갑을 떨진 않지만 호기심 어린 눈으로 여기저기를 살펴보고 있었다.

"방송 처음 나오는 거죠?"

"그렇… 죠. 하하."

소년이 갑자기 웃자, 그냥 잘 웃는 애려니 생각한 FD는 카메라 동선이나 구조를 설명해줬다. 방송은 처음이니 당황하지 않게 알려줘야 했다.

"노해일 씨는, 이환희 선생님을 보며 이야기하면 됩니다. 가끔 카메라를 바라봐주면 좋긴 한데…."

FD는 설명을 하면서도 소년이 신인 중에서도 소속사에서 따로 연습생 훈련도 받지 않은 방송 초짜라 시선 처리에 대해 크게 기대하지는 않았다. 카메라 앞에서 그리 긴장하지 않은 것만으로도 다행이라고 여겼다. 프로그램 특성상 잘하다가도 카메라 앞에만 서면 혹은 낯선 장소에만 오면 긴장해서 벌벌 떠는 아티스트도 많이 봤다.

"말도 억지로 많이 하실 필요는 없고 편히 하세요. 억지로 하면 오히려 이상해지더라고요. 선생님이 잘 맞춰주실 거예요."

"알겠습니다."

"아, 그리고 방청객분들이 들어와 여기를 가득 채울 거예요. 사람 많다고 너무 당황하지 마세요."

FD가 넓은 방청석을 보여주자, 소년은 고개를 끄덕이며 미묘한 눈으로 무대 아래를 내려보았다.

설명을 마치고 나서 FD는 소년을 아직 아무도 오지 않은 대기실로 데려다주었다. 그는 '어땠냐'는 PD의 질문을 받을 때까지 전혀 이상함을 느끼지 못하고 있었다.

"어땠냐고요?"

그는 그제야 소년이 이상할 정도로 조용하고 여유롭게 스튜디오를 둘러보았다는 걸 깨달았다.

"그러고 보니 이상할 정도로."

"왜?"

"잘 따라오던데요."

난잡한 선에 헤매지도 않고 많은 설명에도 당황하지 않았다. 제대로 들었는지 모르겠지만 방송에 대한 공포도 없고, 질문도 하나 하지 않았다. 뭐랄까….

"익숙해 보인다고 해야 하나."

"방송에 재능있나 보네."

"그런 느낌은 아니었는데."

방송하는 걸 타고난 사람도 있긴 하다. 그런데 소년의 태도는 그 것보다는 진짜 익숙해 보였다. 그가 말해주기 전에 카메라에 시선을 던지는 것부터 세션 구성을 확인하고 무대를 보는 게 기성 가수라고 해도 이상하지 않았다.

"자, 이제 시작한다. 가자."

FD가 동의하며 고개를 끄덕였다.

* * *

헤일로는 숨을 들이쉬었다. 아직 조명이 들지 않은 깜깜한 무대. 관객은 그를 볼 수 없겠지만 그는 관객들의 움직임, 호흡이 하나하나 느껴졌다. 그는 숨을 길게 내뱉었다. 드라이아이스인지 그의 숨인지 모를 불투명한 연기가 눈앞을 감싼다. 숨 쉬는 게 편하다. 그는 고향에 돌아온 것 같은 느낌을 받았다.

'재미있다.'

그는 마이크를 든 채로 주변을 산만하게 둘러보았다. 스태프들이 조마조마한 마음으로 쳐다보는 것도 모른 채.

"쟤 긴장한 거 아냐?"

"갑자기?"

"뭐, 멀쩡하던 애가 갑자기 아프기도 하잖아."

헤일로는 긴장한 것 같은 사람들의 호흡을 느낀다.

'그래, 무대는 언제나 이렇게 시작되었지.'

관객들은 아티스트보다 더 기대하고 더 긴장한다. 그는 그런 긴장감을 단번에 날려버리는 걸 즐겼다.

FD는 별말 하지 않았지만 헤일로는 자기 다음 순서가 유명한 한국 가수라는 걸 안다. 관객 중 대다수가 헤일로가 아닌 다른 사람을 보러왔을 거다. 헤일로가 입꼬리를 삐뚜름하게 올리며 웃었다. 무슨 상관인가. 그들이 누굴 기다리든 곧 그만 보게 될 텐데. 세상이 가장 사랑하는 게 무대 위의 그가 아닌가.

헤일로는 눈을 감고 천천히 입을 열었다. 감미로운 목소리가 성능 좋은 마이크를 타고 흘러 들어간다. 그와 함께 누군가의 숨통을 휘어잡았다. 관객 중에는 〈오늘부터 우리는〉의 OST 가수가 온다는 걸 알고 기대하는 사람도 있지만, 대부분은 신주혁의 무대를 더 기대했다. 하지만 익숙한 반주, 그 위에 얹어진 목소리에 모든 게 달라졌다.

"헉!"

탄성을 내뱉은 FD가 입을 막았다. 다행히 음향팀은 그에게 별소리를 하지 않았다. 아니, 뭐라고 할 수 없었던 게 아닐까.

무대 아래는 고요하다. 어느 때보다 고요했지만 카메라 앵글에 들어온 표정은 고요하지 않았다. 간질거리는 목소리에 제 귀를 만지거나 눈을 부릅뜨고 지켜보는 사람이 있었다. 누구도 시선을 떼지 못했다. '분명 아는 노래인데, 분명 아는 멜로디에 아는 목소리인데…' 하며 사람들은 홀린 듯이 음악을 쫓았다. 그 선율의 끝엔 소년이 있다.

나는 그렇게 또 눈을 감고 달아오른 햇빛에 녹아드네

도돌이표가 끝나고 불협화음이 인다. 동시에 사람들의 가슴이 뛰었다. 소년의 노래가 고조되며 모두 아는 장면을 떠올렸다. 드라마 장면 속에 희태를…. 아니, 정말 그럴까?

PD는 이환희 선생의 표정을 지켜보았다. 이환희는 무대가 시작하고 끝날 때까지 소년을 뚫어지게 보고 있다. 부담스럽다고 생각할 정도로 홀린 듯이. 그리고 이환희가 보는 것은 희태나 그 드라마 장면이 아니라 '노해일'이었다. 그 차이는 분명했다.

'그러네….'

PD도 생각했다. 이상하게도 드라마 장면이 생각나지 않는다고. 관중들도 다르지 않을 것이다. 그들의 앞에 있는 건 OST를 노래하는 한 명의 가수다. 웬만한 가수는 벅찰 정도의 고음을 아무렇지도 않게 내지른 소년은 사람들의 멍한 반응을 보고는 웃었다. 그럴 줄 알았다는 듯이.

"쟤가 초짜라고?"

카메라 감독이 그 모습을 홀린 듯이 찍었다. 관객의 호흡뿐만 아니라 카메라의 시선을 훔치는 건 아무나 할 수 있는 게 아니었다.

"와!"

헤일로에게 진행자인 이환희가 다가왔다. 양복에 깔끔하게 머리를 쓸어올린 회사원 같은 중년은, 헤일로를 뚫어지게 쳐다보며 다시 한번 탄성을 내지르고 박수를 쳤다. 꽤 오랜 시간 동안 게스트에게 앉으라는 말도 못 하고.

"완전 사랑에 빠지셨군."

PD가 중얼거렸다.

그의 말대로 이환희는 '노해일'이라는 아티스트와 사랑에 빠졌다. 잡담을 나누는 와중에도 시청자들이 종종 얘기하는 '게스트를 잡아먹을 것 같은' 표정으로 노해일을 바라본다. 그리고 정말 재밌게도 사람에게 노출되는 것이 처음일 소년은 그런 시선에 익숙한 듯 받아들인다. 뭐랄까 신인과 진행자가 아니라 유명 아티스트와 그의 열렬한 팬 같아 보였다. PD는 그런 이환희를 이해 못 하는 건 아니었다. 이환희는 아티스트들의 잠재력을 어느 정도 볼 줄 아는 사람이다. 오랫동안 여러 신인과 그들의 성장을 지켜보았던 PD로서 소년을 보며 확신한 것처럼 그도 소년에게 무언가 보았을 것이다. 물론 이환희의 생각을 속속들이 알 수는 없지만, PD는 소년이 얼마 지나지 않아 높이 떠오를 것이라는 건 알았다.

정말 이상하게도 토크가 착착 진행되었다. 사실 토크라기보다는 칭찬이 반이었다. 신인이라면 부담스러울 정도의 칭찬에도 소년은 당연하다는 듯 순순히 고개를 끄덕이거나 맞장구쳤다. 노래 실력뿐만 아니라 태도나 입담이 어수룩하지 않아서 누구도 소년을 신인이라고 생각하지 못했다.

한참 동안 소년과 음악에 대해 신나게 이야기하던 이환희는 작가가 드로잉북에 남은 시간을 적어주자, 정말 아쉬워했다. 마음 같아서는 온종일 붙잡고 대화하고 싶었다. 그는 정말로 '노해일'이라는 이름의 아이가 마음에 들었다. 그러나 그는 아쉽지만 다음을 기약하며 프로답게 마지막 구성을 향해 나아갔다.

"전해 듣기론 신곡을 작업하고 있다고 들었는데요."

"네, 지금 앨범 작업을 하고 있습니다."

"혹시 앨범에 대해서 살짝 얘기해주실 수 있나요?"

헤일로가 질문에 고개를 끄덕였다.

"새로운 시도를 해보았는데, 다들 좋아하실 겁니다."

"오!"

새로운 시도란 게 대충 새로운 장르를 말한 거로 생각한 이환희는 아티스트의 자신감에 감탄하면서 만족스럽게 웃었다.

"실례가 아니라면 들어볼 수 있을까요? 가지고 있는 MR이 있다면 지금 주셔도 좋아요."

"어젯밤에 급하게 만들어서 당장 MR은 없지만 한 소절 정도 들려드리겠습니다."

헤일로가 씩 웃으며 어쿠스틱 기타를 잡았고 이환희는 따라서 환히 웃다가 문득 이상한 단어에 고개를 갸웃했다.

"어젯밤?"

기타를 잡은 소년의 눈빛이 확 달라졌을 때 누구나 느꼈다. 원래 열정적인 삶을 살아가는 사람들은 매력적이긴 하다. 하지만 이걸 단순히 열정이라고만 말할 수 있을까. 소년이 하얀 손으로 기타를 튕기자 가장 앞쪽에 앉았던 사람은 저도 모르게 가슴에 손을 올렸다. 어쿠스틱 기타 특유의 잔잔한 맛, 그 위에 간지러운 선율이 더해진다. 무언가 일이 일어날 것 같다. 좋은 노래는 첫 마디만 들어도 계속 듣고 싶은 노래라고 한다. 그렇게 첫 마디에 이 멜로디를 계속 듣고 싶다고 생각한 관중은 이 순간이 영원히 끝나지 않길 바랐다.

누구와도 다르지 않은 하루야

그러나 마이크에 대고 한 소절을 부른 소년이 씩 웃고 기타를 내려놓았다.

"아니?"

'더 있어야 하는데. 한 소절만 들려달라고 했지만 이렇게 사람 마음을 당겨놓고 정말 한 소절로 끝낸다고?' 하며 관객들이 무언의 비명을 질렀다. 이환희도 관객들처럼 비명을 지르고 싶었다. 절절한 발라드는 아니다. 통통 튀기는 해도 감정선 자체는 담백했다. 그런데 막 사랑을 시작하는 사람처럼 가슴이 간질간질했다. 이환희는 오랜만에 느낀 간질간질한 맛에 미칠 것 같았다. 달콤한 캐러멜 푸딩을 딱 한 스푼만 맛보게 해놓고 그대로 빼앗은 그런 느낌이다.

"진짜 끝이에요?"

입술을 달싹이던 이환희가 믿을 수 없다는 듯 물었다.

소년은 대답 대신 미소로 답한다. 사람 마음을 쥐고 흔들어놓고 아무것도 모른다는 듯.

그 모습에 열 받지는 않았다. 안달났으면 모를까.

"설마."

이환희는 저도 모르게 애원했다.

"너무 짧다. 여러분 너무 하지 않아요? 한 소절 불러달라고 했더니 정말 딱 한 소절만 부르잖아. 좀 더 들려주면 안 될까요?"

"제 노래 좀 괜찮았나요?"

소년은 그 안달복달한 마음도 모르는지 순진하게 물었다.

"아니, 좀 괜찮았겠어요? 너무 좋아요! 너무 좋아서 그런데 제발 더 들려주세요! 여러분! 여러분이 어서 말씀해주세요. 저만 더 듣고 싶나요?"

아니요! 더 듣고 싶어요!

한 소절 아니, 두 소절만 더…!

더 불러줘라!

높고 얇은 목소리 사이로 어떤 남자의 우악스러운 목소리가 들렸다. 그게 너무 진심 같아 관객도 이환희도 같이 웃음을 터트렸다.

한참 동안 함께 웃은 소년이 단호히 말했다.

"다음에 부르러 오겠습니다."

"자… 잠깐 뭐라고요?"

'결국 발매까지 기다려야 하는구나' 하며 안타까워하던 이환희가 곧 뜻을 깨닫고 눈을 번쩍 떴다.

"저랑 벌써 다음 약속 잡는 거예요? 곧 또 나오겠다고? 다들 들었죠? 감독님, 노해일 씨 꼭 섭외하세요!"

'언제든 오세요!'라고 쓴 드로잉북을 작가가 들자 이환희가 엄지를 들었다.

"아니면, 우리 따로 밥 먹으면서… 죄송합니다, 여러분. 당연히 이 자리에서 만나야죠."

관객의 야유에 이환희가 재빨리 말을 바꿨다.

"그런데 진짜 안 들려줄 거예요?"

그는 아직 미련을 버리지 못했다. 소년은 장난으로 받아들이고는 밝게 웃었지만 이환희는 진심이었다. 예정된 시간이 끝난 게 아니었다면 어떻게든 붙잡고 늘어져 들었을 것이다.

이환희는 마음 같아선 바깥에 나가서 배웅하고 싶었다. 하다만 이야기도 하고 싶었다. 하지만 바로 다음 무대의 아티스트가 대기하고 있다. 신주혁, 그 친구가 말이다. 신주혁도 이환희가 정말 좋아하는 아티스트지만, 새롭게 알게 된 친구와 더 놀고 싶은 건 어쩔

수 없었다. '사람 마음이 참'이라고 생각하며 이환희는 '쩝' 입맛을
다시고는 다음 기회를 기약했다.

"꼭 오셔야 해요. 아예 저랑 약속하죠. 다음 달?"

소년에게 새끼손가락을 들어 보이며 이환희는 문득 대기실에서
차례를 기다릴 신주혁을 떠올렸다. 대기실에 있다면 이 친구의 무
대를 봤을 것이다.

'지각하는 성격은 아니니 분명 들었겠지. 어땠으려나. 꽤 자극이
됐을 텐데.'

무대 뒤로 나가면서 헤일로는 아직 열기가 식지 않은 몸에 부채
질했다.

'젊어서 그런가. 아니면 너무 재밌게 놀아서 그런가.'

온몸이 땀으로 젖었다. 그래도 옛날보다 체력이 많이 늘어서 다
행이었다. 트레이닝 효과가 이제야 나타난 것 같아 헤일로는 만족
스러웠다.

"오늘 너무 좋았어요, 노해일 씨!"

"곧 다시 뵙겠습니다! 저희 잊으면 안 돼요! 진짜 오셔야 해요!"

헤일로는 늘 느끼는 거지만 태도가 갈대 같은 건 어느 동네나 비
슷하다 싶었다. 인기, 실력 그리고 잠재력 등등… 하나라도 뭐가 있
다면, 이 동네에선 원수도 순식간에 절친한 친구가 될 수 있다. 누
구보다 많이 겪어본 헤일로는 갑자기 친절해진 스태프의 태도를
익숙하게 받아들이곤 같이 인사했다.

그때 멀리서 누군가가 헤일로가 있는 쪽으로 유유히 걸어왔다.
좀 사납게 생긴 인상의 남자였다. 그가 다가오자 스태프들이 그를
알아보며 인사했다.

"신주혁 씨, 안녕하세요."

헤일로는 '신주혁'이란 사람에 대해 잘 몰랐지만, 다음 무대를 차지할 아티스트라는 건 알았다. 눈이 마주치자 무대를 향해 걸어 오던 남자가 천천히 멈춰 섰다. 신주혁도 헤일로를 인지했다. 둘은 한동안 서로를 뚫어지게 쳐다보며 각자의 생각에 잠겼다.

'이 꼬맹이가 나랑 비슷하다고?'

'이 자식은 왜 이렇게 쳐다보는 거지?'

이게 아티스트들의 기 싸움인가 싶어 스태프들만 호들갑을 떨 었다.

"안녕하세요, 선배님… 노해일입니다."

헤일로가 입을 열었을 때 비로소 신주혁이 대답했다.

"알고 있어요. 무대 잘 보았습니다."

"감사합니다."

"신주혁 씨, 어서 들어가셔야 해요."

인사를 길게 나눌 시간은 없었다. 스태프가 채근하자 신주혁이 고 개를 끄덕였다. 그렇게 스쳐 지나가다가 신주혁이 다시 멈춰 섰다.

"혹시 앨범 발매 일정 물어봐도 되나요?"

사실 이 질문에 꼭 답할 이유는 없지만 헤일로는 솔직하게 말했다.

"곧이요."

"곧? 나도 곧인데."

다시 시선이 부딪혔다. 이번엔 둘의 생각이 일치했다.

"곧 다시 붙겠네. 그런데 이번엔 좀 어려울 거예요."

음원 성적을 의식하는 신주혁의 말에 헤일로가 입꼬리를 올렸 다. 그는 단 한 번도 걸어오는 싸움에 물러선 적이 없었다.

"그때 가서 다시 인사하겠습니다."

물론 그때도 승자는 헤일로일 것이다.

헤일로의 얼굴을 발견한 신주혁도 같은 얼굴로 대꾸했다.

"그래요."

***

[오늘 드로잉북 본 사람? 신주혁 앞에 나온 신인 뭐임;;]

[노해일? 맞나? 노래 ㅈㄴ 잘부르더라 희태 테마 듣고 머리 박음. 곡이 좋은 줄 알았는데 그냥 잘 부른 거였음.]

[난 재보고 연예인은 타고난다는 말 바로 이해함. 처음엔 ㅈ만해 보였는데 노래, 아니 기타 딱 치자마자 형소리 바로 나옴.]

[우리엄마딸 미친 게 첨엔 우리 주혁 오빠 언제 나와 저 듣보는 뭐임. 이러다가, 내가 평범하게 생겼네 한마디하니까 갑자기 거울이나 보라며 욕함.]

 └ 그건 그냥 널 욕하고 싶었던 게 아닐까?

OST 특집으로 일찍 방영된 〈이환희의 드로잉북〉은 꽤 반응이 뜨거웠다. '노해일', '노해일 신곡', '희태 테마', '노해일 이환희', '이환희 변태' 등 연관검색어가 새롭게 떠올랐고 시청률도 평소보다 높은 퍼센트로 찍혔다. 이건 단순히 드라마의 여운 때문이라고 생각할 수 없었다. 순간 시청률이 가장 높게 찍혔을 때가 노해일이 제 신곡을 딱 한 소절만 불러주고 끝냈을 때였으니.

[캬 좋다.]

[아니 왜 여기서 끝낸다고???]

[이환희 감 다 잃었냐 이걸 진짜 한 소절만 들었다고?]
[저게 신인??? 암만 봐도 방송물 10년 먹은 느낌인데.]
[근데 어디서 들어본 목소리지 않음? 신인 정보 더 없음? 앨범 언제 나옴.]

신곡 반응부터 노해일이란 아티스트 자체에 대한 반응까지 심상치 않았다. PD는 시청률을 행복하게 챙긴 채로 시청자의 반응을 모니터링 했다. 그리고 그는 우연히 한 댓글을 발견했다.

[노해일 어디서 많이 본 거 같다고 생각했는데 너튜버 아님?]
[아 근데 영상 하나 올린 게 너튜버라고 볼 수 있음?]
[이 사람 그 사람임. 홍대 렛잇비!]

PD는 아무 생각 없이 주소창을 눌렀다가 헉하고 놀랐다. 옛날에 방송 쪽에서 잠깐 이야기가 나왔던 그 버스킹 영상이었다. 핸드폰 화질, 사람들이 웅성거리는 소리 등 음질이 조금 깨졌지만, 영상 속의 중학생이 최근 자신이 만났던 소년이란 걸 부정할 수 없었다. 좀 달라진 건 있는데 특유의 분위기가 똑같았다.

"와! 환희 선생님도 몇 번 찾으셨는데. 이게 이렇게 되네."

이환희는 뮤지션인 동시에 작곡가이자 프로듀서다. 가장 좋아하는 아티스트에게만 곡을 주는 그는 곡을 주고 싶다며 영상 속의 아이를 찾았지만 결국 못 찾았다. 그런데 돌고 돌아 이렇게 만나게 되었다. '정말 세상엔 운명이란 게 있는 모양이지'라고 생각하며 PD는 추억에 잠겨 소년의 옛 영상을 틀었다. 여전히 아름다운 노래였다. 3개월이 지난 지금도 감성을 건드렸다. 방송에서 노해일

이 불렀던 음악처럼. 왜 몰랐나 싶을 정도로 소년은 사람의 감성을
울리는 특별한 재주가 있었다.

"팝송도 잘 부르네. 한번 시켜볼걸 그랬어."

소년의 정체(?)를 너무 늦게 알게 된 PD는 아쉬움에 땅을 치다
가 다음 달 다시 만나기로 했던 걸 기억해냈다. 말뿐인 약속을 정말
지킬지는 모르겠지만, 앨범을 낸다면 나올 확률이 높다. 그때라도
시켜봐야지, 마음을 먹은 PD는 이어서 비틀스의 '예스터데이'가
들려오자 고개를 기울였다. 굿은 음질 너머 들려오는 목소리가 이
상하게도 익숙했다.

"뭐, 최근에 들었으니까 익숙하긴 하겠지."

PD는 대충 이해하며 고개를 끄덕였다.

*＊＊

2월 28일 금요일, 새싹이 눈을 뚫고 세상에 드러나기 직전의 아
침이었다. 박승아는 잠이 다 깨기 전에 '수박'에 들어가 '최신곡'에
올라온 노해일의 앨범을 발견했다. HALO의 앨범과 달리 노해일
의 사진이 그대로 박힌 1집 앨범이다. 수록곡과 Inst(인스트). 총 여
섯 곡이 들어간 1집 미니앨범은 디지털 음원 사이트뿐만 아니라
오프라인 매장에서도 발매되었다. 그녀는 오늘 앨범을 사러 가야
하므로 바빴다. 서둘러 침대에서 일어난다. 원래 헤일로가 선물해
주겠다는 걸 직접 사고 싶어 거절했다(그녀의 남편은 이해하지 못했다).

거실로 나가자 아들의 방문이 조금 열려 있다. 앨범을 냈는데도
쉴 생각이 없는 그녀의 아들은 기타를 배 위에 올리고 불편한 자세
로 잠들어 있었다. 혹여 감기에 걸릴까 싶어 그녀는 이불을 덮어주

었다. 기타가 있는 부분만 볼록 튀어나온 게 곰돌이 푸처럼 사랑스러웠다. 그녀는 곤히 자는 모습을 지그시 바라보곤 현관으로 향했다. 어젯밤에 시킨 택배가 도착해 있었다. 연어를 뜯고 있자니 아이가 그새 일어나 거실을 기웃거리고 있었다.

"오늘은 연어회랑 연어장 먹을까?"

"좋아요."

헤일로가 고개를 끄덕였다. 세상에 훌륭한 음악이 많듯 훌륭한 음식이 많다. 그는 먹어본 적 없지만 필시 맛있는 음식일 것이라고 기대했다.

헤일로 탁자에 앉아 음원이 올라오는 걸 확인했다. 최신 앨범에 노해일 1집이 확연하게 보인다. 그리고 바로 밑에 있는 HALO 4집. 헤일로는 '이게 이렇게 만났네' 하고 태연히 생각했다.

"해일아, 레몬 좀 꺼내줄래?"

"네."

헤일로는 음원을 재생한 채로 냉장고를 열었다. HALO 4집이 가장 먼저 들려왔다. 다른 의미로 논란이 많았던 4집이다. 얼핏 성당을 떠오르게 하는 신성한 오르간 선율에, 그가 찬송가를 만들었나 생각한 사람들은 그다음 다가오는 불협화음과 일렉트로닉 선율을 들으며 깨달을 것이다. '투쟁(Struggle)'의 헤일로가 어디 가지 않는다고. 아슬아슬한 불협화음이 울린다. 듣는 사람을 불편하게 만들고, 언젠가 무저갱에 떨어질지 모른다는 공포를 준다. 그렇다, 4집의 테마는 '공포'였다.

노해일의 1집은 이런 공포스러운 분위기의 반대편에 서 있다. 첫마디만 들어도 행복하고 설레는 곡으로 이루어져 있다. 그는 음악에서 자신의 감정을 덜어냈고, 오케스트라나 밴드의 구성없이 어쿠스틱으로 나올 수 있는 음악을 만들었다. 빽빽하지 않은, 느슨한 음표들이 서로 영향을 주고받으며 아름다운 소리를 만들었다. 노해일의 음색을 최대한 살린 곡이기에 더 간질간질하게 들릴 것이다.

"이게 어떻게 같은 사람의 음악이지?"

박승아는 새삼 놀랐다.

"목소리는 비슷하잖아요."

"그런가? 난 잘 모르겠는데. 언어가 달라서 그런가. 그래도 다 좋다."

박승아는 고개를 기울이다가 곧 납득하며 '뭐든 좋은 노래니 좋다!'라고 생각했다. 연어를 자르는 순간에 노해일의 1집이 끝났다.

헤일로는 핸드폰을 자동 재생으로 그대로 내버려뒀다. 거기선 최신곡들이 셔플로 흘러나왔다. 괜찮은 발라드, 괜찮은 댄스팝 사운드가 스쳐 지나간다. 조금 프로듀싱이 아쉬운 곡도 있고 이해할 수 없는 곡도 있다. 그러다 그가 좋아하는 록도 나왔다. 그의 음악과 전혀 다른 느낌이지만, 잘 만들어진 음악이라는 건 첫 소절을 듣자마자 알았다. 허스키 음색. 고음보단 탄탄한 발성에 집중한다.

'오! 괜찮은데?'

헤일로는 식탁을 빙글 돌아 핸드폰을 둔 곳으로 달려갔다. 마음에 드는 곡이 나왔을 때 그는 언제라도 다시 찾아 듣기 위해 늘 앨범 정보를 확인했다.

"이게 누구야."

헤일로는 익숙한 이름을 발견하며 피식 웃었다. 곧 다시 보게 될 거라는 목소리가 얼핏 스쳐 지나갔다. 최신 앨범 파트 '노해일' 위에 '신주혁'이란 이름이 새롭게 떠 있었다.

*　*　*

황소개구리는 해외에서 들어와 왕성한 번식욕과 크기로 지역 생태계를 위협하는 대표적인 교란종이다. 이에 언론이나 학계 등에서 대기업같이 거대한 상대를 비판하기 위해 '황소개구리'라는 비유를 사용하곤 했다. 그리고 지금 그 비유는 여기에 쓰이고 있다.

[와 이 영감 쉬지도 않고 곡을 뽑네. 다른 가수들은 생각도 안 하나.]
└ 아니 누가 칼 대고 곡 내지 말라고 협박했냐? 너희도 내면 되잖아ㅋㅋ
└ 이러면 신인들은 어떻게 데뷔하고 곡 내라고. 적당히 해 먹어야지 혼자 차트 100까지 점령하면 좋음?
└ ㅇㅇ 좋은데 진짜 너무 좋아. 제발 음원이 계속 나왔으면 좋겠다. 매일매일 짜릿해. 오 태양이시여!
└ 진짜 미친놈들인가?

대중들이 음원에 피로를 느끼기도 전에 '그'의 새로운 앨범이 발매되었다. 2월 말이 될 때까지 올라오지 않아, 이제야 곡이 다 떨어졌구나 싶었던 음반 제작사들은 허탈하게 흑백 표지를 바라보았다. 리스너들이야 좋아라 하며 듣지만 제작사 입장에선 대기업의 횡포 따위로 여겨졌다.
"차트 독점 규제는 안 되겠지?"
"되겠어요?"

세상의 어떤 법이 가수의 음반 활동을 막을 수 있겠는가. 한 달에 한 번 곡을 내든 하루에 한 번 내든 그건 가수의 자유였다. 대중의 의견대로 '그'에게 대항하고 싶다면 다른 가수도 그렇게 하면 된다. 하지만 그렇게 하지 않는 건 현실적으로 불가능하기 때문이었다. 한 달에 한 번 앨범 발매라니!

몇 년에서 몇 개월 동안 곡을 골라내는 작업이 이루어진다. 그리고 뒤이어 편곡하고, 녹음하고, 앨범 제작도 하고…. 한 달 안에 끝낼 문제가 아니었다. 설사 최대한 빨리 음원을 발매한다고 해도 그 전에 대중이 기존 음원에 피로감을 느끼고, 그러다 보면 자연스레 음원 차트에서 사라졌다. 이렇게 차트 독점이 일어날 시장이 아니었다. 그러나 이런 말도 안 되는 상황이 분명 일어나고 있었다.

"어떻게 하죠? 계속 이렇게 미뤄요?"

"그럼 이 전쟁에 끼어들자고?"

"다들 슬슬 음원 발매하던데요."

"누가?"

한 중소 기획사 사장은 직원이 '신주혁'이란 이름을 보여주자 머리가 더 아파졌다.

"이번에 신주혁도 컴백했지? 신주혁이 어디 가서 눈치 볼 짬은 아니지."

"이번에 음원도 좋아요. 대한민국의 대표 로커 아니랄까봐."

"신주혁이니 당연히 좋겠지. 근데 우리 애들은 신주혁이 아니야."

"사장님, '그 장벽'도 신인한테 뚫리긴 했잖아요. 우리도 이제 그만 미루죠."

"신인? 아, 그거야 OST발이지."

사장의 단호한 말에 직원이 고개를 갸웃했다.

"그냥 노래가 좋던데요."

"드라마 봤지?"

"예."

"그래서 좋은 거야. 잘나가는 드라마가 아니었다면 '그'를 이겼을 리 없다고."

"꼭 그것뿐만은 아닌 것 같은데."

〈이환희의 드로잉북〉까지 챙겨본 직원은 부정하고 싶었다. 그 신인의 노래는… 음악에 대해 잘 모르는 그가 듣기에도 특별했다. 그리고 진짜 딱 한 소절만 불러준 신곡도 듣기 좋았다. 생각해보니 그가 최근 기대하고 있는 신인도 앨범을 냈다. 그 한 소절짜리 노래도 나왔을 거다. 그런데! 한번 들어볼까 하고 핸드폰에서 '수박' 어플을 연 그는 최신 앨범 차트를 보고 흠칫 놀랐다.

'수박' 최신 앨범 (국내) 31. 02. 28

신주혁

노해일

:

HALO

"와. 이게 이렇게 샌드위치가 되었네."

이게 또 무슨 장난인가. 2월 28일 패기롭게 음원을 낸 신인의 앞뒤로 음원 강자가 붙었다. 어떻게 보면 화려한 등장이다. 그가 이제 막 시작하는 신인이라는 점에서 직원은 안타까움에 저도 모르게 혀를 찼다. 하필 같은 날이라 웬만한 퀄리티가 아니라면 살아남지 못할 것이다.

"그래도… 곡은 좋다."

사장실에서 나와 신곡을 들은 직원은 신주혁이나 HALO의 음악이 워낙 강해서 성적은 기대하기 어려울지도 모르겠다고 생각했다. 그들의 음악은 사람의 정신을 휘어잡고 휘두르며 충격을 안겨주는 곡이다. 반면, 신인의 곡은 가벼운 어쿠스틱 선율에 자극적이지 않고 그냥 좋았다. 담담한 목소리가 가슴을 간지럽힌다. 듣다 보니 이 곡을 듣는 지금이, 곡을 듣는 자신이 어쩐지 특별한 삶을 사는 것 같다.

"으음."

직원은 저도 모르게 한 번 들은 곡을 흥얼대며 업무를 시작했다. 언제나처럼 지독하게 쌓여 있는 업무가 오늘따라 무겁지 않게 보였다.

* * *

'듣기 좋네. 그런데 체급 차이가 너무 크다.'

분명 세간의 평가는 그러했다. 헤일로는 남들의 의견에 크게 신경 쓰지 않았지만, 대신 그의 새로운 시도가 얼마나 통할지는 궁금했다. 평생 해왔던 방식과 완전히 달라서 어색하기도 했다. 그리고 감정을 쏟아붓는 것에만 익숙해서 그 감정을 제어하는 게 좀 어렵기도 했다. 그래도 곡 자체는 마음에 든다.

헤일로는 한글로 이루어진 앨범을 바라보았다.

'또 다른 삶 (1st Mini Album) | 노해일'

어머니가 사 온 앨범에는 그의 프로필과 비슷한 느낌의 사진이 박혀 있다. 노해일이 그를 빤히 쳐다보고 있다. 익숙한 표정으로. 분명 다른 외모인데 시간이 지날수록 노해일이 자신과 비슷해진다는 생각이 들었다. 단순히 익숙해지기 때문인지, 아니면 영혼의 영향인지 잠시 생각해본 헤일로는 고개를 저었다. 종교나 철학적 고민은 그의 체질이 아니다. 누군가 한 줄로 요약해주지 않는 이상 이해하지도 못할 거다. 중요한 게 아니기도 하고.

'중요한 건 따로 있지.'

헤일로는 베일에서 보내준 해외 디지털 스트리밍 통계는 제쳐두고 '수박'을 켰다. 발매한 지 얼마나 됐다고 HALO의 4집 수록곡들이 물살을 탄 것마냥 차트인했다. 또한 처음 들었을 때부터 좋다고 생각한 신주혁의 정규앨범도 차트에 진입했다.

헤일로는 신주혁의 음악이 좋았고 그건 사람들도 마찬가지일 것이다. 그의 커리어도 무시할 게 못 된다. 관심을 갖기 시작하면서 찾아본 신주혁의 지난 앨범에는 그의 음악관, 특히 록과 밴드에 대한 것이 잘 나타났다. 헤일로가 매년 제 감정에 대해 노래를 불렀다면, 신주혁은 사람의 삶, 특히 자신의 삶에 관해 이야기하며 음악관을 확장해나갔다. 비슷하지만 다르다. 헤일로는 감정을 음악으로 승화하고, 신주혁은 제 삶이나 고통을 음악으로 승화한 것이다. 헤일로는 신주혁의 방식으로 노래를 부르고 싶은 마음은 없지만 이곳에서 접한 풍요로운 음악처럼 마음에 들었다. 아마도 신주혁의 팬들도 그런 걸 좋아할 것이다.

헤일로는 노해일의 첫 미니앨범 〈또 다른 삶〉을 차트에서 찾아보았다.

"오! 올라오고 있네."

분명 느리긴 했다. 이제까지 그의 곡들과는 다르게 폭발적인 성장은 없다. 다른 사람들에게도 어쩌면 눈에 잘 띄지 않을지도 모른다. 그러나 느린 속도지만 분명 걷고 있었다.

- 99위. (title) 또 다른 하루 | 노해일-또 다른 삶 (1st Mini Album)]

그리고 이 속도를 의식하고 있는 사람이 또 한 사람 있었다.

"와, 주혁아. 이번에 올라온 앨범 봤냐. 와 진짜 미쳤다는 소리밖에 안 나오더라. 아무리 EP(미니앨범)라도 한 달에 한 번 앨범을 내는 게 말이 되냐? 비틀스도 1년에 한 번이었지."

"〈투쟁〉부터 미친 사람이었지."

"역시 '그'는 팀일 거야."

신주혁이 어깨를 으쓱하자 그의 밴드 드러머가 몇 달째 주장해온 의견을 다시금 쏟아내었다. 그러자 키보디스트가 반발했다.

"아니, 태양은 언제나 하나야."

"아 씨. 인공태양인가 보지. 한 사람이 어떻게 가능하냐고. 뭐, 예전에 만들어놓았으면 가능은 하겠지만, 그럼 그냥 정규로 내는 게 맞지 않냐?"

"태양의 뜻을 인간이 어찌 알리오."

"그놈의 알리올리오."

그들은 한참 설전을 나누다가 30분이 지나서야 정신 차리고 현실을 이야기했다.

"이번 앨범 좋은데, 어떻게 못 이길까? 저 장벽은 어떻게 된 게 무너질 생각을 안 하냐."

"아직 두 달도 안 됐어."

"와우. 한 2년은 지난 줄 알았는데. 그럼 앞으로 몇 달을 더 기다려야 하는 거야."

"이번 달에는 또 5집이 나오겠지?"

베이시스트는 긍정적으로 생각했다. 그래도 '그' 외에 괜찮은 앨범은 없다. 그들을 막을 건 '그'밖에 없었다. 그게 좀 크긴 하지만 사실 베이시스트는 '그'가 그리 견제되지 않았다. '그'는 그냥 범주 외의 인물, 많은 가수에게 어떤 영향을 줄 인물이다. 인디선 이미 그가 영향을 미친 흔적이 보이기 시작했다. 베이시스트는 어쩌면 자신들의 다음 앨범 역시 '그'에게 상당히 영향을 받을지도 모르겠다 생각했다. 그러다가 그는 보컬이 자기들 앨범이나 HALO의 음원이 아니라 또 다른 음원을 듣고 있다는 걸 발견했다.

"어…. 얘는."

이름이 익숙하다. 최근 신주혁을 꺾은(?) 신흥 강자다. 물론, 음원을 꺾고 이기는 게 어딨겠냐마는 워낙 많이 놀려서 입에 붙었다. 메인 OST를 테마곡이 앞지른다는 게 흔히 일어나는 일도 아니고 말이다.

"이번에 신곡 나왔네."

티는 안내도 신주혁도 의식하고 있는 신인가수다. 자연히 베이시스트도 관심을 가질 수밖에 없었다. 저 성격에 헤드폰을 들려주진 않을 테니 베이시스트는 스스로 찾아 들었다.

누구와도 다르지 않은 하루야

잔잔한 어쿠스틱, 속삭임과 함께 시작된 멜로디다. 베이시스트는 '오 좋은데' 생각하며 눈을 감고 들었다. 자극적인 맛이 없는 대신 듣기 편하긴 했다. 막 스무 살이 된 것처럼 설레는 맛도 있다.

"신인다운 노래네."

그들은 시도하지 못할 음악이다. 딱 신인 때 할 법한 설레는 노래.

"그래도 이번에 신경 쓸 필요 없겠다."

"뭐라고?"

그의 말을 들었는지 눈을 감고 있던 신주혁이 돌아봤다.

"아니, 신경 쓸 필요 없겠다고."

"왜?"

"뭐, 그냥 체급이 다르잖아. 우리 앨범 한번 들으면 생각도 안 날걸?"

베이시스트가 그렇지 않냐는 듯 툭 쳤다. 그러자 신주혁이 시큰둥하게 대답했다.

"글쎄…. 잘 모르겠는데."

"네가 그런 말도 하냐?"

"노래 괜찮으니까."

"괜찮긴 한데 차트인한 음원들과 비교하면 좀 밋밋하지 않아?"

신주혁은 대답이 없다. 그가 이런 적이 한두 번이 아니라 베이시스트는 그러려니 했다.

신주혁은 무대 뒤편에서 마주쳤던 패기롭던 후배를 떠올렸다. 대선배를 봤음에도 전혀 기가 죽지 않았던 소년. 보기와는 좀 다른 음악을 한다고 생각했지만, 신인답다는 말은 동의할 수 없다. 부드럽고 간지러운 선율 위에 씩 웃던 후배가 그려진다. 심상치 않은 느낌이 들었다.

신주혁은 틀리지 않았다. 다들 HALO나 신주혁을 이길 정도는 아니라고 했던 노해일의 곡은 순항 중이었다. 어느새 사람들에게 스며들었고, 다른 노래를 지우는 와중에도 사람들은 노해일의 곡을 계속 들었다. 그건 정말 이상한 일이었다.

누군가는 〈이환희의 드로잉북〉 영향이라고 말했다. 그러나 정상적인 사고를 하는 사람이라면 금방 고개를 저을 것이었다. 〈이환희의 드로잉북〉이 당시 시청률도 잘 나오고 반응도 좋았지만, 그 영향이 그렇게 컸다면 출연한 모든 가수가 좋은 성적을 거두었을 것이다. 사실, 이유를 굳이 따질 것은 없었다. 숫자로 확연히 보이는 성적이 모든 걸 말했다. 소년의 곡도 HALO나 신주혁 같은 음원 깡패들 못지않고, 대중에게 분명 먹히고 있다고 성적이 증명했다.

- 25위. (title) session 33 | 신주혁
- 26위. (title) 또 다른 하루 | 노해일

그들은 기어이 다시 마주쳤다. 단순히 음원을 말하는 게 아니다. 〈이환희의 드로잉북〉 시청률을 의식한 한 라디오국에서 그들을 동시에 섭외했다.

오후 1시에서 3시까지 방송되는 KDS 라디오 〈한라연의 음악교실〉은 이제 막 시작되었을 뿐인데 녹음실 바깥이 벌써 부산해졌다. 흘끗 시선을 던진 한라연은 능숙한 DJ답게 멘트를 내놓았다.

"안녕하세요, 〈한라연의 음악교실〉입니다. 오늘도 다들 하루를 잘 보내고 계시나요? 네, 드디어 3월. 봄이 왔습니다. 슬슬 옷장에 넣어두었던 예쁜 옷들을 꺼낼 때가 된 것 같습니다. 새로운 기분을 위해 쇼핑을 해도 좋겠죠. 또한, 여러분의 플레이리스트도 새롭게 꽃

단장할 때가 되었습니다. 오늘 초대한 분들은 아주 특별한 분들입니다. 제가 정말 좋아하는 곡을 부른 분들이죠. 누구냐고요? 두구두구두구! 정답은! 버스작아 씨의 '벚꽃 좀비'를 듣고 오겠습니다."

한라연은 익숙한 멜로디를 들으며 녹음실 바깥을 바라보았다. 재수 없는 얼굴 하나, 그리고 처음 보는 귀여운 얼굴이 서 있었다. 무슨 대화를 하는 것 같은데, 잠깐 기다리던 그녀가 활짝 웃으며 들어오라고 손짓했다.

"신주혁 씨, 노해일 씨 1분 뒤에 들어가시면 돼요."

작가의 말에 헤일로는 고개를 끄덕이곤 무대 뒤편에서 만났던 남자를 쳐다보았다. 그땐 잠깐 인사만 하고 헤어졌는데 이렇게 일찍 만나게 될 줄 몰랐다.

"안녕하세요, 선배님. 다시 뵙겠습니다."

헤일로는 약속대로 인사했다. 그러자 신주혁이 입꼬리를 올렸다.

"여기서 또 만나네. 반가워요, 후배님."

눈이 마주쳤다. 그들은 서로를 바라보며 똑같은 표정을 짓고 있었다. 신주혁은 재미있다는 듯 눈을 밝혔고, 헤일로는 오늘 라디오가 좀 재밌어질 것 같다고 생각했다.

〈한라연의 음악교실〉은 KDS 대표 쿨 FM 프로그램 중 하나로 가수부터 모델, 배우까지 다양한 스타 DJ를 배출해왔다. 그리고 2030년부터 배우 한라연이 DJ로서 따뜻하고 긍정적인 대화와 좋은 음악, 그리고 게스트와의 케미를 보여주었다.

한라연은 사실 이번 주에 온다는 게스트 이야기를 듣고 흥분을 감추지 못했다. 그리고 드디어 오늘! 그녀는 태연하게 앉아 있는 한 남자와 주변을 두리번거리는 소년을 부드럽게 바라보며 소개

멘트를 했다.

"최근 제가 굉장히 재밌게 본 드라마가 있습니다. 제가 학교를 성실히 다닌 모범생은 아니었지만 보는 동안 그때의 추억이 새록새록 돋았습니다. 행복하기도 했고 아프기도 했던 청춘을 다시 만나는 기분이었죠. 여러분은 어떠셨나요?"

시청자들의 응답이 모니터에 주르륵 올라왔다. 드라마를 얘기한 순간 이미 누가 왔는지 눈치챈 것 같았다.

[신주혁!!!!!]
[앨범 냈다고 들었는데.]

놀랍게도 다른 하나는 눈치채지 못했다. 하긴 방송에 잘 나오는 친구가 아니니 예상도 못 할 수 있다. 그래도 댓글엔 종종 희태에 대한 이야기가 나왔다. 드라마에서 가장 임팩트 있는 인물이었으니 당연하다. 이 중에는 〈이환희의 드로잉북〉을 본 시청자도 있을 것이다. 한라연은 분명 이번 라디오도 다들 좋아하리라 기대했다.

"또 〈오늘부터 우리는〉 하면 생각나는 게 있죠? 바로, 테마곡. 사실 드라마에서 보기 드문 특별한 시도였죠? 각 인물의 테마곡을 만들었습니다. 저도 사실 무척 참여하고 싶었어요. 노래만 좀 잘 불렀더라면 좋았을 텐데…."

그녀는 시무룩한 척하다 활짝 웃었다.

"대신, 화제의 주인공을 여기로 모셨습니다. 우리 저번 주엔 〈오늘부터 우리는〉 배우분들 만났죠? 이번 주는 〈오늘부터 우리는〉의 숨겨진 주인공들입니다."

〈오늘부터 우리는〉의 메인 OST '가디언(Guardian)'이 흘러나왔다. 남자다운 단단하고 탄탄한 보컬이 울려 퍼졌다.

"대한민국의 대표 로커이자 단단한 보컬의 소유자 신주혁 씨, 어서 오세요."

"안녕하십니까, 여러분. 신주혁입니다."

이어서 한라연은 그녀의 옆에 앉은 소년을 바라보았다. 눈이 마주치자 소년은 같이 눈을 접고 웃었다. 긴장한 기색은 보이지 않았다.

"자… 그리고 시청자들을 울린 테마곡의 주인이자, 감미로운 음색과 말도 안 되는 실력을 갖추고 혜성처럼 등장한 가수! 노해일 씨, 어서 오세요!"

"안녕하세요, 노해일입니다."

담담한 목소리가 들려온다. 한라연은 노래 부를 때의 음색도 좋지만, 기본 목소리도 좋다고 생각했다. 소년답게 청아하면서도 어딘가 여유롭게 느껴졌다. 라디오를 처음 한다고 들었는데 처음 하는 사람 같지 않다.

"라디오는 처음이라고 들었는데요."

"…네, 그렇습니다."

"이렇게 출연해주셔서 정말 감사합니다. 희태 테마는 요즘에도 계속 듣고 있거든요. 진짜 팬이에요."

한라연이 두 손을 부여잡고 말했다.

소년은 옅게 웃으며 고개를 끄덕였다.

"자, 이제 OST 얘기를 하지 않을 수 없죠?"

인사와 함께 〈오늘부터 우리는〉의 OST가 순차적으로 나왔다. 한라연은 신인과 기성의 미묘한 구도를 의도적으로 부각하며 〈한라연의 음악교실〉 1부를 시작했다. 처음에는 OST를 부른 이유, 그다음에 곡의 소개와 에피소드 등 시청자들이 물어보는 위주로 잔잔하게 흘러갔다.

"맞다. 음악감독님이 희태 레프리제는 해일 씨가 그 자리에서 만든 거라고 인터뷰했는데, 좀 더 이야기해줄 수 있나요? 편곡 방법이라거나. 다들 궁금해하고 있습니다."

"아."

혜일로는 잠깐 생각했다. 특별한 편곡 방법 같은 건 없지만… 그래도 물어봤으니 그는 '변덕'을 최대한 길게 이야기했다.

"희태의 이야기가 거기서 끝나면 안 될 것 같았어요."

"에?"

한라연이 눈을 동그랗게 뜨고 되물었다.

"사람이라면 누구나 앞으로 나아가잖아요."

"그렇죠."

"그래서 희태도 그래야 할 것 같았어요."

"어, 어. 그렇긴 하죠. 근데….."

한라연이 고개를 갸웃했다. 그녀는 가수가 아니기에 방금 소년이 한 말이 어떻게 편곡 방법이 되는지 이해할 수 없었다. 시청자들도 이해할 수 없었는지 듯 채팅창에 물음표가 폭주했다. 소년의 말에는 '어떻게'가 빠져 있었다.

"그래서 도돌이표를 지우고 불협화음을 집어넣은 건가?"

그때 신주혁이 끼어들며 물었다.

"그렇죠. 웬만해선 도돌이표를 지울 수 없으니….."

"판을 깨기 위해서 강하게."

"네."

두 가수가 서로를 보며 고개를 끄덕인다.

무슨 소리인지 혼자 이해할 수 없는 한라연은 두 남자를 번갈아 바라보며 잠자코 있을 뿐이었다. DJ가 말을 하지 않는 건 방송 사고였으나 사운드가 비진 않았다. 조금 전까지만 해도 말이 없던 두 남자가 이해할 수 없는 대화를 이어가고 있다. 그들이 가수여서인지 아니면 싱어송라이터로서 작곡도 하고 있어서인지 음악에 대해 많은 이야기를 나눴다.

"그럼 반음의 역할은?"

"아, 그건….."

음악에 문외한인 한라연은 외계어가 많아지자 혼란스러운 눈빛을 했다.

[ㅋㅋㅋㅋㅋㅋㅋㅋ]

[흔들리는 눈빛과.]

[교수님ㅠㅠ 진도가 너무 빨라요.]

[누나 왕따야?]

시청자들이 '보이는 라디오'를 통해 그녀의 모습을 보며 놀렸다. 한라연이 생각하기에 시청자들도 못 알아들었지만 이 상황을 그냥 재미있어 하는 것 같았다. 그녀가 고개를 돌려 PD와 작가를 바라보자 녹음실 너머의 그들은 재밌다며 계속하라고 손짓했다. 여기에 그녀의 편은 없었다.

"저, 저기요? 여러분?"

그녀가 조심스레 끼어들었다. 신주혁과 노해일은 한창 희태의 레프리제에 대해 분석하고 있었다. 신주혁이 고개를 끄덕이다가도 어떤 건 납득되지 않는 듯 묻고, 그러면 노해일이 아무렇지 않게 대답한다. 한라연의 목소리만 음소거로 해놓은 것 같다.

"제 목소리 안 들리시나요?"

안 들리는 건지 안 듣는 건지 모르겠다. 적어도 확실한 건 저 소년도 선해 보이는 첫인상과 달리 꽤 자기주장이 강하다는 사실이다. 신주혁과 죽이 맞을 정도로 말이다.

"용사들이여! 제 목소리가 들리시나요?"

그녀가 언젠가 보았던 만화처럼 연기하자 비로소 소년이 반응했다. '아 너도 있었지?' 정도의 반응, 그리고 순간 스쳐 지나가는 신주혁의 표정….

"저도 끼워주세요! 여러분!"

한라연은 울컥하며 주먹을 쥐고 외쳤다. 그와 함께 2부가 시작되는 음악이 울렸다. 그들이 그렇게 얘기하던 희태의 레프리제였다.

헤일로는 물을 마시면서 잠깐의 쉬는 시간을 즐겼다. 라디오에 와서 곡의 홍보만 늘어놓을 줄 알았더니 재미있었다. 헤일로는 늘 이런 만남을 즐겼다. 서로 곡에 관해 이야기하고 못했으면 어떤 게 부족하다고 지적한다. 정답은 없다. 그래서 끝까지 제가 옳다며 싸우기도 했지만 그래도 좋았다. 이런 자리가 꽤 오랜만인 것 같았다.

"두 분, 최근 앨범을 냈다고 들었는데요."

한라연은 드디어 그녀가 기다리던 시간이 왔음을 깨달았다. 가장 먼저, 신주혁의 'session 33(세션 33)'이 흘러나온다. 서른세 살을 기념한 록발라드다. '수박'에서 HALO의 이전 앨범 수록곡을 제

치고 21위까지 올라갔다.

"어떻게 딱 동시에 내셨더라고요? 마치 약속이라도 하신 것처럼."

그리고 노해일의 '또 다른 하루'가 들린다. 한라연은 도입부를 듣자마자 미소를 그리며 잠깐 흥얼거렸다. 노래를 잘 부르지 못한 그녀도 따라부르고 싶은 멜로디였다. '수박' 차트에선 22위다. 'session 33'와 '또 다른 하루' 두 음원은 쌍둥이가 아닐까 싶을 정도로 붙어 다녔다.

"사실 두 분 이미 한 번 붙어보신 적이 있잖아요?"

신인이 HALO를 뚫었다는 게 더 이슈되긴 했지만, 그전에 말이 나온 건 메인 OST가 신인의 테마보다 부족하다는 평론가들의 논평과 음원 성적이었다.

"이번에 다시 만났는데 이번엔 어떻게 될 것 같은지 두 분 의견을 물어봐도 될까요?"

사실 가수라면 음원 성적을 대놓고 비교하는 이 상황이 기분 나빴을 것이다. 하지만 이건 방송이다. 비교조차 방송용 콘텐츠가 되었다. 기분이 나쁘더라도 웃으며 이야기해야 했다. 그런데 이 두 사람은 실제로 기분이 나빠 보이지 않았다. 오히려 웃고 있다. 신주혁이야 베테랑이라 그렇다 쳐도 소년 역시 아무렇지 않아 보인다. 둘 다 놀랍게도 같은 얼굴이다.

"당연히."

"제가."

그리고 같은 표정만큼 똑같은 대답을 내놓은 두 사람은 말을 멈추고 서로를 노려본다.

한라연은 재밌어서 웃다가 말을 바꿨다.

"그럼 이건 어떤가요? '수박'의 음원 성적은 우리가 당장 알 수 없지만, 시청자님들이 있는 이 자리라면 조금이라도 우열을 나눠 볼 수 있지 않을까요?"

시청자들도 PD도 엄지를 척 세웠다.

"한번 불러주시는 건 어떠세요?"

헤일로가 고개를 끄덕이자 한라연이 어떻냐는 듯 신주혁을 보았다.

"재밌어 보이네요. 그런데."

신주혁 역시 동의했다. 그러나 그는 곧바로 부르지 않고 손을 든다.

"이건 어때요? 그냥 하면 '수박'과 다를 게 없고."

"뭘요? 내기라도 걸까요?"

"그게 아니라."

뒤이은 말에 헤일로는 재밌는 발상이라고 생각했다.

"바꿔 부르기."

작곡자로서 다투기보단 보컬로 겨루자는 이야기였다. 바꿔 부른 곡이 기존 음원보다 못하면 그걸로 판가름이 날 수 있다.

"어, 두 분 장르가 굉장히 다르다고 알고 있는데. 괜찮으시겠어요? 저야 무척 좋은데…."

그냥 음원을 불러주는 것도 좋지만 서로의 음원을 불러 겨뤄보겠다는 건 몹시 참신했다. 어디에서도 보여주지 않았을 그림일 테니 당연히 대중한테도 흥미로울 거다. 녹음실 바깥도 벌써 난리가 났다. 제발 해달라고.

신주혁이 솔직하게 밝혔다.

"사실 희태 레프리제 듣고 나서 탐이 났거든요."

"지금 희태 레프리제를 부르겠다고요?"

"아니요, 그건 아니고. 그런데 내가 불렀다면 더 잘 불렀겠다. 그런 이야기?"

"아하. 좋습니다! 해일 씨는 어떻게 생각하세요?"

헤일로가 입꼬리를 살짝 올렸다.

"저도 마침 선배님의 곡을 부르고 싶었는데 잘 되었군요."

"록 불러본 적 있어요?"

헤일로는 신주혁의 질문에 굳이 답하지 않고 웃었다. 언어가 다르긴 하지만 결국 같은 장르가 아닌가.

"그럼 제가 먼저 해보겠습니다. '또 다른 하루' MR 틀어주세요."

"여러분, 우리는 지금 아주 뜨거운 승부사인 신주혁 씨, 노해일 씨와 함께하고 있습니다."

한라연의 중간 멘트가 끝나자 '또 다른 하루'의 멜로디가 들려왔다. 어쿠스틱 발라드가 순식간에 록발라드로 변했다. 신주혁의 특기는 낮고 딴딴한 발성이지만 고음도 잘 소화했다. 헤일로는 괜찮은 편곡에 "오!" 하며 솔직하게 감탄했다. 그가 제 편곡에 취한 표정을 지었을 때는 좀 그랬으나 전체적으로 편곡의 완성도가 좋았다. 샤우팅, 탄탄한 발성. 신주혁이란 보컬이 얼마나 제 목을 담금질했는지 확연히 보였다.

"어때, 요."

신주혁이 소년을 보고 묻다가 현재 라디오 중인 걸 깨닫고 급히 존댓말을 썼다. 헤일로는 대답하지 않고 자리에서 일어났다.

"이제, 제 차례죠?"

소년을 한라연이 뒤늦게 걱정스럽게 바라봤다. '희태의 레프리제'나 현 신곡의 장르로 봤을 때, 소년이 록을 부르는 건 잘 상상이 가지 않았다. 분위기 때문에 혹은 선배들의 강압(?)에 억지로 하는 건 아닌가, 좀 우려되었다. 그러나 딱 한 소절, 소년이 청아했던 목소리를 긁으며 MR을 뚫었을 때 한라연도 신주혁도 라디오를 틀어놓고 딴짓하던 시청자도 녹음실 바깥에 있던 PD와 작가, 스태프들도 입이 떡 벌어졌다. 록이 안 어울릴 목소리라 생각했는데, 찬송가나 발라드에 어울릴 법한 음색이라 여겼는데, 그런 목소리로 내는 스크래치가 말초신경을 자극했다. 낮엔 신실한 청년이 밤에 오토바이를 타고 도로를 질주하는 것 같다. 거기서 나오는 배덕감에 전율이 느껴졌다. 더, 더 듣고 싶어 미칠 것 같다. 숨이 콱 조여드는 기분, 손가락과 발가락이 꼼지락댄다. 어서, 빨리!

"전 여기까지 하겠습니다."

"아, 아… 왜….."

"성장기라서 목 관리해야 하거든요."

〈이환희의 드로잉북〉에서 이환희를 가지고 놀던(?) 버릇이 어디 가지 않았다. 1절은 다 불렀던 신주혁과 달리 소년은 몇 구절을 채 부르지 않고 단호하게 끝냈다. 관리 중이라며 물을 마시니 뭐라고 할 수는 없지만 시청자들도 한라연도 아쉬운 소리를 내뱉었다. 이환희가 왜 그렇게 애걸복걸했는지 이해했다. 시청자는 몰라도 바로 옆에서 들은 그녀는 소름이 확 돋았다. '그러고 보니 신주혁은…?' 생각하며 그녀는 흘끗 신주혁을 보았다. 이 곡의 원주인은 신주혁이다. 그녀도 소름이 돋았는데 음악적으로 소양이 뛰어난 신주혁은 어떻겠는가.

신주혁은 아무 말 없이 소년을 뚫어지게 쳐다보고 있었다.

"혹시 록 불러본 적 있어요? 아니."

대답을 듣기 전에 신주혁이 다시 물었다.

"왜 록 안 해요?"

방송이고 뭐고 갑자기 낮아진 목소리로 묻자 한라연은 그가 화
난 줄 알았다.

"지금은 다양한 장르를 하고 싶어서요."

"'지금은'이라. 앞으로 록을 할 수 있다는 거네."

신주혁이 이윽고 고개를 끄덕였다.

대충 눈치를 본 한라연이 짝짝 박수 쳤다.

"너무 잘 들었습니다. 두 분 다 너무 잘 부르셔서 분위기가 다소
과열된 것 같네요. 그리고 우열을 가리기 어렵게 되었고요. 와···.
진짜 음악인의 세상은 이런 것인가 싶네요. 여러분은 어떻게 생각
하시나요?"

능숙한 정리였다. 시청자들은 이미 우열을 가릴 생각은 없는 것
같았고, 그저 과열돼서 채팅창에 문장도 아닌 문자를 쳐서 올렸다.
제작진이 재빨리 리프레시용 상큼, 발랄한 음악을 틀었다. 그러나
너무 뛰어난 편곡을 들어서인지 과열이 쉽게 진압되지 않았다.

[하악ㄴㄹ언ㅇ룅ㅃ뉘ㅓㅜ]

[음원 제발···]

[와 ㅅㅂ뭐야?]

[이렇게 심장 쫄깃하게 만드는 발성 누구랑···]

[신주혁의 '또 다른 하루'도 좋긴 한데···]

[미쳤다미쳤다 제발 아 진짜 끝이야?]

[이분 이름이 뭐라고요?]

시청자들의 채팅이 미친 듯이 올라갔다. 정신없지만 라디오가 잘 되고 있다는 의미라 한라연은 허허로이 웃었고, 헤일로는 실시간 채팅을 신기하고 재미있게 받아들였다. 그리고 신주혁은 팔짱을 낀 채 한 시청자의 의견에 동의했다. 그는 '확실히 비슷한 느낌인데, 말이 되나?' 생각하며 흘끗 소년을 쳐다봤다.

상큼한 걸그룹의 노래가 끝나자 한라연은 과열된 분위기를 오히려 이어가보고자 했다.

"생각해봤는데 전 노해일 씨 버전이 더 좋았던 거 같아요. 신주혁 씨, 그냥 이번 앨범을 해일 씨에게 아예 주는 건 어때요?"

"오늘따라 한라연 씨 사심이 좀 보이는데요?"

"호호호, 사심이라뇨. 무슨 무서운 소리를. 해일 씨는 어떻게 생각하세요?"

한라연의 질문에 헤일로가 당연하다는 듯 말했다.

"저도 제가 더 잘하는 것 같은…."

"잠깐만. 이리 와봐요."

"어어, 신주혁 씨! 귀여운 후배 괴롭히면 안 되죠!"

DJ와 두 특별출연자를 보는 이들에게 웃음꽃이 피었다. 신인답지 않은 태도에 거부감을 느꼈던 시청자는 그의 알 수 없는 매력을 인지했고, 내 가수의 보기 드문 사교적인(?) 모습을 발견한 팬은 좋다며 이른바 '짤'을 양산했다. 그렇게 화기애애하게 라디오가 끝났다.

헤일로는 라디오가 끝나자마자 체력이 떨어지는 걸 느꼈다. 예상에 없는 라이브를 했고, 라디오도 사운드를 단 한 번도 비우지 않은 채 이어갔으니 연약한 몸이 지치는 게 당연했다. 그는 그래도 재밌었다고 생각했다.

"진짜 해일이라고 불러도 돼? 너무 좋다. 언제든 연락해, 누나가 맛있는 거 사줄게. 아, 그리고 아까 노래 진짜 좋았어. 진심으로 주혁이보다 더."

한라연은 제 전화번호를 주며 아까 들었던 라이브에 대해 한참을 칭찬했다. 어느 순간부터 그녀는 눈앞의 소년에게 큰 호감을 느꼈다, 인간 대 인간으로서. 아직 방송물을 덜 먹어서 그럴 수도 있지만 그녀는 그늘이 없고 솔직한 아이가 좋았다. 그리고 뭐라고 해야 할까, 특유의 태연하고 여유로운 태도가 싹수없거나 재수 없는 게 아니라 너무 당연하게 느껴져서 신기했다. 나이만 어리지 실제로 동갑내기 같다는 생각도 들었다. 사실, 그게 아니더라도 친해져서 나쁠 게 없는 친구다. 누구나 알게 될 거다. 무척 특별한 친구라는 걸. 은근히 사람 가리는 신주혁도 저렇게 벌써 말을 놓고 잘 놀고 있지 않은가.

"너도 편히 말해라, 꼬맹아."

"그래, 주혁아."

"하, 이 건방진 꼬맹이가…."

신주혁이 당황한 듯 눈을 크게 떴다가 곧 "푸하하" 웃고는 소년의 머리를 쓸었다.

"재밌는 놈이네."

헤일로도 피식 웃었다.

신주혁은 소년에게 거리낌 없이 제 번호를 주었다. 그는 라디오에서 그렇게 떠들었음에도 아직 하고 싶은 이야기가 많았다.

"헤일아. 3월에 일정 많냐?"

"조금?"

"신인 주제에 나보다 바쁠 리가."

헤일로의 대답을 들을 생각 없는 신주혁이 핸드폰으로 일정표를 보여주며 말했다.

"이때, 일정 비워둬."

"왜요?"

"할 거 없는 사람들 모이는 데인데 너도 오라고."

그의 말을 되짚으며 고개를 갸웃거리는 헤일로에게 신주혁이 말했다.

"재미는 있을걸."

한라연은 그들의 대화를 흘려듣다가 화들짝 놀랐다. 3월, 모임, 할 거 없는 사람들. 그녀는 신주혁이 말하는 모임이 무슨 모임인지 깨닫고는 깜짝 놀랐다. 가본 적 없지만 자주 들어왔고 그녀도 언젠가 가보고 싶다곤 생각했던 모임이다.

"파티에요?"

"비슷할걸?"

그 모임을 부르는 특별한 이름은 없지만 그 모임의 구성원들을 아는 사람들은 이렇게 말하곤 했다. 진짜들의 모임이라고. 이 모임이 언제부터 있었는지 아무도 모른다. 마음 맞는 사람끼리 모여 집단을 이루는 건 언제나 어디서나 있을 법한 일이다. 이 모임도 그랬다. 하나둘씩 같이 밥을 먹고 친구를 서로 소개하고, 그렇게 모이다 보니 만들어졌다.

처음에는 특별한 제한이나 조건 없이 누구나 친목을 위해 올 수 있었던 자리였다. 하지만 다른 목적으로 접근하는 사람들이 물의를 빚는 일이 종종 생기며, 암묵적으로 초대 룰이 만들어졌다. 초대한 사람이 게스트에 대해 책임을 지자는 룰이다. 이런 암묵적인 룰이 만들어지고 나서 멤버가 바뀌거나 추가되는 일이 줄고 항상 있는 멤버만 자리하게 되었다. 한국 대중음악의 상징이라고 불리는 황룡필과 레전드 아티스트, 한국 4대 보컬이라 칭해지는 신나박이, 음원 퀸 리브, 엔터테인먼트 사장과 유명 프로듀서, 인기 아이돌과 배우가 그들이다. 외부에선 진짜들의 모임이라고밖에 볼 수 없었고, 내부에선 심심한 모임 그 이상도 이하도 아니었다.

헤일로는 도대체 무슨 모임일까 상상해보았다. 할 거 없다는 수식어에 가장 먼저 떠오른 건 환락이 가득한 파티다. 세계나 시간이 달라도 그런 파티는 어디에나 있을 것이다. 그러나 의아한 건 신주혁이 '약을 하는 인간' 같아 보이진 않았다는 것이다. 그에게서 특유의 희번덕임이나 충동, 위축 등의 특징은 발견하지 못했다. 옆에 있던 한라연은 모임에 대해 대충 알아듣는 눈치였다. 그에게 무슨 모임인지 말해주지는 않았고 꼭 가보라고만 말했다. 심지어 그녀는 가서 자기도 초대해달라고 했다.

'이상한 곳은 아니라는 거겠지.'

헤일로는 중요한 일정을 가늠해보며 기지개를 켰다. 갈수록 더 바빠져가고 있다.

5. 음악에 남은 발자국

라디오 〈한라연의 음악교실〉은 꽤 성공적이었다. 레이블 공식 메일에 섭외 요청이 끊임없이 들어왔고 라디오도 부쩍 많아졌다. '바꿔 부르기', '커버', '편곡' 같은 요청도 많았다. 신주혁과 했던 콘텐츠 때문이다. 라디오가 TV만큼 파급효과가 크진 않겠지만 〈한라연의 음악교실〉은 꽤 이름 있는 프로그램이었다. 지상파 라디오 1위까지는 아니더라도 동 시간대 1위 및 1849 청취율 1위 프로그램이다. SNS를 가장 활발히 사용하는 세대가 1849인 만큼 무서운 속도로 인터넷상에서 빠르게 퍼져나가고 있었다.

> **〈음악교실〉 신주혁 "희태 레프리제 듣고 나서 탐이 나…."**
> 오후 방송된 KDS 쿨 FM 〈한라연의 음악교실〉의 '오늘의 코너'에는 드라마 〈오늘부터 우리는〉의 OST로 유명한 신주혁과 노해일이 게스트로 출연했다. 신주혁은 사실 희태 레프리제를 듣고 자기라면 더 잘 불렀을

거라며 내심을 밝혔고, 이에 '희태 레프리제'를 부른 노해일에게 신곡
바꿔 부르기를 제안했다. 노해일은 선배님 곡을 부르고 싶었다며 승낙
했다.

〈음악교실〉 신주혁의 '또 다른 하루' vs 노해일의 'session 33'
(한라연 반응.jpg)
('왜 록 안 해요?' 신주혁.jpg)
확연한 승패. 엇갈리는 희비

ㄴ 기레기새끼 미쳤냐?? 신주혁이랑 듣보를 비교한다고??? 신주혁이
오냐오냐해준 걸 가지고.
　ㄴ 영상 안 봄? 신주혁이랑 한라연이 찐으로 극찬함.
　ㄴ 실시간으로 본 1인이다. 신주혁 버전도 진짜 좋았는데, 'session 33'
은 진짜 말이 안 나온다. 제발 컬래버!!!

신인이 선배 가수의 곡을 더 잘 소화했다는 '어그로성 기사'에
영상 클립의 조회 수가 늘어났다. 또한 라디오 채널에 올라온 풀 영
상과 함께 편곡 버전에 곧바로 수백 개의 댓글이 달렸다.

[스크래치 진짜 미쳤네.]
[신주혁은 와 역시 신주혁이네 이러고 봤는데 쟨 뭐지??? 침 질질 샘;;;]
[이게 록 처음 부른 사람의 발성이라고?]
　ㄴ 처음 아닌 것 같은데.
　ㄴ 풀버전 봤는데, 웃는 거 보니 아님.

반응이야 말할 것도 없었다. 물론, 의심하는 사람들도 존재했다. 처음 보는 신인의 퍼포먼스는 분명 믿기 힘든 것이었으니 말이다.

[주작 아님? 몇 초도 안 돼서 편곡했다고? 신주혁이 편곡 버전 부르려고 만든 거겠지.]
[애초에 바꿔 부르자는 것부터 애드립인데 주작을 어떻게 함.]
[신주혁이 처음 만난 애를 위해 자기 노래를 저렇게 편곡한다? ㅋㅋ웃고 갑니다.]
[같은 회사임?]
└ 아니던데 애초에 신주혁이 누굴 위해 편곡해주겠냐고.
[노해일 희태 테마에 공동작곡자 편곡자 이름 올랐던 애네. 드라마 음감도 인정함. 보컬도 장난 아닌데 진짜는 다른 재능일지도.]
└ 진짜 미친 건 나이지. 열일곱이래ㅇㅇ

그리고 한편 물밑에선 잠깐 심상치 않은 의심이 일어나기도 했다.

[이렇게 쫄깃하게 만드는 발성 어디서 많이 보지 않았나? 신곡만 들었을 땐 몰랐는데 록은 ㄹㅇ 똑같은 거 같은데 00:49 여기서 session 33 발음이랑 목소리가 그 사람이랑 -중략-] (싫어요 666)
└ 어그로 무엇ㅋ 그냥 영향받았나 보지ㅋㅋ 요즘 개나 소나 비슷하대.
[스타일은 몰라도 목소리까지 영향받는다고? 그리고 생각해보면 이름도 노해일 영문명이 해일 노 아님?]
└ 그런 논리면 세상 모든 노해일이 태양이냐ㅋ 지랄하고 자빠졌네.]
└ 지구평평설보다 어이가 없네ㅋ 증명하면 내가 10조 준다ㅋ

└ 말이 그렇단 거지 목소리는 좀 비슷하지 않음?

[아니 누가 그라고 했어? 그냥 비슷한 것 같다고.]

　└ 응 ㅈㄹ마.

　└ 노래 조금 부를 줄 아는 고딩이 비슷하다면 얼마나 비슷하다고 태양을 갖다 붙여.

　└ 애들 왤케 화났냐? 발음이나 발성 비슷하긴 함 영향받긴 한 듯ㅇㅇ

　어찌 되었든 그의 편곡 버전이 여러모로 반향을 불러일으켰다. 노해일로서 첫 라디오가 성공적이었던 건 확실하다. 그러나 마음에 안 드는 건 하나 있었다. 헤일로는 음원 차트를 보며 혀를 찼다.

　- 15위. (title) session 33 | 신주혁

　- 18위. (title) 또 다른 하루 | 노해일

　커버가 흥하면 원곡이 흥한다고 노해일의 'session 33' 편곡 버전이 화제를 타며 '수박' 차트에 반영되었다. 자신이 더 잘했는데 다른 놈이 수혜를 입으니 몹시 못마땅했다. 때마침 양반이 아닌 그 양반의 카톡이 왔다. '수박' 차트를 캡처한 사진이 한눈에 들어왔다.

　"이 자식이…."

　헤일로가 입꼬리를 비틀며 비소했다.

신주혁 : ㅋㅋㅋㅋ 이거 보이냐? 아직 나한테 멀었어.

제 덕분에 오른 것 같은데요?

신주혁 : 어쭈.[1]

신주혁 : 다 원곡이 좋았기 때문이지.[1]

신주혁 : 이럴 땐 선배님 곡이 훌륭해서 그렇다고 말하는 거다.[1]

신주혁은 그나마 최소한의 양심은 있어 편곡 버전의 영향을 부정하지 않았다. 헤일로는 카톡을 보는 둥 마는 둥 하며 의자에 기대었다. 턴테이블에 올려둔 황룡필의 3집이 들려왔다. MIDI 작업을 하다가 쉬는 중이었다.

신주혁 : 요새 일정 있냐? 생각보다 모임이 일찍 잡혔는데.

무슨 모임이요?

신주혁 : 무슨 모임이긴 벌써 잊었냐? 우리같이 할 거 없는 사람들 모이는 데라고 했잖아.

전 바쁜데요.

신주혁 : 뭐 따로 챙길 건 없고 편히 입고 오면 돼. 선생님도 오신다고 하셨으니 배울 것도 많고. 나한테 감사해할 거다.

선생님?

헤일로는 고개를 갸우뚱했다. 그가 선생님이라고 칭할 사람이 따로 있나 싶었다. 설마 10년간 학교 졸업을 못 한 건 아닐 테고…. 그때 헤일로는 두 눈을 의심했다.

신주혁 : 황룡필 선생님.

그는 무의식적으로 고개를 돌려 턴테이블을 바라보았다. 그때 막 황룡필의 '비상'이 흘러나왔다. 동명이인이 아니라면 분명히 이 사람이다.

"이걸 왜 이제야 말해."

헤일로는 괜히 투덜거렸다.

외부 사람들은 그래서 모임 멤버들을 황룡필 사단이라고도 부르지만, 신주혁은 굳이 언급하지 않았다. 알 필요도 없고, 진짜 사단도 아니기 때문이다. 다만 그들을 만나게 해주고 싶었다. 소년도 배울 게 많을 테고 황룡필도 분명 좋아할 것이다. 다른 건 몰라도 소년의 재능과 열정은 진짜니까.

'좀 건방지긴 한데, 선생님도 분명 좋아하시겠지.'

신주혁은 평소 자신의 모습은 생각지도 않고 이런 생각을 했다.

나를 위해 이 세상을 위해 모든 것을 사랑해주오

비상의 하이라이트가 흘러나온 순간 헤일로는 마음먹었다. 신주혁이고, 할 일 없는 사람들이고 관심 없고, 단지 이 음악을 부른 가수는 꼭 만나고 싶다고.

＊＊＊

"편하게 입고 오랬더니 진짜 편하게 입고 왔구나."

신주혁의 말에 헤일로는 고개를 끄덕였다.

헤일로는 아직 날이 덜 풀려서 춥지 않을 정도로 입고 왔다. 늘 메고 다니던 기타와 함께.

172

"그나저나."

헤일로는 주변을 둘러보았다. 모임이라고 해서 호텔 연회장이나 클럽을 생각했는데 그냥 서울 외곽에 있는 가정집이었다. 파티라는 게 홈 파티를 말하는구나 싶었다.

"당연하지. 호텔 갔다 무슨 말을 들으려고. 보는 눈이 많단다."

"음⋯."

"그 표정은 뭐냐. 나도 이미지 관리한다고. 내 이미지보단 더 잘 관리해야 하는 사람들이 있어서."

그가 누굴 말하는지는 금방 알게 되었다. 집 안으로 들어가자마자 공기가 달라졌다. 헤일로는 자신을 쳐다보는 시선을 느낀 동시에 그들을 인지했다. 어머니가 보는 드라마에 나오는 배우, 비쩍 마른 모델과 스쳐 지나가듯 보았던 아이돌 등 가정집 안에는 웬만해선 볼 수 없는 사람들이 돌아다니고 있었다. 참, 할 게 없는(?) 사람들이었다.

"주혁 형."

"주혁이 왔니?"

안으로 들어가자 신주혁과 친한 사람들이 손을 들어 인사하거나 다가왔다. 그러면서 호기심이 어린 눈으로 헤일로를 쳐다보았다. 신주혁이 이 모임에 누군가를 데려오는 건 처음 있는 일이었다.

"선생님은 오셨어?"

"네, 안쪽에 계세요."

"어머."

헤일로는 낯선 얼굴 사이로 익숙한 얼굴을 발견했다. 〈오늘부터 우리는〉 촬영장에서 보았던 학생, 아니 30대의 여배우 이소라였다.

"안녕? 또 만나네요."

그녀가 손을 흔들며 웃었다. 다가오진 않지만 신주혁에게 의미심장한 표정을 지어 보였다. 배우답게 표정 처리가 능숙했다.

"내가 그랬지?"

"뭐가?"

"안 믿더니만."

그녀가 헤일로와 신주혁을 번갈아 바라보곤 헤일로에게 말했다.

"라디오 잘 봤어요. 주혁이보다 훨씬 낫던데요."

"감사합니다."

사양도 하지 않고 당연하다는 듯 소년이 고개를 끄덕이자 이소라가 가만히 있다가 곧 까르르 웃었다.

"역시 똑같네."

"네?"

헤일로 입장에서는 이해할 수도 인정할 수도 없는 말이다. 그러나 신주혁이 황룡필을 소개해주겠다며 안쪽으로 향하는 바람에 아무 말도 못하고 따라갔다. 안쪽으로 들어갈수록 분위기가 달라졌다. 집 안에 처음 들어왔을 때는 조용하면서 가벼운 재즈가 흘렀는데 복도를 거닐자 재즈가 멀어지며 적막해졌다.

"긴장할 필요 없어. 다들 좋은 분들이거든. 물론 연세가 있으셔서 어려울 순 있겠지."

'긴장 안 했는데.'

헤일로의 솔직한 얼굴을 본 신주혁은 괜히 걱정했다고 생각했다.

닫힌 방문에 가까워지자 조용했던 분위기가 다시 시끌벅적해지기 시작했다. 안쪽에서 사람들의 대화 소리가 들려왔다.

"…이젠 벽이 느껴져요."

그 한마디에 문을 열려던 신주혁이 멈칫했다. 바깥에 그들이 있는 줄 모르고 안쪽에서 꽤 우울한 대화가 이어졌다.

"평생 해왔던 음악을 부정당한 느낌이에요. 저도 한때 천재 소리를 들어왔는데 듣자마자 알게 됐죠. 아 나도 머저리에 불과했다 싶더라고요. 그래도 한편으론 나도 이런 음악을 하고 싶다고 생각했어요. 영감이 왔고 녹음까지 했는데…. 도저히 낼 수가 없더라고요."

"음원 차트 때문에요?"

"뭐, 그런 것도 있지만. 쪽팔려서. 그의 음악과 비교하면 내 음악이 너무 허접해서."

"들어가죠."

가만히 있던 헤일로가 말했다. 몰래 들을 필요 없는 대화였다.

문이 열리자 사람들의 시선이 그들을 잠깐 향했다. 소파에 둘러앉은 사람들은 다 익숙한 얼굴이었다. 장진수가 나왔던 프로그램에서 봤던 심사위원도 있었다.

헤일로와 신주혁을 발견한 사람들이 다시 자기들끼리 대화했다.

"음원을 슬슬 내긴 해야 하는데."

"이번에 내면 필패야."

"주혁이는 내지 않았어?"

"지금 10위는 못 뚫고 있잖아."

그 말에 신주혁의 눈썹이 꿈틀했다. 다들 선배들답지 않게 패배감에 물들었다. 그는 좌중을 둘러보며 '이러면 좀 실망스러운데. 각자 자기만의 음악을 하던 사람들이 아닌가' 하고 생각했다. 음원 성적도 물론 중요하지만, 이미 질 거라 보는 건 아무리 선배라 해도 못마땅했다. 신주혁은 소년에게 재밌을 거라며 데려왔는데 여간 난감한 게 아니었다. 그가 마음에 든 후배한테 보여주고 싶었던 건 이런 꼴불견이 아니었다.

"주혁이 왔구나. 그리고 우리 새 친구도."

어쨌든 신주혁은 그를 반갑게 맞이하는 황룡필에게 인사했다.

"안녕하십니까, 선생님. 그간 잘 지내셨습니까?"

"연락 좀 하라고 했더니 또 무소식이 희소식이다 어떻다 할 거 냐?"

"선생님, 그건 어렸을 때 했던 말인데 이제 잊으실 때도 되지 않으셨습니까? 연락을 드리지 못한 건, 그런 게 아니라."

신주혁이 쩔쩔매며 변명을 이어나갔다. 그사이 혜일로는 장난기 가득한 노인과 눈을 마주쳤다. 백발과 주름진 얼굴이지만 노인에게선 '황룡필'이란 이름처럼 억세고 힘찬 기백이 느껴졌다. 혜일로는 방송에서처럼 멋들어진 모자, 그리고 라이더 재킷을 입은 노인을 향해 인사했다.

"처음 뵙겠습니다, 선생님. 노해일이라고 합니다."

그를 바라보는 황룡필의 눈엔 호기심이 가득했다.

"네가 그 아이로구나. 요즘 들어 여기저기서 자주 들었다."

황룡필은 이미 여러 곳에서 듣고 그에 대해서 알고 있었다. 주변에 있던 중년의 가수 몇몇만이 누구냐며 서로 속삭였다. 〈오늘부터 우리는〉 OST', '이환희의 스케치북', '라디오', '신주혁' 등 몇몇 단어들이 오가자, 그제야 "아!" 하는 탄성이 나왔다. 요즘 시끄러운, 어린 천재?

"그래."

황룡필은 좌중을 둘러보곤 입꼬리를 올렸다.

"거두절미하고 우리가 이야기하는 건 대강 들었지? 문밖에 서 있기만 하면 모를 줄 알았니?"

신주혁이 움찔거렸다. 하지만 황룡필이 이 이야기를 꺼낸 건 탓하기 위함이 아니었다.

"궁금하구나. 우리 새로 온 친구는 음원 차트에 대해 어떻게 생각하고 있는지. 앨범도 냈다고 들었는데."

황룡필의 물음에 사람들이 웅성거렸다. 누군가는 굳이 어린애한테 그런 걸 묻는 황룡필의 의도를 궁금해했고, 누군가는 소년의 대답을 기다리기도 했다. 어쨌든 그들은 늘 새로운 얼굴에 관심이 많은 기성이었다.

수많은 기성의 시선이 무겁지도 않은지 소년이 가만히 질문을 듣다가 옅게 웃었다. 그 태도엔 긴장이나 초조, 두려움은 없었다. 헤일로는 참 당연한 질문이라고 생각했다.

"저는, 1위 할 겁니다."

한결같다고 생각하며 신주혁이 피식 웃었다. 그와 반대로 좌중은 물을 끼얹은 듯 조용해졌다. 이 자리에 있는 이들은 '수박'에 숨 쉬듯이 이름을 올리고 상을 받고 역사에 기록된 사람들이다. 그런 이들도 두려워하고 있는 현 음원 사태에 이제 막 이름을 알리기 시작한 신인이 당당히 선언했다. 누군가는 당연히 어이가 없어 웃었고, 누군가는 무시했으며, 누군가는 신인다운 패기에 감탄하기도 했다. 이 중에 정말 신인이 1위를 할 거라고 여기지 않는 사람은 있지만 대부분은 깨달았다.

'대단한 놈이 왔구나.'

패기든 근거 없는 자신감이든 대한민국의 신화 격인 황룡필 앞에서 1위 할 거라는 놈은 어떤 이유로든 대단해 보였다.

"하하하! 시원시원하구나."

또 황룡필도 마음에 드는 답이라며 좋아하지 않는가.

한참을 웃던 황룡필의 얼굴이 천천히 진중해졌다. 황룡필의 기백을 기억하는 이들은 그가 호통을 치거나 어떤 조언을 줄 거로 생각했다. 그런데 지금까지 소파에 등을 기대고 있던 황룡필이 갑자기 앞으로 불쑥 나왔다. 그의 눈은 아직 타오를 것이 남았다는 듯 형형하게 빛나고 있었다.

"그럼 너. 나랑 같이 한국에 침입한 황소개구리 하나 잡아보지 않으련?"

노인의 눈이 형형하게 타오른다. 이 순간 나이는 무의미해졌다. 젊은 날의 황룡필이 그를 바라보고 있었다.

헤일로는 황소개구리가 누굴 말하는지 잘 알고 있다. 그동안 HALO의 반응을 모니터링했고 한국에서 그를 '황소개구리'로 비유한다는 것을 알았다. 왜 사자나 순록 같은 멋있는 동물이 아니라 개구리 따위로 비유하는지 모르겠지만. 아무튼 황룡필이 잡고 싶어 하는 상대가 HALO라는 건 충분히 알았다. 헤일로는 입꼬리를 올렸다. 그가 바란 게 이런 거였다. 혼자 타오르는 건 재미없다. 모두가 불구덩이에 겁 없이 뛰어들고 온몸에 불꽃을 피우길 바랐다.

그가 보고 싶어 했던 가수가 자신을 잡고 싶어 한다는 것이 즐거웠다. 그리고 그만큼 결투를 받아들이고 싶었다. 언제나 그랬듯이. 협업도 좋고 맞서 싸우는 것도 좋다. 그 옛날에 기사들이 제 명예를 놓고 결투를 벌였듯 그들도 그들의 가장 날카로운 무기로 정정당당히 붙는 것이다. 질 거란 생각은 들지 않았지만 결과가 어떻게 나오든 상관없다고 생각했다.

'이 승부가 나에게 어떤 영향을 줄까.'

시작도 하기 전에 헤일로는 갈증이 났다.

"좋-."

"선생님!"

그때였다. 헤일로가 대답하기도 전에 누군가가 버럭 외쳤다. 목소리를 낸 이는 제 목소리가 이렇게 클 줄 몰라 당황했지만 그것도 잠시, 다른 이들도 목소리를 높였다.

"새로 온 친구가 부담스럽지 않을까요?"

"가르침은 좋지만 아직 음방 데뷔도 안 한 친구기도 하고…."

헤일로를 배려하듯 말하지만 실상은 겁도 없는 신인이 황룡필의 컬래버를 받을 자격이 없다고 생각한 것이다.

황룡필이 다시 소파에 기대었다. 이 뻔히 보이는 술수를 모를 수가 없다. 그가 온화한 얼굴로 후배들을 휘둘러보았다.

"뭐, 그럼 너희랑 하자는 말이냐?"

"선생님께서 제안해주시면, 언제든 시간을 내겠습니다."

"저희야 영광이죠."

황룡필은 그냥 대놓고 하고 싶다고 말하면 모를까, 까마득한 후배를 질투하며 배려하는 척 위선을 떠는 게 한편으론 안쓰럽고, 또 한편으론 부끄러워 너그럽던 웃음을 지우고 정색했다.

"실망스럽구나."

그 한마디에 옅게 웃고 있던 사람도 눈치를 보던 사람도 입을 닫았다. 분위기가 딱딱하게 굳었다. 누구도 이 자리에서 입을 열 수 없었다.

"나는 지금의 너희와 무엇도 하고 싶지 않아."

황룡필과 제대로 시선을 마주칠 사람은 없었다. 다른 사람이면 몰라도 황룡필은 그들의 길을 닦은 인생 대선배이자 스승이었고 존경하는 가수였다. 시선이 이어질수록 어깨와 고개가 아래로 수그러졌다.

"어린 친구라고? 그래, 어린 친구긴 하지. 그런데 그게 무슨 상관이니? 새까맣게 어린 후배보다 못한 게 바로 너희인데!"

늘 후배에게 조언을 건네주고 좋은 말만 해주던 사람이 정색한 채 호통을 쳤다.

"자신 없다고? 허접하다고? 벽이 느껴져? 재능? 언제부터 우리가 그리 대단했다고! 사람들이 대단하다고 추앙하니까 진짜 대단한 사람 같더냐?"

아무도 대답이 없었다.

"우리는 항상 같았다. 그냥 내 음악을 하는 사람이었지. 내 음악은 항상 부족했는데 운 좋게 밥은 벌어 먹고살 수 있었을 뿐이다. 그런데 내 음악이 쪽팔려? 음원 성적 때문에 무서워서 못 내겠어?"

황룡필이 무엇보다 통탄한 건 선배들이 후배에게 제대로 된 모습을 보여주지 않았다는 것이다. 그는 단 한 번도 후배들에게 아쉬운 모습을 보여준 적이 없었다. 그러니 화를 낼 자격이 있다.

"그게 후배 앞에서 할 소리냐? 난! 너희의 음악이 아니라 너희가 부끄럽구나."

'후배는 앞에 무엇이 있든 1위 하겠다고 선언하는데, 선배란 것들은 칭찬하고 격려는 못 해줄망정 비웃고 무시하다니. 부끄러운

줄도 모르고.'

황룡필은 좌중을 매서운 눈으로 돌아보았다. 마지막에 들어온 건 불편하게 서 있는 소년과 소년을 데려온 신주혁이다. 이미 제 음악을 세상에 보여주며 투쟁하고 있는 아이들은 이 자리에 아직 있어선 안 되었다.

"주혁아."

"예, 선생님."

"새로운 친구가 심심하지 않겠니. 잠깐 나갔다 오거라. 잠깐 이 자리를 달궈야 할 것 같으니."

같이 정자세로 듣고 있던 신주혁이 '새로운 친구'라는 말에 헤일로를 돌아봤다. 그와 함께 황룡필도 따뜻한 시선으로 소년을 바라보았다.

"그리고 해일이라고 했나?"

"네."

"이따 다시 보자꾸나. 우리 이야기는 아직 끝나지 않았으니 말이다."

헤일로가 고개를 끄덕였다. 그도 여러 가지로 하고 싶은 말이 많지만, 당장 황룡필에게 해야 할 일이 있어 보였다. 황룡필이 다들보는 데서 제안한 건 그의 후배들에게 한소리하기 위함이지 않았을까. 헤일로는 그게 무슨 마음인지 이해한다. 그는 고개를 숙이고 있는 사람들을 쓱 둘러보곤 방에서 나왔다.

문이 달칵 닫혔다. 눈이 마주친 신주혁이 어깨를 으쓱했다.

그들은 잠깐 복도와 계단이 이어지는 곳에서 기다리기로 했다. 그곳은 거실과 작은 방들이 한눈에 보이는 곳이다. 이미 지나오면서 한 번씩 보기는 했지만 다시 한번 돌아보자 헤일로의 눈에 다른 것들이 들어왔다. 한껏 무게 잡고 모여 있던 모델은, 애인의 친구를 위해 깻잎을 떼주느냐 안 떼주느냐 열렬하게 토론하고 있었고, 다른 쪽에선 왁자지껄한 웃음소리가 들렸다.

"자, 오렌지주스."

본인은 칵테일을 받고 헤일로에게 오렌지주스를 건네준 신주혁은 벽에 기대어 물었다.

"어때? 아직 좀 낯설 순 있지만, 네가 상상했던 모임 같아?"

헤일로는 주변을 둘러보았다. 화기애애한 사람들 그리고 한쪽에선 선생님한테 혼나는 후배들, 그가 상상했던 환락 따위는 보이지 않았다. 술도 과하지 않고 칵테일 정도만 가볍게 즐기는 걸 보면.

"그냥 모임이네요."

"뭐, 그럼 마약 파티 같은 거 기대했냐?"

한국에선 자칫하면 위험해질 수 있는 농담을 아무렇지도 않게 입에 담은 신주혁이 킬킬대며 웃다 헤일로가 아무런 대답을 하지 않자 긍정하고 있음을 알았다. 최근에도 꽤 유명한 가수 하나가 마약 투약 혐의로 구속되었으며, 실제 아티스트 중에 마약 하는 비율이 늘고 있으니 그렇게 생각하는 것도 이상한 건 아니다. 해외야 말할 것도 없는데 한국에서도 다분하게 일어났다. 오랜 연예계 생활을 하는 동안 못 볼 꼴을 많이 보았던 신주혁은 후배에게 경각심을 심어주고 싶었다. 정확히 말하면 재능이 있는 후배가 나쁜 길로 가길 바라지 않았다.

"혹시나 해서 말하는 건데. 너 절대로 그런 거 하지 마라. 근처, 아니 그런 소문 도는 애들이랑 그냥 어울리지를 마. 아니 땐 굴뚝에서도 연기가 나는 현실이라지만 약은 맞을걸?"

뜬금없다고 생각한 소년은 의아한 표정으로 신주혁을 바라봤다. 그래도 그는 계속 말을 이었다.

"요즘 음악 하는 애들 중에 많이 보인다. 영감 얻겠다며 이상한 약에 손대는 거."

"음악적 영감을 얻겠다고요?"

"뭐, 별 수를 다 써보다 약까지 손대는 거지."

그 말에 헤일로가 코웃음을 쳤다.

"그런다고 영감을 얻지는 못할 텐데."

"뭐, 해봤던 것처럼 이야기한다?"

헤일로가 어깨를 으쓱했다.

신주혁은 "이놈의 꼬맹이" 하고는 혀를 찼다.

"어쨌든 절대 하지 마. 이건, 진심으로 하는 말이야."

"별로 할 생각 없어요."

"그럼 다행이고."

헤일로는 음악이 떠오르지 않는다고 약을 한 적은 없었다. 음악은 늘 그의 곁에 맴돌았고, 약이 아니더라도 언제나 그는 곡을 만들어낼 수 있었다. 그래서 음악을 만든다고 약에 의존하고 거기에 매몰되는 사람들이 잘 이해가 가지 않았다. 잠깐의 쾌락으로 끝내고 스스로 잘 관리하는 거라면 상관없다. 그런데 보통 약은 수단에서만 끝나지 않았다. 커리어, 부, 음악은 물론 자기 인생까지 무너트리는 경우를 워낙 많이 봤다. 그 순간에 영감이 오는지는 모르겠지만 주변인, 가족까지 무너트리는 건 순간이다. 그땐 그에게 가족이 없었는데도 그렇게 한심해 보였는데, 지금은 더더욱 하고 싶은 생각이 없었다.

지잉. 헤일로는 때마침 온 문자를 확인했다. 어머니였다.

[해일아, 오늘 몇 시에 들어오니? 저녁에 같이 한우 먹자.]

'이젠 가족도 있고.'

헤일로는 옅게 웃으며 답장했다.

[해지기 전까지 들어갈게요.]

복도에서 오렌지주스 두 잔을 마시며 신주혁과 얘기하던 중 안쪽 방문이 활짝 열렸다. 누군가는 신주혁과 헤일로를 흘끔 보며 빠져나갔고, 안에 있는 몇몇은 들어와도 된다고 손짓했다.

안으로 들어갔을 때 헤일로는 무언가 달라진 걸 느꼈다. 황룡필이 꽤 야단을 쳤는지 아니면 따뜻한 격려를 했는지 몰라도 헛헛했던 몇몇의 눈에 독기가 생겼다. 그리고 왜인지 그들을 흘끔 쳐다보기도 했다. 하고 싶은 말이 있는 것처럼.

"선생님은 어디 가세요?"

"잠깐 다녀오마."

다른 사람들과 함께 황룡필이 일어나자 화들짝 놀랐던 신주혁은 담배를 보고 고개를 끄덕였다. 황룡필과 함께 반 이상의 사람들이 빠져나갔다. 이쪽 업계에서 흡연, 음주는 삶이나 다름없었다. 반대로 새로 들어온 사람도 있었다. 캡과 마스크를 쓰고 온 인영이 손을 흔들었다.

"안녕하세요, 제가 많이 늦었나요?"

대한민국의 명실상부한 음원 퀸 리브. 그녀가 모자를 벗자 가느다란 머리칼이 쏟아져 나왔다. 하얗고 청순한 외모에도 신주혁이 시큰둥하게 손을 들었다.

"여, 오랜만."

"오랜만이에요. 오빠 그동안 잘 지냈어요? 그리고 이쪽은⋯."

리브가 눈을 번쩍 떴다.

"설마 노해일 씨? 아, 같이 라디오 하더니 주혁이 오빠가 데려왔구나. 만나서 반가워요! 앨범 잘 듣고 있어요. 저 요즘 플레이리스트에 넣고 매일 들어요."

"감사합니다."

그녀의 음악적 취향을 잘 알고 있는 신주혁은 빈말이 아니라는 걸 알았다.

"내 거는?"

"⋯오빠 것도 잘 들었죠. 그보다 '또 다른 하루' 말인데요."

얼렁뚱땅 말을 흘린 리브가 신난 얼굴로 헤일로의 음원 이야기를 꺼냈다. 이곳에 와서 나누는 첫 음악 이야기라 헤일로도 적극적으로 말을 받았다.

"내 건 안 들은 것 같은데."

"오빠 이렇게 집요한 사람이었어요?"

"리브 씨가 사람 차별하는 것 같으니까 말하는 거죠."

중간중간 투덜대는 신주혁도 곧 동참했다.

대한민국 대표 보컬인 신주혁, 음원 퀸인 리브 그리고 황룡필의 컬래버 제안을 받은 신인 노해일의 대화에 다른 이들도 관심을 보였다. 하나둘 대화에 끼어들기 시작하더니 어느 순간 진정한 음악 토론이라는 게 이루어졌다. 적어도 이 자리에 있는 음악 하는 사람들은 적극적으로든 간접적으로든 대화에 툭툭 끼어들었다. 표절 이야기를 하다가 일반 불협 3화음의 연결에 대해 떠들며 주제가 바뀌었다. 게다가 대개 부딪히곤 했는데 하나같이 주관이 뚜렷한 인간들이기 때문이었다.

"글쎄요, 저는…."

이곳에서 나이는 큰 의미가 없었다. 설전하는 와중에 나이보다 목소리 크기와 주관이 더 중요했다. 대선배들이 모인 자리에서 제 의견을 절대로 꺾지 않는 소년을 보며 모두 생각했다.

'대단한 놈 맞네.'

선배들 앞에서 1위 하겠다는 기상이 어디로 가진 않았다. 그러나 조금 전엔 그게 오만으로 보였다면 지금은 그저 대단한 놈이란 생각밖에 들지 않는다. 몇몇은 오랜만에 꼴통 나왔다며 낄낄거리고 웃는다. 나이, 경력, 외모 같은 편견이 꺾인 순간 누군가 말했다. 그는 특유의 음색으로 수많은 히트곡을 낸 이 시대 대표 발라더 이성림이었다.

"야, 해일아. 내 곡 나중에 한번 편곡해볼래? 주혁이 신곡만큼만 해줘."

혜일로는 그를 보며 장난스럽게 말했다.

"당분간 음원 안 내신다면서요."

"그걸 기억하고 있어? 부디 잊어줘라."

"내실 거예요?"

그 물음에 이성림이 옅게 고개를 끄덕였다.

"그래야지."

황룡필한테 혼난 다른 사람들처럼 그도 반성했다. 후배한테 못 볼 꼴을 보여줬다는 걸 뒤늦게 인지했고, 언제 천하의 이성림이 이렇게 약해졌나 충격을 받았다. 까마득히 어린 후배는 아무렇지도 않게 1위를 하겠다고 하는데. 그 말을 떠올린 이성림이 나지막이 말했다.

"후배라도 안 봐준다."

"저도 양보할 생각 없습니다."

"하하하. 성격 참 마음에 들어."

다 같이 음악에 관해 이야기를 나누고 부딪히고 서로의 음악을 발전시켜나간다. 가만히 좌중을 둘러보던 헤일로가 만족스럽게 웃었다. 그래, 이게 그가 바라던 모습이었다.

황룡필과 아직 해야 할 말이 남아 있는 헤일로는 사람들과 떠들다가 주변을 둘러보았다. 그와 같은 생각을 한 신주혁도 같이 황룡필을 찾았다.

"황 선생님? 지금 장 PD랑 무슨 얘기를 하고 있던데."

"장 PD요?"

황룡필과 같이 흡연 부스에 나갔던 사람들이 먼저 돌아와 말했다. 장 PD라면 KDS 예능국 간판스타 PD였다. 그가 최근 하던 리얼 버라이어티 프로가 거의 끝나가고 있었다. 신주혁은 조금 전 황룡필이 노해일에게 협업을 제안하고 한참 호통을 쳤던 자리에 장 PD가 있었던 걸 깨달았다. 왜 그 자리에 계속 있나 했더니 이번에 선생님을 섭외하고 싶었던 모양이다.

"장 PD 이번에 선생님과 음악 프로 하나 하려고 하는 것 같더라고."

"아, 어쩐지 장 PD 비흡연자인데 나오더라."

"음악 프로라면 오디션 심사위원 섭외를 말씀하시는 거예요?"

그들의 대화를 얼핏 들었던 사람이 고개를 저었다. 그럴수록 의문이 커졌다.

"어, 꼭 그런 것 같진 않던데. 장 PD가 서바이벌로 안 할 테니 제발 나와달라고 하더라고. 선생님이 서바이벌 이런 거 안 좋아하시잖아."

"서바이벌 없는 음악 프로가 뭐가 있지?"

서바이벌 오디션에 절어버린 뇌는 비슷한 것만 떠오르게 했다. 아이돌… 이건 아닐 테고, 명가수 전, 얼굴을 가리고 정체를 추리하는 가수 전, 트로트? 모두 다 서바이벌이 가미된 프로그램이었다.

그때였다. 열린 문틈으로 황룡필이 보였다. 그리고 그 옆에 셔츠를 입은 단정한 남자가 있었다. 황룡필과 웃으며 대화하던 남자가 불현듯 고개를 돌렸다. 헤일로와 우연히 눈이 마주치자 남자가 한쪽 눈을 찡긋거렸다.

헤일로는 당황스러움에 눈을 깜빡였다.

'뭐지? 지금, 설마 나한테 윙크를 한 건가?'

* * *

30분 전, 흡연 부스에서 사람들은 황룡필을 필두로 나란히 앉아 있거나 서 있었다. 황룡필은 담배를 피웠다 하면 줄담배였기에 기다리는 게 의미가 없었다. 흡연을 끝낸 사람들이 익숙하게 자리를 비웠다.

황룡필은 두 개비째 재떨이에 꽂아 넣고 고개를 돌렸다. 회색 셔츠를 입은 장 PD는 다른 사람들이 거의 자리를 비우는 와중에도 같은 자리를 지키고 있었다.

"그래서 장 PD는 여기까지 따라온 이유가 뭔가?"

황룡필은 자신이 먼저 말을 꺼내지 않는 한 이 집요한 시선에서 벗어날 수 없으리란 걸 인지했다.

"흡연 부스에 온 이유가 따로 있나요."

역시나 장 PD가 능청스럽게 받아쳤다. 하지만 흡연 부스에서 담배도 꺼내지 않았다는 게 어불성설이다. 황룡필은 피식 웃었다.

"비흡연자한텐 꽤 독할 텐데."

시선이 오갔다. 장 PD가 눈을 데구루루 굴리며 눈치를 보았다. 계속 간을 보는 것이다. 지금 말하지 않으면 이제 더 말할 시간도 없을 걸 아는 그가 슬그머니 입을 열었다.

"근데… 선생님, 아까 그거 진심이세요?"

"무얼."

"아까. 협업 이야기요."

정확히 주어를 말할 때까지 황룡필이 모른 척하자 장 PD가 단도 직입적으로 '컬래버'를 입에 담았다. 그는 황룡필이 분명히 그렇게 말했던 걸 기억했다.

"장 PD는 아직 날 그렇게 몰라?"

"선생님께서 그런 말씀하는 거 처음 보니까 그렇죠."

"왜? 자네랑 상관없는 이야기가 아닌가?"

"그렇게 말씀하시는 거 보면 진심인 거 같네요."

현재 음원 상황이 재밌게 돌아가길래 구경하러 왔던 그는 예상 치도 못한 수확을 얻었다. 장 PD는 들썩이려는 광대를 억눌렀다. 능숙한 연기자가 아니라 티가 났다. 티가 좀 나도 상관없었다. 이미 알 만한 사람은 다 알았을 터다. 예능국 프로듀서가 황룡필을 졸졸 쫓아다닐 이유가 뭐가 있겠는가. 장 PD가 이전에도 황룡필을 몇 번 섭외하려다 실패했다는 것도 잘 알려진 사실이다.

"선생님, 여전히 방송 나오실 생각 없으세요?"

"왜 새 프로그램 준비 중이야?"

"아시잖아요."

"내 음악 만들기도 바쁘단다. 그리고 자네 스타일과 난 안 맞기도 하고."

장 PD가 다 안다는 듯 고개를 끄덕였다. 그는 꽤 여럿의 서바이벌 오디션프로그램을 만들었고, 황룡필은 합격 불합격이 분명히 구분되는 서바이벌은 좋아하지 않았다. 음원 성적은 인정해도 음악에 합격과 불합격이란 존재하지 않는다고 생각했기 때문이다. 그래서 그는 참가자는 물론이고 심사위원까지 쭉 거절해왔다. 어떻게든 황룡필을 섭외하려던 장 PD는 이번에야말로 기회라는 걸 깨달았다.

"선생님 그럼 만약 서바이벌이 아니라면요?"

"자네 스타일을 포기하겠다고?"

"포기하겠다는 것보단 선생님을 꼭 섭외하고 싶은 거죠. 그리고 서바이벌이 없어도 재밌어 보이는 포맷이 생각나기도 했고."

방금 막 떠올랐다. 아직 완전히 정리된 건 아니지만 쇠뿔도 단김에 빼랬다고 지금이 기회였다. 물론 장 PD를 대하는 선생님의 반응은 여전히 어정쩡하다. 다만 장 PD는 '재밌는 어린 친구'를 보며 형형하게 불타오르는 황룡필의 눈빛을 믿었다.

"선생님, 그 친구랑 컬래버하실 거죠?"

"다시 그 얘기야?"

"제가 그 판 깔아드리면. 어떠세요? 대한민국 레전드의 귀환에 어울리는 판을요."

장 PD가 영업사원처럼 양팔을 벌렸다.

황룡필이 헛웃음을 지었다.

"장 PD 내가 그런 거 신경 쓸 사람으로 보이나?"

"우리의 음악은 죽지 않았다. 이런 취지의 프로그램은 어떠세요?"

"흠⋯."

통했다! 장 PD는 고심해서 짠 문구가 통했다는 걸 알았다. 항상 그에게 굳건하던 황룡필이 바로 거절하지 않았다는 건 끌렸다는 것이다. 물론, 황룡필은 "에잉!" 하면서 자리에서 일어났다.

"몰라, 내가 혼자 결정할 일도 아니고."

장 PD는 활짝 웃었다. 실질적으로 허락이 맞았다. 이대로만 간다면 출연해줄 거라 짐작했다. 황룡필이 나온다는 데 국장이 미치지 않고서야 '깔 수 없을' 테다. 장 PD는 그간 리부팅 오디션, 트로트 오디션, 아이돌 오디션, 편곡 대격돌 등 노트에 끄적거렸던 내용이 전혀 아깝지 않았다. 그가 보기에도 이쪽이 훨씬 더 흥미로웠다.

"여사님껜 제가 허락받겠습니다!"

황룡필이 들은 척도 안 하며 흡연 부스를 나갔다. 장 PD는 지독한 담배 냄새에도 불구하고 웃으며 그 뒤를 따라갔다.

헤일로는 누군가가 저에게 다가오려다 멈추는 걸 발견했다. 먼저 오려던 건 그에게 윙크했던 남자였다. 하지만 황룡필이 헤일로에게 말을 걸자 그는 깔끔하게 포기하고 물러났다.

"나가서 좀 걸을까?"

"네, 좋아요."

황룡필의 제안에 헤일로도 하고 싶은 말이 많았기에 긍정했다.

신주혁은 그들에게 다가가려다 분위기를 보고는 다시 이성림과 대화하기 시작했다. 셔츠를 입은 남자가 그런 신주혁에게 음흉하게 다가갔다.

헤일로와 황룡필이 향한 곳은 집 뒤편에 있는 정원이었다. 정원에 크지 않은 몇 그루의 나무와 식물이 심겨 있었다. 앉을 수 있는 벤치도 있었고 장식인 듯한 그네도 있었는데 사람만 없었다. 아무래도 다들 연예인이니만큼 혹시 모를 시선을 의식한 것 같았다.

"음악은 언제부터 시작했니?"

황룡필의 첫마디는 예상과 달랐다. 안에서 있었던 일이나 컬래버에 대해 말할 줄 알았던 헤일로는 잠깐 고민하다 입을 열었다.

"정확히는 모르겠어요. 언제부턴가 저는 기타를 치고 있었고 음악을 만들고 있었죠."

"기타는 누가 알려줬는데?"

헤일로는 눈을 감았다. 꽤 여러 번 듣는 질문이다. 머릿속으로 꽤 여러 장면이 스쳐 지나간다. 어느 부랑자의 연주, 브라운관 속 연주자들.

"세상이 알려줬어요."

그의 답은 늘 같았다.

그 말에 황룡필이 껄껄 웃었다. 마음에 드는 답이라는 듯. 그와 함께 정원에서 새소리가 들려왔다. 봄의 시작을 알리는 소리였다. 황룡필은 여러 가지 질문을 했다. 음악과 관련된 이야기부터 부모님을 설득하는 과정 등 헤일로는 솔직하게 대답했다. 그러다 헤일로는 문득 황룡필과의 대화가 어딘가로 이어지고 있다고 생각했다. 마침내 그의 질문이 현재와 닿았다.

"네 음악은 들은 적이 있단다. 딱….”

그가 눈을 찌푸리고 가늠하다가 말했다.

"두 번. 드라마에서 한 번 들었고, 그리고 스케줄로 이동할 때 라디오에서 한 번 들었지.”

혜일로는 황룡필이 그의 음악을 어떻다고 말할지 궁금했다. 귀를 쫑긋하며 대답을 기다리는데, 아쉽게도 황룡필은 그의 음악에 대한 평가를 하지 않았다. 다만.

"처음 보지만 익숙한 족적이 거기에 있더구나.”

혜일로는 걸음을 멈췄다. 그리고 천천히 옆을 돌아보았다.

"음악이란 게 참 신기하지 않니.”

노인의 투명한 눈은 깊은 곳을 들여다보는 것 같았다.

"몇 마디의 멜로디로 누군가가 당시 어떤 생각을 하고, 어떤 감정으로 연주하는지 알게 된다. 또 그 사람이 살아온 인생도 엿볼 수 있지. 마치 새하얀 눈밭에 찍힌 발자국처럼 눈이 녹지 않는 이상 영원히 볼 수 있지.”

시선이 마주친다. 혜일로는 알 수 없는 표정을 발견했다.

'혹시, 어쩌면 이 사람이 나를 딱 집어 HALO를 잡자고 제안한 건.’

"그래서 의아하더구나. 자네의 자취가 자네가 말한 삶과 겹치지 않는다는 게.”

"제 음악에선 어떤 족적이 보였는데요?”

"나와 비슷한 길을 가는 사람이 있었더랬지.”

'그가 이미 알았기 때문이 아닐까?’

헤일로는 입술을 씰룩였다. 어쩌면 이 사람은 그가 하려고 했던 말을 이미 어느 정도 알아챈 게 아닐까 싶었다.

헤일로는 어서 그가 빨리 답을 내놓길 바랐다. 자신이 원하던 말을 들을 수 있도록. 그리하여 자신이 말할 수 있도록.

'바로, 내가…. Yes, I am….'

그러나 황룡필은 그를 부르는 대신 말을 돌렸다.

"새로운 시도를 하고 있다고 했지?"

"…예? 네."

그의 현재 음악에 관한 이야기로 다시 돌아갔다.

"새로운 시도라는 건 그전엔 다른 시도를 했다는 의미겠구나."

황룡필의 표정에 무언가가 스쳐 지나갔다.

헤일로는 '어쩌면'이 '정말로'가 되어가는 걸 느꼈다. 헤일로가 입을 열었다. 그는 누군가 자신과 결투하고 싶다고 할 때 장갑을 맞는 쪽이 아닌 던지는 사람이 되고 싶었다.

"저는."

"잠깐."

그때, 황룡필이 그의 말을 끊었다.

"나 스스로 답을 찾아보고 싶구나. 그때 가서 네 답을 들어도 늦지 않다."

헤일로는 다소 이해가 가지 않아 고개를 갸웃했다. 그가 보기에 황룡필은 이미 반쯤 답을 낸 것 같았기 때문이다.

"오랜 시간이 걸리지 않을 거다."

황룡필은 참 복잡한 사람이다. 물론, 그가 음악에 남긴 족적이 모든 걸 말해줬지만 말이다.

"우리에게 아직 많은 시간이 남았으니 괜찮겠지. 협업하기에도 충분한 시간이다. 그러다 보면 내가 확신할 수 있을 거다."

헤일로는 그날이 빨리 오길 바랐다. 어쩌면 그날이 멀지 않을 거란 생각이 들었다.

* * *

모임 이후 얼마 지나지 않아서 헤일로는 한 메일을 받았다. KDS 예능국. 처음에 그저 예능 방송 섭외라는 말을 보고 거절하려던 그는 추신을 보고 멈칫했다. 그 모임에서 만났던 장 PD라고 밝힌 사람은 '황룡필과의 컬래버'와 관련해 연락했다며 핸드폰 번호를 남겼다.

「노해일 씨?」

전화를 걸자마자 얼핏 기억에 남는 목소리가 들려왔다.

「안녕하세요, 이렇게 직접적으로 이야기한 건 처음이죠?」

"처음 인사드립니다."

헤일로는 대충 긍정하며 이 사람이 본론을 말하길 기다렸다. 바쁜 모양인지 전화 너머에선 몇 번이나 장 PD를 부르는 목소리가 들렸고, 그쯤 장 PD가 본론을 꺼냈다. 한 프로그램에 관해.

"프로그램이요?"

「한쪽은 대한민국의 거장, 그리고 다른 한쪽은 이제 막 뜨기 시작하는 혜성. 보기 힘든 컬래버를 음원으로만 보여주기엔 음악인이 아닌 저도 아깝더라고요. 그러니 제대로 판 한번 벌여보는 게 어떨까요?」

"어떤 식으로요?"

전화 너머에서 종이 넘기는 소리가 들려왔다. 이윽고 장 PD가 프로그램의 포맷을 들려줬다. 프로그램의 제목은 아직 정해지지 않았다. 그래서 그는 임시로 '리턴즈'라고 말했다. 레전드와 신인의 만남, 혹은 팬들이 꿈꾸었던 레전드'들'의 컬래버. 일곱 팀 정도 생각하고 있고, 두 명의 아티스트가 페어를 이뤄 듀엣곡을 만들 거라고 했다. 프로그램의 구성은 리얼버라이어티와 뮤직쇼다.

「함께 음악을 만드는 과정을 시청자에게 보여주고, 궁극적으론 완성된 곡을 한자리에서 보여주는 거죠.」

그게 무슨 의미인지 모를 수가 없었다.

「서바이벌은 아닙니다. 이 프로그램에선 경쟁은 없어요. 불합격도 없고 떨어진 사람도 없죠. 모두가 함께 공연을 진행하는 게 프로그램의 취지입니다.」

"공연이요."

헤일로는 제 팔다리를 내려보았다. 그동안 열심히 트레이닝 했지만 TV 방송 하나, 라디오 하나에 지쳐버렸던 몸이다. 당분간 실연은 꿈도 못 꾸겠다고 생각했는데 만약 이대로라면 가능할지도 모르겠다.

「우리의 음악은 아직 죽지 않았다고 사람들에게 보여주는 거죠.」

PD의 말에서 같이 황소개구리를 잡아보자는 황룡필의 형형한 눈빛이 떠올랐다.

「어떤가요?」

헤일로는 확답하진 않았지만 장 PD는 이미 그가 할 거라고 여겼다.

「촬영 전에 준비할 게 있어서 미리 연락드렸어요. 두 아티스트끼리 듀엣곡을 부른다고 했잖아요.」

"네, 그렇죠."

「그러면 먼저, 페어를 만들어야겠죠?」

헤일로가 답을 하지 않자, 장 PD가 재빨리 말을 이었다.

「무울론! 황룡필 선생님과 노해일 씨는 컬래버하기로 했죠. 그런데! 아직 다른 아티스트끼리 페어가 없는 상태예요. 제비뽑기로 페어를 만들 순 없으니, 의사결정 과정이 있어야겠죠?」

그냥 핑계인 것 같지만 뒤이어 들려온 제안에 헤일로가 입꼬리를 올렸다.

「자기소개 겸 무대를 보여주고 아티스트 모두에게 선택권을 주려고 해요.」

참 재밌겠다는 생각과 함께 스스로 답을 얻을 때까지 기다려달라던 황룡필이 떠올랐다. 그때부터 장 PD의 말은 잘 들리지 않았다.

「아직 노해일 씨를 잘 모르는 시청자분들께 노해일 씨가 어떤 음악을 하는 사람인지 알 수 있도록. 그리고 또 모르잖아요? 다른 아티스트와 더 컬래버를 하고 싶을지.」

가슴이 두근거렸다. 황룡필의 의견은 존중하지만 헤일로는 언제까지고 기다리는 인간이 아니다. 오히려 먼저 검을 빼 들고 상대가 그의 존재를 인정할 수밖에 없도록 자신을 각인하고 싶었다. 황룡필에게 그를 정정당당히 소개할 좋은 기회다.

「노해일 씨의 신곡도 좋지만, 처음엔 누군지 알 수 없게 커버 무대를 보여주셨으면 해요. 정체를 모르는 상황에서 러브콜을 하고, 선택하면 더 그림이 예쁘겠죠? 그러니 꼭 커버 무대로 부탁드려요.」

장 PD의 목소리 위로 "새로운 시도라는 건 그전엔 다른 시도를

했다는 의미겠구나"라고 말하던 황룡필의 목소리가 오버랩되었
다. 헤일로는 그때 하지 못했던 답을 주고 싶었다. 헤일로는 자리에
서 벌떡 일어나 주변을 돌아다녔다. 장 PD의 말엔 대충 대답하며
어떻게 답을 줘야 할까 고민했다. 그의 머릿속에서 장황한 토론이
이루어진다. 재미가 없는 아이디어는 '재미없음' 도장이 찍히고 분
쇄기에 갈려나간다. 이윽고 마지막에 남은 것은.

'내 첫 무대에서… 나를 새롭게 보여주자.'

헤일로는 걸음을 멈췄다.

"누굴 커버하든 상관없죠?"

「어, 'session 33'만 아니면 괜찮습니다.」

PD의 대답에 헤일로의 결심이 확고해졌다. 그가 지금 하는 새로
운 시도로, 노해일의 방식으로 HALO를 보여주는 거다. 다른 사람
들은 몰라도 음악을 아는 사람이라면, 음악에 남은 발자국을 알아
볼 수 있는 사람이라면 그의 답이 충분히 전달될 것이다.

6. 랑데부

"이제 새 학기구나."

3월, 봄과 함께 시작되는 건 새 달력과 새 학급이다. 한때 학부모였던 박승아는 교복을 입고 등교하는 아이들을 아련한 눈으로 바라보았다. 그동안 잊고 있었는데 원래였다면 이맘때쯤 자신의 아들도 저 아이들처럼 고등학교에 갔을 것이다. 이제는 딱히 저 아이들처럼 학교에 보내야겠다는 생각은 안 들었다. 미련을 완전히 보내버렸다. 스스로 워낙 잘하고 있고 성과도 남다르니 말이다. 시간으로 따지면 얼마 지나지 않았는데 꽤 오랜 시간이 지난 기분이었다.

"어머, 이게 누구야. 해일이 어머니?"

박승아는 고개를 돌렸다. 익숙한 얼굴이 보였다. 그녀에게 노해일의 버스킹 영상을 처음 알려주었던 찬수 엄마였다. 그리고 그 뒤에 교복을 입은 찬수도 보였다. 특목고 떨어지고 일반고로 갔다는 얘기를 들었는데 차로 학교에 데려다주는 모양인지 찬수 엄마가 차 키를 들고 있었다.

"찬수 어머니 그동안 잘 지내셨어요? 찬수도 안녕."

"안녕하세요."

찬수 엄마와 찬수가 동시에 두리번거리며 노해일을 찾았다.

"해일이는 학교 갔나요?"

"아니요."

"그럼요?"

대답하기도 전에 찬수 엄마가 "아! 맞다" 하며 과장되게 탄성을 내질렀다.

"해일이 고등학교 원서 접수도 안 했다는 소문이 있던데 설마 진짜예요?"

"누가 그래요?"

"다른 엄마들이 다…. 아니, 진짜로 고등학교 안 보냈어요? 아무리 방송에 나온다고 해도 그렇지. 중졸이 말이 되나요?"

박승아는 분명 찬수 엄마의 스쳐 지나가는 웃음을 보았다. 그녀는 같이 따라 웃으며 물었다.

"왜 말이 안 되죠?"

"그, 그거야 당연히 고등학교 졸업도 해야 하고…."

"그리고요?"

"대학도 가야죠. 안 보내실 거예요?"

"굳이 보내야 하나요?"

"예?"

찬수 엄마가 못 들을 걸 들은 것처럼 되물었다. 그녀가 아는 박승아는 '대학에 굳이 보내야 하나요?'라고 물을 수 있는 사람은 아니었다.

"해일이, 이미 제 꿈을 찾아 열심히 사는 아이예요. 자기 인생 잘 살고 있는데, 필요도 없는 대학에 굳이 가야 하나요?"

"걱정도 안 되세요?"

"네. 저는 그냥 기특해 죽겠어요. 그 나이에 제 꿈을 갖고 열심히 사는 아이가 얼마나 있나요? 찬수는 하고 싶은 게 있니?"

박승아가 찬수를 바라보자, 찬수 엄마가 버럭 소리쳤다.

"전 적어도 헛바람 들게 두진 않을 거예요."

"헛바람이요?"

"뭐, '수박'에 좀 들어갔다고 성공하는 건 아니잖아요. 세상에 노래 한 곡 알리고 묻히는 가수가 얼마나 많은데. 그리고 뭐, 1위도 아니던데."

찬수 엄마는 언젠가부터 매일 아침 확인하는 차트를 떠올리며 슬쩍 비꼬았다. 노해일의 노래 '또 다른 하루'는 수박 차트 10위다. 개나 소나 다 하는 10위, 이번에도 10위가 끝일 거다.

박승아는 그런 찬수 엄마를 보며 입꼬리를 올렸다. 대놓고 무시하는 게 보였지만 화가 나진 않았다. 타격감이 있어야 화가 나는 것 아닌가. 현재 음원 1위가 누구인지 잘 아는 그녀는 그냥 아무것도 모르는 찬수 엄마가 우스웠다. 그리고 다른 엄마들도 비슷하게 생각할까, 궁금할 뿐 이전처럼 악에 받치지 않았다. 박승아는 이제 부쩍 큰 찬수를 바라보며 옅게 웃었다.

"찬수야, 너는 꼭 좋은 대학교 들어가고 좋은 회사 취직해서 어머니 행복하게 해드리렴."

이건 진심이다. 그녀는 이미 행복하니까.

아이의 성적이 어머니의 입으로 퍼져나간다면, 어머니들의 싸움은 아이들의 입으로 퍼져나가기 마련이다. 박승아와 찬수 엄마의 대화는 찬수의 입을 통해 아침 시간에 학교 아이들에게 알려졌다.

"그래서 노해일 진짜 학교 안 다닌대?"

"까비. 연예인 소개해달라고 하려 했더니."

노해일의 친구였던 B와 C가 킥킥대며 웃었다. 외고에 합격한 A는 이 자리에 없었다.

"돈도 많이 벌었겠지? 엄마가 음원 수익 얼마나 되는지 검색해봤는데 몇천은 된대. 그리고 〈이환희의 드로잉북〉도 나갔잖아. 그거 출연료 세다던데."

"막 나중에 기자들이 학교에 찾아오는 거 아니냐? 노해일 학교생활 어땠는지 물어보러."

"노해일 전화 안 받겠다. 우리 다 털어버릴까?"

"야 그러자. 근데 뭐, 말할 거 있냐?"

"음…."

그들이 노해일의 행적을 곰곰이 생각했다. 특별히 생각나는 건 수업 시간에 잔 것과 학원 땡땡이친 것, 그리고 같이 학원 수업 들었던 기억밖에 없다. 워낙 성격이 조용해서 싸울 일도 없었고 학원 끝나면 노해일의 엄마가 늘 데리러 왔었다.

"아 기말고사 한 번호로 찍었다고 할까?"

"걔 영어 존나 못 하는 것도 말하자."

"노해일이 영어 왜 못해. 걔 기말 빼곤 100점이었잖아."

"문제 외워서 푸는 게 잘하는 거냐. 언어는 스피킹이지. 학원에서 원어민 보면 굳어버리고 발음도 별로였잖아."

"아, 그렇네."

그때 그들의 뒤로 "큭" 하는 웃음소리가 들려왔다. 조용하던 교실에서 소리가 꽤 크게 울렸던지라 그들은 뒤를 돌아볼 수밖에 없었다.

"장진수?"

중학생 때와 달리 교복을 제대로 입고 있는 장진수가 있었다. 물론 장진수가 입은 교복은 그들의 것과 다르다. 학교에서 공동 구매한 질이 낮은 것이다. 쓱 교복을 쳐다본 그들이 인상을 찌푸리다 불현듯 눈을 번쩍 떴다.

"아, 맞다. 너 노해일이랑 친했었지?"

"넌 개랑 연락되냐? 노해일 딱 보니까 싹 다 연 끊었던데."

"근데 개 연락은 옛날부터 잘 안 되지 않았냐."

잠깐 동의하던 그들은 아랑곳하지 않고 말을 이었다.

"그나저나 넌 억울하겠다. 너 〈쇼유〉도 나갔잖아. 근데 왜 지금은 둘이 반대로 됐냐."

"진짜. 노해일은 갑자기 음악하고 넌 갑자기 범생이 됐네. 야, 넌 같이 지내면서 뭐 없었냐?"

들어주겠으니 풀어보라는 놈들에 장진수는 코웃음을 치고 무시하며 교과서를 폈다. 노해일이 가끔 재수 없긴 해도 얘들보단 훨씬 낫다고 생각했다.

"지금이라도 보여주면 되잖아."

훨씬 좋은 녀석이다. 장진수는 마지막 버스킹을 떠올리다가 노트를 폈다. 그곳엔 중학교 수준의 영어 단어가 빼곡하다. 쟤들은 노해일이 영어를 못 한다고 했지만 진짜 못 하는 건 자신이었다.

'나도 열심히 해야지.'

장진수는 이제 막 해야 할 목표를 정했다. 누군가는 늦었다고 할지도 모르겠다. 그래도… 음악을 제대로 배우고 싶었다. 대학에서 처음부터 다시 배울 것이다. 더 늦지 않게 발끝을 힘겹게 따라간다고 하더라도. 물론, 그때 그 녀석은 더 높은 곳에 있겠지만.

'지금쯤 뭐 하고 있으려나.'

이런 부분에 대해선 뻔히 보이는 녀석이라 이미 알 것 같다. 아마 오늘도 음악을 하고 있을 거다.

***

오늘도 음악을 하고 헤일로는 팔짱을 끼고 MIDI를 바라봤다. 못마땅한 표정이었다.

'흠.'

가장 건드려보고 싶은 곡이라면 당연히 가장 먼저 만들었던 곡이라 편곡을 해보긴 했는데 마음에 들지 않았다. 이건 그냥 편곡이 아니라 보완이라서 노해일이 부른 HALO가 아니라, 좀 더 발전한 HALO가 자기 노래를 부른 것 같았다.

'어렵다.'

헤일로는 오랜만에 난제를 만난 것 같았다. 그건 꽤 반가운 기분이었다. 헤일로는 두 다리를 붙잡고 몸을 들썩였다.

'처음부터 다시 생각해보자.'

그가 노해일로서 하려던 새로운 시도. 다른 사람의 감정에 집중하고…. 사람들이 자신의 노래로 치유 받았으면 좋겠다고 생각했다. 희태를 위해 불렀던 '레프리제', 평범한 삶을 살아가는 사람들을 위로하고 격려하기 위해 불렀던 '또 다른 하루', 그 새로운 시도들이 차례대로 머릿속을 지나간다. 그가 해왔던 것, 그리고 앞으로 할 시도.

'HALO를 위로한다면?'

무언가 머릿속을 번뜩이며 지나갔다.

* * *

언젠가부터 여의도에 새로운 찌라시가 돌아다녔다. KDS에서 새 프로그램을 준비하고 있다는 그런 소문이었다. 물론, 새 프로그램이 나온다는 건 그렇게 특별한 일은 아니었다. KDS든 어디든 방송국이 파일럿을 포함해 다양한 프로그램을 시도하는 건 당연한 일이다. 다만, KDS 스타 PD가 새 음악 프로그램을 기획하고 있다는 건 말이 달랐다. 예능국 스타 PD라면 장 PD밖에 없었고, 그가 한 음악 프로그램은 실패한 적이 없었다. 수많은 연습생과 신인을 둔 기획사, 레이블에선 그 프로그램에 대해 알아내기 위해 애썼다. KDS 예능국 PD부터 홍보팀 그리고 조금이라도 관련이 있는 사람의 주변을 기웃거리며 프로그램에 대한 정보를 얻으려고 노력했다. 물론 그들이 듣는 대답은 한결같았다.

"새 프로그램이요? 글쎄요? KDS에서 뭐 한대요?"

"장 PD님은 휴가 중이십니다."

"지금 거신 전화는 없는 전화입니다."

"어어? 갑자기 말이… 안 들리는… 여보… 세요?"

못 알아듣는 척, 잘 모르는 척, EMP 폭탄을 맞은 척 스태프들은 과도할 정도로 말을 아꼈다. 그래서인지 뭐가 있다는 건 확실했다.

이마저도 속임수일지도 모르지만.

그러던 어느 날 방송국 근처를 맴도는 한 기자가 익명의 관계자로부터 어떠한 소식을 알아냈다. 장 PD가 준비하는 특집 프로그램에 대한민국을 대표하는 가수들을 섭외했으며 국장이 광대가 올라가 바로 OK를 외쳤다는 것, 그리고 그 어마어마한 섭외 목록에 '황룡필'이 있다는 것. 그 말도 안 되는 소식에 기자들은 미친 척하며 기사를 올렸다. 사실관계는 그들에게 중요하지 않았고 황룡필이란 이름만 중요했다.

> 대한민국 레전드 가수와 스타 PD의 충격적인 만남!
> 거장과 경연 전문 PD의 합작? 도대체 무슨 프로그램인가

　└ ㅅㅂ 기레기새끼들 위 꺼만 보고 불륜 터진 줄 알았네.
　└ ㅋㅋㅋㅋㅋㅋㅋㅋㅋ충격적인 만남.
　└ 아니 근데 황룡필이 음방에 나온다고? ㄹㅇ?
　└ 〈이환희의 드로잉북〉에 나오긴 했는데, 아니 근데 장근형 프로에 나온다는 게 더 신기한데.
　└ 황룡필이 경연? 당연히 심사위원이겠지?
　└ 이 정도 어그로 끌면 참가자 아냐?
　└ 뭐가 됐든 미쳤는데.

반응은 극적이었다. 장 PD가 황룡필을 섭외하려고 그렇게 노력했지만 단 한 번도 응한 적 없으니 당연했다. 황룡필은 〈이환희의 드로잉북〉을 제외하면 방송에 모습을 드러내는 사람도 아니었다. 어찌 되었든 대한민국 레전드의 귀환이었다.

[제발 내 가수도 나왔으면.]

[황룡필이 섭외되었으니 누가 안 나오고 싶겠냐 무조건 나와야지.]

[올해 무슨 일이야. 음방 한동안 안 나올 줄 알았는데 서바이벌이라도 좋다.]

[근데 황룡필이 경연 이런 거 싫어하는 줄 알았는데.]

└ 소문에 경연프로그램 아니란 말도 있어.

"도대체 누구야! 물에 빠지면 입만 둥둥 뜰 놈!"

황룡필이란 이름 하나에 인터넷만 뒤집힌 게 아니었다. KDS 방송국 전화 또한 뒤집혔다. 〈(가제)리턴즈〉 제작팀은 서둘러 핸드폰과 연락망을 꺼둔 채 긴급회의에 들어갔는데, 회의실 문을 닫은 장 PD가 씩 입꼬리를 올렸다. 어떤 놈인지 몰라도 썩 괜찮은 타이밍이었다.

"PD님 또 연락 왔는데요?"

"잠깐 꺼두라니까."

"기자들이 아니라. 와, 매니저한테도 연락이 오네. 가수 측도 지금 난리예요. 나오고 싶다고."

"섭외 다 끝났는데… 누군지 이름만 말해봐."

그래, 반응이 대중에게서만 나올 리 없었다. 전설의 귀환, 그리고 화제가 된 프로그램에 같이 동승하고 싶은 가수, 기획사, 광고를 미리 선점하기 위한 광고주들까지 반응이 왔다.

예능국장은 장 PD와 함께 황룡필과 같이 식사를 하던 순간부터 올라가는 입꼬리를 숨기지 못했다. 어쩌면 그때부터 찌라시가 퍼진 것 같았다.

"와, 우리 섭외 목록 화려한 것 봐."

꺼진 핸드폰을 내려둔 AD가 섭외 목록을 보며 혀를 내둘렀다. 황룡필에 이어 대한민국의 내로라하는, 시상식을 제외하면 한자리에서 보기 드문 가수들이 정말 다 모였다. 신주혁, 이성림, 리브….

그러다 그는 가장 마지막에 있는 이름을 보고 의문을 가졌다. 좀 뜬금없게 느껴졌다.

"콜드브루 원더 뒤에 갑자기 노해일? 얘는 너무 네임 밸류가 약하지 않나요? 팬덤도 약하고. 잘못하면 혼자 욕먹을 텐데. 이제 막 뜨기 시작한다는 거 아는데 다른 사람들이 하도 쟁쟁해서."

AD가 중얼거린 말을 들은 장 PD가 웃음소리를 냈다.

"글쎄."

사실 그도 잘 모른다. '노해일'이라는 새로운 얼굴이 황룡필 섭외를 도와준 카드가 될지, 판을 가르는 조커가 될지는 보면 알게 될 거다.

* * *

〈(가제)리턴즈〉, 장 PD가 고심하며 만든 〈2030 Song Festival-랑데부〉 촬영이 시작되었다.

"가장 컬래버하고 싶은 가수가 있나요?"

촬영 스튜디오에 도착하자마자 인터뷰실로 불려 간 헤일로가 가장 먼저 들은 말이다. 이번 프로그램에 자신과 황룡필을 제외하면 누가 나오는지 모르는 터라 헤일로는 어깨를 으쓱하는 걸로 의문을 표했다.

그러거나 말거나 작가는 하고 싶은 말을 다 해보라는 듯 생글생글 웃었다.

이미 하기로 했던 사람의 이름을 말하려 했던 헤일로는 돌연 씩 웃었다. 굳이 누군가를 특정 지을 필요가 없겠다는 생각이 들었다.

"저를 알아보는 사람과 하고 싶습니다."

'이렇게 말한다면 알아듣겠지.'

자기소개 무대는 하회탈을 쓰고 정체를 숨기는 방식이니 그럴 듯한 답이다. 물론 작가는 방송 경험이 많지 않은 신인이 누군가의 이름을 정확히 말해 이른바 '방송각'이 잡히길 바랐다. 그러나 나온 건 전혀 자극적이지 않은 답안이다. 누군가를 향한 답이라고 생각지 못한 작가는 이슈를 끌진 못하겠다고 아쉬워했다.

'〈2030 Song Festival-랑데부〉. 우리의 음악은 죽지 않았다. 대한민국 최고 가수 총집합! 누구나 한 번쯤 바랐던 내 가수의 컬래버. 어디에서도 볼 수 없었던 환상의 듀오! 아티스트 열두 명이 페어를 이루어 듀엣곡을 만든다'라는 기획 의도에 따라 프로그램의 첫 번째 순서는 페어를 짜는 것이었고, 참가자들은 무대를 보여주기 전까지 다른 참가자들을 알 수 없었다. 그러나 진짜 모를 리는 없다. 이미 처음부터 알려진 황룡필부터 시작해 알게 모르게 알려졌다. 그중엔 본의 아니게 티가 난 참가자도 있을 테지만, 티를 냈던 참가자도 있었다. 예를 들어 어떤 래퍼는 대놓고 어떤 참가자의 계정을 팔로우하거나 뜬금없이 게시물을 태그했고, 다른 참가자를 언급하진 않았어도 '떨린다…! 열심히 해야지' 등의 의미심장한 글을 남긴 아이돌도 있었다.

촬영대기 중에 인사를 나눌 시간이 있었다.

"여기 있었구나."

헤일로는 익숙한 목소리에 고개를 돌렸다. 선비탈을 쓰고 있었지만 목소리나 체격으로 이미 누구인지 알 수 있었다.

"다 아는 얼굴들이네."

저 멀리서 "안녕하세요!", "안녕하세요!" 허리를 숙이며 인사하는 매우 마른 남자가 보였다. 그를 보며 신주혁이 말했다.

"콜드브루 원더."

그러곤 그는 또 다른 사람을 가리켰다.

"리브. 성림이 형."

헤일로의 표정이 묘해졌다. 몇몇만 제외하면 다 아는 이름이었다. 얼마 전 그 모임에서 만난 사람들이었는데 모를 리 없다.

"정신 똑바로 차려야겠다. 잘못하면 그대로 묻히겠네. 너 근데 방송 포맷 제대로 들었냐?"

"어느 정도는요."

헤일로의 대답에 신주혁이 말을 이었다.

"장 PD가 머리를 잘 썼어. 서바이벌 아니라더니 서바이벌 요소를 이렇게 집어넣었네."

서바이벌이 아니긴 하다. 여기서 떨어지는 아티스트는 없었으니까. 다만, 모두 무대를 보고 페어를 선택하는 상황이다. 서로가 원할 때 페어가 된다는 건 듣기에는 매력적인 요소이나 이상적인 말이다. 여러 사람이 한 사람을 원하고 반대로 아무에게도 선택받지 못하는 아티스트가 있는 비대칭 구도가 만들어질 수 있다. 아티스트의 수가 짝수이니 페어는 이루겠지만, 이게 방송에서 그대로 나온다면 아티스트는 서바이벌에서 떨어진 느낌이 들 것이다. 그런데 이마저도 이상적이었으니.

무대에서 드러나는 음악관과 스타일을 보고 페어를 정하라는 게 방송의 포맷이지만 현실은 이미 서로가 누구인지 아는 상황이다. 아는 사람끼리 뒤로 입을 맞췄을 수 있고 그게 아니더라도 마음속에 이미 페어를 찍어놓았을 거다. 이 상황에서 제일 불리한 건 라인업에서 좀 떨어지는 아티스트다. 아무리 열심히 준비해도 자기소개 무대가 의미 없어질 수 있었다. 그리고 신주혁이 보기에 그중에서 가장 불리한 건 노해일 같았다.

'선생님과 컬래버하기로 했으니 괜찮겠지만.'

세상에 확실한 건 없다. 황룡필이라면 더 나은 무대를 보고 그 아티스트와의 컬래버를 선택할 수 있다. 누가 황룡필과의 페어를 거절하겠는가.

"무대 잘해라."

신주혁은 이런 우려를 굳이 언급하진 않았다. 그냥 언제나 그렇듯 소년의 머리를 털털하게 쓸며 격려했다. 재능 하나만큼은 확실한 녀석이니 어련히 잘할 것이다.

"잘하면 내가 페어 신청할 수도 있잖냐."

"흠."

"흐음? 어쭈, 후회하지나 마라."

'후회는 무슨' 하며 헤일로가 입꼬리를 올렸다. 신주혁이 특별히 해주겠다는 듯이 말하는데 필요 없다. 헤일로가 컬래버할 사람은 그가 선택하게 될 것이다.

열두 명의 인터뷰, 리허설이 끝나고 본 촬영이 시작되었다. 장 PD는 서바이벌 프로그램 전문인답게 잔인한 기획성을 가지고 있었다. 이는 자기소개를 위한 첫 무대 순서 배치에서 정확히 드러났다. 그는 신인을 앞에, 그리고 하이라이트를 뒤에 배치하는 무대 형식을 선택하지 않았다. 그가 따른 건 자본주의와 힘의 원칙이다. 있는 자는 기다리지 않는다. 퍼스트석 탑승이 가장 먼저 시작되고, 이코노미 고객들이 가장 마지막에 탑승하듯 장 PD는 첫 무대를 황룡필에게 주었다.

이미 모두가 그가 누구인지 알지만 황룡필이 양반탈을 쓰고 무대로 나온다. 황룡필 이전의 시대를 구가했던 어떤 여가수의 음악이 흘러나왔다. 편곡이 많이 들어가지 않았지만, 황룡필의 두성과 가성이 오가는 보컬은 마치 그 곡이 황룡필의 곡인 것처럼 보여줬다. 첫 방송이 심심할 걸 우려하여 데려온 MC 3인방이 바로 '선생님'을 부르짖으며 그의 정체를 단번에 추리하고는 가장 상석으로 안내했다. 앞으로의 무대가 가장 잘 보일 좌석이다.

MC 3인의 추리극, 그리고 한 명씩 자리를 채우는 아티스트들이 '무대'에 대해 이야기하며 페어에 대한 욕심을 드러낸다. 이렇게 자기소개 무대는 철저히 앞 순서 사람들을 배려하고 있었다. 무대를 먼저 마치고 편안히 다른 아티스트의 무대를 평가할 수 있도록. 대기실보단 무대가 방송 카메라에도 더 자주 노출될 것이다. 그렇기 때문일까? 뒷무대로 갈수록 무대가 특이해지고 화려해졌다. 어떻게든 임팩트를 주기 위한 몸부림으로 보였다.

그중에선 평소보다 지나쳐서 아쉬운 무대를 남긴 아티스트도 있었다. 콘셉트가 겹치지 않는 선에서 인간이 할 수 있는 상상력은 제한되어 있는 데다 대한민국 음악시장을 쥐락펴락했던 대선배들 앞이기에 부담스러울 수밖에 없었다. 그래도 누군가를 떨어트리기 위한 방송이 아니기에 무대를 비하하거나 아쉬워하는 자극적인 멘트는 없었다. 있다면 친한 사람들끼리 서로를 '까는 조크' 정도. 대개 무대의 장점을 칭찬했기에 시청자들이 볼 때는 불편한 점이 없었다.

"파이팅!"

"…파이팅."

헤일로는 그의 앞 순서인 남자가 주먹을 올리자 같이 해주었다. 좀 긴장한 것 같은 남자가 결연하게 고개를 끄덕이고 무대로 향했다. 그의 뒤를 쫓는 VJ. 신주혁은 저 빼빼 마른 남자가 콜드브루의 원더라고 했다. 헤일로는 대기실에 있는 텔레비전으로 원더의 무대를 바라봤다. 보컬보다는 퍼포먼스가 화려한 아티스트였다. 그래서인지 지난 무대와 확연히 구별되었다. 독특하고 재미있다.

"긴장 안 되세요?"

이매탈을 쓴 헤일로를 보며 담당 VJ가 물었다.

방송용 리액션을 했던 다른 아티스트와 달리 소년은 가만히 TV를 바라보기만 했다. 다른 탈과 달리 입 부분이 뚫려 있지만 다른 사람들에 비해 찍을 게 없었다. 신인이니 이해하지만 이대로면 가뜩이나 적은 분량의 대기실 신이 그대로 편집될지도 모른다는 생각에 VJ는 소년을 보며 말을 이었다.

"마지막 무대를 장식하게 됐는데 각오 한마디 들을 수 있을까요."

'각오라.'

마침 원더의 무대가 끝났고, 다른 사람들이 환호성을 질렀다. 곧 MC들의 인터뷰가 이어진다.

[마지막 분이 긴장되시겠다.]

[그러게요. 사실상 나올 무대는 다 나와서.]

[근데 페어는 언제 고르나요?]

딱히 헤일로의 무대를 기대하는 반응은 아니었다. 헤일로는 화면을 보며 피식 웃었다.

"다들 재밌으실 겁니다."

보이는 건 입매밖에 없지만 VJ는 이상하게도 무언가가 일어날 것 같다는 느낌을 받았다.

"이제 마지막 무대인가요?"

MC가 딱 하나 비어 있는 자리, 곧 마지막 무대가 기다리고 있음을 알렸다. '마지막 무대'란 소리에 오랜 촬영 시간 때문에 피로해진 출연자들이 산만해졌다. 기지개를 켜고 물을 마시며 시선을 한곳에 두지 못한다. 카메라가 자신을 향할 때는 누구보다 활발히 리액션하지만 카메라가 돌아가면 몇몇은 눈을 질끈 감거나 옆 사람과 떠들었다. 뒤로 갈수록 무대에 무관심해진 건 이미 다들 페어를 머릿속에 선택해둔 상태였기 때문이다.

"이때 잠깐! 중간 질문 들어가도 될까요?"

"중간 질문 이미 두세 번 하지 않았나요?"

"혹시 선택이 변했을지도 모르니까요."

물론 무대를 보고 마음이 변한 사람도 있었다. 그건 그 사람이 무대를 특출나게 잘해서이기보단 컬래버나 이미지가 잘 어울리겠다는 계산적 판단 때문이었다.

"마지막 무대를 보고 결정해야 하지 않겠나."

황룡필의 대답에 다들 시선이 그에게 향했다. 아티스트 대부분은 그가 예의상 한 말이라고 생각했다. 황룡필 정도 되는 가수라면 이미 누군가를 점 찍어두었을 것이었다.

"아까부터 아무 말 없으신 선비탈 씨는 어떤가요?"

한 명 한 명 집요하게 변함없는 답을 들은 MC가 마지막으로 신주혁을 지목했다. 선비탈이 어깨를 으쓱였다.

"저도 아직. 기다리는 무대가 있어서."

'남아 있는 무대라면 하나밖에 없는데 마음에 드는 무대가 없었다고 블러핑을 치는 건가? 아니면 진짜 마지막 무대를 기다리는 건가?'

선비탈 뒤에 앉아 있는 사람이 고개를 갸웃했다.

MC들은 신주혁이 마지막 무대의 주인공을 이미 안다는 걸 깨달았지만 방송 설정상 말을 돌렸다.

"대기실에서 뭔가 본 모양이군요!"

인터뷰를 하는 사이 마지막 무대가 준비되었다.

MC들은 사전에 들은 바가 없기에 어떤 무대가 기다리고 있는지 몰랐다. 그러나 미친 듯한 고음, 탄탄한 발성, 소름 돋는 랩핑, 신들린 듯한 감정 표현과 퍼포먼스 등 이미 나올 무대는 다 나왔기에 기대되지 않았다. 그 이상의 임팩트는 없을 것이다.

분명 그럴 텐데…. 그러나 반주가 흘러나온 순간.

"어…."

MC 하나가 무의식중에 탄식했고, 다른 MC 둘은 대놓고 고개를 기울였다.

"아니, 이걸 부르겠다고?"

아티스트 중 하나가 저도 모르게 말했다. 누군가 "미친 거 아냐"라고 중얼거렸는데 다행히 탈 속에 가려졌다. 충격과 공포의 MR은 그들에게 익숙한 것이었다. 왜 모르겠는가. 이 자리에 있는 모두가 음악 하는 사람이었다. 인생이 음악인 사람들. 그리고 MC들도 다른 건 몰라도 이 반주는 알았다. 2월 28일에 발매되자마자 전 세계 디지털 스트리밍 플랫폼에 1위를 찍고 몇 주간의 행진을 이어나가고 있는데 모를 수가 없었다. 신주혁도 설마 노해일이 이걸 선택할 줄 몰라 당황했다. 노해일의 재능이 뛰어난 건 알지만, 이건 잘못하면… 아니, '잘못하면'이 아니라 웬만큼 잘해선 안 되었다.

충격과 공포의 현장에서 유일하게 웃는 사람이 있으니 장 PD였다. 임팩트를 주고자 했다면 성공이다. 못 부르면 못 부르는 대로, 잘 부르면 잘 부르는 대로 첫 방송에 큰 인상을 남기게 될 터다.

'근데 좀 오바하긴 했네.'

그는 현실적으로 그런 생각이 들었다. 누구라도 '임팩트를 주려고 큰 실수를 했구나'라고 생각할 수밖에 없었다.

방송에 나가면 아마 원곡이 자막에 뜰 것이다.

'Please, lead me not into temptation(부디 시험에 들지 말게 하소서) | HALO (4집 O God)'

오르간 소리가 들려온다. 찬송가처럼 신성하고 거룩한 선율이다. 하지만 이제 다들 안다. HALO가 얼마나 파격적인 음악을 선보일지. 성당의 종이 울린다. 스테인드글라스 사이로 빛이 들어오는 성당, 그 앞에 무릎 꿇고 기도하는 남자가 보였다.

오 주여

그가 천천히 자리에서 일어난다. 그 앞에 놓인 포도주와 성경. 경건한 한 장면이라고 생각했을 때 오르간 선율이 툭 끊겼다. 불협화음에 경건하던 분위기가 무너졌다. 드문드문 음이 엇나가며 아슬아슬한 기분을 안겨줬다. 남자가 고개를 들었다.

아버지께선 모두를 사랑하라고 말씀하셨죠

분위기가 반전된다. 오르간 선율을 뒤덮는 강렬한 일렉트로닉. 남자가 신에게 의심을 품은 순간이다. 이제 모두 남자가 분노와 공포를 표출할 것을 알았다. 숨통을 조여오는 일렉트로닉 사운드. 감정을 턱 잡고 뒤흔드는 게 HALO라는 뮤지션의 특기다. 하지만 누군가는 생각했다. 사라져야 할 오르간 선율이 연약하게나마 이어지고 있다고. 작지만 여전히 따뜻한 오르간의 선율이 그를 따라오고 있었다. 남자가 신에게 원망을 쏟아낸다. 무저갱에 추락하기 직전이다. 그때 누군가 남자의 머리에 손을 올렸다. 남자가 고개를 들었다. 천장에서 들어오는 빛에 눈이 부셔 누구인지 알 수 없었으나 따뜻했다.

당신의 이야기를 들려주소서

여자인지 남자인지 모르는 사람이 그에게 속삭였다. 남자는 신부라고 생각했다.

신부님

남자가 그의 옷자락을 붙잡고 물었다. 그리고 자신의 의심을 털어놓는다. 신부는 종종 동의했고 공감하며 자애로운 미소로 그에게 속삭였다. 신에게 의심을 가진 남자의 저음과 신부의 고음이 오가며 화음을 이룬다. 원곡의 흔적인 공포는 그대로 남아 전신을 옥죄었지만, 이제 누구도 두렵지 않았다. 남자의 곁에 있는 신부님(혹은 누군가)이 지켜주실 테니.

사람들은 멍하니 바라보았다. 공포와 분노에 가득 차 고해성사하는 남자였다가 자애롭게 그의 이야기를 들어주는 신부가 되어 노래하는 아티스트를.

소년은 극이 아닌, 무대 위에서 상반된 두 사람의 감정을 동시에 노래하고 있었다. 그것이 얼마나 어렵고 까다로운 일인지 이 자리에 모르는 사람은 없었다. 그러나 배우고 싶다고 무대를 분석하는 사람은 없었다. 그냥 눈이 부셨다. 사람들은 성당이 아닌 무대 아래 있었지만 커다란 창에서 쏟아지는 찬란한 빛을 받고 있었다. 누군가 손을 올려 눈물을 닦으려다 하회탈에 걸려 손을 내려놓았다. 카메라에 그 모습이 낱낱이 찍혔다. 반주가 점점 잦아든다. 누군가는 아쉽다고 생각했고 누군가는 이 끝맺음마저 아름답다고 생각했다. 그리고 헤일로는 어두워지는 무대 중앙에서 눈을 감았다.

'이게 위로까지는 아닌 것 같은데.'

그는 슬프지도 우울하지도 않았기에 위로하긴 어려웠다. 대신 그냥 당시 듣고 싶었던 말들을 써놓았다. 그것을 다른 사람이 아닌 그 자신이 하고 있다는 게 좀 웃겼다.

'그래도 괜찮네.'

따뜻한 오르간 선율, 스테인드글라스로 들어오는 햇볕이 그를 감싸 안았다.

"어어…."

무대의 불빛이 꺼졌다. 이어진 건 정적. 한참이 지났을 때 누군가가 숨을 내쉬었다. 다른 사람도 아니고 HALO의 곡을 커버한다는 게 충격적이었는데, 이젠 다른 의미의 충격이 그들을 강타했다. 정말 하고 싶은 말이 많은데 뭐라고 해야 할지 모르겠다. 능숙한 MC마저 뭐라고 입을 열어야 할지 고민하고 있었다. 뜨뜻한 가슴에 괜스레 손을 올려보며 단어를 생각했다. 전혀 어색하지 않은 한국어 개사부터 언급해야 할까? 아니면 저 미친 커버? 고음과 저음을 능숙하게 오가던 보컬? 탄탄한 발성? 어디서부터 이야기해야 할까?

사실 아티스트들이 가장 궁금한 건 따로 있었다.

'누구야?'

'도대체 누구길래, 저런 말도 안 되는….'

눈치싸움이 오간다. 서로를 살피며 그들의 페어를 다시 고려했다. 방금 그들의 머릿속에 굳건하게 있던 큰 그림이 무너졌다. 부디 상대는 일관적이길 바랐다. 그때였다. 신주혁은 옆에서 작은 웃음소리를 들었다.

"이거…. 내가 실수했군."

양반탈을 쓴 황룡필이 무대 위에 있는 소년을 지그시 바라보며 재미있다는 듯 "황소개구리가 아니라 청개구리였구먼. 아니, 백두산 호랑이인가?"라고 하며 미소 지었다.

"그냥 사실대로 말하겠습니다. 누군진 모르겠고요, 그냥 무대가 다시 한번 보고 싶네요. 앙코르!"

"아니, 우리 일을 포기하면 어떡해요! 누군지 추측은 해봐야죠."

"아마… 시청자 여러분도 비슷하게 생각하지 않을까요?"

MC 3인방의 티키타카 이어졌을 때야 비로소 정적이 풀렸다.

"그래도 한번 추측이라도 해봅시다. 정체가 누구일까요?"

MC 3인방이 동시에 무대 위의 소년을 바라보았다. 이매탈은 입이 뚫려 있어 웃고 있는 입술이 그대로 보였다. 수염 자국도 없고 피부도 좋은 게 생각보다 젊은 친구일지도 모른다는 생각이 들었다. 체격도 마른 편이다.

"아이돌인가?"

"우리 아이돌 전문가인 초랭이탈 씨에게 물어볼까요?"

"제가 왜 아이돌 전문가인…."

초랭이탈을 쓴 콜드브루 원더는 아무도 안 믿는 기색의 말을 흘렸다. 2024년에 데뷔해 이제 7년 차 아이돌로 접어든 원더는 무대 위에 있는 이매탈을 보다가 고개를 저었다.

"제가 보기엔 아이돌은 아닌 것 같습니다. 아이돌이라기엔…."

원더는 그 말도 안 되는 무대를 복기했다. 보컬, 음역, 편곡, 발성까지 모자란 게 없었던 올라운더형 아티스트였다. 물론, 올라운더형 아티스트 중에는 아이돌이거나 아이돌 출신도 많았다. 그런데도 그가 아이돌이 아니라는 의견은 확고했다.

"일단 제가 아는 분 중에 떠오르는 사람이 없고요."

"오호, 아이돌 전문 아니라면서 확신하시네요."

"하하…. 그룹보단 솔로에 어울리시지 않나. 싱어송라이터나 밴드를 하시던 분인 것 같습니다."

원더는 7년 차 아이돌이다. 선배 그룹이든 동기든 후배든 발이 넓은 그는 적어도 아이돌 판에 대해선 잘 알고 있다. 최근 막 데뷔했다면 모를 순 있다. 그래도 음색과 존재감이 아이돌 그룹에 소속

되긴 힘들어 보였다. 말하자면 조화를 깨는 존재라고 할 수 있다. 저 정도 능력치의 아티스트를 품으려면 다른 멤버도 비슷한 능력치를 가지고 있어야 하는데 그게 가능할까? 그런 미친 그룹이 있다면 뜨지 않았을 리 없었다. 원맨팀인 경우라면 그룹은 몰라도 개인으로서 어떻게든 알려졌을 거다. 그가 아는 한 아이돌은 아니다.

'사실 싱어송라이터나 밴드를 하던 사람이라도 이 정도 실력이 되는 사람을 내가 모를 리가 없는데.'

무대의 여운 때문에 원더는 아직도 머릿속이 어지러웠다. 이름을 들으면 딱 "아!" 하고 알 수 있을 것 같았다.

원더가 의문을 품고 고민하는 사이 MC들이 신이 나서 다른 아티스트에게도 말을 걸었다. 기존의 추리극은 사실상 너무 쉬워서 추리 느낌도 없었는데, 이제야 진정한 추리극이 된 것 같았다.

"리브 씨도 한 말씀 해주시죠."

코를 훌쩍거리는 부네탈, 아니 리브. 다른 무대에선 박수를 치거나 칭찬하던 그녀가 아무 말 없이 훌쩍이고 있으니 MC들의 타깃이 되었다.

"정말⋯ 인상 깊은 무대였어요."

리브는 누구인지 추리할 생각도 없어 보였다. 그저 '정말'을 길게 늘여 말하며 진심을 어필했다.

"와 리브 씨 이런 반응은 처음인데. 그럼 돌발질문! 이전까지 답을 보류하셨는데, 혹시 이번 무대를 보고 페어를 하고 싶은 사람이 생겼나요?"

"네."

그녀가 이렇게 빨리 답할 줄 몰라 MC들은 살짝 당황했다.

"그 사람이 혹시 이매탈⋯."

"그렇다면, 지금 바로 페어 제안해도 되나요?"

아직 페어 선택 시간도 아니었다. 리브가 농담 반 진담 반으로 한 소리에 예민한 시선이 몰려들었다. 그녀는 그 시선에도 아랑곳하지 않고 무대 위의 소년을 바라보았다. 그녀는 이매탈을 쓴 아이가 누구인지 알고 있었다. 황룡필과 페어할 것도 이미 알고는 있지만 페어 제안은 농담이 아니었다. 이 프로그램은 아니라도 같이 컬래버하고 싶었다.

"우리 이매탈 씨도 결정할 시간을 주도록 하죠. 그럼, 인터뷰는 마지막으로⋯."

MC들이 훈화 말씀처럼 마지막을 끝없이 늘어놓는 사이 신주혁은 황룡필을 바라보았다.

'분명 뭐라고 얘기하신 것 같은데.'

시선을 느낀 황룡필이 그에게 고개를 돌린다. 신주혁은 그에게 하고 싶은 말이 많았다. 예컨대 노해일한테 컬래버를 제안했던 다른 이유가 있는 건지. 그러나 그가 황룡필에게 질문할 시간은 없었다. 모두가 기다리던 대망의 시간이 온 것이다.

"자, 마지막 무대까지 보셨으니! 페어를 선택할 시간을 갖도록 하겠습니다!"

MC들의 선언에 아티스트들의 눈빛이 번뜩였다.

"자, 페어 결정 방법은요⋯!"

방송용 리액션인지 진심인지 모르겠지만 아티스트들이 몸을 앞쪽으로 기울였다. 호루라기라도 불면 앞으로 뛰쳐나갈 것 같은 움직임이었다. 그때 작가의 신호를 받은 MC가 머뭇거리다 말했다.

"잠시 후 알려드리겠습니다! 투 비 컨티뉴드(To be continued)!"

MC 하나가 이전엔 언급하지 않은 쉬는 시간에 관해 제작진에게 물었다.

"갑자기 왜 쉬는 거예요?"

원래 마지막 무대 순으로 러브콜을 보내는 방식을 수정하려 한다고 작가가 순순히 알려줬다. 러브콜을 보내고 거절하면 다음 순서로 넘어가게 되는 것이다. 장 PD가 괜히 서바이벌 프로그램 전문이 아니다. 뒷무대의 가수에겐 안타까운 진행이지만 철저한 약육강식을 보여주고자 한 것이다. 그러나 장 PD는 마지막 무대가 이렇게 터질 줄 상상도 못 했다. 그의 큰 그림과 정반대로 개판이 될 것 같아서 장 PD는 쉬는 시간을 선언했다. 이렇게 된 거 한번 정리해야 할 것 같았다.

대기 시간 동안 출연자들이 반드시 의자에 착석하여 기다려야 하는 건 아니다.

"안녕하세요?"

오가며 인사만 하고 스쳐 지나갔던 아티스트가 먼저 이매탈에게 다가갔다. 그는 하고 싶은 말이 많았다. 이매탈이 고개를 돌린다.

'진짜 얼핏 봤을 때 어려 보이는데 누구지?'

한국인만 아니었다면, 한국어로 개사해 커버하지 않았더라면, 좀 과장해서 HALO를 데려온 게 아니냐고 의심했을지도 모른다. 단 한 번도 편곡할 생각이 들지 않았던 HALO의 음악을 편곡한다는 건 아무나 할 시도가 아니었다. 게다가 수준도 그냥 미쳤고. 물론, 영국인인 HALO가 미국이나 영국도 아니고 한국방송에 나올 리 없었다.

"혹시 염두에 둔 아티스트가 있나요?"

그리고 거기서부터 시작이었다. 누군가 서두를 꺼내자 다른 아티스트도 슬쩍 다가왔다. 그들은 왜 대기실에서 진작 이매탈에게 말을 걸지 않았나 아쉬워했다.

"제 무대 봤어요?"

무대 이미지, 스타일, 목소리의 조화 등이 설사 맞지 않는다고 하더라도 그들은 이매탈과 컬래버하고 싶은 마음이 있었다. 대개 그들이 집중하는 게 편곡이기 때문이다. 이 자리에 모인 건 다 한가락 하는 아티스트다. 이미 노래 잘 부르고 음역이 넓으며 탄탄한 발성을 가진 아티스트는 많았다. 하지만 그 편곡은 달랐다. 괜찮은 음원을 뽑아내기 위해 한 번쯤 머리를 쥐어뜯은 경험이 있는 아티스트라면 이매탈의 편곡 능력에 눈 돌아가기 충분했다.

"잠시 시간 좀 내줄 수 있겠나?"

그때였다. 은근히 페어를 하자며 티를 내던 아티스트들이 익숙한 목소리에 뒤를 돌았다. 설마 황룡필이 직접 나설 줄 몰랐다. 먹잇감을 노리던 아티스트들의 동공이 흔들렸다. 이따금 고개를 끄덕이고 대답은 했지만 절대 제 정체를 말하지 않았던 이매탈이 자리에서 일어났다. 그들을 향해 시선이 쏠렸다. 촬영장엔 보는 눈이 많다. 그것도 한 사람은 탈을 쓰고 있지만 모두가 아는 황룡필에 다른 한 사람은 조금 전 누구도 상상하지 못했던 무대를 보여줬던 아티스트라면.

"황룡필 선생님이랑 컬래버한다고? 좀 조합이 안 맞지 않나?"

그들을 보며 누군가는 자신에게 유리한 방향으로 긍정회로를 돌리기도 했지만, 이미 모임에서의 일을 보았거나 전해 들은 이들은 깔끔하게 포기했다. 어느덧 황룡필과 이매탈은 사람들의 귀가 어느 정도 멀어진 곳에 가 있었다.

"성질 참 급하구먼."

황룡필이 먼저 입을 열었다.

"내가 답을 구할 때까지 기다려달라니까. 그사이도 못 기다려선."

투덜거리고 있지만 뭐라고 하는 건 아니었다.

"전 답은 드린 적 없습니다."

"아니, 그런 무대를 보여주고선."

헤일로의 물음에 황룡필은 그가 할 수 있는 찬사를 보냈다.

"그래서 나도 순번을 끊고 기다려야 하나?"

진심이라는 듯이 성토하는 황룡필에 헤일로는 킥킥 웃었다. 황룡필에게 무대가 매력적이었던 것만큼 다른 아티스트에게도 마찬가지일 거다.

장 PD는 열두 명의 아티스트가 여섯 팀으로 페어를 만드는 과정까지 카메라에 담았다.

"결국, 이렇게 됐네."

은근히 아쉬워하는 아티스트와 불만족스럽게 보이는 아티스트, 그리고 시청자들이 원하던 조합과 의외의 조합 등 페어 결정과 이에 따른 오만 가지 리액션이 있었다. 거기다 정체 공개 후 충격까지 모든 게 그대로 방송에 담겼다. 여러 가지로 볼 게 많은 첫 촬영이었다.

장 PD는 기성 아티스트들이 가장 어린 소년에게 몰려가 번호를 주는 기이한 상황을 목격했다. 소년이 진짜 조커 카드였다는 게 충격적이긴 했으나 한편으론 프로그램의 취지대로 흘러가는 것 같아

만족스럽기도 했다. '우리 음악은 죽지 않았다'라는 건 단순히 보여주기식이 아니다. 현재 음원 순위를 장악하고 있는 한 아티스트를 향한 선언이기도 하다. 어쩌면 이 프로그램이 그 아티스트의 대척자가 될 수 있지 않을까. 가장 바라는 그림이다. 그는 막연히 그 대척자로 선두에 서는 것이 양반탈을 머리에 올린 노인과 이매탈을 손에 쥔 소년, 이 기이한 조합이 되지 않을까 기대했다.

이다음부터 당분간 이들은 촬영장에 나오지 않는다. 각 아티스트가 특정한 공간에서 작업하는 과정이 리얼리티 카메라에 담길 것이다. 그렇게 첫 촬영이 끝났고 〈2030 Song Festival-랑데부〉로 향하는 열차가 출발했다. 5월의 어느 하루를 위한 여정의 시작이었다. 열차가 정차할 첫 번째 승강장은 예고 없이 공개된 예고편이었다.

＊ ＊ ＊

첫 촬영 후 예고편이 제작되기까지 '황룡필'을 포함한 대한민국의 대표 가수들이 출연한다는 프로그램은 뜨거운 관심을 받았다. 처음만큼은 아니라도 꾸준히 문의가 들어왔고 커뮤니티에서 잊을 만하면 언급이 되었다. 그러던 때 너튜브에 난데없이 동영상 하나가 올라갔다. KDS 예능 채널. 섬네일은 아무것도 없는 블랙이라 사람들은 처음에 KDS에서 실수로 잘못 올린 줄 알았다. 그러나 사람들은 너튜브 오류로 섬네일에 아무것도 뜨지 않았을 뿐 그 내용물이 존재한다는 걸 깨닫게 되었다.

폭죽이 쏘아 올려진다. 어느 콘서트의 장면이 스쳐 지나가고 환호성이 화면을 가득 채웠다.

〈2030 Song Festival-랑데부〉

이윽고 시간이 감기며 첫 번째 에피소드를 보여주기 시작했다. 하회탈을 쓴 각각의 인물들이 한 대기실에 모여 있다. 곧장 장면이 바뀌었다. 카메라는 이번에 무대를 비추었다.

"반갑습니다."

양반탈을 쓴 남자가 무대에 섰다. 오래된 여가수의 노래를 부르는 목소리에서 누구나 그가 누구인지 알아차릴 것이다. 그의 무대를 10여 초 짧게 보여주고 다른 가수들의 영상으로 넘어간다. 부네탈을 쓴 체구가 작은 여자는 감성적인 무대를 선보였고, 선비탈을 쓴 남자는 록 감성을 주체하지 못한다. 아무리 봐도 정체를 숨길 생각은 없는 것 같다. 사실 얼굴만 가려져 있다 뿐이지 체형은 그대로 보이는 데다가 워낙 유명한 사람이라 유추하기 어렵지 않았다. 지금도 상단에 이들의 목록을 나열한 댓글이 있다.

수많은 무대가 스쳐 지나간다. 처음엔 라인업을 따져보던 사람들도 무대가 끝없이 나열되니 집중력이 흐려질 수밖에 없었다. 라인업이 어떤지 대강 알았으니 이제는 이게 어떤 방송인지 프로그램의 제목이었던 〈Song Festival〉은 무슨 의미인지, 진짜 가요제라도 열겠다는 건지 궁금해졌다. 하지만 예고편은 시청자의 궁금함을 풀어주지 않는다. 열두 개의 무대가 스쳐 지나갈 뿐이었다. 다행히도 처음에 10에서 7초를 보여주던 무대가 3초 정도로 줄어서 끝나가고 있음을 알게 되었다.

'그래서 언제 하는 건데?' 하며 댓글에 누군가 불만을 토로하며 날짜를 기다릴 때 익숙한 오르간 선율이 들려왔다.

[오 주여]

익숙한 반주와 그 위에 새겨진 목소리. 그와 함께 예고편이 끝났다. 검은 화면엔 날짜도 프로그램의 의도도 쓰여 있지 않았다. 잠깐 멍하니 있던 사람들의 얼굴에 '와!'가 새겨진 듯했다.

[잠깐만 마지막 무대 뭐임?]
[아니 앞에건 몇 초씩 보여줬으면서 이건 왜케 짧아.]
[설마]
[???]

누구도 프로그램 날짜에 관해서 묻지 않았다. 그보다 더한 것이 관심을 끌었기 때문이다. '설마', '혹시' 같은 추측 댓글만 늘어나는 이때 누군가가 직접적으로 이름을 언급했고, 누군가는 이성적으로 반박했다.

[HALO 아냐?]
[그럴 리가.]
[부르려면 크드스 자본금 다 털어야 할듯ㅋㅋ]
  └ 나오면 광고주들 돈 갖다 바칠 텐데 뭘 자본금까지ㅋ
  └ 광고주까지 안 가도 광신도들이 바칠 듯.
[진짜 HALO가 왔다고?]
[HALO 정체 밝힘? 진짜 군필여고생쟝임?]
  └ 이새끼는 뭐래. 3대 1,000치는 상남자다.
[아니.]

처음에 그가 아니냐며 난리가 났던 시청자들은 점차 이성을 되찾았다.

[HALO가 부른 게 아니라 그냥 누가 커버한 거라고 생각한 게 맞지 않을까?]

[목소리 비슷한데?]

└ 세상에 목소리 비슷한 사람 한둘이냐.

└ 애초에 한국어로 부르잖아. 오 주여라고. 태양이 한국말을 하겠음?

해외에 잘살고 있을 빌보드 가수가 한국방송에 나올 리 없었다. 게다가 '오 주여'는 분명 한국말이었다. 방송국에서 헤일로한테 강제로 한국어를 시켰을 리 없었다. 분명 커버가 맞다고 인정하는 분위기가 되자 뜨거웠던 물이 순식간에 차게 식었다.

[커버는 맞는데 흠.]

[아니 미친 거 아냐? 너튜브에 올라온 커버 하나같이 어중이떠중이밖에 없는데 방송에서 커버했다고?]

└ 신나박이쯤 되면 할만하지 않냐.

└ 별 기대는 안 되네. HALO는 색이 너무 강해서 커버 다 이상하더라.

└ 제발 내 가수는 아니었음 좋겠다 제발 ㅠㅠㅠㅠ

└ 일개 빌보드 가수 신격화 쩌네ㅋ (싫어요 999+)

[보고 판단하면 되지.]

[근데 암만 생각해도 헤일로 커버는 오반데ㅋㅋ]

[그래도 궁금하긴 하네ㅋ 도대체 누가 헤일로 커버할 생각을 했냐, 그것도 방송에서.]

커버 무대에 대한 노이즈와 관심의 물결을 타고 새 프로그램에 대한 이슈도 커졌다.

> 내가 누구? 대한민국의 대표 가수 총집합!
>
> 2031년 정말로 가요제를 진행하나?
>
> 나, 강림. 모두가 기다려왔던 그가 온다!

4,50대뿐만 아니라 안방과 거리가 먼 2,30대들도 불러들였다. 누구나 새 프로그램에 대해 추측했고 기자들조차 상상의 나래를 쏟아냈다. 사람들의 반응을 모니터링했던 장 PD는 성공적인 예고편에 생글생글 웃으며 첫 방영이 다가오길 기다렸다.

그사이 아티스트들은 하나둘 제 페어의 작업실을 찾았다.

"이곳이 자네 작업실이라고?"

헤일로는 익숙한 노인과 그 뒤를 따라오는 카메라를 발견했다.

황룡필을 선두로 VJ가 호기심 어린 눈으로 기웃거린다. 황룡필의 걸음이 느린 편이라 VJ는 온몸을 기울이며 어떻게든 빠르게 작업실 내부를 찍으려고 했다.

"오."

황룡필이 짧게 감탄했다. 개인 레이블이자 개인 작업실이라고 들었는데 생각보다 넓고(사무실이 아니라 한 층 전체를 쓰고 있었다) 잘 디자인된 환경이다. 휴식공간, 녹음실, 믹싱 및 마스터링 룸까지 구경한 황룡필은 진심으로 놀라워했다. 이제 막 활동을 시작한 신인 레이블로 보이지 않았다.

"와, 정말 좋네요."

작업실에 있는 기기들이 얼마나 좋은 것인지 모르는 VJ는 일단 시설 자체로 감탄했다. 단순히 월세와 관리비가 많이 들 것이라 생각하며 카메라에 그 첨단 기기들을 담았다.

"이건…."

그러다 황룡필은 턴테이블 옆에 놓여 있는 LP판을 발견했다. 그에게 익숙한 것이었다. 황룡필은 저도 모르게 그것을 들어 보이며 무척 놀란 얼굴로 헤일로를 돌아보았다. 아무래도 그 LP판은 소년이 태어나기도 전에 나온 오래된 자신의 음반이었으니 말이다.

헤일로는 그에게 맞다는 의미로 고개를 끄덕이며 말했다.

"제가 가장 아끼는 음반 중 하나입니다."

황룡필 3집은 헤일로가 이곳에 와서 가장 처음 들은 한국 음원이었다. 그는 얼마 전이면서 꽤 오래된 것 같은 기억을 떠올렸다. 처음 황룡필의 '비상'을 듣고 한국어라는 언어의 아름다움을 느꼈다. 이런 언어로 된 노래를 만들어도 좋겠다 여겼다. 그리고 타국에도 그와 같은 음악을 하는 사람이 있다는 걸 알고 반가워하기도 했다. 언젠가 만나고 싶다고 생각은 했는데 이렇게 일찍 만날 줄은 몰랐다. 그것도 HALO를 같이 잡자는 목적으로!

"구하기 힘들었을 텐데."

"선물 받았어요. 처음 이 음반을 들려줬던 분께요."

"오. 누군지 모르겠으나 좋은 분이구나."

자신의 음반을 선물했다는 것만으로 좋은 분이라 지칭한 황룡필이 껄껄 웃었다.

"이제 작업하시나요?"

그들이 한참 잡담을 나누고 있으니 작업실을 꼼꼼하게 촬영하던 VJ가 다가오며 물었다.

"예끼, 이 사람아. 천천히 가자고. 아직 제대로 쉬지도 못했네."

"그렇지만… 예…."

다른 팀과 달리 예의주시하는 팀이라 전담 VJ가 붙은 것이다. 그러나 대한민국의 전설급의 말에 뭐라고 할 수도 없어 VJ는 속으로 투덜거렸다. 사실, 컬래버 작업을 하지 않다 뿐이지 두 사람의 대화는 즐거웠다. 세대 차이가 나는 게 맞을 텐데 그렇게 나이와 세대가 의식되지 않았다. 그냥 음악인 두 명의 대화 같다. 처음엔 이상한 조합이라고 여겼던 VJ는 생각을 바꿨다. 기타를 들고 연주하며 '작업'하는 것 빼고 모든 이야기를 하는 두 사람은 절친한 친구 같아 보였다.

VJ가 한참을 멍하니 그들을 찍고 있으니 황룡필이 그를 흘끗 보았다. 대화가 하도 재미있어 시간 가는 줄 모르고 떠들긴 했는데, 돈을 받고 제 일을 하는 VJ를 무의미하게 보내는 건 예의가 아니었다.

"저 친구가 힘들어하는 것 같으니 슬슬 작업 이야기를 하자꾸나."

"네, 생각해두신 장르가 있나요?"

"음, 있기야 하지. 자네는?"

황룡필이 하고 싶은 말이 있어 보였지만 은근히 헤일로의 신경을 살피자 그는 '꽤 난해한 장르를 하고 싶은 걸까?' 하고 생각했다. 헤일로는 사실 어떤 장르든 재밌을 것 같아 상관없었다.

"먼저 말씀하시죠."

황룡필이 사양하지 않고 고개를 끄덕였다.

"자네가 새로운 시도를 하고 있다고 말하지 않았나."

"그렇죠."

"나도 그 이후로 꽤 많은 생각을 했다네. 자네처럼 현실에 안주하지 않고 여전히 도전하고 있는가. 젊었을 적에는 달랐던 것 같은데 요즘은 잘 모르겠더군. 뭐, 내가 이제까지 수많은 장르를 시도해서 그럴지도 모르지."

누군가 황룡필이 어떤 음악을 하느냐고 묻는다면 누구도 특정한 장르에 대해서 말하지 못할 거다. 록, 발라드, 트로트, 민요, 동요 등 고민하다 결국 누군가는 이렇게 대답할 거다. '황룡필은 장르가 황룡필이다'라고.

"나도 이번 기회에 한번 새로운 시도를 해보자고 생각했다네. 아직 도전해보지 않은 장르가 있더라고."

헤일로는 웃으며 고개를 끄덕였다. 도전은 언제나 그가 사랑하는 것이다. 노인의 도전도 그는 존중했다. 그나저나 황룡필이 하지 않았을 장르가 무엇일까. 외국어로 된 곡이라도 되나, 하고 생각하는데 의외의 말이 들려왔다.

"네? 응원가요?"

가만히 두 사람의 대화를 경청하던 VJ가 생각지도 못한 장르에 놀라 먼저 외쳤다.

황룡필이 태연하게 말을 이었다.

"내가 경력은 좀 오래되었는데 말이야."

그건 맞다. 10대 때 데뷔한 황룡필은 지금 가요계에서 가장 오래된 가수인 건 분명했다.

"그 흔한 월드컵 응원가도 한번 만들어본 적이 없더라고. 불러는 봤지만. 우리 방송의 최종편이 가요제, 그러니까 무대가 아닌가."

"그렇죠."

"무대 위에 있는 내가 즐거운 만큼 모두가 즐거운 무대가 되었으면 해서 그런 노래를 만들고 싶네. 꼭 응원가가 아니더라도 모두 하나 되어 부를 수 있는 노래를."

어떻게 보면 어려운 요구기도 했다. 모두가 '떼창'할 수 있는 노래란, 부르기 어렵지 않은 멜로디를 가지면서 부르고 싶게 만드는 음악이다. 거기에 더해 응원가라면 사람들에게 고양감을 심어줘야 할 거다. 그러나 헤일로는 괜찮다며 고개를 끄덕였다. 다른 사람의 감정을 움직일 수 있는 노래란, 노해일로서 시도하고 있는 그의 음악관과도 맞아떨어진다. 생각해본 적 없는 장르긴 해도 괜찮은 시도였다.

'나도 응원가는 만든 적이 없는 것 같은데.'

"거기에 더해 생각해본 건데 말이야. 거창한 건 아니고. 반복적인 동작을 넣어봤으면 어떤가 싶네."

황룡필이 예시로 손가락을 튕기며 딱딱 소리를 냈다.

"예시가 이렇단 거지. 반드시 이게 아니라도 좋네. 이런 건 무대에서라면 살리기 힘들 테니."

그렇긴 하다. 그들의 최종 목적은 무대다. 얼마나 큰 규모의 가요제가 열릴지 모르겠지만, 단순히 녹음된 음원과 무대에서의 라이브는 굉장히 다르다. 작은 소리에 집중할 수 있는 녹음과 달리 무대에서 작은 소리는 그대로 묻히고 만다. 하지만 반복적인 동작을 넣는 건 괜찮은 아이디어 같다.

헤일로가 이곳에서 들었던 음악들이 스쳐 지나간다. 그중에서 가장 먼저 떠오른 건 여왕님의 '위 윌 록 유(We will rock you)'. 발을 구르고, 손뼉을 치며 모두가 참여하는 형태의 음악이었다. 노래를 부르지 못하는 사람들조차 따라 할 수 있고 뮤지션과 관객이 같이 무대를 만들어나간다는 게 매력적으로 보였다.

혜일로는 '핑거스냅도 그리 나쁘진 않은데' 하고 생각했다. 황룡 필이 보여줬던 핑거스냅은 '딱', 소리가 작긴 하지만 소리 자체는 독특하고 좋았다. 오로지 '핑거스냅'으로만 낼 수 있는 소리가 아 닌가. 물론 여러 번 친다면 손가락에 불이 나겠지만 원래 온몸을 불 태우는 게 그의 방식이다.

혜일로에게 문득 어떤 멜로디가 떠올랐다. 생각에 잠긴 말간 얼굴. 황룡필이 가만히 소년을 바라보았다. 그는 뭐라고 말하려는 VJ를 막으며 입술 위에 손가락을 올리고 소리 없이 "조용히 하시게"라고 했다. VJ가 고개를 끄덕이고 조용히 카메라에 소년을 담았다. 대화 중 입을 다물고 손가락을 꿈틀거리기 시작한 소년. 황룡필은 자애 로운 얼굴로 그런 소년을 바라보고 있다. 음악의 문외한인 VJ는 무 언가가 일어나고 있다는 걸 깨달았다.

딱딱. 혜일로의 머릿속에 어떤 박자가 지나간다. 반복적인 소리, 핑거스냅 위에 다른 소리들이 덧씌워진다. 그는 언젠가 핑거스냅과 주변의 소리로 만들었던 음악을 떠올렸다. 그의 머릿속에 있는 책 장이 스르륵 넘어간다. 굳이 노트를 열지 않아도 악보가 펼쳐졌다.

미완성의 곡. 가장 먼저 딸칵이는 볼펜 소리가 들려온다. 빡빡 종 이를 미는 지우개의 베이스음에 아이들의 뒤척거림이 덧붙여진다. 그때, 정적을 가르는 종소리. 오류로 울린 종소리지만 아이들은 허 락받지 않은 쉬는 시간을 시작한다. 넥타이를 풀고 날뛰는 진정한 자유시간. 아쉬웠던 미완성곡이 격렬하게 요동친다. 딱. 딱. 딱. 딱. 이렇게 혜일로는 양손으로 핑거스냅을 쳤다. 괜찮은 뼈대가 만들어졌다. 그땐 교실 안에 있던 아이들이 전부 그를 바라봤다면 이번엔 두 사람이 그를 주시했다.

"이건 어떠세요?"

헤일로는 기타로 그 소리를 연주했다. 기타로 낼 소리는 아니지만, 아마도 황룡필이라면 그가 어떤 소리를 구현하고자 하는지 알 것이라 생각했다. 그는 소리를 잘 다룰 줄 아는 장인이니까. 그 소리가 모여 선율을 이루기 시작한다.

황룡필이 눈을 감았다.

"여기에 이걸 넣는 거죠."

딱, 딱, 딱, 딱. 헤일로가 손가락을 튕겼다. 핑거스냅은 박자를 만들어낼 것이다.

"공연장에선 그대로 묻힐 텐데?"

"그건 걱정하지 않으셔도 돼요."

그들만 한다면 그대로 묻힐 것이다. 헤일로와 황룡필이 동시에 생각해낸 세션이 작고 연약한 소리를 묻어버릴 테니. 하지만 손가락을 튕기는 것이 그들만이 아니라면 이야기는 달라진다.

"우리만 하지 않을 테니까."

"설마…!"

그 말에 황룡필이 눈을 번쩍 떴다. 무슨 의미인지 모를 수가 없었다. 그가 처음 제안했던 게 응원가 아닌가. 그의 머릿속에 앞으로 일어날 광경이 지나간다. 황룡필은 전율이 일어나는 걸 느꼈다.

두 뮤지션이 갑자기 미친 것처럼 미완성인 멜로디에 소리를 얹어가기 시작한다. VJ는 넋을 잃고 그 천재들의 향연을 지켜보았다. 그가 보아선 안 되는 어떤 신의 영역을 훔쳐보는 기분이었다.

'뭐, 뭔가 내가 여기 있어서는 안 될 거 같은….'

응원가, 핑거스냅이라는 아이디어를 던진 황룡필과 갑자기 10분도 되지 않아 멜로디를 뽑아낸 소년. 아직 가사가 완성되지 않아 허밍이 다였으나 VJ가 듣기엔 이 자체로 완성된 곡 같았다. 하나의 창조 과정을 지켜보던 VJ는 진지하게 고민했다.

'…지금이라도 무릎 꿇고 앉을까?'

* * *

아티스트의 작업실은 단순히 이렇다 정의하기 어렵다. 녹음실과 악기들이 준비된 스튜디오이기도 하고, 낮과 밤이 바뀌어버린 아지트이기도 하다. 독서실처럼 소음이 없는 공간이 누군가에게 작업실이라면 또 누군가에겐 술과 함께하는 모든 공간이 작업실이 되기도 했다. 그런 이유로 몇 팀이 치킨집에서 생맥주를 시키고 나란히 앉아 있었다. 물론, 당연히 카메라는 가지고 오지 않은 비공식적인 만남이었다.

"우리 나중에 무대 순서 어떻게 결정하기로 했지?"

한잔 먹고 취해버린 남자가 말했다.

"몰라. 장 PD는 아직 아무 말 없던데. 뭘 벌써 그것부터 고민해."

"아니, 황룡필 선생님이랑 그 노해일이라고 했나? 그 조합보다 뒤 순서면 좀. 야, 난 아직도 이해가 안 돼. 어떻게 팀을 이렇게 불균형하게 짰지?"

분명 컬래버 작업을 하러 나온 건데 술기운이 오르자 남자는 팀의 밸런스에 관해 한탄했다. 서바이벌이 없다는 건 말뿐인지 이대로면 다른 팀에게 잡아먹힐 것 같았다. 시청자들의 관심이든 음악이든.

"나는 별로 걱정 안 되던데."

그때 같은 페어인 여자가 땅콩을 까며 중얼거리자 남자가 고개를 들었다.

"왜? 너 편곡 무대 벌써 잊었어?"

"그걸 어떻게 잊어. 특히 그 마지막 무대, 그 편곡…. 절대 안 잊히던데."

"그러니까 그게 밸런스가 안 맞는다는 소리야. 황룡필 선생님도 작곡자신데, 작곡 특기인 사람들끼리 팀으로 묶어놓으면 어쩌자는 거야."

한쪽은 오래된 싱어송라이터, 다른 한쪽은 편곡 하나로 재능을 보여준 신예다. 둘 다 강점이 작사·작곡이 가능한 올라운더형 아티스트라는 게 문제였다. 한쪽만으로 충분히 버거운데.

"그게 오히려 안 좋을 수도 있다곤 생각 안 해?"

"뭘?"

뜬금없는 여자의 말에 남자가 고개를 기울였다.

"두 사람 다 작곡이 특기잖아. 지금쯤 부딪히고 있을지도 몰라. 각자 노래 부를 땐 상관없었겠지. 근데, 개성 강한 천재를 팀으로 묶어놓았잖아. 심지어 둘이 음악만 차이가 있나? 세대 차이도 아마어마어마할걸? 나이대도 그래. 한쪽은 꼰대 늙은이, 한쪽은 질풍노도의 청소년인데 안 부딪히겠냐?"

"그…. 그런가?"

그럴 수도 있다는 생각이 들었다.

"그래도 그쪽이 관심 다 가져가면….'

"그것도 그래. 지금이야 좋겠지. 1, 2화에선 어떻게든 1팀 조합에 관심이 많을 테니까. 우리도 1팀 얘기만 하잖아. 근데 그게 역효과를 불러올 수 있을걸. 맛있는 음식 더하기 맛있는 음식은 더 맛있는 음식이 될 줄 알았는데, 김치 케이크 나오면 어떻겠어."

"윽…."

"우리가 오히려 견제해야 할 건 신주혁이랑 리브야. 나이대 비슷한 커플 듀엣곡. 우리랑 포지션도 겹치는데 둘 다 팬덤도 어마어마하잖아. 실질적으로 언밸런스한 조합은 그쪽이지."

"그건 그렇네. 어떻게 둘이 페어가 됐지?"

"뭐, 당연한 거 아니겠어? 미리 입 맞췄겠지."

그들도 그랬듯이 신주혁과 리브도 그렇게 묶였을 거로 여자는 확신했다. 그러다 여자는 문득 치킨집에서 틀어놓은 TV를 보며 중얼거렸다.

"그나저나 오늘 1화 방영이네."

마침 오늘, 각 팀이 한창 콘셉트를 잡고 곡 작업을 시작할 즘 〈2030 Song Festival-랑데부〉의 첫 화가 방영되었다.

7. 가수, 노해일

"반갑습니다."

역시나 〈랑데부〉의 첫 화 오프닝을 장식한 건 인터넷을 들썩인 양반탈, 황룡필이었다. 그를 필두로 열두 명의 아티스트 무대가 본격적으로 소개되었다.

첫 화 예고를 찾아본 사람들은 누군가의 팬으로서 무대를 즐기기도 했지만, 그들이 가장 기다리는 것이 있었다. 현재 전 세계 음원 순위 1위 HALO의 곡을 커버한 그 무대다. 반은 조마조마하게 다른 반은 '얼마나 잘할까?' 팔짱을 끼고 지켜봤다. 당연하게도 가장 관심을 끌었던 무대는 바로 나오지 않았다.

무대 순서가 곧 영향력 순이라는 것은 세 번째 무대까지만 보고 쉽게 알 수 있었다. 황룡필 이후 신주혁과 리브, 그리고 뒤로 갈수록 기성에서 중견으로 넘어가고, 무대를 오버해서 망치는 아티스트도 보이니 시청자들은 점점 기대를 버리게 되었다. 아이돌로 보이는 남자가 퍼포먼스 위주의 무대를 보여준 건 그나마 괜찮았다. 그때까지가 딱 열한 곡, 열한 번째의 무대였다. 남은 건 가장 영향력이 덜한 아티스트의 HALO 커버다.

이때, 다른 아티스트들의 인터뷰가 조명되었다. 시청자들의 마음을 그대로 반영한 인터뷰였다.

[마지막 분이 긴장되시겠다.]

[그러게요. 사실상 나올 무대는 다 나와서.]

[근데 페어는 언제 고르나요?]

화면이 전환되고 이매탈을 쓴 남자가 이야기한다.

[다들 재밌으실 겁니다.]

그가 HALO를 커버한다는 걸 이미 아는 시청자는 코웃음을 쳤고, 모르는 시청자는 그래 봤자 얼마나 재밌겠냐고 생각했다.

'다 방송용 멘트가 아닌가.'

곧바로 무대 카메라로 전환되고 모두에게 익숙한 반주가 흘러나왔다.

[설마 이거 HALO로 커버야? 재밌겠다고 하더니 아니 HALO를 커버한다고?]

└ 몰랐냐? 예고편에서 한참 이슈됐는데.

└ ㅇㅇ 근데 나 HALO 팬인데… 아 씨 제발… 그냥 부르지 마라.

익숙한 오르간 소리와 함께 자막으로 원곡의 이름이 떴다.

'Please, lead me not into temptation (부디 시험에 들지 말게 하소서) │ HALO (4집 O God)'

모두에게 재밌을 거라고 건방지게 말한 이매탈이 입을 열었다.

[오 주여

아버지께선 모두를 사랑하라고 말씀하셨죠]

그 순간 모두의 눈앞에 무너진 교회가 펼쳐진다. 이건 헤일로의 음악이 구현한 공간이다. 꽤 잘 따라 부른다고 생각했지만 저 커버 가수의 것이 아니라며, 누군가는 부정했다. 그러나 또 다른 누군가 의 목소리가 들려왔다.

[당신의 이야기를 들려주소서]

속삭이는 목소리는 선량했고 연약하면서도 따뜻했다. 마치 언 제나 한 자리에서 그의 목소리를 들어주는 신부님처럼.

[신부님

지옥에 떨어진다면 제 손을 잡으세요]

이매탈은 다시 HALO를 노래했고, 또다시 선량한 이가 되어 그 를 위로하기도 했다. 분명 한 사람인데 두 사람이 보였고, 조명은 하나인데 밝은 조명과 어두운 조명이 공존하고 있었다. 그리고 그 것이 마침내 겹쳐졌을 때 누군가는 생각했다. '아, 어쩌면 우리가 신부님이라고 생각했던 건 한 남자의 이야기를 듣기 위해 내려온 신이 아니었을까' 하고.

무대의 불빛이 점점 꺼져갔다. 그와 함께 1화도 끝났다. 사람들 이 정작 보고 싶었던 정체 공개와 페어 결정에 대한 예고도 없었다. 그러나 아무도 예고편이 없다는 것을 지적하지 못했다. 인터넷은 이미 불타오르고 있었다. 커다란 운석 앞에서 사소한 것(?)에 신경 쓸 수 없었다.

[와!!! ㅅㅂ 침흘리면서 봄.]

[이래서 신을 믿는구나… 되게 따뜻하네.]

[오페라 가곡은 안 좋아하는 줄 알았는데 좋아했네?]

[도대체 누군지 제발 정보 좀ㅠㅠㅠ]

[목소리 들으니까 걔 아닌가. 노해일이라고 요즘 신예임. 아니 근데 노래
잘하는 거 알고 있긴 했는데 저 정도일 줄은;;;]

[신인이라고? 이게 신인 실력임? 암만 봐도 다른 가수 같은데.]

[음색 씹사기인 건 알겠는데 편곡도 본인이 한 거임????]

└ 몰?루

└ 회사에서 해준 거 아냐?

└ 저기 나온 사람들은 다 자기 실력 아냐?

[누군지 몰라도 천재는 맞는 듯. HALO 편곡은 진짜 완벽하다는 말밖에
안 나온다. 와 어떻게 이렇게 편곡했지? 원래 가곡하던 사람인가? 뮤지
컬 작곡자거나? HALO 곡 편곡은 HALO밖에 못 할 줄 알았거든? 워낙
색이 강해서. 와… 근데 이건 태양이 들어도 기립 박수 칠 듯.]

└ 이거 클립 안 뜨냐? 내 외국인 친구한테 보여주고 싶은데.

└ 지금 공식계정에 올라옴ㅇㅇ

└ 이건 진짜 HALO 팬도 인정인데.

└ HALO가 진짜 이거 듣고 내한하는 거 아님??

└ 둘이 컬래버하면 좋겠다.

└ HALO가 존재도 모르는 듣보랑 컬래버를? ㅋ

정체 추리도 추리지만 편곡에 대한 반응이 뜨거웠다. 그러던 중
누군가가 툭 코멘트를 남겼다.

[근데 나만 그렇냐. 진지하게 HALO랑 비슷한 거 같은데 HALO 본인이 부른 거 아님?]

  └ 미쳤냐?

　누구나 예상했듯 첫 반응은 '미친 소리'라는 거였다. 한국 KDS 방송에 HALO가 나온다는 건 말이 되지 않았다. 아니, HALO가 방송에 나올 사람이면 이미 미국이든 영국이든 전 세계적인 방송에 나왔을 터다. 그랬다면 이미 신원이든 신상이든 다 알려졌을 테고. 부정적인 댓글이 아래에 주르륵 달리자, 원글을 썼던 게시자가 '천재가 둘 나타난 것보단 하나란 게 더 확률이 높지 않아?'라고 항의했다. 이는 분명 반박하기 쉬운 글이었다. 커버 무대가 굉장히 인상적이었으며 편곡 버전이 듣기 좋다는 것을 누구나 인정하지만 '천재'라는 건 정의하기 나름이었다. 또한 예체능에서 천재의 기준은 더 모호했다.

[음악 천재 소리 들은 사람이 세상에 한둘인가.]

[(TMI) 모차르트, 베토벤, 하이든 등 위대한 음악가들이 한 시대에 살았다.]

  └ 2031년에 어디까지 가는 거야;;;

　누군가는 '목소리가 비슷하긴 함'이라고 HALO 본인 설에 동의했다. 티저가 나왔을 때와 같은 반응이지만 그때와 달리 지금은 비교할 소스가 많았다. 특히 너튜브에 무대 영상 편집본이 올라오면서 커버와 원곡 비교가 가능해졌다.

[누가 음성학적으로 비교 좀 해줘.]

　└ 나 절대음감인데 좀 비슷한 거 같기도?

　└ 니 뇌파수 분석 말고 주파수 분석을 해달라고.

　└ 진성은 좀 비슷한데 가성이 다름.

　└ 진성이 다르고 가성이 비슷한데?

　└ 왜 다들 말이 달라?

목소리가 분명 비슷하게 들린다는 건 모두가 인정했다. 그러나 대중에게 알려진 기본적인 오류가 있었다.

[애초에 이 논쟁을 왜 하는지 모르겠네. 갑자기 커버 얘기하다 HALO가 왜 나와? HALO 국적 모른다고 갑자기 동양인 그것도 한국인으로 만들어 버린다고? 국뽕 작작해라ㅋ HALO 오피셜 계정 정보 비공개지만, 가장 먼저 노출되는 국가가 영국 미국. 언어도 영어임. HALO 음원 유통사도 '베일' 영국ㅇㅇ. 저작권 등록협회도 영국 거ㅇㅇ. 누가봐도 영국인임.]

물론 너튜브 계정 정보는 설정할 수 있기에 함부로 확신할 순 없었다. 그래도 HALO 음원 유통사가 베일이란 건 큰 의미가 있었다. 베일은 아시아 시장에선 인지도가 높은 회사가 아니었다. 따라서 HALO가 한국인이라면 보다 인지도 있는 아시아 유통사와 계약했을 것이다. 베일은 어딜 보아도 유럽 시장을 타깃으로 한 유통사였다. 계약한 아티스트도 다 EU 국적이 아닌가. 예외라 봤자 유럽 시장을 원하는 호주나 영미권 국적이다.

[애초에 한국인이었으면 한국, 잘 봐줘도 일본, 미국과 계약했지 영국 회
사랑 계약했겠냐?]

한국인이 미국 시장은 몰라도 영국 및 유럽 시장 쪽에 먼저 들어
갈 이유란 전혀 없었다. 군이 이유를 만들어보자면 HALO의 음원
이 브릿팝 감성을 진하게 풍긴다는 것? 그러나 이 또한 HALO가
아우구스트 레코드(세계적인 음반사)도 아닌 베일과 계약한 이유가
될 수 없었다.

[태양이 자기 백인 아니랬잖아!]
 └ 백인이 아닌 나는 싫냐고 물었지, 언제 백인 아니라고 했음? 그냥 인
종차별 하지 말라고 깐 거잖아.
 └ 이거 보니까 갑자기 생각나네. 태양이 처음이자 마지막으로 답한 댓
글이라 광신도들 개빡친 거.
 └ ㄹㅇ 즈그들 주님 상처입혔다고 죽일 듯이 물어뜯더라. 괜히 헬리
건(HALO + 홀리건)이 아님.
 └ 근데 HALO 백인 맞지 않음? 누가 너튜브에 악센트 분석해놓은 거 봤
는데 전형적인 영국 상류층이던데.
 └ 다른 악센트도 잘 썼잖아.
 └ 영국 거주하는 영국인인 건 확실함. 영국에 안 살면 알 수가 없는 걸
너무 많이 알고 있음. I am HALO에 들어간 영국식 조크 몇 개는 옛날 조
크라던데.
 └ 맞음. 영국 할배들이 자기 어렸을 적 유행하던 드립이래.

HALO는 분명 정체를 알리고 있지 않은 얼굴 없는 가수였지만 그의 곡에서 드러나는 것들이 너무 많았다. "그래도 영국 사는 한국인이면 가능은 하지 않을까?" 하고 누군가 소심하게 중얼거릴 때 인터넷 세상에서 벌어진 사소한 전쟁이 막을 내렸다. 아니, 정확히 논쟁이 막을 내린 건 〈랑데부〉 2화가 방영되었을 때였다.

1화에서 아티스트의 무대를 소개했다면 2화에서는 아티스트들의 페어 선택과 정체 공개가 주 내용이었다. 황룡필, 신주혁, 이성림, 리브부터 사실상 콜드브루 원더까지 총 열한 명은 한국에서 목소리가 꽤 잘 알려진 아티스트라 몇 명을 제외하면 이미 정체가 드러난 데 반해 마지막 아티스트의 정체는 2화가 방영되기까지 알려지지 않았다. 그래서 낯선 얼굴의 소년이 이매탈을 벗으며 모습을 드러내자 대부분 당황했다.

[쟤 누구야??? 아이돌임?]
[노해일 맞네. 쟤가 희태 테마 부른 개임.]
└ 아 걔야?? 와 잘 부른다고 생각은 했는데.
└ 신주혁 팬카페에서 유명한 애임.

'Please, lead me not into temptation (부디 시험에 들지 말게 하소서) | 노해일 (원곡 HALO, 편곡 노해일)'

그리고 커버 가수와 편곡자의 이름까지 자막에 박히자, 그를 HALO로 의심했던 이들 중 몇몇이 수치심을 느끼고 실시간으로 글을 지웠다.

[그래서 재가 HALO라고? ㅋㅋㅋㅋㅋㅋㅋ 웃고 갑니다.]

1화에서 생각했던 것보다 훨씬 어린 데다 말간 얼굴은 모범생에 더 가까웠다. 사람들이 HALO의 특징이라고 분석해놓은 것 중에 하나도 일치하는 게 없었다. 얼굴을 가렸을 때 비슷하게 들렸던 목소리조차 공개 후에는 다르게 들리는 것 같았다.

뒤늦게 소문을 접하고 진지하게 프로그램을 돌리려고 했던 대학원생 재현이 허탈하게 웃으며 프로그램을 닫았다.

[ㅅㅂ 음성 진폭이랑 주파수 분석하려고 했더니 안함ㅅㄱ]
└ 아 왜 분석해봐 혹시 모르잖아.
└ 시간 아깝게 재를 분석하라고?

무심히 달린 댓글은 재현의 실망한 심경을 전혀 공감하지 못했다. 그는 요즘 해외에서 열풍인 'HALO 찾기'에 상금까지 걸려 있어 혹시나 하는 마음에 분석해보려 했던 것이다.

'뭐? 열일곱 살? 고딩?'

소년이 정체를 알 수 없는 이들에 의해 강제로 독약을 먹게 되어, 머리는 그대로고 육체만 어려진 게 아니고서야 불가능해 보였다. 그렇다고 과거 마이클 잭슨급의 스타가 환생한 것도 아닐 테고 이건 좀 너무하다 싶었다. 아무리 그가 음악에 문외한이라고 해도 열일곱 살 한국 고등학생이 HALO라는 건 믿기 어려웠다.

HALO의 음악, 첫 곡 '투쟁'까지는 그럴 수 있다 쳐도 2, 3, 4집은 절대로 10대가 만들 곡이 아니다. 고생은커녕 손에 물은 묻혀봤을까 싶은 학생이 세상의 풍파를 맞고 견딘 남자의 곡을 어떻게 쓴단 말인가. 게다가 그 많은 곡을…. 미리 만들어놓은 습작이라면 도대체 언제 만들었단 소린가. 모차르트처럼 다섯 살 때부터 곡을 쓴 건 아닐 테고, 그렇다고 몇 달 동안 곡을 썼다는 것도 납득할 수 없었다.

심지어 재현은 노해일이 HALO와 같은 시기에 음원을 낸 사실까지 알고 있었다. 차라리 이 시간에 HALO 용의선상(?)에 오른 다른 사람들을 분석해서 상금을 받는 게 더 효율적일 것이다. 그는 오랜만에 낚인 듯해 자신이 한심해졌다.

[발성 방식이 비슷하니까 음색도 비슷하게 들린 거야. 그냥 노해일 HALO 팬인 듯. 요즘 HALO 팬 아닌 가수가 어딨겠냐마는.]
└ 이게 맞는 듯ㅋㅋ
└ 헬반도에선 평범한 고등학생이 사실 전 세계 초고교급 레전더리 SSS급 천재 뮤지션이라고라? 아까까지 떠들던 애들 어디 갔냐? 다시 말해 보라고ㅋㅋㅋㅋ
└ 라는 내용의 라노벨 추천좀ㅋㅋㅋㅋㅋ
[태양 클라스가 있지. 어떻게 비교를 해도 신인이랑 하냐. 월클이나 되고 의심하라고 알겠냐. 노해일 팬들아ㅋㅋ 올려치기도 정도가 있지.]

논란이라고도 부르기 힘든 첫 번째 논쟁이 그렇게 지나갔다. 바다보다 넓은 인터넷 한 부분에서 일어난 일이라 대개 흘려 보거나 지나친 사람들이 더 많았다. 단, 〈랑데부〉 자체에 관한 관심은 여전히 뜨거웠다. 그 어느 예능에서도 보기 힘든 라인업에 누구나 한 번쯤 바라왔던 '컬래버'라는 콘셉트는 획기적이었다.

그중에 대중의 관심을 차지한 건 아이러니하게도 '노해일'이란 소년이었다. HALO가 아닐까 하는 의심 때문에 그런 건 아니었다. 그런 의심이 있었는지조차 모르는 사람들이 더 많았다. 그들이 '노해일'이란 가수에 관심을 기울게 된 것은 일단 그가 이름이 거의 알려지지 않은 신예 아티스트라는 것, 둘째로 그럼에도 불구하고 저 라인업에 끼었다는 이유가 컸다.

일반적으로 평범한 신인가수였다면 저 라인업에 어떻게 끼었나 의심을 받았을 것이다. 그러나 누구도 자격에 대해 의문을 품지 않았다. 짧은 시간이었지만 소년은 HALO로 의심받을 정도의 보컬을 갖추고 있었고, 열일곱 살이라는 어린 나이가 믿기지 않을 만큼 뛰어난 편곡 실력을 가졌다. 팬덤 규모나 영향력은 몰라도 실력 면에서 저 라인업에 껴도 어색하지 않았다.

대중의 뇌리에 처음으로 '노해일'이라는 이름이 각인된 것이다. 이건 꽤 다른 의미였다. 이제까지 '희태 테마', 〈이환희의 드로잉북〉과 〈한라연의 음악교실〉에 출연한 괜찮은 인디 뮤지션, '수박' 차트에서 가끔 노출되는 신인으로 알려졌다면, 지금부터는 노해일이란 '가수'가 본격적으로 조명받기 시작한 거다. 이는 꽤 많은 곳에 영향을 끼쳤다. 우선 관심의 척도는 음원 차트에 그대로 반영되었다.

– 3위. (title) 또 다른 하루 | 노해일

신주혁의 신곡, 그리고 굳건한 콘크리트를 깨부수고 세 손가락 안에 들게 된 것이다. 그리고 다음은 스타의 진정한 시작점이라는 기자들의 기습 취재가 시작되었다.

"노해일 어머님, 아드님에게 언제부터 음악을 가르치셨는지?"

박승아는 문을 닫았다. 그녀가 언젠가 상상했던 일이 일어났다. 상상처럼 기자가 아파트를 에워싸진 않았지만 집요한 기자 한둘만으로 충분히 과했다. 혹여 아들이 작업하는 데 방해될까 걱정이 되었다. 아직 작업실까지 찾아간 건 아닌 것 같지만.

> 해일아.
>
> 아들♡ : 네.
>
> 당분간 작업실에 있을래? 좀 일이 생겨서.
>
> 아들♡ : 일이요?
>
> 별건 아니고 대청소 크게 한 번 해야 할 것 같아서^^
>
> 아들♡ : 언제쯤 들어갈까요, 그럼?
>
> 음 한 며칠만? 오래 걸리진 않을 거야.
>
> 아 혹시 필요한 게 있니? 로켓으로 시켜줄게.
>
> 아들♡ : 그건 아닌데.
>
> 아들♡ : 그럼 조금 더 있다 갈게요.
>
> 응. 그래 무슨 일 있으면 연락해.
>
> 아들♡ : 네.

박승아는 아들이 걱정하지 않도록 기자들을 언급하진 않았고, 다행히 아들은 음악을 제외한 모든 것에 무심한 성격이라 갑작스러운 연락에 의문을 갖지 않았다. 그녀는 작업실을 생활공간으로 꾸며놓길 잘했다고 생각했다. 이렇게 대피소로도 쓰고. 아들도 그곳이 편안한지 하루 이틀 정도 자고 올 때도 있었다. 아들의 메시지를 사랑스럽게 바라보던 박승아는 어느덧 정색한 얼굴로 번호를 눌렀다. 아들이 돌아와서 저 치들에게 시달리기 전에 처리해놓을 것이다.

* * *

안타깝게도 헤일로는 이미 시달리고 있었다. 사무실에 찾아온 손님은 기자나 파파라치는 아니었지만 귀찮은 손님인 건 맞다. 헤일로는 시큰둥한 얼굴로 편하게 음료수를 꺼내먹는 남녀를 주시했다.

"요즘 좀 유명해졌더라 꼬맹이."

"선생님 안녕하세요. 해일 씨도 안녕하세요. 우리 저번에 봤죠?"

"오 채원이 왔구나."

"선생님 왜 저는 인사 안 해주세요?"

"예끼, 녀석아. 네가 먼저 인사해야지."

첫날 이후로 오지 않은 VJ가 어쩌면 아쉬워할지도 모르겠다. 리얼리티 카메라 하나에 다 담기 힘든 사람들이 모였다. 모이긴 모였는데, 헤일로는 저들이 왜 자기 작업실에 쳐들어왔는지 이해할 수 없었다.

"작업은 다 끝났어요?"

헤일로의 물음에 신주혁이 자신감 있는 얼굴로 웃었다. 옆에 있는 그의 페어, 리브도 알 수 없는 표정으로 웃는다. 다했다는 건지 이제부터 한다는 건지 모르겠다.

"그게 중요한 게 아니야."

그게 중요한 게 아니면 뭐가 중요하다는 건지, 그들이 다른 음원이라도 준비하나 하고 헤일로가 의문을 품을 때 신주혁이 용건을 꺼냈다.

"자, 생각해봐. 다 같이 콘서트를 하기로 했잖아."

"그렇죠."

"그러니까 곡도 중요하긴 한데 그 전에 무대의 콘셉트를 통일해야지 않겠어? 우리의 무대잖아."

옆에서 리브가 웃으며 고개를 끄덕인다.

이유는 그럴듯하지만, 생글생글 웃는 수상한 남녀는 그냥 아무 말이나 하면서 황룡필과 노해일이 무슨 곡을 준비하는지 염탐하려는 것이다.

"어허 염탐이라니! 서바이벌도 아니고 등수가 없는 무대인데 견제해봐야 뭘 하겠어."

"전…."

"어허, 등수 금지."

헤일로는 말하기도 전에 금지당하자 뚱하게 있었다.

1등 2등이 없는 무대라는 건 말뿐이다. 세상에 성적 없는 음원이란 없고 무대도 마찬가지다. 모두가 주인공이라고 해도 결국 진짜 주인공이 나오는 법이다.

"어쨌든 일찍 입을 맞춰도 좋고요. 작곡 작업이 끝났다는 소문이 있던데 저희가 맞출 테니 들려주시면 안 돼요?"

애원이 통하지 않으니 그들이 뻔뻔하게 묻는다. 딱 보니 뭔가 알고 온 거 같긴 했다.

"뭐, 알려줄 수야 있지."

황룡필이 가볍게 말했다.

사실, 며칠 후에 중간 점검 겸 촬영이 있다. 그때 만들어진 곡을 발표하니 1급 비밀 같은 건 아니었다. 미리 들려주는 것도 상관은 없었다.

"역시 선생님!"

"다만, 내 파트너한테도 허락을 받으시게. 내가 혼자 만든 곡이
아니니."

리브가 애절하게 헤일로를 바라본다. 대한민국에서 청순하면
또 리브였기에 사실 웬만한 남자라면 무시할 수 없는 표정이었다.
그러나 옆에서 신주혁이 실실거리며 리브의 표정을 따라 하는 걸
보니 속이 훤히 다 보였다.

'이게 내 또래라니.'

헤일로는 한심한 표정으로 두 남녀를 보았다. 보기만 해도 시간
아깝다. 들려주고 보내는 게 더 이로울 것 같았다. 그래서 빨리 들
려주고 치우자는 심정으로 대답했다.

"저도 괜찮아요."

황룡필은 젊은 청춘 남녀와 그들을 한심하게 쳐다보는 10대의
모습에 허허 웃었다.

그리고 몇 분 후 작업실을 나선 신주혁과 리브는 잔뜩 굳은 얼굴
이었다. 1시간 만에 작업했다고 들었는데 황룡필과 소년의 조합이
니 보통의 곡이 나올 거라고 생각하진 않았지만 대단했다. 그들도
1팀처럼 곡을 완성한 건 아니지만 아무것도 하지 않은 건 아니다.
대략적인 윤곽과 메인 멜로디, 콘셉트까지 짜놓았다. 그러나 이대
로면 위험하다. 먼저 들으러 온 건 좋은 선택이었지만, 아찔한 위기
감이 닥쳤다. 그들 중 하나가 저도 모르게 중얼거렸다.

"우리 이대로면 안 되겠는데…!"

＊＊＊

〈랑데부〉의 3,4회 방송분에선 아티스트들의 작업 과정을 다루었다. 초반부인 만큼 아티스트들의 조화와 그들이 작업할 곡의 콘셉트를 정하는 등 초석을 다지는 과정을 보여줬다. 또한 중간중간 들어가는 인터뷰도 있었다.

"가장 신경 쓰이는 페어는 어느 팀인가요?"

"아무래도…."

서바이벌이 없어도 긴장감을 부여하기 위한 장 PD의 방식이라고 볼 수 있었다.

"다른 팀에선 가장 의식되는 페어로 신주혁 씨와 리브 씨를 꼽았는데요. 이에 대해 어떻게 생각하시나요?"

"1팀이 아니고 저희요?"

리브가 눈을 깜박이며 자기를 가리켰다. 그녀는 정말 생각지도 못했다. 신주혁도 예상하지 못한 답이라 생각했다. 그들이 생각하는 더 엄청난 조합이 따로 있었다.

VJ는 그들의 반응을 의외로 받아들였다. 다른 아티스트팀 역시 대한민국에 이름을 알린 사람들이지만, 이 자리에 있는 신주혁과 리브는 진정한 음원 퀸과 음원 킹이었다. 타이틀을 포함해 앨범 수록곡까지 차트에 줄 세우기를 할 수 있는 음원 강자는 이들을 제외하고 많지 않았다. 게다가 30대 초반의 젊은 남녀는 비주얼적으로 잘 어울릴 뿐만 아니라 음색도 잘 어울린다. 둘이 친한 친구라는 것이 잘 알려진 데 반해 추구하는 음악 장르가 달라 지금까지 단 한 번도 듀엣이든 피처링이든 합작을 한 적이 없어 명실상부 팬들이 가장 바라왔던 컬래버였다.

"황룡필 선생님과 노해일 씨 팀에 대해선 뭐라고 하던가요?"

신주혁이 팔짱을 낀 채 물었다. 옆에 앉은 리브가 고개를 끄덕였다. 그녀도 물어보고 싶었다. 다른 팀이 왜 1팀이 아닌 그들의 팀을 골랐는지.

VJ는 눈알을 굴리다 대답했다.

"1팀에 대해서도 말이 많긴 했는데요."

부정적이라곤 할 수 없었다. 그냥 단지….

"잘 모르겠다고 하더군요. 도대체 어떤 음악이 나올지."

두 사람 다 뛰어난 뮤지션이긴 하지만 그들이 보여줘야 하는 게 듀엣인 만큼 상상이 가지 않은 것이다. 차라리 피처링이나 개인전이었다면 신경 쓰이는 팀이었을지 모른다.

"하긴."

신주혁은 대강 고개를 끄덕였다. 그도 도대체 무슨 음악을 할지 궁금해서 직접 방문하기도 했으니까. 그리고 알게 되었다. 맛있는 음식 더하기 맛있는 음식이 더 맛있지 않더라도 천재와 천재의 조합은 어떻게든 놀라운 결과물을 낼 수 있다는 것을.

"다른 팀은 아직 잘 모르는군요."

리브의 말에 VJ가 고개를 갸웃하며 말을 이었다.

"신주혁 씨와 리브 씨는 1팀을 가장 의식하는 것 같은데 이유를 말해줄 수 있나요?"

이 대답까지가 1부, 즉 3화로 방영되었다. 리브는 솔직하게 1팀의 곡을 들었다고 이야기했고, '이대로 안 되겠다'며 자신들의 곡을 뒤집어엎었다고 했다.

3화를 본 시청자들은 도대체 1팀이 무슨 곡을 준비하는지 궁금해했다. 아직 2부인 4화가 방영되지 않은 터라 1팀은 단 한 장면도 나오지 않았다. 도대체 어떤 대단한 곡을 만들고 있는 걸까? 또 얼마나 공을 들여 만들고 있는 걸까? 글쎄, 공을 들이고 있긴 할까? 시청자들의 궁금증이 커져만 갔다.

* * *

카메라가 뱅글뱅글 돈다. 리얼리티 카메라의 앵글이 황룡필과 헤일로 두 사람을 비춘다. 아마 이 자리에 VJ나 관계자가 있었다면 "그래서 언제 작업하는 건데?"라고 했을지도 모른다.

신주혁과 리브에게 들려주었던, 그 반쯤 완성된 곡에 대해선 언급이 없다. 어떤 음악에 관해 얘기하다가 갑자기 흥에 취해서 기타를 연주하고, 릴레이로 이어 부르다가 불현듯 어떤 멜로디를 쏟아내며 컬래버 이외의 음악 활동만 했을 뿐이다. 황룡필의 자택에 놀러 온 소년은 실로폰을 발견한 이후 뚱땅거리며 연주했다. 원래 있던 곡은 아니었다. 갑자기 떠오른 악상을 실로폰으로 연주하는 것이었다.

"좀 아쉽네."

누군가가 들었다면 눈을 번쩍 떴을 참신한 곡을 만들어놓고는 헤일로는 아쉽다고 했다.

그쯤 황룡필은 잠시 통화를 하고 돌아왔다.

"차가 막혀서 조금 늦을 것 같다고. 그래도 30분 안에 온단다."

"금방이네요."

헤일로가 어깨를 으쓱였다.

그들은 지금 컬래버 곡의 세션을 맡아줄 황룡필의 밴드를 기다리고 있었다. 그들은 황룡필이 콘서트나 라이브를 할 때마다 늘 밴드연주를 맡아주었는데 국내 최정상급이라고 했다.

"못 다한 이야기나 마저 할까?"

"네, 어디까지 이야기했죠?"

"글쎄… 3집. 그 이야기였나?"

그들은 단순히 시간을 때우고 있는 건 아니다. 방송과 상관없는 활동을 하고 있긴 하지만 리얼리티만으로 보면 흥미로운 구석이 많았다. 작곡 방식과 생활에 대한 대화가 오가고 황룡필은 음반에 대한 비하인드까지 털어놓았다.

"그때는 이해할 수 없기도 했지만 지금 와선 다 좋은 경험이 되더구나. 자네도 OST 불렀을 때 그렇지 않았나?"

"신기한 경험이긴 했죠."

그래도 헤일로는 여전히 제 앨범에 다른 사람이 작곡한 곡을 올릴 생각은 없다. 욕심이 많다고 한다면 맞는 말이다. 제 앨범에는 온전히 자신의 곡을 채우고 싶으니까.

"반대로 주는 건 어떤가?"

"준다고요?"

"이제 곧 있으면 자네에게 곡을 받고 싶어 하는 사람이 넘칠 텐데 줄 생각 없나? 꼭 완성된 곡만 말하는 게 아니라. 자네 습작 많잖나."

그러고는 카메라가 잘 보이지 않는 방향으로 눈을 껌벅이는 걸 보면 노해일로서의 곡만 말하는 것 같지 않았다.

"아직 고려해본 적 없습니다."

"단순히 가수만을 말하는 건 아니네. 세상엔 수많은 회사가 있고, 자네에게 곡을 의뢰할 수도 있지. 예컨대 OST를 만들어달라고 할 수도 있고, 광고 음악을 만들어달라고 할 수도 있겠지."

헤일로는 곰곰이 생각하다 고개를 저었다.

"당분간은 제 음악에 집중할 거 같습니다."

황룡필이 이해한 듯 고개를 끄덕였다. 다른 사람의 두 배만큼 열심히 살고 있으니 시간이 부족할 것이다.

"그래도 이번 달은 여유로워 다행이네."

황룡필의 말에 헤일로는 입꼬리를 올렸다. 컬래버 작업으로 다른 일은 하지 못할 거라는 소리였다. 작곡부터 해야 했다면 하지 못했을 가능성이 크다.

"과연 그럴까요?"

"뭐!"

황룡필이 눈을 부릅뜨며 그를 돌아보았다. 황룡필은 당연히 HALO의 마지막 앨범이 2월 28일에 나와서 당분간 앨범을 발매하지 못할 거로 생각했다. 그러나 소년이 의미심장하게 말하며 웃고 있다.

"자네 언제 다…."

카메라를 의식하며 황룡필은 말을 다 잇지 못했다.

장 PD나 이 리얼리티 현장을 나중에 확인한 스태프들은 그들이 무슨 말을 하는지 모를 것이다. 이해해봤자 다른 작업도 간간이 진행 중이라고 생각할 것이다.

딩동. 마침 벨이 울렸다. 황룡필의 밴드가 도착했다.

황룡필은 소년을 지나쳐가면서 작게 중얼거렸다.

"천재가 아니라 일중독이군. 그래."

헤일로는 씩 웃었다. 부정하진 않았다. 그러다 그는 하나의 놀라운 우연을 발견했다. 그가 이번에 같이 준비하고 있는 HALO 5집의 이름이 마침 〈중독(Addiction)〉이었다.

"안녕하세요, 선생님."

황룡필의 자택으로 찾아온 건 그의 밴드 멤버만은 아니었다. 휴가 갔던 매니저가 여러 가지 선물을 들고 왔다. 과일주스부터 홍삼, 영양제 등 다양한 선물이었다.

"그리고 이쪽은⋯."

"박 팀장이 해외로 여행을 갔던가?"

"오면서 확인했습니다. 노해일 씨죠? 만나서 반갑습니다."

황룡필이 연배가 높은 만큼 매니저도 중년으로 나이가 꽤 있었다. 그런데도 그는 까마득하게 어린 소년에게 허리를 꾸벅 숙여 인사했다.

"이쪽이 내 매니저, 박병철이. 자네는 박 팀장이라고 부르면 될 거네."

헤일로도 같이 인사했다.

인사하는 둘을 흐뭇하게 보면서 황룡필은 뒤에 서 있는 세션을 소개했다. 베이시스트(bassist), 키보디스트(keyboardist), 퍼커셔니스트(percussionist: 각종 타악기를 다루는 사람).

그들을 안쪽으로 데리고 들어가는 사이 가장 마지막에 걸어들어온 황룡필이 옆에 있는 매니저를 툭 치며 말했다.

"당분간 나 말고 저 친구 챙겨주게."

"네?"

"나야 누구든 잘 챙겨주겠지. 하지만 저 친구는 아직 낯선 게 많을 테니 자네가 챙겨줬으면 해."

"어, 어렵지 않은 일입니다만."

박 팀장이 의외라는 듯 속삭이며 앞에 걸어가는 검은 머리의 소년을 흘끗 쳐다보았다.

"선생님께서 이런 말을 하는 게 처음인 것 같습니다. 저 친구가 그 정도입니까?"

황룡필은 '그 정도'라는 말에 옅게 웃었다.

'그 정도라….'

사실 이미 그가 판단할 수준을 넘어서서 뭐라 말하기 우스웠다. 그래도 열일곱이라는 창창한 나이, 저 아이 앞에 펼쳐질 무구한 날들에 대해 그는 말할 자격이 있다고 생각했다. 같이 작업을 하는 동료, 친우 그리고 그날을 기다리는 팬으로서.

"시대를 이끌어갈 주역이지."

"선생님의 뒤를 이을 후계자라고 보면 될까요?"

'후계자는 무슨.'

"웃기는 소리 하지 말고 잘 챙겨주게."

황룡필은 적어도 가요제가 끝날 때까지 어린 노해일을 챙길 생각이다. 어련히 잘하겠지만 향기로운 냄새에 눈이 먼 인간들이 그전에 생길 것 같으니 말이다.

* * *

드디어 여섯 팀의 아티스트들이 다시 스튜디오에 모였다. 4화가 방영되기 며칠 전 음원 중간 점검차 약속한 대로 촬영을 진행하기로 했다. 물론, 이 중에는 곡의 콘셉트 때문에 싸운 팀도 있었고, 벌써 녹음까지 진행한 팀도 있었다. 어찌 되었든 순서대로 음원을 들려주고 피드백을 진행하는 게 오늘 촬영 내용이었다.

첫 번째 무대는 1팀인 황룡필과 노해일의 무대였다.

신주혁은 둥근 반 원탁에 앉아 무대를 기다리며 대기실에서 다른 팀과 나누었던 대화를 떠올렸다.

"너, 착한 척하면서 머리 잘 썼더라."

"뭘?"

"선생님 팀한테 일부러 관심 끌리게 인터뷰한 거 말이야."

"그럼 인터뷰에서 우리 팀 신경 쓰인다고 한 게 너희였냐?"

"왜 맞잖아."

"선생님 팀은 왜, 신경 안 쓰여?"

그렇게 묻자 상대가 당연하다는 듯 말했다.

"처음엔 신경 쓰이긴 했거든? 근데 생각할수록 애매한 거야. 노인과 미성년자가 같이 보여줄 수 있는 듀엣 무대가 뭐가 있겠어. 심지어 남남 조합. 랩을 하진 않을 테니, 1절 2절 나눠 부르는 거?"

"오."

신주혁은 단순히 감탄했다. 블러핑인 줄 알았는데 진짜 이렇게 생각했나 보다.

"왜 아니야? 뭐가 있어?"

"깜짝 놀랄걸요."

"아! 깜짝이야."

그때 불쑥 리브가 들어와 말했다.

"한 가지 미리 말하자면, 오늘 시간 비워둬요."

"왜?"

리브는 전혀 악의가 없는 얼굴로 웃으며 말했다.

"우리도 바빠졌거든요."

은근히 귀를 기울이던 다른 팀들 누구도 그 말을 이해하지 못했었다. 인터뷰나 뉘앙스만 보면 이미 1팀 곡을 들은 것 같긴 한데. 그렇게 대단한가, 그냥 잘 상상이 가지 않았다.

신주혁은 조명이 들어오기 시작한 무대를 보며 생각했다.

'저번보다 더 나아졌겠지.'

부디, 쓸데없이 계산하며 간만 보는 이들을 좀 바쁘게 만들어주길 바랐다. 자신들만 곡을 뒤집어엎은 건 불공평하니까 말이다.

딱. 짙은 어둠을 뚫는 핑거스냅. 4분의 4박자, 느린 템포로 정적을 뚫는다. 그리고 그 위에 얹어진 무반주 허밍. 사운드를 잘 다루는 황룡필의 팀답게 하나씩 세션이 더해진다. 사운드가 점점 웅장해지고 핑거스냅의 소리가 묻힌다 싶을 때, 하나의 소리가 더 얹어졌다. 퍼커션(percussion)이 들어와 묵직함과 웅장함을 더한다.

헤일로가 처음 생각했던 교복 입은 학생들은 어느덧 갑옷을 입고 있다. 학생들이 원하는 자유는 깃발 속에 담기고 자유를 위한 뜀박질은 철컹거리는 칼날이 대신한다. 결국 나아가는 건 크레셴도. 거장의 목소리는 없었다. 벌스의 반주만 들려준 것이다. 그러나 이 음악이 어떻게 향할지는 모두가 알았다. 뇌리에 강하게 찍히는 데모를 수가 없다. 소년의 허밍이 끝나고 반주도 멀어졌을 때 1팀의 무대가 끝났다.

"어…"

요란한 리액션과 함께 피드백을 줄 의무가 있는 아티스트 팀 전원이 입을 다물었다.

"피드백 없나요?"

분명 무대가 시작하기 전까지 아무리 선생님 팀이라도 할 말은 하려고 했던 이들이 입을 뻐끔거렸다. 피드백이란 것이 꼭 비판만 하라는 건 아니다. 어떤 부분이 훌륭했다, 좋았다고 말해도 충분한 게 피드백이었다. 하지만 누구도 그 간단한 경탄을 표현하지 못한 것은 경탄의 한마디가 생각나지 않았기 때문이다.

"아니…."

그들의 머릿속은 자기들의 곡으로 가득 찼다. 긍정적인 의미는 아니었다.

'어, 이러면…. 우리 곡이.'

'잠깐만 이다음이 우리야? 저런 곡을 듣고 우리 곡 발표하라고?'

장 PD와 작가가 어서 말을 시켜보라며 손짓했다. MC는 난처하게 아티스트단을 둘러보았다. 다들 표정이 적나라했다.

"여러분?"

MC가 서둘러 정신 차리라는 듯 손뼉을 쳤다.

다들 초짜도 아니면서 과하게 황당한 표정이다.

"우리 이대로면 안 되겠는데…?"

그때 누군가 중얼거렸다. 놀랍게도 며칠 전 어떤 팀이 했던 말과 비슷했다.

결국 촬영 시작한 지 30분도 되지 않아 쉬는 시간이 주어졌다. 물론, 꼭 쉬기 위한 시간은 아니었다. 조금 전까지 여유로웠던 아티스트들이 갑자기 열정적으로 무언가를 하고 있었다. 특히, 녹음 직전이었던 팀은 갑자기 심각한 얼굴로 대화를 나누고 있었다. 중간중간 무대를 생략하면 안 되냐고 묻는 팀도 있었는데 당연히 안 될 일이다.

"갑자기 아티스트님들 불타는 것 같은데요."

"좋은 자극이 된 것 같네."

아무럼 저런 곡을 들었으니 자극이 되지 않았겠는가. 지금도 가슴이 웅장하다. 장 PD는 눈을 감고 여운을 즐기다가 얼마 남지 않은 5월 가요제를 손꼽아보았다. 이 설레는 느낌이 쭉 이어진다면 상상 이상의 가요제가 만들어질 것이다. 장 PD는 막연히 생각했다. KDS에서 주최했던 가요제 중 역대급인 콘서트가 될지도 모르겠다고.

＊＊＊

요즘 애들 사이에서 노해일이란 이름이 지겹도록 나온다. 아무래도 같은 중학교 출신이고 같은 동네에 사는 애가 너튜브와 SNS에 출몰하는 데다 〈2030 Song Festival-랑데부〉에까지 나오니 당연했다. HALO 커버 무대를 SNS 클립으로 본 모두가 눈을 의심했다. 수업을 알리는 종이 울리지 않았다면 온종일 봤을지도 모른다.

"노해일? 선연중 1반이었던 노해일이라고?"

"걔 공부만 잘하는 거 아니었어?"

"이게 카메라 마사진가 뭔가냐? 사람이 그냥 바뀌었는데."

분명 그 무대는 한 달 내내 회자될 정도로 특별한 무대긴 했다. 그럼에도 박찬수는 노해일이 천재라고 호들갑 떠는 인터넷 기사를 보며 코웃음을 쳤다.

'천재는 무슨. 분명 누가 도와줬겠지. 개나 소나 다 천재인가.'

"찬수야 네 동창 노래 '수박'에서 3위 했더라."

늘 신문을 보던 아버지가 밥상 앞에서 그 말을 했을 때도 찬수는 인정하지 않았다. 옆에 앉은 엄마가 같이 비꼬았다.

"3위가 뭐 별거라고."

"반에서 3등도 아니고 전국에서 3위면 잘한 거지. 당신, 혹시 질투해?"

"내가 질투는 무슨⋯."

"질투할 게 따로 있지! 분야가 다른데. 그리고 좀 찾아보니까, 애가 확실히 다르더라고. 진짜 천재야 천재. 찬수야, 그 친구랑 꼭 친하게 지내라."

'그 새끼 연락도 안 받던데.'

찬수가 입을 삐죽였다.

아버지는 노해일한테 꽤 관심이 많은 것 같았다. 친아들도 아니면서 아들인 것처럼 흥분하며 말했다.

"아, 오늘 4화 방영한다고 하던데. 같이 보는 거 어때?"

"찬수, 공부해야 하는데 뭘 같이 보자고. 당신 혼자 봐!"

"왜 볼 수도 있지."

"애한테 관심 좀 가져라. 곧 모의고사야. 찬수야, 시험공부 해."

엄마가 단호하게 잘랐다.

노해일을 꼭 보고 싶은 건 아니었지만 공부보단 TV를 보는 게 더 좋은 찬수가 눈치를 보며 방으로 들어갔다.

〈랑데부〉 4화가 방영되는 6시 40분, 단톡방이 들썩였다. 찬수도 슬쩍 굳게 닫힌 방문을 돌아보곤 이어폰을 꽂았다. 방 밖에서 〈랑데부〉의 오프닝 노래가 들려왔다. 나가서 아버지와 함께 커다란 화면으로 보고 싶다는 마음도 잠시, 그냥 이렇게 보는 게 더 편할 것 같았다.

"천재는 무슨."

3화엔 노해일이 안 나왔으니 4화엔 분명 나오리라. 황룡필에 관해서도 잘 모르는 박찬수는 분명 재미없으리라 생각했다. 그의 머릿속에 그가 아는 노해일이 그려진다.

조용히 자기 공부만 하던 모범생, 덥수룩한 머리에 자신감 없는 태도, 외우는 걸 잘해서 성적은 저보다 높았지만 발표나 스피킹에서 애먹던 모습이 떠오른다. 그런 애가 연예인이라니. 그 이미지가 강해서일까, 찬수는 처음 클립을 봤을 때 알아보지도 못했다. 환하게 드러나는 말간 얼굴 아래 자신감 있고 여유로운 태도는 아무리 봐도 노해일로 보이지 않았기 때문이다. 지금처럼.

[쉿!]

생각에 빠진 노해일에게 말을 걸려는 VJ. 황룡필이라는 구시대의 거장이 손가락을 올려 조용히 하라고 눈치를 준다. 엄청 유명한 사람이라고 들었는데, 그런 뮤지션이 따뜻한 눈으로 그리고 기대한다는 듯 노해일을 바라보았다.

곧 노해일이 손가락을 튕기기 시작한다. 거기서부터 남다른 리듬감이 느껴졌다. 카메라는 가만히 소년을 보여주었다. 화려한 편집이나 자막 없이 고요하게. 가끔 소년이 주시하는 창 너머를 카메라도 따라 비추었는데 이상하게도 무슨 일인가가 일어나고 있다는 기분이 들었다.

꿈틀거리기 시작하는 노해일의 손가락, 그리고 그의 발이 박자를 타기 시작한다. 분명 아무것도 없었는데 무채색의 도화지에 그림이 그려졌다. 다섯 개의 줄이 가로로 쭉 이어지고 노해일의 박자에 따라 4분의 4가 새겨진다. 이어서 멈추었던 연필이 노해일의 허밍에 따라 유려하게 흘러가기 시작했다.

사고가 멈춘다. 찬수는 멍하게 그 장면을 바라보았다. 뭐랄까. 시간이 멈춘 것 같았다. 단톡방의 대화부터 편집도 말소리도 모든 게 멈췄다. 하지만 멈춰진 시간 속에서 노해일만이 움직였다.

마법의 시간이 깨진 건 노해일과 눈과 마주쳤을 때였다.

[이건 어떠세요?]

노해일이 씩 웃자 한쪽에 옅은 보조개가 패었다. 그 강렬한 눈빛, 미소에 홀려 노해일이 하는 행동을 멍하게 보게 된다. 그는 자기 몸집만 한 어쿠스틱 기타로 누가 봐도 방금 만든 것 같은 멜로디를 들려주었다. 미완성의 멜로디는 언뜻 들어도 괜찮았다.

[그리고 여기에 이걸 넣는 거죠.]

뭐가 어떻게 된 건진 모르겠는데 1팀의 작곡 과정은 거기서 끝났다. 1팀의 영상은 무척 짧았다. 다른 팀보다 몇 분은 더 짧았다. 불화나 팀명으로 더 이목을 끄는 팀은 따로 있었는데, 가장 정적이었던 1팀은 어떤 팀보다 역동적이었다.

> OOO: 뭐야?
> □□□: 미친!!
> △△△: 와 쟤 원래 저랬음?

단톡방이 난리났다. 다른 중학교에서 온 애들이 노해일에 대해 어떤 이야기든 듣고 싶어 했다. '이미 만들어놓고 편집했겠지. 방송 한두 번 보냐'라고 타이핑하던 찬수는 움직임을 멈췄다. 본능적으로 쓰긴 했는데 그도 그게 아니란 것쯤 인지하고 있었다. 굳이 어른들의 사정까지 고려하지 않아도 노해일이 진짜 천재처럼 나온 데다, 그의 손짓에 시선을 빼앗겼던 건 분명 사실이다.

찬수는 다른 팀을 조명하는 방송을 멈추어놓았다. 벌써 시청자들의 클립이 올라왔다. 거기서 똑같은 영상을 다시 본 찬수는 생각했다. 그곳엔 그가 모르는 노해일만 있다. 손가락을 튕기는 저 소년은 분명 그가 아는 노해일이 아니다. 완전히 다른 세계 사람이다.

□□□ : 찬수야 너 노해일이랑 친했다지 않았냐?

몰라.

△△△ : ??

8. 노장과 어린 가수

헤일로는 3월이 지나자 난리가 난 'HALO_Official' 채널의 댓글 창을 확인하며 피식 웃었다. 좀 늦긴 했다. 예정과 달리 3월을 넘겼으니 말이다. 일정이 바쁜 것도 있지만 사람들하고 즐겁게 어울려 노느라 시간이 지체됐다. 이제 다시 일을 시작할 시간이다. 얼마 남진 않았다. MIDI 작업은 모두 끝냈고 그는 이제 막 녹음을 앞두고 있었다. 곡을 발표할 시점은 부활절이다.

오랜만에 작업실은 다시 조용해졌다. 카메라가 모두 철수한 지금, 헤일로는 휴가를 즐기는 기분으로 5집 〈중독〉을 재생했다. 노해일의 방식으로 4집을 커버해서인지 그의 머릿속에는 다양한 변형들이 떠올랐다.

'이렇게 부르면 더 재미있지 않을까?'

즐거운 발상이다. 헤일로는 몇 가지는 적어두고 몇 가지는 흘려보내며 영감의 순간을 즐겼다. 요즘 인생이 너무 즐겁다. 왜 진작 다른 가수들과 협업하지 않았나 싶었다. 앞으로 나아가고 있다는 기분으로 흥분되고 언젠가 직면하게 될 한계가 기다려졌다. 벽을 만나도 좋다. 극복하는 묘미가 있으니.

요즘 그는 영화의 도입부가 막 시작된 기분이었다. 제작사의 로고와 함께 오프닝 노래가 흘러나오는 가장 설레기 시작하는 순간. 물론, 두 번째 영화이기에 더 무서운 속도로 치고나가게 될 것이다. 이제 막 열일곱 살인 노해일은 그보다 더 빠른 시작점을 가지고 있었다. 한 번 해보았기에 더 능숙하기도 할 거다.

헤일로는 막연히 이 오프닝, 설렘과 즐거움이 끝없이 이어져 엔딩 크레딧이 최대한 늦게 올라오길 바랐다. 그는 이 즐거운 탐닉의 시간을 되도록 오래, 모두와 즐기고 싶었다. 5집 〈중독〉 이름 그대로 그는 이 즐거움에 중독되어버렸을지도 모른다. 언젠가 끝이 있으리란 걸 알지만 끊임없이 탐하려고 한다.

몽환적인 멜로디가 끝없이 이어진다. 그곳에서 그는 끊임없이 쾌락을 취하려고 하며 짙은 연기 속에 잠기고 만다. 와우와우 우는 일렉 기타와 함께 빙빙 도는 것 같은 신시사이저, 그리고 그와 함께 횡설수설한 가사까지. 헤일로는 옅게 웃으며 이번에도 청소년 이용 불가를 받게 될지 궁금해했다.

* * *

- 1위. I am HALO ｜ HALO
- 2위. Please, lead me not into temptation ｜ HALO
- 3위. 또 다른 하루 ｜ 노해일

'수박' 차트에서 HALO의 곡이 더 올라가지도 않고, 더 내려가지도 않았다. 사람들은 '이제 월간 HALO는 끝났나?' 궁금해했다. 그런데… 4월 13일 일요일 부활절, 4집이 나오고 44일이 지난 바로 그날, 사람들이 HALO의 독주가 끝난 게 아니냐고 말할 때 너튜브를 포함한 전 세계에 HALO라는 날개를 단 5집 앨범이 발매되었다. 여전히 미니앨범이지만 정규앨범같이 여덟 개의 수록곡이 동시에 올라갔다. 늘 그랬듯 파격적인 음악과 파격적인 행보를 보이면서 말이다.

HALO 5집 ADDICTION(중독)
1. Butterflies in my stomach
:
8. (Title) Like a Heroin

부활절은 무교인 사람들에게 그저 그림 그려진 달걀 찾는 날이지만 기독교에서 가장 중요한 축일이다. 기독교 국가들은 부활절 전후를 국가 공휴일로 지정하여 연휴를 보내는데, 앨범 발매일이 부활절 당일인 만큼 축제와 휴가를 즐기던 사람들의 이목도 그대로 꽂혔다.

사이키델릭 록이 귓속을 파고들었다. 한 달 만에 만들었다고 볼 수 없는 완성도였다. '쾌락'과 '중독'이라는 주제, 관능적인 가사와 몽환적인 선율은 무감한 사람들마저 휩쓸었다. 차이가 있다면 이 곡은 HALO의 다른 음원처럼 대놓고 틀어놓을 수 없는 음악이었다. 한국에서 청소년 이용 불가를 받은 가사 때문만은 아니었다. 음원의 분위기 자체가 자극적이었다. '쾌락'에 대해 사람들이 주로 연상하는 것은 비슷하다.

[하아악…]
[흐아하흐히하앟!!!!]

댓글에 제대로 된 문장이 없지만 그 숫자만큼은 여느 때처럼 톱에 가까운 HALO의 5집은 차트를 헤엄쳤다. 사람들이 보기에 1집에서 4집까지 HALO가 과거의 톱 뮤지션, 상류층, 세상의 풍파를 극복한 어떤 성인이자 천재였다면, 5집은 뭐랄까 광기 어린 천재 혹은 쾌락주의자 같았다. 누군가 파트리크 쥐스킨트의《향수》를 언급했다. 음원에서 쾌락에 대한 탐욕과 광기를 발견한 사람들은 어쩌면, 그가 상류층이 아니라 가장 밑바닥에서 중독 경험이 있는 음악가가 아닐까 생각했다. 이런 추리가 짙어질수록 한국에 사는 한 천재 소년에 대한 의심이 희미해졌다.

한국의 열일곱 살 고등학생이 어떻게 이런 음악을 하겠는가. 4집 편곡 실력은 인정하지만 편곡과 작곡은 다른 법이다. 유에서 유를 만든 것과 무에서 유를 만드는 것은 다르다. 특히 그 '유'도 보통 '유'가 아니지 않는가. 잠시라도 의심했던 사람들은 수치스러워했다.

그래도 긍정적으로 볼 수는 있는 점은 대한민국의 열일곱 살 소년이 HALO라고 의심될 정도의 재능을 가지고 있다는 것이다. HALO의 5집 발매와 함께 음원 순위가 뒤로 밀리긴 했지만 소년의 신곡 '또 다른 하루'는 7위로 여전히 스테디셀러로 장기간 톱을 유지하고 있었다.

['부디 시험에 들지 말게 하소서' 편곡 음원으로 내주세요ㅠㅠ]

[아님 무편집 본으로라도.]

[일해라 KDS!]

HALO의 행보가 눈에 띌수록 보기 드문 HALO 커버에 대한 수요도 늘어났다. 그중에 국내 시청자들은 누구도 아닌 노해일이 다시 커버해주길 바랐다. '부디 시험에 들지 말게 하소서' 커버만큼 만족스러운 커버 무대를 더 찾기 어려웠다.

[해일이가 태양 곡 싹 다 불러줬으면 좋겠다.]

[한국어 개사도 좋고. 근데 영어로도 잘 부를 것 같은데 영어로라도 제발.]

└ 쟤 실친들이 영어 못한다고 하던데.

└ ?? 뭔 솔? 한국어 개사 수준 보고 영어 못한다는 말이 나옴?

└ 노해일 옛날에 홍대 렛잇비로 회자됐던 애인데 무슨?

└ 아니 렛잇비는 막말로 햇빛유치원 진달래반인 내 조카도 부르는 거고ㅋ

[커버도 커번데 그냥 황룡필이랑 듀엣곡 뭐 부를지가 제일 궁금하던데 내일 티켓팅 하는 거 아냐?]

[어디? 〈코첼라〉?]

[갑자기 여기서 〈코첼라〉가 왜 나와ㅋㅋㅋㅋ 지금 〈랑데부〉 콘서트 말하는 거 아님?]

[근데 이번 〈코첼라〉에 HALO 나오냐? 그럼 〈랑데부〉고 뭐고 무적권 감.]

└ 나오겠냐?

└ 난 일단 티켓팅했음. 물 뜨고 기도 중. 태양 나올 때까지 할 거임.

└ ㄷ ㄷ ㄷ 인디언식 기우제.

[〈랑데부〉 콘서트 티켓팅 벌써 해? 어디서 해?]

4월 말, 〈랑데부〉의 끝이 점점 도래하고 있었다. 5월 마지막 촬영이 될 가요제를 앞두고 4월 말 현재, 리허설 겸 무대 순서를 정하기 위해 아티스트 여섯 팀이 다시 모였다. 촬영 세트는 이제까지와 달리 스튜디오가 아닌 KDS에서 마련한 캠프장이었다.

"오늘 날씨 너무 좋다."

"PD님, 우리 이대로 그냥 놀다 가면 안 돼요?"

"다 완성한 팀은 그냥 놀죠?"

"으아, 여기 술만 있으면 딱인데."

"어허, 우리 그래도 촬영 중이라고요."

따뜻한 날씨에 구름 한 점 없는 하늘과 푸른 잔디. 신형 팬션에 이어 캠프장 앞에 바비큐 도구가 깔리기 시작하자, 이 자리에 모인 사람들의 얼굴이 점점 밝아졌다. 연습 무대 촬영이라는 명목하에 다시 재회하긴 했는데 촬영이 아니라 피크닉 온 느낌이었다. 실제로 장 PD가 그들에게 특별히 요구한 것도 없었고 음원 녹음도 끝난 상황이었으니 말이다. 이젠 곡을 뒤집어엎는 건 불가능하다. 그들의 손을 떠난 자식이 되었으니 그에 따라 경쟁적인 분위기가 무뎌졌다.

"그래도 이렇게 모인 건 이유가 있겠죠? 정말 연습 무대만 하라고 MT를 기획하진 않았을 테고."

"저는 그저 여러분이 하루를 즐기셨으면 좋겠습니다."

"흠."

업보가 있는지라 다들 의심하는 눈으로 장 PD를 바라보았다. PD란 족속들은 출연진을 편안하게 내버려두는 법이 없었다.

"뭐, 일단 그렇다고 하니 넘어가죠. 그런데 리허설 때 저희 팀부터 발표해도 될까요?"

MC 경험이 많은 이성림이 자연스럽게 진행하다 본론을 꺼내자 야유를 받았다.

"전 진짜 억울합니다. 그날 이래로 사흘 동안 이불을 뻥뻥 찼어요, 아주. 우리 팀 음원은 다 만들어진 것도 아니었는데. 완성된 곡이랑 미완성곡을 누가 끈질기게 비교해서."

물론 사흘 동안 이불을 찼다는 건 과장이다. 하지만 지난 중간 점검 때가 가끔 악몽처럼 떠올랐다. 1팀 곡이 워낙 완성도가 높았던 터라 미완성곡을 뒤이어 보여주느라 혼이 났다. 당장 고치고 싶은데 곡은 보여줘야 하고. 뭐라고 해야 할까, 말도 안 되는 오타를 발표 직전에 발견한 기분이었다.

"왜 그러세요, 이성림 씨. 곡 진짜 좋던데요?"

"지금은 당연히 그렇죠."

이성림이 뒤끝이 남은 척 웃으며 장 PD의 말을 받아쳤다.

그때와 달리 지금은 완성되었다. 중간 점검 이래로 일주일간 밤샘 작업한 결과물이었다. 결과적으로 꽤 만족스러워 이성림은 적어도 1팀보다 못하다는 말은 듣지 않을 거라고 여겼다. 어찌 보면 그 악몽 같던 중간 점검이 그의 곡에 날개를 달아줬다. 1팀 곡을 듣지 못했다면 지금보단 못한 곡이 나왔을 거다.

"아마도, 저희 다음에 하는 팀은 좀 부담스러울 겁니다."

이성림이 장난스럽게 말하자 다시 한번 야유가 왔다. 누군가 기회를 보며 자기 팀이 먼저 리허설을 하고 싶다고 말했고, 당연하게도 이성림과 부딪혔다. 딱히 예능적 요소를 요구하지 않았던 장 PD는 촬영이 잘 돌아가자 희희덕거리며 맞장구쳤다.

"연습 무대는 자유롭게 정하셔도 좋습니다."

장 PD는 관대하게 말했다. 중요한 건 따로 있기 때문이다. 5월에 열릴 가요제의 무대 순서 말이다. 그리고 한 가지 더 준비한 게 있다면 특별공연. 그래도 '가요제'인데 여섯 곡만 하고 끝낼 수 없다.

"연습 무대를 끝낸 이후에 무대 순서와 특별공연을 정하자고요."

"특별공연이라면?"

"솔직히 여섯 곡은 너무 짧지 않습니까?"

장 PD는 캠프장에서 편하게 쉬고 가라고 했지만, 공연 순서와 특별공연을 제시하며 또다시 미묘한 눈치 게임을 시작하게 만들었다.

헤일로는 조용히 앉아 있었다.

"넌 언제가 좋냐?"

그의 옆에 와 앉은 신주혁이 묻자 어깨를 으쓱했다.

"언제든 상관없어요."

"자신 있다 이거야?"

'당연하지.'

무대 처음이든 마지막이든 헤일로는 모든 걸 쏟아부을 것이고, 관중 또한 그렇게 만들 것이다.

그가 당당히 고개를 끄덕이자 신주혁은 참 한결같은 놈이라고 생각했다.

"근데 너 콘서트는 처음이지 않냐?"

"아니…."

"아니긴 뭐가 아니야. 누가 사춘기 꼬마 아니랄까봐 부정부터 하고 보네."

헤일로는 할 말은 많은데 할 수가 없다.

"콘서트가 진짜 네 실력이야. 잘해야 돼. 실력 없으면, 그대로 이렇게."

신주혁이 엄지로 제 목을 그었다.

헤일로는 당연한 소리를 한다고 생각했다. 가수에겐 무대가 곧 실력이다. 녹음은 기록이고.

신주혁은 싱글벙글하게 웃으며 말을 이었다.

"뭐, 어련히 잘 하겠다만 그래도 한 가지 팁을 주자면…."

'이 자식이 누구한테 훈수를. 내가 콘서트를 얼마나 많이 했는데.'

헤일로는 뚱한 얼굴로 그의 말을 흘려들으며 연습 무대를 보았다.

곧 헤일로가 전혀 듣고 있지 않다는 걸 안 신주혁이 머리를 쥐어박았고, 그 모습을 본 리브와 황룡필이 부드럽게 웃었다. 외견으론 전혀 닮지 않았지만 그들은 꼭 형제 같았다.

"신주혁 씨, 리브 씨 무대 준비해주세요."

헤일로와 처음 만났을 때보다 점점 말이 많아지는 신주혁은 연습 무대를 하기 전까지 그에게 '콘서트 조언'을 늘어놓았다. FD가 불렀을 때 비로소 일어나는 걸 보면, 훈수가 어디까지 이어졌을지 모를 일이다.

헤일로는 무대로 향하는 신주혁을 보며 '그래 얼마나 잘하나 보자'라고 생각했다.

연습 무대 촬영까지는 전반적으로 자유로운 분위기로 진행됐다. 아무래도 캠핑이나 MT라는 명목으로 만나기도 했고, 서로 노래를 대충 알고 있어 특별한 피드백 없이 공연자와 관객으로 즐길 수 있었다.

신주혁이 떠나간 자리에 누군가가 털썩 앉았다.

"안녕?"

가장 첫 번째로 연습 무대를 보여줬던 이성림이었다. 그는 다른 아티스트들과 떠들다가 신주혁이 자리를 비우자 소년의 옆좌석에 찾아왔다. 이성림은 다른 아티스트들이 그러하듯 소년에게 관심이 많았다. 차이가 있다면 다른 아티스트들이 눈치를 볼 때 그는 직접 몸을 움직였다는 것이다.

"내 무대 봤어?"

"네."

"내내 주혁이랑 얘기하고 있던데."

'대화는 아니고 일방적인 설교인데.'

헤일로가 이성림을 돌아보자 이성림이 손을 들었다.

"따지려는 건 아니고. 내 무대가 어땠는지 들어보고 싶네. 저쪽은 이미 다 듣고 왔거든."

이성림이 다른 아티스트들을 가리켰다.

헤일로는 고개를 끄덕였다.

"다른 분들도 그렇고 하나씩 달라졌네요."

"응? 아, 그렇지."

헤일로의 말을 단번에 인지한 이성림의 눈꼬리가 길게 늘어졌다.

첫 번째 연습 무대에서 이성림은 복고풍 댄스곡을 부르면서 발을 굴렀고, 두 번째 무대에선 원로 여가수와 원더가 탱고를 추며 손뼉을 가끔 부딪쳤다. 세 번째 무대를 보여준 이들은 허리에 손을 올리고 발로 탁탁 무대를 찼다. 신주혁의 조언을 들으면서 무대를 다 본 헤일로는 다섯 번째 무대를 보면서 이성림의 대답을 들었다.

"워낙 임팩트가 있어서 말이지."

각자의 노래를 만들던 팀들은 어쩌다 보니 공통의 테마를 가진 무대를 만들게 되었다. 장르를 통일하진 않았지만, 아마 무대를 보러 온 관객들은 무대 처음부터 끝까지 에너지를 발산하고 갈 것이다.

'평소보다 더 지친 채 집에 돌아가게 되겠지.'

헤일로가 바라는 바다. 모두가 내일 없이 하루를 만끽하는 것.

"좋았어요."

"그치?"

원하는 대답을 얻은 이성림이 만족스럽게 고개를 끄덕였다.

"오 채원이가 랩을 하네?"

그러곤 신주혁과 리브의 무대를 보며 감탄했다. 이성림만 놀란 건 아니다. 음원 퀸 그리고 발라드의 여왕이라는 별명을 가진 리브가 랩을 하다니. 그들 또한 이를 악물고 듀엣곡을 준비했다고밖에 볼 수 없다. 그 와중에 신주혁의 밴드인 베이시스트가 살짝 실수했지만, 신주혁은 아랑곳없이 탄탄한 고음을 지르며 오히려 곡을 더 훌륭히 소화했고 리브와 함께 듀엣을 불렀다. 연습 무대가 아닌 콘서트 현장이었어도 전혀 손색이 없는 무대였다.

"괜찮네."

헤일로는 누군가 들었다면 건방지다고 생각했을 무대 평을 늘어놓았다. 직후 그를 부르는 FD의 목소리가 들렸다.

"황룡필 선생님, 노해일 씨, 무대 준비해주세요."

헤일로는 무대만 보며 걸어갔다. 이제 그의 무대였다.

'자, 가자!'

* * *

"와, 나. 티켓팅 실패했어⋯ 경쟁률 도대체 뭐야."

"뭐, 꼭 티켓팅 안 해도 된다며. 그럼 그냥 가면 되는 거 아냐?"

친구의 말에 소연은 고개를 끄덕였다.

〈랑데부〉는 유료 지정 좌석이 있고 그 외엔 선착순 좌석이 있다. 가요제라는 이름대로 모두가 즐길 수 있게 무료 스탠딩 좌석을 푼 것이다. 게다가 유료인 지정 좌석도 그렇게 비싸지 않았다. 콘서트 티켓 가격이라기보다는 몇천 원 정도의 기부금에 가까웠고, 실제로 공연 수익은 모두 기부하기로 했다.

친구의 말대로 티켓팅은 필수가 아니었지만, 아쉬운 건 어쩔 수 없었다. 선착순이란 게 불확실한 데다, 가수를 가장 가까이서 볼 수 있는 자리는 유료 좌석이다. 신주혁의 팬클럽 '올림퍼스'의 회원인 소연은 분명 하얀색이었던 지정 좌석이 빨갛게 변한 걸 멍하게 바라보았다. 빨간색은 경고의 뜻이라고 누군가 그랬던가. 빨갛게 된 티켓팅 좌석을 보고 있자니 그녀는 심상치 않은 기분이 들었다.

대한민국 최정상 가수의 총집합, 그들의 듀엣 무대, 라인업도 살벌한 데다 동 시간대, 아니 사실상 현재 방영하는 모든 예능 중 시청률 1위인 지상파 프로그램의 영향력을 무시할 수 없다. 그래도 다른 가수의 콘서트, 한강 난지공원에서 열리는 록 페스티벌 등 겹치는 게 꽤 많아 괜찮을 줄 알았는데 역시나 시간이 되자마자 먹통이었다. 침착하게 좌석을 체크한 그녀가 만난 건 결제창이 아닌 이

선좌(다른 고객님께서 이미 선택한 좌석입니다)였다.

[랑데부 티켓팅 성공하신 분?]
└ 이거 뭔가 이상하다;;; 체감 0.1초 만에 전좌석 매진된 거 같은데.
└ 새로고침하고 있긴 한데 이미 매진이겠지?
└ 전 그냥 취케팅만 기다리는 중ㅜㅜ제발…
└ 222 취케팅 아니면 오늘부터 강원도에서 노숙해야 할 삘.

팬카페에선 성공했다고 말하는 사람이 없었다. 다른 팬덤도 아
니고 티켓팅 빡빡하기로 유명한 신주혁의 팬카페에서 금손이 나타
나지 않은 건 이상한 일이다. 실패했다는 게시글만 주르륵 보인다.
물론, 다른 팬카페의 상황도 이와 비슷했다.

[이번 랑데부 티켓팅 빡센 이유]
1. 황룡필, 미리내: 중년세대 타깃
2. 이성림, 신주혁, 리브: 대중픽 + 팬덤규모 제일 큼
3. CB 원더: 아이돌팬덤+외국인 팬까지
 :
6. 유료(기부용ㅇㅇ) 티켓 가격 〈 다른 콘서트 티켓 값
7. 방송 시청률 15.6%
[그냥 전국민이 달려들었는데 당연히 빡세지;;]
[와 어떤 미친 새끼가 중고 마켓에 티켓 경매 열엇다ㄷㄷ]
└ 미친놈인가? 몇천 원 하는 티켓을 얼마에 파는겨.

팬카페를 살펴본 소연은 살벌한 기운을 감지했다. 당일에 시간 맞춰서 간다면 절대 못 들어갈 것이다.

"일주일 전에 미리 강원도 가서 텐트 칠까?"

"그렇게까지? 그냥 당일이나 전날쯤 슬슬 가자."

상황의 심각성을 전혀 이해 못 하는 이른바 '머글 친구'의 입장을 그녀 역시 이해 못 하는 건 아니다. 다른 콘서트와 달리 〈랑데부〉는 생방도 같이 진행했기 때문이다.

"장소가 강원도라며. 다들 귀찮아서 안 갈걸? 방송도 해주는데 그냥 집에서 보겠지. 그렇다고 팬 사인회를 하는 건 아닐 테고."

"그렇진 않을 텐데 그래도…."

"정 걸리면, 취케팅 어떻게든 잘해보자."

머글인 친구는 아무것도 몰랐다. 소연이 오랜 시간 덕질을 해오며 축적된 초직감이 얼마나 예민하고 날카로운지. 그리고 그녀의 직감은 〈랑데부〉 티켓팅이 끝난 지 얼마 되지 않아 증명되었다. 미국의 팝가수이자 K-POP을 좋아한다고 잘 알려진 할리우드 톱스타, 벨 모리슨이 SNS에 한 게시글을 올린 것이다.

[(BELLE) 너희들 이거 봤니? 내 생각에 그는 명백히 태양의 아들(son of sun)이야. #HALO #PLM COVER #so cute guy #K-POP star #rendezvous]

　└ what???

　└ 내가 들어본 커버 중에 최고야.

　└ 누가 태양에게도 이 영상을 보여줘!

그녀가 어떻게 한국 한 예능 프로그램의 클립을 보게 되었는지
모르겠지만 방송 무대 클립까지 태그했다. 73M 팔로워에게 그대
로 노출된 게시글은 누가 봐도 과한 극찬에 엄청난 관심이 끌렸다.
너튜브 인기 급상승 동영상 순위가 가장 먼저 그 관심을 반영했다.

- 1. 〈랑데부〉 부디 시험에 들지 말게 하소서(cover) | 노해일
- 2. 노해일 PLM 커버 영상을 처음 들어본 미국 친구들 반응

뒤이어 기사들이 따라 올라왔다.

> 할리우드 팝가수 벨 모리슨이 극찬한 한국의 신인 가수
> 벨 모리슨이 사랑하는 한국의 열일곱 살 천재 소년
> HALO의 아들, 노해일. 그는 누구인가?

└ 노해일 슈스각이냐??

└ 노해일 데뷔한 지도 얼마 안 됐는데;; 이렇게 떡상한다고?? 이게 될놈
될?

└ ㅅㅂ ㅈ됐다 내 취케팅.

└ 아무도 취소 안 하게 생겼네ㅋ ㅋ큐ㅠㅠㅠㅠ

5월, 강원도에 설치된 대형콘서트장과 그 주변에 〈2030 Song
Festival-랑데부〉 대형배너가 펄럭거렸다. 그리고 소연의 직감대
로 엄청난 인파가 강원도를 찾았다.

* * *

헤일로는 크게 숨을 들이마셨다. 엊그제 캠프장에서 시범 무대
를 가졌던 것 같은데, 어느새 그는 열기로 가득한 무대 뒤편에 도착

해 있었다.

"노해일 씨!"

아직 개장되지 않은 무대지만 헤일로는 정신 사납게 무대의 정취를 즐겼다. 그 모습은 누군가에게 긴장한 것처럼 비치기도 했고 누군가에겐 선물상자를 앞에 둔 어린아이처럼 보이게 했다.

"여기 물이요. 필요한 거 있거나 불편한 거 있으면 뭐든 말해주세요."

황룡필의 매니저인 박 팀장이었다. 황룡필의 자택에서 만난 이래로 그는 매니저처럼 헤일로를 챙겨줬다. 그의 친절이 의아하면서도 익숙하게 받아들였다. 사실 매니저뿐만 아니라 촬영장에서 만난 사람들 대부분이 그에게 점점 친절해졌기 때문이다. 이전의 신인 때와 엇비슷한 양상이라서 그러려니 했다.

"리프트 올라옵니다, 조심해주세요."

스태프들이 바쁘게 오가고, 하얀색 원피스를 입은 리브가 리프트를 타고 올라왔다. 신주혁은 그녀에게 손을 내민다. 잘 어울리는 남녀 한 쌍이다. MR이 흘러나오고 그에 따라 그들이 스텝을 맞췄다. 그들 이후에 남아 있는 리허설은 하나뿐이다. 캠프장에서 정했던 순서대로 리허설을 진행했기 때문이다.

"노해일 씨, 리허설 준비해주세요."

그쯤 황룡필은 이미 무대 위에 있었다. 대한민국 대중음악의 거장이 소년을 향해 손을 내밀었다.

"올라오게."

노장의 손과 어린 가수의 손이 교차했다.

높이 떠 있던 해가 지고 있었다. 하늘이 오색빛깔로 물들었을 때쯤 유료 좌석과 무료 입석 입장이 시작되었다.

"여긴, 강원스키장입니다! 보이십니까? 정말 엄청난 인파가 몰려왔습니다! 이제 입석 입장이 시작됐는데 끝이 보이지 않네요. 이 줄은 어디까지 이어져 있을까요?"

카메라맨과 기자들이 몰려와 강원도 스키장을 개조하여 만든 무대를 찍었다. 그리고 그 무대를 기다리는 사람들까지 취재의 대상이 되었다. 겨울이 아닌데도 수많은 사람이 강원도 스키장을 방문했다. 그들의 손엔 스키폴 대신 작은 가방이나 미니 선풍기가 들려 있었고, 스키복 대신 얇은 카디건을 걸치고 있었다.

"우리… 들어갈 수 있을까?"

"그러게. 무슨 사람이 나무보다 많아."

소연은 초조한 얼굴로 주차장을 가득 채운 줄을 둘러보았다. 그녀의 친구 역시 잔뜩 질린 얼굴이었다. 아무리 야외 콘서트라고 해도 수용 한계가 있을 것이다. 아까 아침에 본 기사에선 4만 명이 몰려왔다고 했다. 그로부터 점심 직후 반차를 낸 직장인들이 대중교통이나 자가에 올라탔을 거다. 이곳이 제2 주차장인데 어디까지 이어진 건지 알 수 없다.

"진짜 네 말대로 일주일 전에 오는 게 맞았나 봐."

"그니까! 내가 자체 휴강하자고 했잖아!"

"그, 일주일은 좀….'

'하루 이틀은 몰라도 일주일 자체 휴강은 너무 하지 않니?'

하지만 소연은 친구의 마음에 공감해주지 않았다. 발을 동동 구르며 자신들이 무사히 입성할 수 있을지 계산하기 바빴다. 잘못하면 집에 그냥 돌아가게 될지도 모른다. 그들은 새벽부터 기다린 것보다 왜 더 일찍 오지 않았나 후회하게 되었다. 생각해보면 징조는 진작 있었다. 기차표는 일찍이 매진되었고 일주일 전부터 숙소 예약 상태가 심상치 않았다. 대관령 양떼목장, 속초에 방문하는 여행객이 대다수일 거라고 믿은 건 자기 위안이었다.

"아슬아슬하게 될 거 같기도 하고."

"갑자기 일이 생겨서 가는 사람은 없겠지?"

"갑자기? 포기해."

소연은 주변을 둘러보았다. 그녀가 신주혁의 팬으로서 빨간색 응원봉을 갖고 왔듯 주변 사람들도 누구 팬인지 티를 냈다. 보라색 크라운은 리브의 팬덤인 러버의 상징이었고, 검은색 몸체의 하얀색 구체, 등대처럼 생긴 응원봉은 이성림의 것이다. 또한 다크 블루는 아이돌그룹 CB의 공식 색으로 유명했다. 따로 제재하지 않는 이상 가수들은 팬들의 응원봉을 보게 될 것이고, 팬덤의 규모가 확연히 드러날 거다. 다른 아티스트의 무대에 응원봉을 들고 흔들진 않겠지만 응원봉이 보이지 않는다면 서운할지도 모르겠다.

'뭐, 팬덤이 없는 가수가 있겠냐마는….'

"…있긴 하네."

"뭐가?"

"아무것도 아냐."

소연은 고개를 절레절레 저었다. 최근에 스포트라이트를 받고 있지만 아직 팬덤이 제대로 형성되지 않은 아티스트 하나가 떠올랐기 때문이다. 신인이라고 하던데 이 두터운 팬덤 분위기와 엄청난 관객 속에서 해낼 수 있을까, 걱정이 됐다. 노래 잘 부르고 방송에서 활약을 한 건 맞지만 라이브는 또 다른 법이니 말이다. 개인적으로 중간 점검 때만큼만 해줬으면 좋겠다, 하고 바랐다. 조합은 다른 쪽이 더 기대돼도 노래만큼은 1팀이 가장 좋았다. 과제를 하던 중 그 웅장함에 꽂혀 1시간을 잃어버렸을 정도다. 그만큼만 잘 나와주면 충분할 것 같다.

"오, 줄 줄어든다. 가자."

아니다. 걱정해야 할 건 노해일이 아니라 자신들의 입성이다.

"되나? 제발⋯."

종교가 없는 두 사람에게도 하나님의 자애가 닿았는지 손에 무사히 스탬프가 찍혔다.

"입석은 여기까지입니다."

"네? 벌써 끝났다고요?"

"제발 들여보내 주세요. 저희 제주도에서 왔어요. 제발요."

"그렇다기엔 서울말을 너무 잘하시는데요?"

"호, 혼저옵서예."

"예, 안타깝지만 입석을 마무리하겠습니다."

그리고 그들의 뒤에 무정한 줄이 놓인다. 애원하며 들어가게 해달라고 해도 스태프는 절대 들여보내 주지 않았다. 안전을 위해 어쩔 수 없다는 건 이해하지만 새벽부터 기다린 사람들이니 억울함이 더 클 것이다. 소연과 친구는 그들을 안타까워하면서도 동시에 안심했다. 조금만 늦었더라면 자신들도 저들처럼 억울해하며 돌아갔을 것이다. 그들은 뒤에 꽂히는 부러움의 시선을 외면하며 서둘러 언덕 위로 올라갔다.

"와⋯!"

본무대와 양쪽의 거대한 전광판. 모두가 무대를 한눈에 볼 수 있도록 준비되어 있었고, 생방송을 같이 진행하는 만큼 무대 앞에 카메라가 배치되어 있었다. 아직 무대가 시작도 하지 않았지만 벌써 가슴이 두근거렸다. 그때 무대 한쪽에 원더가 보이자 "꺄아악!" 하고 고성이 울려 퍼졌다. 거대한 전광판에 원더가 곧바로 비친다. 금발로 염색한 원더가 손을 흔들다 하트를 그리자 더 비명이 커졌다. 아직 방영하진 않으니 이건 그들만이 볼 수 있는 혜택이었다. 중간중간 밴드를 점검하고 무대 동선을 점검하는 아티스트들이 보인다. 자기들의 가수가 나올 때마다 팬들이 응원봉을 흔들었다. 여러 팬덤이 섞여 있어 통일되지 않은 빛들이 산만하게 흔들렸다.

6시 정각이 되자 무대에 MC가 나왔다. 〈랑데부〉 1,2화 진행을 맡았던 MC 3인방 중 하나였다.

"안녕하세요, 여러분! 아름다운 저녁입니다! 모두 오래 기다리셨죠?!"

"네!"

MC의 목소리가 관객석에 울려 퍼지자 관객이 우렁차게 답변했다. 짧은 무대 소개와 질의응답이 이어졌다. 2031년인데 가요제 이름이 왜 2030이 됐냐는 물음에 장 PD는 2030년대를 대표하는 가요제가 되길 바라는 마음에 정했다고 했지만, 시청자들은 그가 2030s에서 's'를 빼먹었거나 연도를 헷갈렸다고 믿었다.

마지막 점검으로 지연되었던 무대는 15분쯤 지나서 비로소 시작되었다. 우렁찬 MC의 외침과 함께!

"그럼, 이제 〈2030 Song Festival-랑데부〉를 시작! 하겠습니다!"

와와! 아아! 남녀노소 수많은 사람들의 목소리가 무대 뒤편까지 울려 퍼졌다.

무대의 막을 연 건 발라드였다. 산과 잘 어울리는 시원시원하고 허스키한 음색과 맑은 미성의 듀엣곡. 그들에게 뿌려지는 색종이가 노을이 지는 하늘과 잘 어우러졌고 그들의 노래가 끝나며 밤이 시작되었다. 두 번째는 무겁고 끈적끈적한 탱고. 여가수와 아이돌의 도발적인 조합이 사람들의 환호를 끌어냈다. 세 번째와 네 번째는 일렉트로닉 힙합 댄스와 복고풍 댄스였다. 같은 댄스곡이면서 완전히 다른 분위기였다. 그리고 평생 춤 안 출 것 같던 아티스트의 댄스에 열광하기 시작했다. 그들이 발을 구르자 사람들이 따라 호응했다. 관객들은 점점 무대가 어떤 것을 향해 흘러간다고 느꼈다. 고조되는 분위기와 짙어지는 밤.

다섯 번째 무대는 신주혁과 리브의 듀엣 무대였다. 사실상 팬덤이 가장 큰 두 사람의 등장에 어떤 때보다 박수와 환호 소리가 요란하게 울려 퍼졌다. 그들의 팬덤이 응원봉을 들기 시작했고 크림슨 레드와 울트라 바이올렛이 함께 어우러지며 무대 위의 남녀를 조명했다. 하얀 원피스를 입은 리브와 푸른색 정장 재킷을 입은 신주혁이 서로를 노려보며 록발라드를 부른다.

그리고 이쯤 헤일로는 신주혁과 리브의 무대 '오만과 편견'을 보며 발을 굴렀다. 사람들과는 다른 의미로. 그의 가슴이 미친 듯이 두근거리고 있었다.

"자네 설마 긴장한 건 아니지?"

"제가요?"

헤일로의 웃는 얼굴에 황룡필이 고개를 끄덕였다. 그도 긴장했을 거로 여기진 않았다. 무대 뒤편에서도 관객석이 보였다. 리브와 신주혁의 응원봉이 어우러져 관객석이 마치 벨벳처럼 보였다.

"나 때는 저런 게 없었는데."

황룡필은 응원봉 불빛을 바라보며 아쉬워했다.

"자네는 저런 거 안 하나?"

"글쎄요."

'나 때도 저런 건 없었는데.'

사람들이 불빛을 들고 가수와 호응하는 문화가 그의 때에도 없었다. 헤일로는 신기한 눈으로 관객석을 바라보았다.

"아쉽구먼."

리브와 신주혁의 화려한 무대가 끝나며 응원봉의 불빛이 잦아들었다. 자신들을 위한 것은 아니지만 그래도 꽤 인상적이었던지라 황룡필이 진심으로 아쉬워했다.

"곧 더 밝은 불빛을 보게 될 텐데요."

"그건 그렇지."

헤일로의 말에 황룡필도 따라서 웃는다. 게다가 그들의 무대가 끝나도 가요제가 막을 내리는 건 아니다. 뒤이어 특별공연이 이어질 것이다. 밤낮을 가리지 않고 가요제를 기다린 사람들을 위해, 그리고 이 화려한 밤을 단순히 한 곡으로 끝내고 싶어 하지 않는 가수들을 위해.

무대의 불빛이 꺼진다. 신주혁과 리브가 리프트를 타고 내려갔다. 이제 그들이 무대 위로 올라갈 차례였다.

둥! 북이 울렸다. 어둠이 내려앉은 무대. 헤일로는 얼핏 망토 같아 보이는 검은색 코트를 휘날렸다. 둥둥! 북이 다시 울렸다. 앞선 무대로 들떴던 관중의 웅성거림이 가라앉는다. 그의 시간이 찾아오고 있었다. 그리고 다시 한번 북이 울릴 차례가 되었을 때, 그는 손가락을 튕겼다.

"와 미쳤다 미쳤다. 관계성 미쳤다."

소연은 다음 무대의 차례가 되자 응원봉의 불을 껐다. 그러나 여운은 응원봉처럼 쉽게 꺼지지 않았다. 이대로 집에 가도 될 것 같았다.

'아니지, 특별공연은 보고 가야지.'

이미 그녀의 머리엔 1팀은 없었다. 서로를 노려보던 신주혁과 리브의 무대가 무한 반복되었다. 다른 무대 다 너무 좋았지만 절정을 이룬 건 신주혁과 리브의 듀엣이었다. 자신이 신주혁 팬이라서가 아니라 정말로 최고였다. 이보다 더 좋은 무대는 없을 것이라고 그녀를 포함한 많은 사람들이 그렇게 생각했다. 어둠과 정적이 내려앉은 무대를 가로지르는, '딱!' 소리가 울려 퍼지기 전까지.

손뼉 치고는 작고 발소리 치고는 얇다. 그러나 그것이 무엇인지 눈치채기 전에 허밍이 더해진다. 방송에서 나온 것과 같은 템포로 이어진다. 사람들이 아는 척을 하기 전에 밴드의 세션이 더해진다. 어느덧 핑거스냅 대신 발소리가 이어졌다. 탁탁 규칙적으로 이어지자 관중도 하나둘 박자를 맞추기 시작했다. 이미 앞선 무대에서 해보았기에 그들은 좀 더 적극적이고 재빠르게 참여했다.

그때부터 무대 위에 한 편의 극이 펼쳐졌다. 소년의 감미로운 아리아 위로 황룡필의 진중한 목소리가 들려온다.

왕이 이야기한다. 어둠이 내려앉은 국가. 깃발을 들고 간악한 무리를 해치우자고. 그의 지배에 세상이 들뜬다. 발을 탁탁 구르는 용맹한 기사들이 왕의 앞에 모여들었다. 군단이 된 기사들이 행진하기 시작했다. 그들의 앞에 놓인 이교도들의 무리, 불을 뿜는 용, 격분하는 파도와 눈앞을 가리는 눈보라. 모든 고난 앞에서 왕이 검을 빼 든다. 완벽한 왕의 귀환이었다. 음악이 전달하는 웅장한 칼날에 앞선 두 남녀의 로맨스가 순식간에 베어진다. 관중은 뒤통수를 두 들겨 맞은 것처럼 빨려 들어갈 수밖에 없었다.

"역시 선생님… 전혀 나이 드시지 않았군."

거장은 죽을 때까지 거장이다. 무대 뒤편에서 무대를 지켜보는 가수들이 입을 쩍 벌리고 감탄한다. 그리고 한편으론 듀엣보다 피처링 같다고 생각한다. 정말로 1절, 2절을 따로 부르기로 한 걸까. 사실 어떻든 상관없을 것 같다. 그들은 이대로 황룡필이 전곡을 다 불러도 좋겠다고 생각했다. 그때, 단단한 목소리가 하이라이트에 도달했다. 관객들은 눈을 감으며 전율을 즐겼다. 극에 도달했을 때 페이드 아웃.

곡은 다시 돌아와 1절처럼 주변이 고요해진다. 정적을 끊는 건 다시 손가락을 튕기는 소리다. 분명 똑같은 시작이었으나 완전히 같진 않았다. 1절보다 템포가 빨라졌다. 그리고 그 위에 얹어지는 허밍 소리는 노인의 진중한 음색이다. 1절의 여운을 놓치기 시작한 사람들이 탄식을 내뱉었다. 이대로면 황룡필의 목소리에 소년의 목소리가 묻히지 않을까, 하고 생각할 때쯤 소년의 목소리가 그들의 고막을 관통했다.

그는 성 위에서 연설하는 왕을 보는 한 명의 군중이다. 또한, 그는 왕의 앞에 온 젊은 기사이며 누군가의 아들이었다. 어린 기사가 이야기한다. 왕과 비슷한 가사지만 무언가 달랐다. 1절에선 웅장함이 느껴졌다면 2절에선 간절함이 느껴졌다. 청아한 목소리가 전달력 있게 귀에 도달해서 그럴까. 군중은 저도 모르게 그의 목소리를 더 잘 듣기 위해 귀를 기울였다. 어린 기사의 간절한 선언에 세상이 울렁인다. 누군가 기도를 하듯 두 손을 모았다. 고난 끝에서 지친 기사들이 그를 바라본다. 그들의 앞에 놓인 간악한 악, 불을 뿜는 용, 격분하는 파도와 눈앞을 가린 눈보라에 지친 기사들 앞에 어린 기사가 선다. 그의 작은 등은 고난에도 굴하지 않게 계속 나아간다. 기사들은 그 눈부신 전진을 보며 한 명 두 명 몸을 일으켰다.

헤일로가 검은색 망토를 휘날린다. 그것은 마치 왕의 것과 같았다. 음악이 하이라이트를 향해 달려간다. 하이라이트는 완전히 똑같은 가사지만, 사람들은 1절과 2절이 결코 같을 수 없다는 걸 깨달았다. 1절이 웅장한 전진을 이야기했다면, 2절에선 고난에도 굴하지 않는 굳은 의지가 보였다.

지쳐 있던 관객들이 다시 발을 세우고 그들을 쳐다본다. 다시 무대의 불빛이 줄어들었다. 그러나 아직 끝나지 않았다는 걸 모두가 알았다.

다시 한번 들려오는 '딱' 소리. 더 이상 허밍은 없었지만 어딘가에서 허밍이 시작되었다. 그를 따라 허밍이 관객석에 퍼져나가기 시작했다. 그것은 곧 무대에 닿았고 앞에 나온 두 가수에게 도착했다. 관객들의 허밍을 따라 두 사람의 목소리가 교차하며 울려 퍼졌다.

어둠을 두려워하지 말고 거센 파도를 견디어

용맹한 왕의 노래와 굳센 기사의 노래가 동시에 울려 퍼졌다. 누구도 양보하지 않고 멜로디가 크레센도를 향해 나아간다.

부러진 날개를 다시 펴는 거야 찬란한 내일을 위해

그들이 발을 구르자 사람들도 따라 굴렀고, 허밍은 곧 하이라이트가 되었다. 모두가 영웅의 노래를 불렀다. 불을 뿜는 용과 격분하는 파도, 눈앞을 가리는 눈보라 속을 모두가 함께 나아갔다.

Ah-ah-ah-ah
Ah-ah-ah-ah

군중의 목소리에 묻혀 방송에 어떤 소리도 잡을 수 없지만 이대로면 충분했다. 하나가 된 목소리가 무대에 가득 찼다. 강렬한 열기에 무대의 불꽃이 솟아오른다. 소리 없는 아우성. 곧 무한한 함성이 귓가를 잠식한다. 그리고 이어진 "앙코르!", "앙코르!" 하는 누군가가 시작한 외침이 떼창이 되어 관객석을 휩쓸었다. 어떤 무대에서도 나온 적 없는 들썩임이었다.

"벌써 지친 건 아니지?"

메인 카메라가 황룡필과 소년을 담았다. 숨을 헐떡이면서 누구보다 환히 웃고 있는 소년은 세상의 모든 조명을 받은 것처럼 빛나고 있었다.

헤일로는 무대 아래 가득 찬 불빛을 향해 팔을 뻗었다. 사람들이 그의 손짓을 따라 제 존재를 알렸다. 내일이 없다는 듯이 정열을 불태운다. 그래, 그가 바랐던 게 바로 이런 모습이다. 그의 호흡과 사람들의 호흡이 일치되는 순간. 그는 불꽃 같은 함성에 금방이라도 질식해 죽어버릴 것 같았다.

소년이 헐떡이며 답했다.

"이제 시작인걸요."

폭죽과 함께 레이저가 쏘아졌다.

"아직 안 끝났어!"

듀엣곡은 방송을 통해 진작에 알려졌지만, 특별공연은 가수들이 기를 쓰고 숨겼다. 물론 방송에서 보인 것도 있긴 하지만 그건 어쩔 수 없다. 그래도 이렇게 즐기고 있으니 서프라이즈 공연으로선 충분하지 않은가. 아티스트들은 새로운 곡을 작곡한 건 아니고 가요제에 참가한 가수들의 곡들을 리메이크했다. 이 자리에 모인 가수는 단 한 명을 제외하면 오랜 경력에 따라 곡을 가지고 있었다. 그중에서 괜찮은 곡을 골라 리메이크했다. 컬래버를 하기 위해 만났는데 오직 한 사람과 컬래버를 하면 아쉽잖은가? 듀엣으로 보여주지 못했던 끼를 발산하며 당대 최고의 무대를 보여준다.

진정한 축제는 지금부터였다. 끝날 만하면 불이 뿜어져 나왔고, 이제 쉬어야겠다 싶으면 신나는 EDM이 들려왔다. 심장이 벌떡벌떡 뛰며 온몸에 활력이 넘쳐흘렀다.

'내가 생각한 것보다 몸이 튼튼한데?'

헤일로는 문득 감탄했다. 이 정도로 튼튼하다면 과거의 자신처럼 살아도 문제없을 것 같다. 그간 너무 과하게 걱정했나 싶을 정도로 이대로라면 무엇이든 할 수 있을 것 같다.

"그렇게 좋아하면서 리브가 같이 하자던 듀엣은 왜 안 한 거야."

막 무대를 마친 신주혁이 금방이라도 무대에 뛰쳐나갈 것 같은 소년을 보며 물었다. '왜 더 많은 곡을 선택하지 않았느냐'는 물음이다.

헤일로의 눈썹이 불만스럽게 꿈틀했다. 이에 대해서는 그도 억울했다. 컬래버는 좋았는데 같이 부르자고 했던 곡이 하필 절대로 부르지 않는 곡이다.

"러브송은 안 불러서요."

헤일로의 대답에 신주혁이 "푸핫!" 소리를 내며 웃었다.

"아 러브송은 안 부른다? 그러면 지금은 그렇다 치고 팬들이 불러달라고 하면 어떡하려고."

"안 부를 건데요."

헤일로에게 달콤한 가사와 멜로디를 바랐던 사람들이 수없이 많았지만 그는 절대 부르지 않았다. 노해일의 '고백'이 예외였던 거지 앞으로도 부를 생각이 없었다.

신주혁은 재밌다는 듯한 얼굴로 조언했다.

"요령 없긴. 오히려 이런 때 막 불러둬야 한다고. 나중에 여자친구 생겨서 갑자기 발라드를 부른다? 그러면 팬들 다 눈치챈다. 뭐, 결국 티가 나긴 하겠다만."

그는 헤일로의 마음을 소년의 순정 따위로 여기는 것이다. 헤일로가 눈썹을 일그러트렸다. 그러거나 말거나 신주혁이 말을 이었다.

"미래를 위한 투자라고나 할까? 뭐, 그런 거지."

신주혁은 제 대답이 마음에 든다는 듯 고개를 까딱였다.

신주혁의 말이 어떻게 보면 틀린 말은 아니지만, 헤일로는 그 능청스러운 태도가 그저 재수 없을 뿐이다.

신주혁이 말을 이었다.

"어쨌든. 미래는 함부로 확신해선 안 된다."

하지만 헤일로는 속으로 '절대로 안 부를 거다'라고 할 뿐이었다.

그렇게 점점 무대의 끝이 다가왔다. 아무리 화려한 불꽃이라도 결국 꺼지기 마련이다. 영원할 것 같던 가요제의 화려한 밤이 끝나가고 있었다.

다음 주에 방영할 마지막 화를 위해 카메라가 무대와 관중석을 따라 돌았다. 무대엔 모든 아티스트가 나와 있었다. 가요제를 진행한 여섯 팀이 한 명도 빠짐없이 카메라에 담겼다. 각자 듀엣 콘셉트로 맞춰 입은 의상들에 아티스트 전원이 개성 넘치는 어벤저스 히어로 같았다. 지칠 대로 지친 관중들이 쉰 목소리로 자신의 아티스트를 불렀지만 아쉽게도 이번엔 진짜 끝날 차례였다. 기획했던 무대는 여기까지다. 프로는 준비된 무대만 보여주는 법이다.

'음, 글쎄.'

헤일로는 고개를 기울였다. 그는 아티스트들과 시선을 나누었다.

'준비된 무대만 보여주는 게 프로가 아니라 항상 준비되어 있는 게 프로가 아닐까?'

헤일로도 그들을 보며 고개를 끄덕였다.

어떤 분위기를 느낀 관객들이 다시 "앙코르!"를 외쳤다. 난처한 눈빛의 장 PD. 그러나 가장 먼저 옆에서 가수들의 눈빛을 본 MC가 무대로 걸어나왔다.

"여러분 많이 즐기셨나요? 많이 힘드시죠?"

아니요! 하나도 안 힘들어요! 계속해요! 더 불러주세요!

간절한 바람이 가수들에게 닿았다. 이렇게 그들을 원하는데 누가 이 사랑스러운 간절함을 거절할 수 있을까.

"계속하고 싶으신가요?"

"네에!"

정말로 긴 함성이 이어졌다. 결국, 장 PD가 책임지겠다는 OK 사인을 보여줬다. 그러나 많은 곡을 할 수 없었다.

"여러분이 가장 듣고 싶은 곡을 불러드리겠습니다."

단 한 곡, 사람들이 가장 원하는 곡을 '진짜 최종 무대'로 보여주기로 했다. 그리고 무대에 서 있는 아티스트 전원이 알았다. 이 사람들이 어떤 무대를 원할지. 이미 답은 정해져 있었다.

둥! 다시 북이 울린다. 자신들의 무대가 아니라는 것이 아쉽지만, 한번 불러보고 싶었던 곡이라 모두가 즐겁게 참여한다.

어둠을 두려워하지 말고

이번엔 소년의 허밍이 아닌 모두가 화음을 불어넣었다. 단단한 저음과 허스키, 중저음, 미성과 고음이 어우러졌다. 왕의 앞에 선 기사들이 같이 노래를 부르는 것 같았다.

거센 파도를 견디어 부러진 날개를 다시 펴는 거야

팬들이 가져온 응원봉을 모두 꺼내 흔들었다. 관중들 모두 쉬어버린 목으로 힘껏 따라 부르며 발을 구르고 북소리에 맞춰 뛰어올랐다.

찬란한 내일을 위해
Ah-ah-ah-ah
Ah-ah-ah-ah

이제 누가 어떤 목소리를 가졌는지 알 수 없다. 모두의 목소리가 하나 되었기에. 어느새 무대의 경계가 사라졌다. 거대한 원형의 무대. 리브의 보라색 크라운, 신주혁의 빨간색 함성과 이성림의 하얀색 등대, 분홍색과 어두운 파란색 조명들. 어둠 속에서 밝게 빛나는 수많은 응원봉은 마치 하나의 은하를 이루는 것 같았다. 누구보다 자기들의 아티스트를 사랑하는 사람들이 어둠을 밀어낸다. 우리 모두 함께 있다는 그들의 외침이 빛으로 번졌다. 별들의 함성이 찬란한 현재가 그곳에 있었다.

우리는 절대 지지 않아

혜일로가 가장 앞으로 나와 한 손을 하늘로 들어 올렸다.
참, 아름다운 밤이었다.

9. 베이시스트

〈2030 Song Festival-랑데부〉 공연 후 이틀이 지났다. 별거 아닐 수도 있지만 헤일로에게는 충격적인 시간이었다. 집에 도착해 바로 기절하듯 잠든 그가 다시 눈을 뜰 때까지 걸린 시간이기 때문이다. 눈을 뜬 그를 맞이한 건 욱신거리는 몸뚱이와 배터리가 완전히 나간 핸드폰, 그리고 걱정스러운 얼굴의 부모님이었다. 또한 각종 영양제와 과일이 잔뜩 도착해 있었고, 무엇보다 식탁 앞에 다진 소고기가 들어간 죽그릇이 놓였다.

헤일로는 어벙한 얼굴로 앉아 핸드폰이 충전될 때를 기다렸다.

"맛은 어떻니?"

"맛있어요. 그런데 무슨 일 있으세요? 왜 갑자기 죽을?"

밥투정이 아니라 죽은 아플 때 먹는 스튜라고 들어서 의아했을 뿐이다.

어머니가 깜짝 놀란 얼굴로 답했다.

"설마 모르니? 헤일아, 너 이틀 동안 잠들어 있었어."

"네!"

"정말 죽은 듯이 자서 깜짝 놀랐지 뭐니. 의사 선생님께선 방전된 거라고 하더라. 그래도 조금만 더 늦게 일어났으면 구급차를 불렀을 거야."

그리고 아버지가 더하듯 말했다.

"이해는 하지만 다음부터 무리하지 말아라."

그렇게 말하는 아버지의 팔과 손에 파스가 붙어 있었다.

'내가 그렇게 무리했나?' 하는 생각에 잠겨 죽을 먹던 헤일로의 새하얀 머릿속에 차츰 기억이 쏟아졌다. 오랜만에 느낀 콘서트의 열기, 그곳에서 진짜 사춘기 소년처럼 날뛰었던 시간. 그때 정말로 힘들지 않았는데 몸이 아픈 걸 보면 무리한 건 맞는 것 같다. 그게 다 아드레날린 때문이었다니 이틀 내리 잤다는 게 허무하면서도 납득이 갔다.

'약하긴 약하네. 나도 아직 멀었군.'

전엔 콘서트 끝나고 광란의 파티를 즐겨도 내리 이틀을 잠든 적은 없던 헤일로였다. 체력 조율에 실패했다. 그는 프로답지 못했던 걸 인정했다.

'그래도 뭐.'

헤일로는 어깨를 으쓱했다. 이틀이 아깝긴 하지만 이미 지나간 일이다. 일주일도 아니니 그리 신경 쓸 필요는 없다.

'뭐, 이틀 동안 무슨 일이 있었겠어?'

겨우 이틀 아닌가. 48시간, 17만 2,800초. 음반 작업은 지금부터 다시 하면 되고, 연락한 사람들한텐 밥 먹고 나서 차차 연락을

돌리면 된다고 생각한 헤일로는 다시 죽을 음미했다. 그때까지 헤
일로는 몰랐다. 겨우 이틀 동안 꽤 많은 것이 변할 수 있다는 것을.

그사이 세상엔 꽤 많은 변화가 일어났다.

<2030 Song Festival-랑데부>, 순간 최고시청률 30.9% 대성황을 맞
이해…. 시즌 2에 대한 요청사항 폭주

강원도에서 열린 가요제 방문객 5만 명 집계

관람객 A, 한편의 뮤지컬을 본 기분이었다

관람객 다수가 손가락 인대 통증을 호소해… 아픈 줄도 몰랐다

20퍼센트 중반대에서 서서히 오르던 시청률이 가요제 당일 피
크를 찍었고, 다음날 시청률이 집계되자마자 모든 사이트에 대서
특필됐다. 온갖 언론에서 가요제 관람객, 시청자들의 반응을 수집
하기 시작했다. <랑데부>에 대한 화제성이 극에 달했다. <랑데부>
나 가요제 그리고 참가했던 아티스트 이름 하나만 언급하더라도
조회 수는 따놓은 당상이었다. 그중에서도 가장 화제성 높은 인물
을 기자들이 모를 리 없었다. 그 자리에 있었든 방송으로 봤든 누군
가에게 전해 들었든 간에 경쟁이 없는 무대에 주인공은 따로 있었
다는 걸 모두가 알았다.

진정한 어벤저스 어셈블 그리고 어벤저스를 이끈 아이언맨은?

살아 움직이는 오케스트라와 그를 이끈 마에스트로…(jpg)

자, 이제 누가 막내지?

그것도 모두가 기대하던 아티스트가 아니라 데뷔한 지 두 달 차인 신인이라는 점이 특별하다. 적어도 앞으로 한 달간 대한민국을 뜨겁게 달굴 것이다.

"모차르트의 현신. 베토벤의 환생. 나 혼자 인생 2회차. 와, 해일이 슈퍼스타 됐네."

김덕수가 오랜만에 만화책을 내려놓고 기사 제목을 읽어 내려갔다. 소설 제목만큼 흥미로웠다.

"진짜 미쳤네."

옆에 있는 배공학도 따라 감탄했다. 언젠가 노해일이 유명해질 것을 알았지만, 이렇게 빨리 유명해질 줄은 몰랐다. 아니, 알았다 하더라도 HALO라는 이름으로서였지, 노해일로서 그럴 줄은 상상도 못 했다. 인터넷에선 노해일을 가리켜 '될놈될'이라고 하는데 그들도 일부 동의했다. 될 재능은 결국 된다고. 그들이 일찍이 알아본 재능이 꽃을 피웠다.

"해일이 유명해질 만해. 무대에서 정말 날아다니더라."

"그러니까. 난 해일이밖에 안 보이더라. 내가 아는 사람이라서 그런가."

"꼭 그렇지만도 않은 것 같은 게 다른 사람들도 비슷하게 느꼈대."

그건 좀 특이한 일이다. 더 화려한 외모와 더 거대한 인지도와 팬덤을 가진 인물들이 옆에 주르륵 있는데, 그 아이밖에 보이지 않았다는 건 말이다.

"진짜 천재야."

배공학이 손가락을 까딱였다. 아직도 집에서 봤던 가요제의 여운에서 벗어나지 못했다. 어떻게든 티켓팅에 성공했어야 했다는 후회도 있다. TV로 보는 데도 전율이 흐르는데 그 현장은 얼마나 미쳤을까. 어린 천재의 손짓에 목이 터져라 노래 부르고 왔어야 했다. 사실 그는 오랜만에 키보드를 누르고 싶다는 욕망이 꿈틀댔다. 음악을 관두고 오랜만에 느끼는 욕망이었다. 이제 좋은 추억으로 남겨뒀을 뿐인데.

"다음 주에 마지막 회 한다더라. 그 중간에 끊겼던 특별공연."

"해일이도 나와?"

"거기가 더 장난 아니래."

그들은 현장에 없었기에 알 수 없었지만 그에 관한 이야기가 온갖 곳에서 들려왔다. 현장에 있던 게 5만 명이다. 5만 개의 입이 무대에 관해 떠들고 있는데 안 들릴 수가 없었다. 그리고 놀라운 건 5만 개의 입 중 과반수가 소년에 대해 이야기하고 있다는 것이다. 이게 무슨 의미인지 그들은 잘 알고 있다. 한때 음악을 했던 밴드로서 그리고 대중을 이루는 한 사람으로서 말이다. 대중이란 가끔 혼동하고 선동되기도 하며 항상 옳은 게 아니지만, 그들의 취향은 옳다.

"이젠 완전히 다른 세상에 살게 됐네."

그 노래 실력, 편곡 능력, 작곡 재능이 어디 간 게 아니니 알음알음 알려지긴 했지만, 이제는 그것과 다르다. 지금 국민의 뇌리에 '노해일' 이름 석 자가 그대로 박혔다. 그의 인생이 180도 달라진 것이다.

"해일이 많이 바쁘겠지?"

"연락해봤어?"

"아니. 부담스러울 거 같아서 안 했는데. 다른 사람들 다 부담 줄 텐데. 우리는 귀찮게 굴지 말아야지. 그냥 편한 추억 정도로 충분하 잖아."

배공학은 고개를 끄덕였다. 갑작스러운 인기와 관심, 그리고 긍정적인 관심뿐만 아니라 원치 않은 시선과 잣대가 쏠릴 텐데, 그 기분이 어떨까. 잘 상상이 가진 않았지만, 만약 그가 노해일이었다면 부담스럽기도 하고 큰 혼란을 느꼈을 것이다. '그런데 해일이라면? 늘 그렇듯 태연할까?' 생각해보니 여상한 얼굴만이 선연하게 떠올랐다. 물론, 그는 확신하진 못했다. 그 애가 여느 열일곱 살과 다르다는 건 인지하지만, 그래도 열일곱 살 아닌가. 아무리 어른스러워도 그가 보기엔 애다.

"다른 건 모르겠고, 바쁜 건 확실하겠다."

광고와 각종 섭외 요청이 홍수처럼 쏟아지고, 물 들어올 때 노 저을 준비를 하고 있을지도 모른다. 배공학은 단순히 생각했다. 뭐든 그 애라면 충분히 잘하고 있을 것이고, 그 열정을 잃지 않고 잘 살아갔으면 좋겠다고. 이제 막 전성기의 실력을 되찾고 라이브클럽을 전전하는 한진영이처럼 말이다. 한때의 꿈을 포기하고 현재의 삶에 만족하며 살아가는 그는 여전히 열정적인 사람들이 부럽고 존경스러웠다.

어찌 되었든 소년의 앞에 꽃길이 펼쳐진 건 분명했다. 첫 번째 꽃잎이 모두가 볼 수 있는 곳에서 피어났다. '수박' 차트를 포함한 한국의 모든 음원 플랫폼에서 말이다. 콘서트가 끝나자 앨범으로 올라온 여섯 개의 듀엣곡은 25퍼센트라는 시청률에 따라 상위 차트로 곧바로 도약했고 콘크리트 존에서 서로 우위를 다투었다. 그리고 그로부터 이틀이 지난 현재 '수박' 차트 최상위….

'수박'에 들어온 이들의 눈에 이채가 서린다. 드디어! 누군가는 가장 바랐고, 누군가는 바라지 않았을지도 모르는 변화가 일어났다.

- 1위. 영웅의 노래 (2030 Song Festival-랑데부) | 황룡필, 노해일
- 2위. 또 다른 하루 | 노해일
- 3위. Like a Heroin | HALO

절대 뚫리지 않을 것 같던, 성문이 열린 것이다.

* * *

커다란 창에 따사로운 햇살이 쏟아져 들어온다. 안개처럼 부옇게 부유하고 있는 먼지와 그윽한 커피 내음 속에 창가에 선 노인은 온몸으로 햇빛을 받아들였다.

"참 포근하군."

그의 귓가를 잠식하는 감미로운 목소리에 절로 감탄을 터트렸다. 어느 봄날의 햇살처럼 따뜻하긴 했지만 그가 말하는 건 이뿐만이 아니다.

"이런 음악도 할 줄 알았는지 몰랐네만."

어느덧 노인의 눈이 뜨였다. 그의 눈은 여느 젊은이들의 것처럼 푸르렀다. 지구 반대편에서부터 시작되어 그에게 도착한 선율은 그가 생각했던 것과 완전히 달랐다. 태양의 음악답지 않다는 생각도 들었다. 그러나 음악은 부드러웠고 이제까지와 다른 힘을 품고 있었다. 부드러운 실크처럼 손에 쥐면 순식간에 품으로 흘러버릴 테다.

"그동안 무슨 변화가 일어났던 것인가."

정반대의 음악. '태양'의 음악이 감정을 지배하고 전염시킨다면,

이 음악은 누군가의 감정을 부드럽게 어루만진다.

'이걸 같은 사람의 음악이라고 할 수 있을까?'

노인은 갈증을 느꼈다. 그가 가장 사랑하는 아티스트의 예기치 못한 놀라운 변화다. 도대체 무슨 일이 있었나 옆에서 지켜보며 한순간도 놓치고 싶지 않았다. 그가 지켜야 할 자리가 없었다면 이미 비행기에 올라탔을지도 모른다.

노인, 어거스트 베일은 몸을 돌려 모니터를 보았다. 그의 컴퓨터에는 최신 기사와 SNS, 음원 리포트 등이 올라와 있었다. 계약한 이래로 이 모든 자료에 공통으로 'HALO'라는 이름과 그의 별명인 '태양', 번외로 '이름을 말할 수 없는 자(진짜 이름을 모르니까)'가 서술되어 있었다. 그러나 이제는 달랐다. 그의 모니터 다른 한쪽에는 수십 개의 기사와 함께 새로운 이름이 쓰여 있었다. '노해일'. 계약서상에서 보았던 그 이름이었다.

[(BELLE) 너희들 이거 봤니? 내 생각에 그는 명백히 태양의 아들이야.]

"아들이라니 허허허."

톱스타 벨 모리슨이 태그한 요즘 핫한 헤일로 커버 무대부터 깜깜한 무대 위에서 누구보다 무대를 즐기는 소년의 영상이 즐비했다. 그는 태양의 음악을 사랑했지만 잔잔한 달과 같은 음악도 마음에 들었다.

어거스트는 사랑에 빠진 사람처럼 소년의 무대를 훔쳐보았다. 그리고! 그런 보스를 블라인드 사이로 훔쳐보는 두 사람.

"보스가 HALO가 아닌 다른 사람의 음악에 저렇게 심취하다니.

몇 달 만의 일이에요?"

"그럴 수도 있죠…."

캐롤라인의 후임으로 들어온 청년이 신기하다는 듯 말하자, 베일에서 헤일로의 얼굴을 알고 있는 두 사람 중 하나인 캐롤라인이 두둔해줬다.

"그것도 동양의 한 가수라니. 좀 의외였어요. 아. 뭐라 하는 건 아니고 그냥 아시아의 음악을 찾아 듣기 어렵잖아요. 흔히 듣던 K-POP도 아니고."

캐롤라인은 별말 하지 않았지만 청년은 황급히 본인이 레이시스트가 아님을 어필했다. 그리고 재빨리 말을 이었다.

"물론 이해는 되더라고요. 보스가 HALO의 광팬이니, 그 커버를 잘 소화해낸 가수에게도 애정을 느낀 건 아닐까. 혹시 보셨어요? 벨 모리슨이 태그한 거?"

"보지 않았을 리가. 일단 제가 그의 담당이랍니다."

"그렇죠."

캐롤라인의 말에 청년이 눈을 반짝반짝 빛냈다.

캐롤라인은 벌써 피곤해졌다. 청년은 캐롤라인이 HALO 담당이란 걸 안 순간부터 연쇄 질문마가 되었다.

"그럼 직접 만났겠네요. 미스터 헤일로는 역시 – 인가요?"

"그런데 헤일로 씨와 계약은 어떻게 하셨어요? 다른 직원분들은 아무도 모르던데."

"미스터 헤일로는 방송에는 안 나온다고 하시나요?"

"헤일로 씨 다음 앨범은…."

그녀가 "제이슨 Stop!"이라고 외칠 때까지 자신의 의문을 쏟아

놓곤 했다. 다행히도 청년은 이번에 HALO에 관한 질문을 늘어놓
진 않았다. 최근 인상 깊게 보았던 HALO 커버 영상에 대한 리뷰를
늘어놓았을 뿐.

"정말 놀란 게 그와 목소리가 좀 비슷한 거 같더라고요. 많이는
아니고 조금? 한 1.5초 동안 정말 그가 부른 줄 알았어요. 더빙이
아니라 원어였다면 완전히 착각했을지도 몰라요."

"그렇군요."

"태양의 아들은 좀 과장 같지만 앞날이 기대되는 가수예요. 혹시
보스께서 저렇게 심취하신 건 영입 계획이 있는 건가요?"

"글, 쎄요."

캐롤라인은 검증된 화법인 "진짜요?", "와 흥미롭군요", "그래
서요?"를 반복하며 청년의 말을 흘려보냈다.

"그런데 캐롤라인 씨."

"네."

"HALO 씨도 이 커버를 봤을까요?"

캐롤라인은 '그래, 왜 안 묻나 했다'라고 생각하며 온화하게 웃
었다. 그리고 "글쎄요"라고 할 뿐, 그가 원하는 답을 주진 않았다.

"요즘 핫한 영상이니 봤을 수도 있고 보지 않았을 수도 있겠죠?"

"물어보진 않았고요?"

아마 이 청년은 그녀를 HALO와 일상적인 대화를 나누는 사이
정도로 보는 것 같았다. 베일 내에도 담당 아티스트와 친하게 지내
는 직원도 있으니 이상할 건 없다.

"뭐, 알다시피 바쁜 분이라 말이죠."

"아, 하긴 그렇죠. 곧 앨범도 나올 테고. 여기저기서 요청이 들어

오고 있으니까요."

캐롤라인이 화제 전환을 시도했고 청년이 반색하며 응답했다. 말을 돌린 줄도 모르고.

"모든 곳에서 그를 원하죠."

문의 메일은 캐롤라인이 담당하기에 얼마나 많은 곳에서 원하는지 모르겠지만, 청년은 확답했다.

'레전드의 습작과 부활', '얼굴 없는 가수로서의 평정', '그의 음악과 행보' 등 그에 대한 가십이 온갖 곳에서 쏟아져나왔다. 그에 관한 관심이 커질수록 온갖 곳에서 그를 섭외하고자 하는 건 당연했다. 그리고 그들이 선택한 건 그와 유일한 소통창구인 베일이다. 베일이 음원 유통사임에도 그와 연결됐다는 이유 하나만으로 메일과 연락이 쏟아졌다. 업계나 방송국은 말할 것도 없고 전 세계에 있는 회사와 기관이 한 번 이상 그를 찾는 것 같았다.

점점 그 규모가 커지니 작은 곳은 다 떨어져나가고 남은 건 공룡 기업들이다. 특히 5집 〈중독〉이 발표되며 헤일로를 가장 많이 찾은 건 섹슈얼 이미지가 중요한 업계, 즉 패션, 주얼리, 시계, 향수 등 흔히 명품이라 불리는 럭셔리 업계였다. 보통은 그의 음악이나 목소리에 대한 요청이었고, HALO라는 이름으로 된 상품출시에 대한 문의 등 그 형태는 다양했다. 심지어 그가 어떻게 생겼든 어떤 사람이든 모델로 쓰고 싶다는 기업도 있었다. 그냥 밥 한번 먹자는 청탁은 뭐, 굿모닝 같은 인사말이었다. 또한 기업 쪽에서 직접 주최하는 행사와 축제에 나와달라는 요청도 있었다. 이를테면….

"또 리스너들이 HALO가 〈코첼라〉에 나왔으면 좋겠다고 성원이 자자한 거 아세요. 누가 그랬는지 몰라도 HALO가 〈코첼라〉에 나온다는 소문이 계속 돌더라고요."

"그를 원하는 팬들이겠죠. 뭐."

〈코첼라 밸리 뮤직 앤드 아츠 페스티벌(Coachella valley music and arts festival)〉은 오아시스, 콜드플레이, 레이디 가가 등 매해 쟁쟁한 뮤지션이 참여하여 다양한 음악을 보여주는 북미 페스티벌로 HALO 섭외 문의가 꾸준히 왔다.

"그래서 말인데요, 캐롤라인 씨. HALO 씨와 직접 미팅하는 건 어떠신가요. 놓치기 아까운 기회 아닙니까?"

귀에 꽂히는 한마디에 캐롤라인이 깜짝 놀랐고 이내 정색했다.

"제이슨 씨."

"예."

목소리가 가라앉자 청년은 본능적으로 무언가 잘못 말했다는 걸 깨달았지만 그게 무엇인지 알지는 못했다.

캐롤라인은 이해는 했다. 그는 아우구스트 레코드의 전 직원이었고, 아직 완전히 벗어나지 못한 게 분명했다.

"베일은 아우구스트 레코드가 아닙니다."

"네…."

"음반 제작사도 매니지먼트도 아니라는 소리죠. 요청 사항을 전달하겠지만 아티스트의 자율이 첫 번째입니다. 그를 설득거나 강요할 권리가 우리에게 없습니다. 부디 명심해주세요."

그건 헤일로가 베일을 선택한 이유이기도 했다.

캐롤라인은 청년과 눈을 마주치며 단호하게 말했다.

"우리는 유통사입니다."

* * *

　누군가를 설레게 하고 누군가의 걱정을 사며 일약 스타가 되어 세상을 시끄럽게 만든 당사자 헤일로는 현재 누구보다 평안했다. 디저트와 소파, 텔레비전 앞에서 누가 평안하지 않겠는가. 그는 아이스크림을 먹으며 자신이 전날, 아니 사흘 전에 진행했던 무대를 다시 모니터링했다. 커다란 텔레비전은 그때만큼의 열기는 아니더라도 어느 정도 전율은 전달해줬다. 그는 그때의 전율을 회상하며 고개를 흔들다 다시 공연하고 싶어 발을 동동 굴렀다. 중독자가 잊고 있던 무대 맛을 보니 헤어나오기 힘들다. 이번엔 단독 무대를 하고 싶었다. 그는 아주 욕심이 많았고 누군가에게 무대를 양보하고 싶지 않았다. 물론 컬래버도 적당히 즐겁긴 하지만 그래도 처음부터 끝까지 자신이 지배하는 시간이 좋았다.

　'체력 안배만 잘하면 될 것 같은데.'

　멀게만 느껴졌던 날이 머지않게 느껴졌다. 그럴수록 슬슬 준비해야 할 것들이 떠오른다. 헤일로는 계속 미뤄뒀던 일을 이제는 해야겠다고 생각했다. 공연은 그가 하지만 콘서트는 혼자 만들어낼 수 있는 게 아니다. 그러니 몸과 함께 움직일 손발을 찾을 차례였다. 그와 함께 무대를 이룰 '세션'을 말이다.

　황룡필의 자택에서 만났던 밴드가 떠올랐다. 헤일로는 그들을 보며 자신만의 밴드가 다시 갖고 싶어졌다.

　'예전에는 어떻게 만났지?'

　처음에는 음반사가 세션을 구해줬지만 잦은 갈등과 마찰로 대개 해체하고, 몇 년 뒤에나 만날 수 있었다. 각각 파티, 술집, 길거리 따위에서. 물론, 그가 세션을 찾으려고 돌아다닌 건 아니었고, 그냥 우연의 산물이긴 했다.

어느덧 검게 어두워진 화면에 뚱한 표정이 비쳤다. 헤일로는 지금부터라도 홍대 주점과 길거리를 헤매야 하나 싶었다. 그러나 그전에 갈 데가 있었다.

"어디 가니?"

"작업실이요."

"쉬지 않고?"

박승아가 화들짝 놀랐다. 이틀 동안 죽은 듯이 자던 아들이 밥을 먹자마자 나간다니 엄마로서 반대해야겠다는 생각이 먼저 들었다.

"놀러 가는 거예요."

하지만 씩 웃으며 말하는 아들이 너무 어여뻐서 말릴 수가 없었다. 걱정이 되면서도 흐뭇하기도 하다. 박승아는 이중적인 마음에 고민하다가 결국 고개를 끄덕였다. 어쩌겠는가. 자식 이기는 부모는 없다는데, 맛있는 거라도 더 많이 해주고 더 많이 사랑해야지.

헤일로는 어머니의 마음도 모르고 대충 모자를 눌러썼다. 휴식할 겸 5월에 낼 앨범을 손봐야겠다 싶었다. 그가 손볼 앨범이 단지 HALO 6집만이 아니다.

"그럼 조금만 있어볼래? 엄마가 데려다줄게."

"지하철 타고 가도 되는데요."

"지하철을 타고 가겠다고 성수까지?"

어머니의 의아한 반응에 헤일로는 '아, 맞다' 하며 한 박자 늦게 고개를 끄덕였다. 노해일의 삶에 너무 익숙해져서 헤일로 시절의 삶을 잊고 있었다. 지금 나가면 사람들에게 둘러싸여 한 발짝도 못 움직일 게 뻔하다. 헤일로라면 힘으로 밀고 차로 가버리면 될 텐데,

노해일은 힘도 없고 면허도 없었다.

"면허를 딸 때가 되었나."

"안타깝게도 18세 이상부터 면허를 딸 수 있단다. 기다려봐, 엄마가 데려다줄게."

혜일로의 충격 어린 표정을 발견한 어머니가 웃으며 차 키를 흔들었다.

두 사람이 엘리베이터를 내려가는 동안 꽤 많은 전화가 울렸다. 방전되었던 핸드폰을 켜면서부터 울리기 시작했다. 한두 사람이 거는 게 아닌 데다 다른 거주민이 그를 흘끔흘끔 쳐다봐 혜일로는 대충 가장 상단에 있는 거절 메시지를 누르고 전화를 미뤘는데… 하필 '운전 중이니 나중에 전화하겠습니다'였다. 그냥 기다려달라는 의미였는데 성의 없는 메시지를 보고 몇몇 사람들이 답장했다.

> 신주혁: ㅋㅋ열일곱살도 촉법소년에 드냐?

> 한라연: 아니ㅋㅋㅋ운전ㅋㅋㅋ해일아 누나랑 드라이브나 갈까?

레이크 타운 주차장 내에선 사람에 둘러싸이진 않았는데 문제는 따로 있었다.

"어머, 여기에…."

'집에만 왔을 리 없지.'

혜일로는 작업실 앞에 몰려 있는 사람들을 보며 감탄했다. 세 명 아니 네 명 정도였다.

"다시 집으로 갈까?"

"아니요. 그냥 들어갈게요."

"들어간다고? 해일아!"

집보단 사람이 없으니 밀어붙여야겠다 싶어 어머니가 뭐라 대답하기 전에 헤일로는 차 문을 열고 나갔다.

"어, 노해일이다!"

"노해일 씨, 여기 좀 봐주세요!"

카메라가 번쩍인다. 그가 보이는 그대로 열일곱 살의 소년이며, 처음으로 막 인기를 얻은 신인이었다면 당황하고 무서워했을 것이다. 하지만 여기에 있는 건 헤일로다. 그는 태연히 손을 올렸다.

"좋은 아침입니다."

"지금, 점심인데요?"

"아, 네."

헤일로는 그러고 잠깐 뒤를 돌아 차에 있는 어머니에게 손을 흔들었다.

부모님인 걸 알아보고 눈치를 보던 기자들이 곧 하이에나처럼 마이크를 가져다 댔다.

"무대에 대한 반응이 뜨거웠는데요."

"하루아침에 스타가 된 소감이 어떠신지?"

"혹시 음원 차트 확인하셨나요?"

헤일로에게 온갖 질문이 날아왔다. 네 명이 아니라 한 서른 명이 질문하는 것 같다. 가만히 그들을 지켜본 헤일로는 입을 열었다.

"질문은 두 개만 받겠습니다."

"어!"

그들이 동시에 입을 다물고 눈치를 봤다. 시선이 마치 '신인이라며? 신인 반응이 아닌데?', '왜 능숙해 보이지?'라고 서로 대화를 하는 것 같다. 그러다 한 사람이 눈치 게임을 하듯 입을 열었다.

"혹시 음원 차트 확인하셨나요? 헤일 씨의 음원이 현재 1,2위를 달성했는데요. 이게 가능할 수 있었던 이유가 무엇이라고 생각하세요?"

'소감은 소감인데 이유는 뭐지?'

헤일로는 이상한 질문이라고 생각했다. 그러나 기자들은 전혀 이상하게 생각하지 않았다. 그들은 그의 대답을 열정적으로 기다리고 있었다.

'이유, 그건 너무 뻔하지 않나? 당연히, 내 음악이….'

소년이 활짝 웃으며 말했다.

"…노래가 좋으니까요."

기자들이 갑자기 신이 나서 받아적는다. 그리고 다시 질문을 쏟아냈다. 그들은 헤일로가 했던 말을 까먹은 게 분명했다. 그는 질문 두 개만 받는다고 했고, 그들이 할 수 있는 질문은 이제 하나가 남았다. 아무 말도 하지 않는 헤일로의 모습에 하나둘 눈치를 보며 다시 질문을 정했다.

"그럼… 앞으로 어떤 활동을 할지 구체적으로 말해주시겠어요?"

헤일로는 고개를 기울였다. 이 사람들은 왜 매번 당연한 질문을 하는가 싶었다.

"제 음악을 할 겁니다."

"네? 계획된 광고나 방송계획은 따로 없으신가요? 분명 많이 왔을 텐데."

"새로운 곡을 준비 중이거든요."

* * *

이틀 동안 무응답이었던 당사자의 등장에 속보로 올라온 기사가 인터넷을 타고 빠르게 퍼져나갔다. 손이 빠른 사람들을 타고 커뮤니티와 각종 SNS로도 흘러갔다. 그리하여 그를 아는 사람들이 접하기까지도 얼마 걸리지 않았다.

"와, 해일이 시원시원한 것 봐."

"잘 지냈나 보네."

운전 중이라는 어이없는 멘트를 보고 시답잖은 메시지만 남긴 사람들은 기사로 먼저 확인한 안부에 피식 웃었으며, 홍대 한구석에 있는 네 남자는 시원한 표정을 지었다.

"해일이 너무 멀쩡한데?"

"걱정할 필요가 없었네."

여유로우면서 평소와 다름없는 얼굴의 소년은 그들이 알던 노해일이 분명했다.

"반응은 어때?"

"기사 반응? 나쁘진 않은데. 대체로 긍정적."

세상은 늘 처음 본 천재한테 호의적이기 마련이다. 자신감 있는 태도를 긍정적으로 보는 사람들이 많았고, 광고나 방송이 아닌 본

업을 한다는 말에 호감이라는 사람도 있었다. 물론, 늘 그렇듯 악플도 있었다.

[황룡필빨로 1등 한 주제에 무슨 ㅋㅋ 곡이 좋아 ㅇㅈㄹ]
[그보다 HALO로 커버 좀 했다고 지가 HALO인 줄 아나본데ㅋ 뭔 한달만에 신곡을ㅋ]
[ㄹㅇ HALO병 걸린 듯.]
[곧 나락 갈듯 인성 논란이든 학교폭력이든 터져서.]

그래도 크게 신경 쓰일 것들은 없다. 재능이 있으면 결국 된다는 걸 알기에. 그래도… 배공학이 중얼거렸다.
"해일이가 악플만 보지 않았으면 좋겠다."
"걔가 그런 거로 상처받는 성격은 아닐걸요?"
수학 문제집을 푸는 장진수가 태연하게 대답한다.
그 앞에 있던 한진영이 답안지를 들었다.
"진수야, 3번에 4."
"앗! 2번 아니에요?"
"얘가 아니라는데?"
"왜 아니지?"
"글쎄?"
이해를 못 하는 장진수와 그 앞에서 쩔쩔매는 한진영, 노해일에 대한 걱정을 잊고 그들에게 다가가 킬킬대는 배공학, 그리고 멀리서 멀쩡히 재밌게 사는 노해일까지.
"이게 인생이지."

김덕수가 그들을 둘러보며 흐뭇하게 웃었다.

* * *

헤일로는 마지막 택배를 안에 들여놓았다. 그러곤 소파 근처에 너저분하게 어질러진 택배 상자를 바라봤다. 과일바구니부터 시작해서 과일 주스와 즙, 각종 영양제에 아령 같은 운동기구와 물티슈, 생수 따위 생활용품까지, 그가 이틀 동안 잠들어 있는 바람에 연락을 하지 못했다 알리자 지인들이 보내준 것이다. 전화로 한참 혼나고 가수에게 몸 관리가 얼마나 중요한지 훈계를 들었는데 이런 것까지 받을 줄 몰랐다. 큰 병이나 독감에 걸린 것도 아니고, 그냥 잠만 푹 잤을 뿐인데 입원한 사람처럼 위로품이 도착한 것이다.

"환자도 아닌데."

헤일로는 입으로는 투덜거렸지만 손으로는 부드럽게 선물을 풀며, 편지를 유리 탁상 위에 올려두었다. 그리고 어느새 입꼬리가 살짝 올라가 있었다.

"으."

그는 정리를 대충 마친 후 기지개를 켰다. 빠드득 소리가 나며 몸이 길게 펴진다. 그러다가 손가락이 길어진 것 같다고 느꼈다. 시선도 좀 높아진 것 같고 머리카락도 좀 덥수룩해진 것 같다. 작업실에 신장 측정기가 따로 없으니 키가 정말로 커졌는지는 알 수 없다. 하지만 손가락이 길어졌는지는 확인할 수 있었다. 헤일로는 곧바로 기타를 안았다. 줄을 튕기며 손끝의 위치를 확인한다. 확실히 길어진 게 맞다. 만족스러웠다. 원래 몸처럼 똑같이 성장하진 않겠지만 순조롭게 성장하고 있었다.

헤일로는 곧 일렉 기타를 치기 시작했다. 그는 5월이 다 가기 전 발매할 HALO 6집에 수록할 이미 완성된 곡의 멜로디를 치며, 지금 만들고 있는 새로운 곡에 대해 생각에 잠겼다. 원래는 당장 계획에 없었는데 최근 영감을 얻었다. 색색의 응원봉으로 물들었던 관중석과 모두 함께 만들었던 무대를 떠올렸다. 붉은색, 보라색, 분홍색, 파란색, 하얀색 빛이 모여 만들었던 별 무리는 분명 전기로 이루어진 볼품없는 덩어리지만, 그때는 밤하늘의 은하수처럼 아름답게 보였다. 바다에서 길 잃은 어부를 집으로 돌려보내 주듯 그에게 가야 할 길을 안내하는 은하수 말이다.

"어두운 밤하늘."

그는 어느덧 흥얼대며 기타를 퉁기고 있었다. 일렉 기타의 사운드가 팅글(tingle: 기분 좋은 소름)을 안겨준다.

"길게 늘어진…."

그는 손을 간혹 멈추면서도 노래를 이어갔다.

"별들의 항해."

'여기서 베이스의 묵직한 소리가 들어오면 좋을 것 같은데'라며 세션 구성을 떠올리던 헤일로는 연주를 멈췄다. 그리고 어느 순간 자리에서 벌떡 일어났다.

벚꽃이 다 진 계절이지만 헤일로는 상쾌한 얼굴로 홍대 거리를 거닐었다.

"날씨 좋네."

사람들은 먼 세상 이야기는 좋아해도 당장 코앞의 세상에는 관심이 없는 게 분명하다. 늘 다니던 차림으로 캡에 마스크만 쓰니 사람들은 그를 전혀 알아보지 못했다. 노해일의 외모가 평범해서 그럴지도 모른다. 머리라도 은발이었다면 눈에 띄었을 텐데 지금은 상한 부분을 다 쳐내고 검은 머리로 돌아와 있었다. 청바지에 반소매 티셔츠 그리고 늘 메고 다니는 낡은 어쿠스틱 기타의 그는 '평범한 학생 1'이 되었다. 이전 그의 외모였다면 불가능했을 일이라 묘한 기분을 느끼는 동시에 자유를 만끽했다.

헤일로가 홍대로 나온 이유는 별거 없었다. 거리를 돌아다니며 우연히 세션을 만날 거라는 기대를 하기에는 가능성이 적고 그저 기분 전환을 위해서다. 우연히 괜찮은 사람을 만나게 된다면 더 좋고. 한 가지 아쉬운 게 있다면 미성년자이기에 술을 거하게 걸치지 못한다는 거였다.

'원래 낮술이 제맛인데.'

헤일로는 입을 쩝 다시며 버스킹 존을 지났다.

"안녕하세요."

"설마 해일이?"

홍대 아지트 사람들은 헤일로를 보자마자 반색했다. 김덕수는 늘 그렇듯 만화책을 보다가 내려놓았고 텔레비전을 보던 배공학이 그에게 다가왔다. 한진영은 보이지 않았다.

"진수 없는데."

그거야 당연하다. 장진수는 학교에 가 있을 것이다. 그가 학교에 지각은 자주 했어도 빠진 적은 없었다. 촬영 때 빼고.

"어제 왔으면 볼 수 있었을 텐데. 아쉽다. 해일아, 너 진수 본 지 오래됐지?"

"네."

헤일로가 개인 작업실로 이사했을 때도 안 왔으니 장진수를 마지막으로 본 건 길라온과의 합동 버스킹 때다.

"보면 깜짝 놀랄걸?"

"왜요?"

'걔가 수도원에라도 들어갔나?'

그 외에 놀랄 만한 이유가 없다.

"진수 모범생 됐거든. 공부 열심히 한다. 어제도 수학 문제집 한참 풀고 들어갔어."

있었다. 놀랄 이유가.

'장진수가 공부를. 그것도… 수학 문제집을 풀고 갔다고?'

헤일로는 눈을 동그랗게 뜨고 물었다.

"갑자기 무슨 공부요?"

"대학 갈 거래."

"혹시… 장진수 음악 포기했어요?"

"포기하지 않으려고, 가려는 거지."

헤일로는 이해하기 힘들었다.

'음악을 하는 데 굳이 대학에 갈 필요가 있나? 온 세상이 음악을 알려주고 있는데.'

이유를 물어보려는 순간 헤일로는 핸드폰이 울려 잠깐 말을 멈췄다. 발신인에 장 PD라고 쓰여 있었다. 대충 내용을 확인한 그는 고개를 들었다. 문득 장진수 말고도 이 공간에 있어야 할 한진영이 없는 것도 궁금했다.

"진영이 형은요?"

그가 보통 이 시간대에 일하지 않는다는 걸 헤일로는 알고 있었다. 주위를 돌아보니 드럼과 신시사이저는 늘 그렇듯 뿌연 먼지가 쌓인 채로 그 자리에 있었다. 하지만 하나 달라진 건 그 옆에 있던 베이스들이 사라졌다는 거다.

"진영이도 요즘 좀 바빠."

한진영이 베이스를 다시 시작한 건 그도 알고 있었지만, 장진수처럼 대학 지원이라도 하나 궁금했다.

"보면 깜짝 놀랄걸."

'이번엔 또 뭐?'

배공학은 대답해주지 않고 싱그럽게 웃었다.

* * *

예능은 박수받고 끝나는 경우가 없다고 누군가 그랬다. 실제로 예능은 박수 칠 때 떠나기 힘든 구조다. 시청률과 화제성이 떨어지면 폐지되기 마련이고 반대의 경우엔 어떻게든 연장한다. 그래서 〈2030 Song Festival-랑데부〉는 매우 예외적인 방송이 되었다. 대성황을 맞이했던 〈랑데부〉는 '특별공연'을 다루는 마지막 회에서 28퍼센트 시청률을 찍으며 완전히 막을 내렸다. 박수갈채를 받으며 종결지은 것이다. 〈랑데부〉에 참여했던 모든 참가자는 수혜 대상이 되었다. 방송 섭외는 물론이고 광고, 기업 컬래버 등 인기를 한껏 끌어올렸으며 〈랑데부〉의 음원이 상위 차트에 랭킹되었다.

성황리에 끝난 만큼 예능국에선 드라마국에서나 할 법한 종방연을 지원해줬다. 물론, 그 지원엔 시즌 2에 대해 간을 보려는 목적도 있다. 도장을 안 찍었다 뿐이지 〈랑데부〉 시즌 2는 확실했으니까.

"시즌 2 하신다면서요. 축하드려요."

"벌써 소문이 났습니까?"

"뭐, 유명하던데요."

간단한 종방연이 끝나고 가수들끼리 다시 모였다. 원래는 술집에 가려고 했는데 미성년자가 있는 관계로 훈훈하게 맥주를 파는 라이브 카페를 빌렸다.

누군가 가져온 무알콜 샴페인을 쏘아 올리며 그들은 가장 먼저 소년을 축하했다.

"슈퍼스타가 된 해일이를 위해!"

"앞으로 잘 부탁드립니다, 슈퍼스타님."

"크흐흡 저희 잊지 말아 주세요."

"같이 피처링 하자고 하시면 무조건 받겠습니다."

축하가 아니라 그냥 놀리는 것 같다. 그리고 그 앞에 놓이는 탄산음료와 허니브레드. 놀리는 게 확실했다. 헤일로의 표정이 썩어들어 갔다. 이 사람들 눈엔 그가 열일곱이 아니라 한 일곱 살로 보이나 싶었다.

'그래도 맛은 있네.'

헤일로는 뚱한 얼굴로 그들이 시켜준 허니브레드를 생크림에 찍어 입에 넣었다.

"아니, 시즌 2 참가자를 벌써 섭외했다고요?"

"장 PD 우리 벌써 잊었어? 누굴 섭외했다고?"

"잊다니요. 제가 여러분들을 어떻게 잊겠습니까. 지금이라도 1화에 나온다고 하시면….."

"허흠."

그 말에 모두가 시선을 싹 피한다. 장 PD가 그 티 나는 시선 처리에 씩 웃었다. 거절해도 좋았다. 〈랑데부〉가 성공한 이래로 그는 뭘 하든 행복했다.

헤일로는 이번 기회에 신주혁이나 리브, 황룡필에게 세션에 관해 물어볼 생각이었다. 큰 기대는 하지 않아도 묻는 게 어려운 건 아니니까. 첫 번째 밴드를 그렇게 결성했던 것처럼 소개를 받아도 나쁘지 않을 것 같았다. 안 맞는다면 그때 가서 해체하면 된다는 생각이었다.

하지만 헤일로보다 신주혁이 황룡필에게 먼저 다가갔다. 그는 흡연자들과 함께 나가려던 황룡필을 붙잡으며 말했다.

"선생님, 잠시 시간 가능하세요?"

황룡필이 다른 사람들에게 먼저 가라고 턱짓하더니 자리에 앉았다.

"할 말이 있는가?"

"선생님, 혹시 세션 좀 소개해주실 수 있으십니까?"

헤일로는 그 말에 허니브레드를 헤집던 동작을 멈췄다. 세션이란 소리에 귀가 쫑긋 섰다.

"자네가 왜 세션을?"

"뭐, 곧 기사에 단신으로 나갈 텐데 베이시스트가 곧 그만둘 예정이라서요."

"갑자기?"

"원래 잘 안 맞아서 생각만 하고 있던 건데 그렇게 됐습니다."

헤일로는 MT에서 실수를 저질렀던 베이시스트를 떠올렸다. 그에게 다른 베이시스트가 없다면 아마 그를 말할 것이었다. 확실히 실력이 아쉽긴 했다. 신주혁의 반응을 보면 마찰이든 실력 때문이든 자른 게 분명했다.

"뭐, 소개해줄 수야 있지."

"감사합니다, 선생님."

"그런데 내가 의아한 건… 자네도 아는 사람이 많지 않냐는 거야. 굳이 내 소개를 받지 않아도."

"뭐, 성에 차지 않은 거죠."

"그것뿐인가?"

"아….."

"생각나는 사람이 있긴 한가 보군. 그럼 그 사람에게 제안해보는 건 어떤가? 신주혁의 밴드인데 거절할 리가 있겠어?"

"글쎄요."

신주혁답지 않은 어물쩍한 태도였다.

"혹시 그만둔 사람인가?"

"연락을… 안 한 지 오래돼서 뭐 하고 사는지 모르겠네요. 어쩌면 베이스를 그만뒀을지도 모르죠. 꽤 오래전의 일이거든요. 한 10년쯤인가."

"그런 사람을 아직도 기억한다고?"

"제가 이제까지 알았던 베이시스트 중에 누구보다 재능이 넘쳤던 친구였으니까요. 어쩌면 저만큼. 사실, 저보다 기타도 잘 치고 베이스도 잘 다루었죠."

"그 정도면 한번 물어보는 게 어떤가."

"걔는… 안 할걸요."

뭔가 이유가 있는 건 확실했다. 헤일로는 황도를 삼키고 대화에 끼어들었다.

"그게 누군데요?"

신주혁이 옅게 웃는다.

"있다. 그냥… 오래전에 밴드 같이했던 친구야."

오래전에 밴드 했던 친구라면 경력은 있겠고 헤일로는 실력이 어떨지 궁금했다.

"뭐, 소개해줄까? 나랑은 하기 싫어도 다른 사람이면 다를지도 모르니까."

헤일로가 눈을 번쩍 뜨자 신주혁이 다 안다는 듯 입꼬리를 올렸다.

"너도 세션 필요한 거 아냐? 슬슬 원할 때 됐는데."

잠깐 말을 멈췄던 헤일로가 피식 웃으며 대답했다.

"진작 원하고 있었죠."

* * *

[오후 4시 반에 보자]

신주혁으로부터 온 문자에 시간과 장소가 쓰여 있었다. 추신으로 하루 비우라는 말까지. 그가 헤일로를 갑자기 부른 건 나흘 전 종방연 때 베이시스트를 소개해주겠다고 했던 약속(?) 때문이다.

헤일로는 익숙한 지명을 보며 중얼거렸다.

"홍대네."

신주혁이 말한 홍대 라이브 카페는 찾아보니 인디 라이브 공연을 즐길 수 있는 라이브 공연의 성지였다.

"딱 맞춰서 왔네."

라이더 재킷에 큰 모자를 눌러쓴 신주혁은 문이 굳게 닫힌 라이브 카페 앞에서 손을 흔들었다. 얼굴을 가렸다지만 커다란 키에 남다른 포스에 시선이 모였다.

"찾기는 진작에 찾았는데, 네가 펍에도 못 들어가는 나이라 얼마
나 고생한 줄 아냐?"

"그냥 펍에 가도 되는데."

"애가 아직 논란의 맛을 못 봤군."

한때 논란의 아이콘이었던 헤일로는 코웃음을 쳤다.

신주혁이 'Closed'라고 적힌 문을 밀자 스르륵 열린다. 하이라
이트 조명에 서린 뿌연 연기, 체스판처럼 생긴 바닥과 연결된 무대.
헤일로는 무대에 있는 장비들과 길게 늘어진 선들을 둘러보았다.
라이브 카페는 한참 리허설을 진행하고 있었다.

소년을 발견하고 누군가가 다가왔다. 사장인지 직원인지 구분
하기 어렵지만 나이가 있는 남자였다. 그는 소년을 내보내려다가
뒤에 있는 청년을 보고 멈췄다.

"손님, 공연은 5시부터고 입장은 45분부터 가능합니… 잠깐, 이
게 누구야?"

"오랜만입니다, 사장님."

신주혁이 선글라스를 살짝 내리며 인사하니 사장의 눈이 동그
래지더니 곧 함박웃음으로 번진다.

"우리 주혁…."

사장이 그들에게 몰린 시선을 인지했다. 외부인이 들어온 터라
리허설하던 밴드가 조율을 멈추고 그들에게 시선을 던지고 있었다.

"자리 좀 옮기세. 이쪽은 같이 온 친구 맞지?"

"예."

"네가 데려올 정도면 평범한 친구는 아니겠고."

캡에 마스크, 그 사이로 보이는 눈빛에 사장이 곧 눈을 반짝였다.

누군지 알아본 것이다. 사장이 그들을 '관계자 외 출입 금지'라고 쓰여 있는 방으로 데려갔다. 그러곤 들어가자마자 헤일로의 손을 덥석 붙잡는다.

"노해일 군 맞죠? 요즘 노래 잘 듣고 있어요. 방송도 잘 봤고. 일하느라 가요제는 못 갔지만 영상은 봤어요. 사인해줄 수 있나요?"

"물론이죠."

친화력이 참 좋은 사람이었다.

"노해일 군이 오겠다면 언제든 환영입니다. 이건 명함."

'홍대 라이브하우스라'고 쓰여 있는 명함을 내미는 사장은 비즈니스적 마인드도 확실했다.

"여긴 많이 낡았네요."

"그럼 10년 전이랑 똑같을까."

사장이 툭 던지고 냉장고에서 비타민 워터를 꺼내 소년에게 쥐여주었다. 신주혁은 직접 꺼내먹어야 했다.

"여기서 조용히 보다 가. 네 팬들 몰려오면… 벌써 무섭다, 야."

"어디 가세요?"

"일하러 가지."

사장은 말을 두두두 쏟아냈듯 행동도 재빨랐다.

사장이 나가자 신주혁이 어이없다는 듯 어깨를 으쓱였다.

"여전하시군."

헤일로는 그들이 어떤 사이인지 굳이 묻지 않았다. 신주혁이 오랫동안 밴드를 했다는 것만으로도 충분히 유추할 수 있었다. 그가 궁금한 건 신주혁이 소개해준다는 베이시스트, 오래전에 밴드를 같이했다는 친구였다. 사이가 안 좋은 이유에 대해선 별로 관심 없다. 밴드를 하다 불화를 겪고 해체하는 게 얼마나 자주 일어나는 일인가.

'아지트 사람들도 아마 그럴 테고.'

4시 45분이 되며 사람들이 들어오기 시작했다. 아직 그렇게 많지는 않지만 퇴근 시간 이후에는 이곳이 가득 찰 것이다. 밤 11시까지 진행될 공연은 총 일곱 팀이다.

헤일로는 오랜만에 느끼는 인디밴드의 정취에 눈을 감았다. 그는 인디 음악을 좋아했다. 상업에 치우치지 않고 자기만의 음악을 한다는 건 누군가에겐 철없게 느껴질지도 모르지만, 헤일로는 그들의 고유색을 좋아했다. 그가 아무리 따라 한다고 해도 완전히 같아질 수 없는 게 인디 음악의 묘미였다.

'그래서 베이시스트는 누군데.'

헤일로는 공연 시작한 후 입을 다문 신주혁을 흘끗 보고 다시 공연에 집중했다. 첫 공연 이래로 인디밴드의 음악과 특색 모두 마음에 들긴 했지만 사실 눈에 띄는 베이스는 없었다. 보컬이나 기타리스트의 독주가 인상 깊은 밴드는 많았지만 베이시스트는 글쎄….

누군가는 베이스는 원래 묻어가는 악기가 아니냐고 말할지도 모른다. 하지만 그건 베이스가 어떤 소리를 내는지 모르기 때문에 하는 소리다. 사람들은 기타나 보컬, 드럼, 키보드는 알면서 베이스는 잘 모른다. 베이스는 곡의 흐름과 분위기를 주도한다. 드럼이 따로 놀지 않게 만든다. 베이스야말로 곡의 뼈대라고 할 수 있기에 베이스 하나에 허리디스크를 앓는 사람처럼, 혹은 부실 공사 현장처럼 곡이 완전히 무너지는 경우가 허다하다. 바로, 지금처럼.

"흠."

처음으로 신주혁이 신음을 흘렸다.

베이시스트의 연주 실수와 함께 드럼이 무너졌고 서서히 다른 축도 균형을 잃기 시작했다. 관객석과 멀리 있지만 혜일로는 그들의 얼굴이 어떨지는 알 것 같았다. 그들의 공연을 보는 관중과 비슷할 것이다. 앙코르는 없었다. 밴드도 서둘러 자리를 정리했다. 그 탓에 쉬는 시간 겸 잠깐 시간이 붕 떴다.

관객이 썰물처럼 나갔다가 또 밀물처럼 들어왔다. 붉었던 조명이 보랏빛으로 물들었다. 한 번의 관객 교차가 일어났을 때쯤 새로운 밴드가 들어왔다. 둥둥. 딴딴딴. 악기를 조율하며 일어나는 불협화음이 들렸다. 보통 사람들은 이 조율을 지루하게 느끼곤 하지만 혜일로는 이 시간이 좋았다. 불협화음이 서서히 화음이 되어가는 과정을 볼 수 있는 유일한 시간이며 무엇보다 이 시간에 연주자의 실력이 잘 드러나기 때문이다.

혜일로는 조율을 시작한 베이시스트를 빤히 바라보았다.

'괜찮네.'

현란하진 않은데 듣기에 편안했고 단단했다. 무대가 어두운 데다 베이시스트가 모자를 눌러써서 어떤 사람인지 잘 보이지 않았다. 팔에 새겨진 문신이 언뜻언뜻 보였지만 그마저 무슨 글자인지 멀어서 알 수 없었다.

곧 공연이 시작됐다. 괜찮았던 조율 시간에 비해 보컬의 실력이 오늘 본 밴드 중 가장 아쉬운 공연이었다. 베이스와 드럼이 그 곡을 단단히 붙잡아주었고, 현란한 신시사이저의 음이 들려왔다. 일렉 기타의 연주도 어우러졌다. 자칫 루스할 수 있었던 곡이 다채로운 사운드로 가득 찼다. 다만, 그 조화로운 세션들의 연주를 맞추지 못한 보컬이 곡에 질질 끌려갔다. 보컬이 죽일 듯이 베이시스트를 노려본다. 표정만 보아선 돌아가서 주먹이라도 날릴 것 같다.

헤일로는 입꼬리를 올렸다.

'못하는 건 본인인데 왜 다른 멤버를 노려보는 건지. 재밌게 돌아가네.'

대기실에 고성이 난무한다.

"너 이 새끼! 일부러 그랬지!"

"무슨 소리야?"

"너, 너 일부러 내 곡 망치려고."

"니가 똑바로만 불렀으면 되잖아."

"갑자기 장난질을 치는데 똑바로 부르라고?"

제가 공연을 망쳤다는 걸 깨달은 보컬이 새빨개진 얼굴로 베이시스트를 노려보았다. 레게머리를 한 베이시스트는 그에게서 풍기는 짙은 술 냄새에 피식 웃었다.

"너희들도 쟤랑 가담한 거야?"

"아니, 전 그냥 베이스에 맞춰서…."

"드럼이 베이스에 흔들리면 어쩌자는 거야! 네 역할이잖아! 메트로놈 역할 똑바로 하라고! 그거 하나 못하는 널 내가 계속 써야겠냐?"

"그…."

드럼연주자는 할 말이 많았지만 입을 꾹 닫았다. 밴드의 리더는 보컬이기 때문이다.

"남 탓 적당히 해."

다른 세션에 화풀이하던 로커가 베이시스트의 목소리에 크게 숨을 들이마시고 뒤를 돌아보았다.

"적어도 공연에 술 처먹고 들어온 너보다 못한 사람은 없으니까."

"객원 주제에 내 밴드인 척하지 마."

"아, 객원은 멤버도 아니다?"

"그 형편없는 실력에도 받아준 게 누군데…!"

베이시스트가 코웃음을 쳤다. 보컬이 계속 다른 밴드 멤버를 무시하지만 않았다면 보여주려고 하지 않았을 것이다. 보컬이 '장난질'이라고 칭한 편곡 말이다. 사실 편곡이라 하기에도 크게 건드린 것도 없었다.

"뭐, 반응 좋지 않았나?"

"장난해? 네가 작곡에 대해 뭘 알아. 원래 내 곡이 좋아서 뭘 해도 좋은 거야. 네가 잘해서 관객들의 반응이 좋았던 거라고 착각하지 마."

목소리가 얼마나 큰지 대기실 밖까지 들렸다. 헤일로와 신주혁이 서로 쳐다보았다. 그들이 문을 열기 전에 문이 벌컥 열리며 씩씩대는 보컬이 나왔다.

"다시 말하는데 하라는 대로 해. 내 곡 망칠 생각하지 말고. 한 번만 더 이런 식으로 하면 넌…."

보컬이 베이시스트에게 손가락질하며 다른 사람들 다 보는 앞에서 윽박질렀다.

"난 괜찮던데."

보컬이 목소리가 나는 쪽으로 천천히 몸을 돌리며 청년과 소년을 발견했다.

"너흰 뭐야."

"관객?"

헤일로는 말하고 나서 고개를 끄덕였다.

'음, 관객 맞지.'

문 사이로 밴드의 다른 멤버들 얼굴은 잘 보이지 않았다. 하지만 한 사람의 팔에 새겨진 문신은 보였다. 라틴어로 된 문장 'Dum spiro spero(숨이 붙어 있는 한 희망은 있다)'. 헤일로는 언젠가 보았던 문구라고 생각했다.

"너희가 뭘 안다고 오지랖이야!"

보컬이 헤일로를 위아래로 쓱 쳐다보았다. 헤일로는 아랑곳하지 않으며 어깨를 으쓱했다. 그의 목적은 이 보컬을 만나러 온 게 아니었다.

"혹시 말인데 다시 연주해줄 수 있어요?"

헤일로가 문안으로 고개를 들이밀며 물었다. 밴드 멤버인 덩치 큰 남성과 여성, 그리고 마지막으로 레게머리와 눈이 마주친 헤일로가 화들짝 놀랐다. 익숙한 타투 문구라 생각했는데 그 안에 있는 건 익숙한 얼굴이었다. 진짜 하고 싶은 말이 떠올랐지만 헤일로는 일단 인사하지 않고 말을 이었다.

"아까 연주했던 그대로."

대기실이니 소리를 줄여야겠지만, 대기실이자 스튜디오에도 연습을 위한 구성이 되어 있었다. 무대가 아니더라도 연주는 충분히 할 수 있다는 소리다. 밴드 멤버가 보컬의 눈치를 봤다.

보컬이 입술을 굳게 닫고 있다 말했다.

"해보든가."

그 말에 멤버들이 다시 악기를 쥐었다. 아까와 같은 곡이 흘러나왔다. 단단하게 받쳐주는 베이스와 드럼, 현란한 신시사이저와 어우러지는 일렉 기타. 한 번 들었던 노래라 어렵지 않다. '물론 그들의 색깔로 부를 순 없겠지만 이것도 괜찮지 않을까?' 생각하며 헤일로는 입을 열었다. 그로부터 같으나 다른 곡이 흘러나온다. 영어 가사가 다소 많이 섞인 록이다. 시작은 속삭이는 듯 부른다.

가만히 팔짱을 끼고 흥미롭게 지켜보던 신주혁의 얼굴이 찬찬히 묘해지다가 어느 순간 번쩍 눈이 뜨였다. 믿을 수 없다는 듯 소년을 보다가 그는 무의식적으로 주변을 살폈다. 다행히 본 무대가 시작되며 그들을 유의 깊게 살피는 사람은 없었다.

보컬이 입을 떡 벌린 채 밴드 멤버들이 즐겁게 연주하는 걸 듣고 있다. 모두가 안다. 그들의 음악이 완성되어 가고 있다는 것을. 그리고 연주가 끝나자 드럼 연주자가 자리에서 벌떡 일어났고, 키보드 연주자는 제 입에 손을 올렸다. 보컬은 소년을 가리키며 "노해일?" 하고 알아봤다. 그는 소년을 향해 "네가 뭘 알아!" 하고 외친 자신의 과오를 떠올리고는 어쩔 줄 몰라 했다.

'내, 내가 무슨 소리를….'

술은 진작에 깼다.

사람들이 멍한 얼굴로 소년을 바라본다. 그 놀람과 충격의 현장에서 헤일로는 여상한 얼굴로 베이시스트, 한진영을 향해 입을 열었다.

"형, 제 베이시스트 하실래요? 우리 괜찮은 밴드가 될 거 같은데."

336

10. 노해일 밴드

한진영은 자신이 무슨 말을 들었는지 잘 인식이 되지 않았다. 뺨을 크게 한 대 얻어맞은 것 같았다. 어느 순간 정신을 차렸을 때 그는 홍대 거리를 달리고 있었다. 반대 방향으로 부는 바람이 그를 밀어냈지만 멈출 수가 없었다.

"형, 제 베이시스트 하실래요?"

그 음성 하나에 가슴 속에서 무언가가 터져 나오는 것 같았다. 언젠가 들었던 익숙한 멜로디가 봄바람을 타고 귓가에 찾아왔다. 베이스 연주를 제대로 못 하는 자신을 깨닫고 길가를 떠돌다 소년의 '렛 잇 비'를 들었다.

생각해보면 소년은 늘 변곡점에 있었다. 다시 베이스를 들기 시작했던 그날, 자신이 가장 좋아하는 음악이 황룡필의 '비상'에서 비틀스의 '렛 잇 비'가 되었다. 그는 그 소년에게 '비상'을 선물하며 계기가 되어준 것에 고마워했다. 그날 이후 그는 라이브 카페와 펍을 전전하며 베이스 실력을 다시 찾으려고 노력했다. 지금보다 어렸을 때의 열정을, 그때의 꿈을 향해 달려가길 바라며. 어쩌면 지금이 그가 가장 바라왔던 순간이 아닐까.

한진영은 굳게 닫힌 문을 열고 들어갔다. 그가 일하는 클럽 사장실의 문을 박차고 들어가자, 그가 가장 감사해하는 사장이 그를 돌아봤다. 옆에 배공학도 있었다. 아직 노해일과 제대로 이야기도 나누지 않았지만 그의 입에서는 제멋대로 말이 나왔다.

"사장님! 저 그만두겠습니다!"

한진영이 떠나간 자리 배공학의 부름에 사장이 얼떨떨해하며 대답했다.

"사장님."

"어, 어."

"원래 갑자기 일 그만두는 거 싫어하지 않으셨어요?"

"그건 그렇지."

사장이 동의했다. 결원이 생기는 건 어떤 사장이라도 싫어할 것이다.

"그랬었는데 차마 화를 낼 수가 없더라고."

그는 한진영의 마지막 모습을 떠올리며 말을 이었다.

"매일 같이 우울해하던 녀석이 저렇게 웃는데 그 자리에서 무슨 말이 안 나오더라. 그냥 언젠가 올 날이 왔나 싶었어."

한진영에게는 여전히 젊은 날의 꿈이 남아 있었다는 걸 사장은 잘 알았다. 한진영은 어느 정도 현실에 불만을 품고 있었고, 음악가들을 보며 열등감을 느꼈으며 간혹 우울해하기도 했다. 그는 오랜 세월 그런 한진영을 봐왔기에 나쁜 말을 할 수 없었다.

"나나 너나 그럭저럭 만족하고 사는데 쟤는 아니었잖아."

"그렇죠."

"그런 녀석이라서 또 다른 기회가 왔나 싶기도 하고. 뭐가 됐든 이제 저 녀석이 원하는 대로 살았으면 한다."

사장이 걱정하는 마음을 담아 중얼거렸다. 실패를 겪어본 녀석이기에 다시 한번 추락하면 어떻게 될지 마음이 쓰였다.

배공학은 그런 사장을 보며 어깨를 으쓱했다.

"너무 걱정하지 마세요, 사장님."

"왜? 그 노해일이란 아이 잘 알아? 요즘, 핫하긴 하던데."

노해일과 함께하게 되었다는 말을 듣고 배공학이 떠올린 건 아지트에 둘러앉아 듣게 된 노해일, 아니 HALO의 첫 앨범 〈투쟁〉이었다. 그때의 전율을 잊지 못한 배공학이 옅게 웃으며 답했다.

"걱정할 일은 없을 거예요."

* * *

> 리브 : 해일아 해일아.
>
>   네.
>
> 리브 : 주혁오빠와 무슨 일이 있었니?

새로 합류한 베이시스트 한진영과 함께 다른 세션에 관해 이야기하던 헤일로는 대화를 잠깐 멈추고 톡을 보았다. 11시쯤에 리브가 보낸 톡이 있었다.

모르겠는데요.

리브: 그래? 아까부터 자꾸 네 이름을 부르면서 자기 머리를 쥐어박
길래.

헤일로는 신주혁과 라이브하우스에서 헤어진 게 마지막이었다. 그곳에 신주혁의 팬들이 돌연 몰려들어 제대로 인사를 못 하긴 했다.

'그때 표정이 이상했는데. 근데 원래 이상한 사람이라….'

중요한 용건은 아니라 헤일로는 폰을 내려놓고 고개를 들었다.

"아무튼 내가 애들한테 잘 물어볼게."

"애들이면 형들?"

"그래."

"형들 안 한다면서요."

정확히 말하면 못 하겠다는 쪽에 가까웠다. 음악에 대한 미련을 버리지 못한 한진영과 달리, 배공학과 김덕수는 더 이상 미련이 없었다. 그들은 실패했던 과거를 좋은 추억, 혹은 좋은 양분 삼아 현재에 만족하며 살아갔다. 악기를 놓은 지도 오래됐고 앞으로 달려가기 바쁜 사람들에게 방해가 될 거라며 거절했다. 무엇이든 말만 하면 도와주겠으나 세션으로는 힘들다고 선을 그었다. 한진영은 어떻게든 그들을 설득하려고 했으나 헤일로는 그들이 이렇게 대답할 걸 반쯤은 예상했다. 키보드와 드럼 위에 쌓인 먼지와 얼룩들은 어린 시절 가지고 놀던 비디오 게임에 남은 흔적과도 같았으니까.

"같이 하면 좋겠지만 뭐 다른 사람들을 찾아봐야겠지. 우리 그래도 꽤 오래 언더에 있던 사람들이다. 그동안 쌓아올린 게 단지 습작뿐만은 아니란 소리야."

한진영이 눈을 찡긋거렸다.

과거 밴드를 했던 이력과 함께 그는 클럽에서 오랫동안 일하기도 했다. 그동안 만나고 스쳐 지나간 음악인들이 얼마나 많았는가. 사실상 언더 쪽에 있는 사람들은 한 번 이상 만나봤다고 할 수 있다. 한 다리만 건너가면 한국에 모든 뮤지션과 연결될 수 있을 거다. 모두 알다시피 한국은 작고 좁으니까.

당장 아는 사람들을 떠올리던 한진영이 잠깐 헤일로를 쳐다보았다.

"좀 이상한 사람들도 괜찮아?"

"이상한 사람이요?"

"왜 음악 하는 사람 중에 제정신인 사람이 거의 없잖아. 가끔 미친 것 같기도 하고, 애처럼 유치하기도 하고, 헛소리를 잘하기도 하고."

'가끔 미친 것 같고 애처럼 유치하며 헛소리를 종종 늘어놓는 사람? 어디선가 많이 들어본 수식어인데?'

헤일로가 씩 웃으며 대꾸했다.

"물론. 환영하죠."

반갑게 맞이하리라.

한진영이 잘됐다며 의욕적으로 고개를 끄덕였다.

헤일로는 무리해서 키보디스트와 퍼커셔니스트를 구할 필요는 없다고 생각했다. 그러나 굳이 말리지도 않았다. 그가 신주혁을 따라가 한진영을 만났듯 또 하나의 갑작스러운 만남이 생길지도 모르니까.

"그래서 우리가 가장 먼저 해야 할 건 뭐야?"

"제 곡이요."

"어느 쪽 곡?"

한진영의 말에 헤일로가 당연하다는 듯 말했다.

"둘 다."

기뻐하고만 있을 시간은 없다. 누구보다 노해일과 함께하고 싶었던 한진영이 고개를 끄덕였다.

그렇게 그들은 한 가지를 놓치고 있었다. 한진영을 세션으로 데려오며 홍대 라이브 카페에서 있었던 일을 완전히 잊어버린 헤일로는 '노해일'이란 이름값이 생각보다 커졌음을 까맣게 잊었다.

* * *

노해일이란 이름이 전국에서 이슈가 되는 건 사실이지만 그래도 가장 큰 관심을 가지고 활발히 이야기하는 곳은 관련 업계였다. 크게 보자면 노해일의 보컬에 관심을 갖고 라이징스타와 협업하길 바라는 보컬리스트, 그리고 다른 한 부류는 노해일의 작곡 실력에 대해 논하며 그의 곡을 분석하는 사람들이다. 그리고 노해일처럼 유명해지고 싶은 지망생을 포함하여 밴드, 작곡가, 프로듀서까지 다양했다.

한 대학 실용음악과에 다니는 학생들이 라운지에 앉아 이야기하고 있다.

"야, 너 장 교수님 자유 분석 과제 누구로 했어?"

"난 노해일."

"어? 너도 노해일 했어? 아니, 노해일을 몇 명이 분석하는 거야. 내가 아는 사람만 서너 명 되는 거 같은데."

"무슨 곡 분석했는데?"

"난 노해일 미니앨범. 타이틀곡 '또 다른 하루'."

"휴, 안 겹친다. 난 '영웅의 노래'."

"그거 황룡필이랑 같이 한 거잖아."

"뭐 어때. 한 곡을 분석하라고 했지. 한 사람이 쓴 곡을 분석하라 곤 안 했잖아."

"그건 그렇지."

서로 같은 사람을 선택했다는 걸 인지한 학생들이 괜스레 서로 를 의식한다. 아무래도 작곡가가 겹치는 만큼 서로의 성적에 영향 을 끼칠 터다.

"곡 뜯어볼수록 감탄만 나오더라. 예전에 교수님이 노해일 곡 보 면서 우리한테 배우라고 했잖아. 그땐 잘 이해 안 갔거든? 근데 뜯 으면 뜯을수록 이건 뭐지 싶더라. 뭐랄까 대충 써놓은 것 같은데 완 벽해."

한 학생의 말에 다른 학생도 고개를 끄덕였다.

"계산적이야."

"뭐, 굳이 예를 들자면 HALO처럼 말이지."

"어허, 그래도 HALO는 너무 갔지 않냐?"

그 비유 하나에 다 같이 낄낄거리며 웃었다. 이미 한 번쯤 HALO 의 곡을 들어보고 분석하고 하루에 한 번씩 HALO 예찬을 듣는 만 큼 그들에게 HALO는 톱 뮤지션 그 이상의 가치를 가지고 있었다. 클래식 음악가들이 모차르트, 베토벤을 말할 때 대중음악가들이 떠올리는 스타에 HALO도 분명 존재했다. 사실상 종교이기도 했 고 말이다.

"애초에 스타일도 다르고."

"그것도 그렇지. '태양'은 곡이 태양이잖아."

HALO의 앨범은 태양처럼 강렬하다. 강렬할 뿐인가? 태양에 인력이 있듯 음악을 듣다 보면 빨려 들어가는 것 같다. 자신을 붙잡지 못한다면 그 강렬한 열기에 녹아버릴 것이다.

반면 노해일의 곡은 완전히 달랐다. 노해일의 곡에는 HALO의 것과 같은 강렬함이 없다. 나 자신을 잃어버릴 것 같지도 않고, 강제적으로 빨려 들어가지도 않는다. 그런데 뭐라고 할까. 태양은 밤이 되면 저물지만 달은 낮에도 계속 떠 있는 것처럼 그 자리에 계속 두고 싶은 매력이 있다. 그들은 그 매력을 뭐라고 해야 할지, 그 매력이 어디서 나오는지 알지 못했다. 그걸 알았다면 지금 데뷔하거나 이미 장성한 작곡가가 되었겠지. 그들이 노해일의 곡을 분석하는 건 그런 매력을 배우고자 하는 것이었다.

"HALO는 그럼 왜 분석 안 해?"

모두가 대단하다고 하는 HALO에 대해 분석하는 사람은 왜 한 명도 없는가. 곡이 강렬해서? 그 또한 배울 점인데 왜 아무도 시도하지 않는 걸까.

한 학생의 물음에 다른 학생들의 표정이 싸하게 변했다.

"야, 장 교수님 헬리건인 거 모르냐?"

"태양단? 그건 당연하지. 수업 시작하고 20분 동안 HALO 찬양하잖아."

"그게 왜 문젠지 모르겠냐?"

"뭐가 문젠데?"

정적이 내려앉은 라운지. 안경을 쓴 작곡과 학생이 안경을 올리며 대꾸했다.

"우리보다 교수님이 HALO 곡을 더 잘 안다는 뜻이지."

까일 여지가 많다는 소리다. 발표하는 순간 질문과 반박이 배로 돌아오는 건 예삿일일 것이며, 분석이 하나라도 틀리면 분노한 교수님을 마주하게 될 것이다. 에세이의 모든 문장이 조목조목 빨간 펜으로 그어져 있을 테니 어떤 학생이라도 견디기 힘들 것이다. 그 결과 역시 적어도 A는 아닐 것이다.

이런 대화가 학생 사이에서만 벌어지는 건 아니었다. 제2의 노해일이 되길 바라는, 보다 현장에 가까운 사람들은 학생처럼 노해일의 곡이나 재능에 대해 떠들다가 어느 순간 홍대에 떠도는 소문에 관해 이야기했다. 쉽게 무시할 내용이 아니었다. 그 소문의 주인공이 노해일인 데다 소문의 내용이….

"야, 들었어? 노해일, 밴드 구한대."

"신곡 준비한다며."

"신곡에 밴드 필요한 모양인데. 뭐, 공연도 슬슬 할 테고."

오피셜로 나온 노해일의 행보는 확연했다. 노해일은 대놓고 새로운 앨범을 준비한다고 했고 기사를 본 사람이면 긍정적으로 반응하든 부정적으로 반응하든 알고는 있었다. 그래서 노해일이 밴드를 구한다는 건 전혀 이상할 게 없었다. 게다가 다른 소문과 달리 근원지도 확실했다.

홍대의 한 라이브 카페, 그곳에서 공연했던 꽤 이름이 있는 인디밴드로부터 소문이 나왔다. "우리 노래를 자기 노래처럼 부르더라", "처음 호흡을 맞췄는데 밴드에서 한 10년은 구른 사람 같더라", "록을 더 잘하던데" 찬양과 같은 소문은 꽤 많았지만, 찍힌 영상이 없으므로 대개 일축되었고 남은 것은… "노해일이 편곡해주고 그 대가로 베이시스트를 데려갔다"라는 와전된 소문이었다.

꽤 자극적인 내용이라 좁은 언더 바닥에서 금방 퍼져나갔고, 무엇보다 그 베이시스트가 키보디스트와 퍼커셔니스트를 찾으면서 소문이 사실로 거의 확정되었다. 그 베이시스트가 옛날에 유명한 사람이었기에 더 그랬다. 10년 전 홍대를 지배했던 밴드로서, 그리고 퍼스트 클럽에 DJ로서의 한진영에 관해 홍대에서 음악 좀 한다는 사람이라면 한 번쯤은 들어봤을 것이다.

"한진영이면 그쪽 아닌가? 신주혁과 같이 밴드 했던….."

10년 전의 일화가 입을 타고 젊은이들에게 전해졌다. 그러나 중요한 건 한진영과 신주혁이 같이 밴드를 하다 해체했다는 게 아니었다. 라이징 스타이자 작곡, 보컬로 유명한 노해일이 밴드를 구한다는 것이다. 보컬이 없는 밴드, 밴드로선 생계를 유지할 수 없어 이제 일자리를 구해보려는 사람들, 이미 많은 가수의 음반 녹음과 라이브 연주에 참여한 정상급 연주자까지 관심을 가졌다.

"노해일이면 〈랑데부〉 나왔던 그 천재 꼬마?"

"걔가 밴드를 구한대?"

"왜 관심 있어?"

"없을 리가 없지. 넌 없냐?"

"그럴 리가."

물론 그중에 잿밥에 더 관심이 있는 사람도 있긴 했다.

"어떻게 지원해? 와 노해일이면 신주혁이나 리브 만날 수 있냐?"

"그뿐이겠냐. 돈도 존나 많이 벌 듯. 꼬맹이하고 적당히 놀아주고 수익 뿜빠이. 바로 플렉스."

"밴드는 모르겠고 내 곡 편곡이나 해줬으면 좋겠다."

어떤 목적이든 '카더라'에 귀 기울이는 인간이 많은 건 분명했다. 입에서 입으로 전해지는 실체 없는 말들에 거짓도 진실처럼 섞이기 마련이다.

"공개 오디션 할 거라던데."

"언제 하는데."

"몰라."

"어떻게 지원하는데?"

"그냥 '카더라' 아냐? 구한다면 공고라도 올리겠지."

"근데 노해일 소속사 없고 그냥 독립이야. 사이트도 없고. 공고 없을 만하지."

"그럼 어떻게 연락하지?"

"글쎄… 메일로?"

이 일에 대해 전혀 모르고 있던 헤일로는 한동안 연락 없던 신주혁으로부터 자기 소식(?)에 대해 듣게 되었다.

「세션 공개 오디션 한다며.」

"누가요?"

「네가.」

"네?"

「아니야?」

헤일로는 잠깐 흥미롭다 생각했지만 곧 고개를 저었다. 공개 오디션까지 할 여유는 없다. 그는 지금 한진영과 호흡을 맞춰보기도 바빴다. 그는 어디서 키보디스트와 퍼커셔니스트가 '뿅' 하고 나타났으면 좋겠다고 생각했다. 호흡을 맞춰볼 겸 버스킹이라도 하면 좋을 것이다.

「암튼 아니란 거지? 그럼 세션 공개 오디션은 내가 해야겠다.」

"연락한 이유는 그게 다예요?"

헤일로가 곧장 전화를 끊으려고 하자 신주혁이 재빨리 말을 이었다. 역시나 본 목적은 따로 있었다.

「야, 그리고 너 나한테 할 말 없냐?」

"네?"

「그 록…. 아니. 홍대 거기서. 그….」

'이 자식은 갑자기 왜 이러지?'

신주혁답지 않게 말을 잇지 못했다. 갑자기 언어능력을 상실한 것 같이 한참을 외계어만 늘어놓는 신주혁을 참지 못하고 헤일로가 전화를 끊으려는 순간 그가 작게 중얼거렸다.

「록 불러본 적 있냐는 내 말은 부디 잊어줘라.」

"왜요?"

「어허.」

한참 본인의 깨달음을 늘어놓던 신주혁이 마지막으로 물었다.

「근데 이거 나 말고 또 누가 알아?」

헤일로는 전화를 끊고 나서도 신주혁이 언급했던 '카더라'에 대해 크게 신경 쓰진 않았다. 일단 다른 일이 더 우선이기도 했고, 어떤 소문이든 결국 흘러가기 마련이라 생각했다.

그러나 소문은 헤일로의 생각보다 많이 퍼져 있었다. 그가 그것을 인지한 건 다음 날, 메일을 열어보았을 때였다. 늘 그렇듯 인터뷰 요청, 방송 섭외만 있을 메일함에 몇백 개의 메일이 차올라 있던 것이다. 생전 이렇게 많은 메일이 온 날이 있을까 싶었다. 파일이 첨부된 대용량 메일은 누가 보아도 자기소개서 같은 제목이었다. 세션까지 언급하고 있어 이게 어떤 목적의 메일인지 모를 수가 없었다. 자기소개나 학력만 적힌 성의 없는 메일도 있었지만, 대개 '쇼 앤 프루브'에 익숙한 사람들답게 연주 영상이나 너튜브 링크가 담겨 있었다. 실제로 만나야만 오디션을 진행할 수 있을 거로 생각했던 헤일로는 이 세상의 힘을 다시금 깨달았다. 그리고 자신을 증명하려고 발버둥 치는 사람들의 노력에 응하기로 했다.

헤일로는 정말 많은 원석을 만났다. 세상엔 이렇게 열정을 빛내는 사람이 많다는 걸 새삼 깨달았다. 어설퍼도 상관없다. 그는 어설픔을, 그곳에서 발아하는 성장을 사랑했으니까. 그리고 그들이 자신의 어설픔을 숨기지 않고 최선을 다해 보여준 것처럼 그도 최선을 다해 그들을 보려고 노력했다. 이왕이면 영상에 담을 수 없는 아쉬움까지.

"해일-."

한진영이 녹음실에 나와 소년을 부르려다 멈칫했다. 집중하여 컴퓨터를 보고 있는 아이를 방해할 수 없다. 뚜렷이 빛나는 소년의 눈을 한번 훔쳐본 한진영은 다른 사람들 눈에 자신도 그렇게 보일까 궁금했다.

헤일로는 반나절이 흘렀을 즈음 돌연 커서를 멈췄다. 메일에 두 개의 연주 영상이 있었다. 두 사람이 같이 지원한 것 같았다. 수염이 긴 남자는 전자 패드를 치는 퍼커셔니스트, 단발머리 여자는 키보드를 치고 있다.

"오."

헤일로는 턱을 괴고 그들의 음악을 감상했다. 두 개의 영상인 만큼 그들이 연주하는 곡도 제각기 다른데 둘 다 그가 아는 곡이었다. 남자는 HALO의 5집 〈중독〉을, 여자는 노해일의 미니앨범 수록곡을 연주하고 있다. 한 메일에 있는 자기소개 영상도 남다르다. 여자는 노해일에 대해 미사여구를 늘어놓았고, 남자는 여자의 말에 중간중간 끼어들었다.

[전 노해일 씨의 키보드로서 평생을.]

[네 음악 한다며.]

[…후, 제발 조용히 좀 해줄래?]

반면, 남자는 여자처럼 노해일에 대해 찬양하지 않는다. 담담히 같이하고 싶은 이유, 음악적으로 인정할 것만 인정한다. 그가 열의를 드러내는 건 오직 HALO와 관련해서다.

"재밌네."

헤일로는 개성 넘치는 듀오를 보며 피식 웃었다.

* * *

'Who is HALO?' 물음표가 그려진 남자의 실루엣 아래 〈더 투나잇 쇼(The Tonight Show)〉 프로그램 제목이 크게 쓰여 있다. 날짜와 미국 동부 시간, 그리고 게스트 소개까지 방송 프로그램의 포스터를 본 여자가 유리문을 열어젖힌다. 청바지를 입은 여자의 뒤로 정장을 입은 남자가 따라붙었다.

"정말로 진행하려고요?"

"시청자들이 원하고 있잖아요."

"뭐, 원하긴 하는데…. 그래도 다른 쇼에서도 한 번 다뤄봤던 주제라 1,2부를 채울 수 있을까 걱정돼서 그렇죠. 분석이나 정체 추리만 있으면 좀 루스하지 않을까요?"

"걱정하지 마세요. 생각해둔 게 있으니까."

"루시, 어떻게 하려고요? 헤이, 루시!"

백금발의 여자가 뛰듯 걸어 엘리베이터에 뛰어들었다. 로스앤젤레스에 위치한 방송국 TDS에서 〈더 미드데이 쇼(The Midday Show)〉라는 토크쇼를 진행하고 있는 루시에게 늘 그렇듯 콘텐츠 회의 일정이 잡혀 있었다. 〈더 미드데이 쇼〉 회의실에 얼음이 가득한 아메리카노를 들고 들어간 그녀는 테이크아웃 컵을 테이블에 내려놓았다. 이미 다들 착석한 상태였다. 대개는 틀을 마련해놓은 상태라 회의는 순조롭게 진행되었다. 이번 콘텐츠에서 가장 중요한 '섭외'에 관해 이야기하기 전까지 말이다.

"섭외는 어떻게 되어가고 있나요?"

"순조롭게 진행되고 있습니다. 사실 영미권 쪽은 다 잡았고 스케줄 조율하고 있습니다."

"그 애는요?"

"그 애라면….”

캐스팅 담당자를 보며 루시가 얼음을 와그작 씹었다. 초조함과 짜증을 눌러주는 얼음이다. 섭외 담당자는 가장 중요한 섭외를 놓쳤다. 루시는 얼음을 씹어먹고 또박또박 말했다.

"자, 켈빈 보세요. 우리가 뭘 하고 있죠?"

"특별 코너를 준비하고 있습니다."

"네, 'HALO 특집'을 준비하고 있죠. 후발주자로 말이죠."

미국에서 가장 유명한 쇼에서 'HALO 정체 추리' 특집을 진행하며, 이 특집이 전국의 방송국으로 퍼져나가고 있다. HALO로 의심

되는 아티스트를 불러 셜록 홈스처럼 추리하는 특집이라고 보면
된다. 무척 핫한 콘텐츠이고 반응도 뜨거웠다.

한 명을 데려와 심도 있게 인터뷰하는 콘텐츠부터 의심되는 아
티스트들을 싹 다 불러 진행하는 깜짝 카메라까지, 현재 HALO와
관련하여 꽤 많은 콘텐츠가 소모된 상태였다.

"우리의 콘텐츠도 잘 진행되고 있다고 생각합니다."

"그렇죠. 아직 인플루언서 초대하는 콘텐츠는 없었으니까. 커버
전문 인플루언서를 초대해 HALO 커버 공연을 보여준다. 참신하
고 새롭죠. 최초, 참 매력적인 단어예요… 다만."

루시의 붉은 입술이 곡선을 이루었다.

"여기에 욕심도 좀 부리자고요. 다른 쇼 어디도 우리의 콘텐츠를
따라 할 수 없도록 이 콘텐츠를 우리가 다 소모하는 거예요. 그럼
어떻게 해야 할까요?"

"제대로 섭외하도록 하겠습니다."

섭외 담당자의 말에 루시가 입술을 끌어올렸다.

"최근 HALO 커버로 가장 화제가 되었던 영상이 무엇이죠?"

그제야 섭외 담당자는 길게 이어진 설교의 의도를 깨달았다.

"벨 모리슨이 태그한…."

"더 다양한 국적의 인플루언서로."

루시가 재빨리 말을 고쳤지만 섭외 담당자는 그녀의 속내를 파
악한 듯 반복해서 말했다.

"어떻게든 섭외하겠습니다."

루시가 다 소모된 콘텐츠를 하려고 마음먹은 건 사실, 최근 화제
되었던 'HALO의 아들' 영상을 보고 난 다음이었다.

그녀가 만족스럽게 고개를 끄덕였다.

* * *

헤일로는 두 사람과 마주하고 있었다.

"안녕하세요, 만나 봬서 영광입니다. 태어날 때부터 노해일 씨의 키보드가 되기를 바란 문서연입니다. 이렇게 코앞에서 만나다니 정말 감개무량하고, 또 눈물이 날 것 같….

"제가 태어나기 전부터요?"

헤일로가 단발머리의 인적 사항을 살펴보았다. 문서연은 스물 일곱 살로 노해일과 무려 열 살 차이가 났다.

그녀는 태연한 얼굴로 당연하다는 듯 말했다.

"네, 신께서 꿈에 나와 '들어라, 서연아 너는 노해일의 키보드가 될 것이다'라고 계시를….

"그건 너무 갔다."

"그래? 그러면, 조상님께서 꿈에 나와서 노트에 석 자를 받아적으라고 하셨습니다. 로또 번호가 아닌 노해일 씨의 이름을 불러준 이유가 무엇일까요? 그건 바로 노해일 씨가 저의 로또이기 때문이겠죠….

"그냥 로또 번호를….

함께 온 남자가 어이가 없다는 듯 말하자 여자는 그 말을 끊으며 서둘러 말했다.

"어쨌든 중요한 건 제 평생의 꿈이 이루어졌다는 겁니다. 지금 이 순간."

그녀는 눈을 반짝반짝 빛내며 제발 뽑아달라고 말한다. 누가 봐도 티가 나는 거짓말을 아무렇지도 않게 늘어놓는 걸 보니 보통 능청스러운 게 아니다.

"제정신은 아닌 것 같은데."

한진영이 작게 중얼거리고는 여자가 들고 온 포트폴리오를 살폈다. 뭔가 많이 쓰여 있는 포트폴리오다. 그중에서 가장 눈에 띄는 건 콩쿠르 기록과 '한예종 기악과(피아노) 자퇴'였다. 피아노 전공이 키보드를 다루는 것이 이상하진 않지만 순조로운 엘리트 코스를 밟던 사람이란 게 걸렸다.

'이런 또라이라 그쪽과 맞지 않은 건가.'

그리고 그녀와 함께 온 드러머 남규환. 긴 머리만큼 긴 수염을 늘어트린 남자는 정확히는 퍼커션, 즉 퍼커셔니스트였다. 이쪽은 또 특이한 게 한예종 출신은 아니다. 예고 출신도 아니고 어렸을 때부터 밴드에 뛰어든 사람이다. 같이 다니는 게 신기할 정도로 정반대의 듀오였다. 오자마자 찬사를 늘어놓는 키보디스트와 달리 본론을 말하는 것부터 그랬다.

"전 밴드 멤버보단 세션으로 참여하고 싶습니다."

"야!"

합의되지 않은 말인지 키보디스트 문서연이 화들짝 놀라 소리쳤다. 밴드보단 세션, 그러니까 그룹 활동보다 개인 활동 위주로 하겠다는 의미였다. 문서연이 소년의 눈치를 살폈다. 하지만 만남 이래 소년은 단 한시도 옅은 미소를 잃지 않았다.

"노해일 씨의 세션으로 활동하면서 노해일 씨의 음악을, 구성이나 화음에 대해 배우고 싶기에 지원했습니다. 같이 공연하고 싶다고 생각했고, 노해일 씨의 음원을 연주하고 싶은 건 분명한 사실입니다. 다만, 제 처음이자 마지막은 드려야 할 분이 있습니다."

가수 앞에서 다른 가수를 논한다는 건 기분 나쁠 정도의 솔직함일 수도 있다. 하지만 노해일은 크게 신경 쓰지 않았다. 눈치를 보던 문서연이 좀 특이하다고 생각할 정도로.

"누군지 물어봐도 될까요?"

"늘 한 곳에서 저를 바라봐주시는 분입니다. 이름처럼 영광스럽고 눈부신… 나의 태양."

'그래 원래 끼리끼리 논다고 하지.'

한진영은 남규환이 문서연과 달리 정상이라는 판단을 취소했다. 텐션은 달라도 둘은 같은 부류였다.

"그의 밴드가 되는 게 저의 숙원입니다."

쓸데없이 엄숙하다.

"그를 찾아가 밴드로 넣어달라고 할 겁니다. 노래처럼 제가 먼저 영광이라 부르면서요."

"그가 먼저 찾아와 내 밴드에 들어오라고 하는 건 어때요?"

"오!"

소년의 물음에 상상만 해도 영광이라며 남자의 눈이 번쩍 뜨였다. 그러다 어느 순간 남자는 고개를 저었다.

"물론 영광이겠지만 그래도 전, 제가 먼저 그를 찾아가고 싶습니다. 이왕이면 그가 정체를 밝히기 전에, 아니 반드시 그럴 겁니다. 팬이라면 응당 내 가수가 거적때기를 입고 있어도 찾을 수 있어야 한다고 생각하거든요!"

소년의 표정이 좀 묘해졌다.

"뭐라고 말할지도 준비해놨습니다."

"야, 작작 해라…."

여기가 HALO 밴드 면접도 아니고 엄연히 다른 가수 앞에서 HALO 예찬을 늘어놓는 모습에 문서연이 이를 악물고 눈치를 줬지만, 남규환도 노해일도 아랑곳하지 않았다.

"뭐라고 준비했는데요?"

남규환이 주머니를 뒤져 낡은 쪽지를 꺼냈다.

"제가 영어를 잘하지 못해서… 크흠."

그러곤 콩글리시가 강한 어설픈 발음, 이상한 문법으로 이루어진 문장을 읽는다. 그렇지만….

"Hello, HALO. Nice to meet you. I am your big fan. And I want. You. band. Please."

소년이 피식 웃었다.

"좋아요."

문서연과 남규환이 고개를 들었다.

'이 타이밍에 좋다는 건 무슨 뜻일까.'

두 사람은 대충 좋은 의미는 아닌 것 같다고 생각했다. 그들은 이렇게 몇 번 면접을 말아먹은 전적이 있기에 안 좋은 신호를 귀신같이 느꼈다. 그때, 예기치 못한 말이 들려왔다.

"내 밴드에 들어와요."

그들의 얼굴이 놀라움에서 불신, 그리고 의심으로 차차 변했다.

그들을 보며 헤일로가 소파에 기대어 앉아 옅게 웃으며 말했다.

"HALO를 찾는 그날까지."

문서연과 남규환이 잠깐 짐을 가지러 돌아간 직후, 한진영이 창 너머를 보고 있는 헤일로를 향해 물었다.

"어떡할 거야?"

창 너머로 문서연이 남규환을 향해 니킥을 날리는 게 보였다. 지원 영상에서 보여준 건 아주 작은 부분이었던 것 같다. 참 개성 있는 친구들이었다. 그들이 보여줬던 연주도 그렇고.

"원래는 그냥 보여주려고 했는데."

헤일로는 그들을 보며 말했다.

"직접 찾아가고 싶다니까요."

헤일로는 자신의 주변에 왜 이런 인간들이 이렇게 많은지 모르겠다 싶었다. 황룡필도 그의 음악에서 어떤 흔적을 보고, 직접 그 흔적이 무엇을 의미하는지 찾겠다고 하지 않았는가. 드러며 남규환이 말하는 것도 같았다. 둘의 차이는 분명하다. 황룡필은 좀 더 탐구적인 느낌이었고, 남규환은 팬으로서 내 가수의 소원을 이루어주겠다는 느낌에 가까웠다. 그래서 헤일로는 그런 노래를 부르긴 했다. 너희가 먼저 영광이라 부르게 될 거라고.

"뭐, 곧 알기야 하겠지. 어떻게든 알 방법이 많잖아."

헤일로가 한진영의 말에 고개를 끄덕였다.

"곧 묻지 않을까? 혹시 네가 그냐고."

"그러면 전, 그렇다고 답하겠죠."

'다만….'

헤일로는 직접 준비한 멘트를 어설픈 영어로 내뱉던 남규환을 떠올렸다. 그가 당신이 헤일로가 맞냐고 묻기보다 쪽지에 적어놓았던 것처럼 말해줬으면 좋겠다.

'안녕, 헤일로. 만나서 반가워. 난 너의 팬이고, 너의 밴드가 되고 싶어.'

그 어설픈 한마디면 충분히 만족스러울 것 같다.

* * *

"자, 우리 이제 뭘 하죠?"

세션을 구한 다음 음반 작업이 본격화되었다. 노해일의 싱글 앨범 〈밤의 등대〉를 작업하기 위해 한자리에 모였다. 녹음은 원 테이크(합주)로 진행할 것이고 모두 악보는 외운 상태였다.

시험적으로 오버 더빙을 진행했을 때 단단하게 받쳐주는 베이스의 사운드, 전직 피아니스트답게 유려한 신시사이저와 생각보다 더 많은 타악기를 다룰 줄 아는 퍼커셔니스트의 조합은 꽤 괜찮았다. 그러니까 '꽤'. 하지만 '오래오래 행복하게 살았답니다(Happily ever after)'는 동화 속에나 통용되는 모양이다. 순조로운 작업은 무슨! 오랜 시간 밴드를 접었다가 최근에 다시 시작한 중고 신입 베이스, 타협하는 듯하지만 어느 순간 제 연주에 취하는 신시사이저, 취향이 확고한 퍼커션까지. 오버 더빙이 아닌 원 테이크 녹음을 진행했을 때, 그들의 개성이 그대로 드러났다.

"조금 쉬었다가 하는 게 어떨까?"

"이제 막 재밌어졌는데요."

소년이 입꼬리를 삐뚜름하게 올리며 웃었다.

그래, 이 자리엔 한 명이 더 있다. 나잇값은 못 해도 인생이 늘 투쟁의 연속이었던, 유사 10대.

다시 녹음 겸 연습이 시작됐다. 무난한 시작도 잠시, 서로서로 잡아먹으려고 득달같이 이빨을 드러낸다. 다행인 건 이 자리에 초식동물은 없다는 거다. 날카로운 이빨에 겁먹기는커녕 서로 잘났다고 달려든다. 또한 다행인 건 오로지 전투는 음악이라는 전쟁터에서만 치러졌다는 것이다. 아무래도 오늘 녹음은 물 건너갔다. 혜일로는 원 테이크 녹음을 취하지 않을 생각이며, 오늘 갑자기 환상적인 합주를 할 거라고 기대하지도 않았다. 다만, 다른 건 시도해볼 생각이다. 더 재미있는 거.

"우리 잠깐 곡을 바꾸죠."

혜일로는 아무래도 '밤의 등대'는 잠깐 아껴두고 이들과 제대로 한번 붙어봐야겠다 생각했다. 너무 소심하게만 싸웠다.

"어, 어떻게요?"

본인이 자기 연주에 취한다는 걸 스스로 잘 아는 문서연이 눈치를 보는 척한다.

"다른 곡으로."

"어떤 곡으로요?"

"무엇이든 좋아요. 각자 좋아하는 곡으로 돌아가면서 해보죠."

그때, 남규환이 손을 든다.

"'중독'."

취향 한번 한결같은 남자였다.

'이걸 밴드로 연주할 줄은 몰랐는데.'

혜일로는 씩 웃으며 고개를 끄덕이고는 곧장 일렉 기타를 고쳐 들었다. 시작 신호는 없었다. 혜일로가 먼저 달려가자, 허겁지겁 퍼커션이 따라붙고 베이스와 신시사이저도 동시에 들어왔다. '중독'은 '밤의 등대'와 달리 이미 완성된 곡이다. 즉, 표본이 확실하다는 소리다. 이 완벽한 표본을 억지로 비틀려는 사람은 없을 것이다. 그러니까 보통은. 혜일로는 일부러 템포를 한 박자 빠르게 가져갔다.

그 순간 일어나는 불협화음. '중독'이 무너지기 시작했다. 베이스가 서둘러 일렉의 템포에 응한다. 완벽한 표본을 유지하려던 퍼커션이 고집을 부리지만, 그는 베이스와 화합을 추구할 수밖에 없는 운명이다. 곡의 뼈대인 베이스와 드럼이 템포를 따라 달리니, 신시사이저도 제 연주에 더는 취하지 못하고 템포를 맞춘다. 그렇게 파괴 속에서 완전함이 완성되며 연주가 끝났다. 모두가 완성된 화음을 깨닫고 카타르시스를 느낀다.

"헉!"

연주가 끝나자 다들 삼키고 있던 숨을 뱉어냈다. 누가 지른 탄성인지 모르지만 다들 지쳤으면서도 웃고 있다.

"또 하고 싶은 곡은?"

한진영은 어깨를 으쓱인다. 그가 가장 좋아하는 '렛 잇 비'가 지금 이 분위기에 어울리지 않을 것 같다.

흘끗 한진영을 보던 문서연이 입술을 꿈틀거리다가 어쩔 수 없다는 듯 웃는다.

"저도… 괜찮아요."

"남규환 씨는요?"

헤일로는 마지막으로 남규환을 바라봤다. 그는 그가 사랑하는 곡인 '중독'이 초반에 불협화음으로 무너진 게 슬픈 것 같다.

"또 곡을 망가트리려고요?"

"뭐, 필요하다면요."

"한 번이면 충분할 것 같습니다."

남규환의 표정은 그래도 나쁘지 않았다. 어떻게 서로 맞춰야 할지 깨달은 듯 상쾌하기까지 했다.

헤일로는 그들을 돌아보며 말했다.

"그럼, 이제 우리 그거 한번 해보죠."

사람들이 뭐냐는 듯 바라봤다.

"공연."

* * *

인기의 척도란 무엇일까? 사전적으로 인기(人氣)는 어떤 대상에 쏠리는 대중의 높은 관심이나 좋아하는 기운을 뜻한다. 그런데 '관심', '기운'이란 눈에 보이는 형태가 아니다. 손으로 쥘 수 없으며, 크다, 작다, 좋다, 나쁘다 등의 상대적인 평가도 어렵다. 셀 수 있는 가치가 아니기에 산술적 평균이란 것도 존재하지 않는다. 그런데도 사람들이 보통 인기의 척도라고 여기는 게 있다. 기업으로 따지자면 '주가'. 그 기업의 주식 거래량이 인기를 반영할 것이다. 상품의 인기는 매출과 직결될 테고, 드라마의 인기는 시청률, 영화의 경우엔 관객 수가 증명할 거다.

그렇다면 '사람', 우리가 흔히 '연예인', '스타'라고 부르는 사람의 인기는 어떻게 판단할 수 있을까? 그 사람이 찍은 광고 수? 출연료? 물론, 연예인의 수입은 곧 매출과 같은 지표다. 잦은 출연 또한 인기의 척도로 볼 수 있다. 그러나 이외에 다들 무시할 수 없는 것이 존재한다. 당장은 '매출'이란 형태가 아니더라도 어떤 기업에서도 쉽게 무시할 수 없는 지표, 바로 '팬덤'이다. 기업에 충성 고객이 있듯 연예인에겐 '팬클럽'이 있다.

21세기 인터넷의 발달과 함께 같은 관심사를 가진 사람들끼리 만나는 건 어렵지 않았고 더 나아가 집단이 형성되기도 했다. 우리가 의식하지 못하는 순간에도 말이다. 여기에도 당사자는 모르는 팬클럽, 정확히 팬카페가 하나 만들어졌다.

'파도(wave)타기'. 서핑을 좋아하는 사람들이 모일 것 같은 그런 이름의 카페다. 다만, 카페 대배너에 박힌 소년의 사진이 이 카페가 팬클럽이란 걸 알렸다.

['또 다른 하루' 진짜 너무 좋다. 매일 일어나자마자 듣는데 하루가 상쾌한 기분, 다른 사람들도 더 알았으면 좋겠다. 진짜 백 년이 지나도 남을 명곡. 수록곡도 다 쩔어. 이게 어떻게 신인 곡이냐고ㅠㅠㅠ]

└ 진짜 다들 알아줬으면 좋겠다.

└ 3333 '수박' 2위지만 더더더!! 알아줘.

[랑데부 달 부분만 돌려보고 있는데 황룡필빨이란 놈들은 뭐가 어떻게 된 거 아냐?? 아무리 방송 편집을 거쳤다고 해도;; 사실상 영웅의 노래도 달이 다 만들고 1집도 미니앨범차트에서 1위, 가요제도 결국 다른 쪽이 묻혔으면 묻혔지 달은 저 라인에서 캐리했는데 도대체 황룡필빨이 어디서 나오는 거야???]

└ ㄹㅇ이해 안됨. 근데 타가수 비교는 하지 말자.

└ 관심이 한번에 몰리니까 어그로가 많은 거지ㅋㅋㅋ 딱 봐도 앞으로 잘될 거 같으니 열폭 하고ㅋ 걔들은 열일곱 살이란 거 의식은 하나.

[+101일 기원!!! 1호선 빌런 노해일 영상 팔 사람 제발.]

└ 이거 진짜야? 도시 괴담 아니었나?

└ 달 1호선 빌런짓함?

└ ㅇㅇ백발 염색 + 크리스마스 캐럴 부름.

└ 달이 그랬다고? 세상에 그런 감사한 빌런이,,,

팬카페마다 성향이 갈린다고 하는데, 노해일의 팬클럽의 경우 노해일의 음원을 듣거나 공연을 보고 모인 사람들이 많아 비교적 온순하고 조용한 편이다. 물론 그들이 조용한 건 어디까지나 저희끼리 얘기할 때다.

[노해일 솔직히 굴러다니는 돌처럼 생겼는데 왜 뼘?]
[HALO 짝퉁 새끼 HALO빨로 떴으면서 재능ㅇㅈㄹ]
[달?ㅋㅋㅋㅋ 태양이 없으면 빛나지 못하니 달 맞네ㅋ 실제로 보면 울퉁불퉁하고 ㅇㅈ?]

요즘 부쩍 수가 늘어난 분탕 종자들 때문에 팬들은 행복에 취해 묻어두었던 본성이 나왔다.

[아스팔트에 처박혀 매연가스 흡입한 돌처럼 생긴 년 왜 삼?]
[달이 왜 HALO 짝퉁이란거?? 나도 HALO 노래 좋아하는데 HALO랑 달 노래는 느낌 완전히 다른데. 사실상 정반대 아냐?]
└ HALO 커버 얘기하는 거 같은데.
└ ??그거면 더 노 이해. 커버하면 다 짝퉁이란솔?
└ 우리 병먹금하자ㅋㅋ 방구석에 처박혀 남 까면서 위안 삼는 사회부적응자새끼들이니까.

노해일이 데뷔한 지 무척 많은 시간이 흐른 것 같지만 데뷔앨범 기준으로 3개월 차일 뿐이다. '수박' 1위에 라이징 스타가 되었을 때부터 치더라도 팬덤이 제대로 자리를 잡기까지는 짧은 시간임이 분명했다. 회사에 소속된 아이돌그룹처럼 팬클럽을 자체적으로 관리하는 것도 아니었기에 그런 팬클럽과 비교하면 한 줌에 가까웠다. 분탕 종자들과의 싸움에서 불리할 수밖에 없다는 의미였다.

가요제, 그 화려했던 날을 기리며 반짝반짝 빛났던 그들의 소년을 '달'(그의 음악이 그러하듯)이라 칭한 것뿐인데 이마저도 욕하니 팬들은 억울하다. 그래도 그 원망을 가수에게로 돌리지 않는다. 적어도 이 자리에 있는 팬들은 소년의 음악으로 치유받았고 소년의 무대에 넋을 잃었으며 앞으로 소년의 행보를 자신의 일처럼 기대하고 있었다. 그들은 그들의 소년이 하늘의 달처럼 높게 떠오르길 바랐다.

[그나저나 달 신곡 언제쯤 나올까요?]
└ 바로는 아닐 테고 그래도 몇 개월 잡아야 하지 않을까요?
└ 방송이라도 나오면 좋겠다ㅜㅜ 〈랑데부〉 이후로 소식이 딱 끊겨서.
└ 그러니까 신곡과 함께 음방해줬으면 좋겠는데.
└ 슬로건이랑 굿즈 준비 다 끝났고 이제 음방만 남았다고… 제발… 음방 소취 기원ㅜㅜㅜㅜㅜㅜ
└ 노래도 잘하고 음원도 좋고 인기도 많은데 왜 음방에 안 나오냐고 ㅅㅂ PD새끼들 암살 마렵네
└ 달 음방 스케줄 잡히면 장기 연차 쓴다.
└ 222 난 회사 그만둠.

무엇보다 그들이 현재 가장 바라는 건 소년이 기자들에게 얘기한 '신곡'이었다. 사실상 유일무이한 오피셜이다. 노해일이 개인

레이블인 탓에 회사의 공식 입장을 기대할 수도 없으니 그들이 아는 유일한 행보였다.

한참 신곡에 대한 추리와 SNS로 소식이라도 알았으면 좋겠다는 글로 가득 찬 카페에 불현듯 어떤 게시글이 올라왔다.

[어 홍대에 달 뜸.]
└ 오후 3시에 갑자기???
└ 이거 또 어그로 아냐? 저번에 누가 달(Moon) 사진 찍어서 올렸는데.
└ ??? 진짠데.

그리고 누군가가 올린 소년의 사진. 일렉 기타를 맨 소년이 다른 사람들과 함께 무대에 서 있다. 다른 사람들은 처음 보는 얼굴이라 팬 일동의 관심은 오로지 소년을 향했다.

그와 함께 팬카페는 아비규환이 되었다.

* * *

"오늘 우리의 계획은?"

선글라스를 낀 한진영이 물었다. 등에 멘 베이스가 머리 쪽으로 기울었다.

"은밀하고 신속하게."

문서연이 모자를 눌러썼다.

"근데 넌 왜 모자 썼냐? 이쪽은 몰라도 우리는….."

"안 감았어."

"아."

긴 장발을 대충 묶은 남규환이 밴에서 스피커를 내리며 고개를 끄덕였다.

"근데 진짜 게릴라 버스킹을 할 줄 몰랐네."

"왜 자신 없어요?"

헤일로의 물음에 남규환이 도전적으로 웃는다. 그런 말을 듣게 될 줄 몰랐다는 듯.

"콘서트는 몰라도 버스킹은 제 전문이죠. 노해일 씨야말로 괜찮 겠어요? 좀 다를 텐데."

한진영이 그 말을 듣고 피식 웃는다.

헤일로도 어깨를 으쓱했다. 그는 얼마 전에 신주혁에게 버스킹 과 콘서트는 다르다는 말을 들었는데, 그 말을 그대로 다른 뉘앙스 로 듣게 될 줄 몰랐다.

"너 지금 우리 위대한 사장님께 뭐라고!"

짝! 헤일로가 뭐라고 하기 전에 문서연이 남규환의 등짝을 내리 쳤다. 남규환은 한 대 더 맞기 전에 밴에서 후다닥 벗어난다.

"그런데… 정말 이대로 괜찮을까요?"

손날을 번뜩인 문서연이 그를 따라 내리려다가 멈춰서 소년을 돌아보았다. 아무래도 그녀가 생각하기에 준비가 좀 덜 된 것 같았 다. 아무리 버스킹이라고 해도 말이다. 그들이 준비한 곡은 합주 연 습을 했던 곡과 노해일의 음반이 다였다. 늘 연습, 연습, 연습… 보 여주기 전까지 수많은 시간을 연습에 할애했던 문서연은 전혀 긴 장감 없는 무리를 보며 자신이 이상한가 싶었다.

"실수라도 하면… 무, 물론! 노해일 씨가 실수할 리는 없지만요, 그래도 실수라도 해서 완성도가 떨어지면 관객들이 싫어하지 않을까요? 사장님의 명예에 누가 될까봐."

"음."

헤일로는 솔직히 실수할 거라고 단 한 번도 생각해본 적 없다. 딱히 세션이 실수할 거라고 과하게 걱정하지도 않았고. 그러나 어쨌든 혹시 민폐라도 끼칠까 걱정하는 문서연에게 한마디 정도는 해줘도 될 것 같았다. 공연이란 항상 똑같을 수 없다. 내가 잘한다고 해도 수많은 것들이 연결되어 있다. 자연재해부터 인재까지 한 사람이 통제하기 어려운 영역이다. 그러니 좀 달라지면 어떤가. 결국, 이 공연은 그와 그 자리에 있는 수많은 사람을 위한 무대다. 불완전하더라도 함께 만들어가는 무대야말로 모두가 바라는 무대일 것이다.

"실수 좀 해도 돼요. 모두에게 즐거운 무대를 만들기만 하면."

헤일로는 자신이 있는 공연이 완성도가 떨어질 거라곤 전혀 생각하지 않았다.

"관객들."

헤일로가 홍대 거리를 지나가는 사람들을 가리켰다. 그런 다음 그 손가락을 자신에게로 향하게 한다.

"그리고 우리에게도."

그러곤 그가 어깨를 으쓱였다.

"게다가 실수 안 할걸요? 그럴 여유도 없을 테니까."

헤일로의 입꼬리가 유려하게 올라간다.

사람들이 몰린 건 순식간이었다. 노해일이 깜짝 버스킹을 하겠다는 발표도 하지 않았는데 사람들의 손과 입을 통해 더 빨리 퍼져나갔다.

어딘가에서 음악이 들려온다. 홍대의 무대 광장에는 장발의 드러머, 단발머리 여성인 키보디스트, 레게머리의 베이시스트와 열일곱 살의 일렉 기타리스트 및 보컬리스트가 서 있다. 굉장히 낯선 광경이지만 누구도 이상하다고 생각하지 못했다. 유려한 연주 실력과 함께 소년의 목소리가 고막을 뚫고 들어왔으니까.

누구와도 다르지 않은 하루야

달곰하고 감미로운 목소리. 어쿠스틱 연주를 밴드 연주로 편곡하며 좀 더 사운드가 다채로워졌지만 편안한 곡의 분위기는 크게 변하지 않았다. 소년은 무대 정중앙에서 눈을 감고 고개를 흔들었다. 깜짝 이벤트만으로 행복한데 노래는 또 얼마나 감미로운지. 팬들은 SNS를 하지 않아도 스케줄에 대해 전혀 공지해주지 않아도 그가 영원히 이런 노래만을 불러준다면 그래도 좋다고 생각했다.

'아 행복하다. 평일 오후 3시가 이리도 행복할 수 있구나.'

마치 5월과 같은 노래였다.

'솔직히 이상하긴 해.'

아이돌그룹에서 늘 센터만 팠던 회사원 주은은 생각했다. 저 소년이 그들처럼 화려한 외모는 아닌데 참 이상하게도 계속 보고 싶은 매력이 있다. 무엇보다 가끔 보여주는 옅은 미소가 자꾸 시선을 잡아끈다. 열일곱 살이 또래의 이성처럼 보인다. 그것도 좀 어른스러운, 또래 중에 그런 애들이 있잖은가. 어쨌든 저렇게 계속 웃어줬으면 좋겠다. 팬 사인회라도 하면 가서 어떻게든 웃게 해주겠다고 주은은 생각했다.

이어서 부른 곡은 '영웅의 노래'. 메들리처럼 이어졌다. 분위기가 정반대인 곡을 메들리로 부르다니…! 환호성을 지르는 것도 잠시 사람들이 열정적으로 따라 부른다. 현재 노래방 인기곡 1위를 달성한 곡이니만큼 이 자리에 가사를 모르는 사람들은 거의 없다.

부러진 날개를 다시 펴는 거야 찬란한 내일을 위해

다같이 발을 쿵쿵 굴렀다. 영웅의 노래가 관중 사이를 스쳐 먼 곳까지 뻗어나간다. 이어서 들려온 세 번째 곡은 처음 듣지만 이건… 이번에 나오는 신곡이 분명하다. 주은은 눈을 번쩍 떴다. 신곡 쇼케이스를 여기서 하다니. '덕계못'이라고 하는데 그 말은 틀렸다. 주은은 행복해서 죽을 것 같았다.
'내 연옌도 만나고 신곡도 듣고, 오늘 도대체 무슨 날이야.'

등대가 되어 비추어줄게

마법은 마법이다. 소년의 노래에 대낮에 밤하늘이 보이는 것 같다.
따라 부르지 못하지만, 다들 입을 웅얼거리며 어떻게든 귀에 붙은 노래를 따라 부르려고 한다. 소년의 노래는 늘 따라 부르고 싶은 매력이 있었으니까. 이번 곡의 테마는 별. 주은은 당장이라도 팬카페에 글을 써 올리고 싶었지만, 딴짓할 여유도 없어 눈을 부릅뜨고 소년을 바라본다. 그녀는 지금 막 팬카페에서 만든 응원봉을 떠올렸다. 팬들이 정한 황금색이 이 노래와 무척 잘 어울릴 것 같다. 황금색 등대가 되어 소년이 가는 길을 비추어줄 테니.
영원한 것 같은 밤이 끝났다. 물을 마신 소년이 관객 앞으로 나왔다. 아쉬웠던 것도 잠시, 이렇게 코앞에서 볼 줄 몰랐던 주은이 소년을 눈에 담았다.

"안녕하세요, 노해일입니다. 처음 인사하는 것 같네요."

소년이 처음으로 인사했다. 긴장한 기색도 없고 참으로 능숙한 태도였다.

"저희가 준비한 곡은 여기까지입니다만 혹시 듣고 싶은 곡이 있나요?"

이게 무대 체질인지, 연예인 체질인지 몰라도 천성인가보다. 주은은 눈을 반짝이며 손을 올렸다.

"발라드 불러주세요!"

팬카페에서 참 수많은 이야기가 나누어졌다. 소년의 행보, 몇 없는 정보, 소식, 떡밥까지 정말 다양한 이야기를 했고, 그중에 '달이 ~을 해줬으면 좋겠다' 따위의 소원도 있었다. 그중에서 가장 투표 수가 높았던 소원은⋯. '저 달달한 목소리로 사랑 노래는 부르지 않는다니, 부르면 정말 잘 어울릴 것 같다'고 다들 이야기했다.

관객석에서 다양한 장르의 노래들이 쏟아져나온다. 대개는 헤일로가 모르는 노래였고 아는 노래는⋯.

"'고백'이요!"

헤일로가 찰나 눈썹을 움찔했다. 어머니에게 불러주긴 했지만, 그게 '러브송'이란 건 변하지 않았다. 팬들이 러브송을 불러달라면 어떻게 할 거냐는 신주혁이 떠올랐다. "안 부를 건데요"라고 말했던 그는 못 들은 척하며 다른 목소리를 찾으며 일렉에 손을 올렸다.

〈랑데부〉에서 불렀던 듀엣곡. 가수는 하나지만 듀엣곡이라고 문제 될 건 없다. 혼자 부를 수도 있고, 아니면 이 자리에 있는 수많은 가수가 불러줄 테니까.

따다단. 〈랑데부〉를 본 사람들에겐 익숙한 반주. 관객들의 비명과 함께 헤일로가 입꼬리를 올렸다. 그의 계획은 '그래, 아예 러브송에 대해 생각도 못 하게 만들자'였다. 다만, 팬들의 집요함이 쉽게 사라지는 것이 아니었다. 어쩌면 그가 티를 내서 더 그럴 수도 있다. 예리한 눈썰미를 가진 사람들의 눈엔 분명, 못 들은 척하는 것이 보였다.

"'고백' 불러주세요!"

고백! 고백!

헤일로가 방송에서 한 번도 부르지 않았던 곡을 사람들이 모두 알고 있다. 다른 사랑의 세레나데는 불러달라고 하지 않아서 다행이라고 해야 할까. '그래, 어쩌면 우리 세션이 모를 수도 있지 않을까?' 하는 바람을 담아 뒤를 돌아보자 이미 다들 결연히 고개를 끄덕이고 있다. 헤일로가 다시 앞을 바라보고 저를 향한 수많은 바람을 발견했다. 그는 마이크를 들었다.

"제가 원래 사랑 노래는 잘 안 부르는데…."

아쉬움의 눈초리, 초롱초롱한 눈들과 탄식이 자리한다. 익숙한 일이다. 헤일로는 절대 부르지 않을 거라고 생각했다.

"…그래도 원한다면 딱 1절만 불러드리겠습니다. 정말, 마지막으로요."

'이게 아닌데.'

와! 와아! 하기 싫은 마음을 밀어내는 함성이 파도처럼 몰려왔다.

유려한 키보드 사운드. 세션 중 한 사람이라도 모르면 정말 부르지 않았을 거다. 헤일로는 낯간지러운 마음을 억누르며 입을 열었다.

밤새 하고 싶은 말이 있어

[노해일 개커엽네.]
[사랑 노래 잘 안 부른 데 ㅋㅋㅋㅋㅋㅋ]
[아니 ㅋㅋㅋ 왜 이 악물고 못 들은 척하나 했다.]
[생각해보니 노해일 열일곱 살이지. 질풍노도의 시기 ㅋㅋㅋ 사랑 노래
는 간지가 안 난다 이거야?]
[그래도 결국 불러줬잖아.]

　게릴라 버스킹은 꽤 화제가 되었다. 노해일의 음원과 신곡 모두
반응이 좋았지만, 의외로 가장 큰 반응이 나온 건 앙코르의 향연 때
였다. 특히, 이 악물고 '고백'을 못 들은 척하다가 끝내 부르게 된 소
년의 영상이 올라오자 귀엽다는 반응이 이어졌다. 이제까지 천재
의 이미지만 보였다면, 처음으로 10대다운 모습이 사람들에게 의
외로 다가온 것이다. 몇 없는 떡밥에 괴로워하다가 소원 성취한 '파
도타기'는 말할 것도 없었다. 그렇게 어둠의 '파도타기' 단원들이
행복에 젖어 있을 때, 헤일로는 영어로 된 뜻밖의 연락을 받았다.
　"더 미드데이 쇼?"

*　*　*

　"그런데 자네 계속 그렇게 내버려둘 거야?"
　"뭘."
　"자네 아들. 요즘 잘 나가던데."
　한국대 자연과학 500동 1층에 과잠을 입은 새내기들이 조잘대

며 들어오다가 익숙한 얼굴을 보고 경직한다. 그러고는 백스텝.

달랑이는 벨 소리를 듣고 나왔던 사장이 고개를 갸웃한다.

'요즘 기가 허한가. 오늘만 세 번째네.'

사장은 손에 든 과일 그릇을 중년의 남자들에게 가져다줬다.

"교수님들 맛있게 드세요."

"어이쿠 이렇게나 많이. 감사합니다, 사장님."

오래간만에 모인 자연대 교수들이 의자에 기대어 식사 후 후식으로 나온 과일을 입에 욱여넣었다. 시험과 과제를 준비해야 하지만 이 짓도 먹고살기 위함이라며 한참 여유를 부리고 있었다. '어떻게 내야 학생들 모두 만족할 수 있는 과제가 될까' 하는 고민은 늘 하는 것이고 당장은 동료 교수의 가족사가 더 궁금했다. 특히, 동료 교수의 아들이 요즘 유명한 연예인이라면 더 그렇다.

"내가 1년 동안 마음대로 하라 했으니 약속은 지켜야겠지."

노윤현 교수의 태연한 말에 한 교수가 포크를 들었다.

"신기하긴 하네. 난 그렇다고 자네가 진짜 학교를 안 보낼 줄 몰랐어. 게다가 해일이 원래 한국대 지망이었잖아?"

"대학은 둘째치고 고등학교가 의외였지."

"뭐, 노 교수가 아무 생각이 없겠어? 검정고시까진 염두에 두었겠지."

노윤현이 물컵을 들어 입을 헹궜다. 그러는 사이 꽤 많은 대화가 흘렀다.

"근데 굳이 대학 나와야 하나? 한국대 입학보다 더 어려운 걸 해냈는데. 해일이는 그냥 이대로 가는 게 맞아. 방송 보니까 음악 시켜야겠던데. 나였어도 노 교수처럼 했어."

"암, 맞는 말이지. 내 아들이 해일이의 발가락만큼이라도 했으면 난 허락했어."

"자네 아들도 뭐하고 싶대? 걔가 몇 살이었지?"

"프로게이머. 이제 반삼십이 됐으니 자기 인생에 간섭하지 말라더라."

"반오십은 아는데 반삼십은 뭐야. 설마…. 어허이."

"요즘 애들 말이 다 그렇지."

노윤현의 맞은편에 앉은 교수가 슬쩍 앞으로 튀어나와 물었다.

"그래서 자네 아들 대학은 진짜 안 보낼 거야?"

"자넨 왜 남의 아들 대학에 집착하고 그래."

"아니, 그냥 뭐 들은 게 있어서 그렇지. 노 교수 잘 들어봐. 내가 어쩌다 음대 교수와 만났는데 해일이 이야기를 하지 뭐야. 뭐, 그 애는 한국대 지원 안 하냐고."

"우리 학교 음대는 성악 쪽 아니야?"

"해일이가 노래만 잘 부르나? 다른 쪽 있잖아. 작곡."

"오, 작곡과에서 해일이를 노리고 있다고?"

"지금 한예종이랑 경쟁 붙었다니까. 떡 줄 사람은 생각도 안 하고 있는데. 그래서 묻는 거야. 자네 아들 검정고시만 치르면 사실상 웬만한 곳은 다 갈 수 있지 않나 해서."

"뭐… 생각은 있지."

노윤현의 대답에 건너편 허 교수가 그럴 줄 알았다는 듯 눈을 번쩍 떴다. 해외 교류 대학 팸플릿을 쓸어갔던 그의 행적을 보자면, 절대 대학을 포기할 사람이 아니었다. 단순히 대학에 집착하는 건 아니다. 오히려 대학이 가져다주는 메리트, 권력관계를 효율적으로 쓸 줄 아는 사람이라 그랬다.

"대학이 좋은 울타리가 되어주긴 하겠지."

"그럼, 그럼."

허 교수가 두꺼비 같은 얼굴로 고개를 끄덕였다.

"아니, 근데 자네는 음대 교수한테 뭐라도 받았나? 해일이 대학을 왜 그리 추천해. 그거 김영란법 위반이야."

"친필사인은 가치를 매길 수 없으니 괜찮네. 걱정 고마워. 그래서 노 교수 한번 잘 생각해보라고. 한국대 음대! 이 얼마나 멋진 이름이야. 뭐, 연예인이니 학교는 안 오더라도 그 이름 자체만으로 충분하지 않겠나."

"한국대 좋지."

노윤현이 옅게 웃으며 고개를 끄덕인다.

금품 수수 대신 사인을 수수한 허 교수가 긍정적인 신호를 느끼며 따라 웃는다. 그때 들려오는 한마디.

"그래도 한국은 좀 좁지 않나 싶어."

노윤현은 배부른 미소를 지었다.

단 한 번도 학교에서 자식 자랑을 한 적이 없던 사람이라 그들은 뒤이어 들려온 말에 탄식했다.

"내 아들을 품기에 말이야."

11. 더 미드데이 쇼

〈더 미드데이 쇼〉라고 연락을 해온 사람은 TDS 방송국에서 루시가 진행하는 토크쇼로 이름처럼 1시에 방영하며, 전 연령대의 시청자가 찾아보는 프로그램이라고 소개했다.

"전 처음 들어봐요."

"우리가 아는 토크쇼는 〈엘런 쇼〉 아니면 〈코난 쇼〉가 다니까. 그런데 그것보다야 훨씬 많겠지. 미국이잖아."

문서연과 남규환이 주고받은 말처럼 헤일로도 처음 들었다. 애초에 그는 인기 토크쇼 프로그램도 잘 모르기도 했고, 예능은 잘 찾아보지 않았다.

"일단 정치 프로그램은 아니네. 여느 토크쇼처럼 보통 셀러브리티를 초대해 특정한 주제에 대해 떠드는 프로그램이야. 보통 시사 위주고."

한진영은 검색으로 찾아보았던 정보를 풀어놓았다.

"호스트 성향은 부드러운 편. 욕설도 잘 하지 않고 젠틀해. 대신 흥분하면 말이 빨라지는데 잘 알아들을 수 있지?"

"노해일 씨 영어 잘해요?"

"세간에선 못한다고 하던데."

남규환이 소문을 늘어놓았다. 노해일이 고등학교에 가지 않은 건 유명했고, 또 중학교 동창들이 영어를 잘하지 못한다고 했다.

"기본은 해요."

"하이, 나이스 투 미츄 같은 거? 저도 기본은 하는데."

"사장님이 넌 줄 아냐."

짝! 문서연이 남규환의 등짝을 내리쳤다.

"그래서 왜 섭외하는 거랍니까? 그게 제일 중요한데. 그쪽에서 노해일 씨 음원을 들었대요?"

메일 내용은 못 본 남규환이 쓰라린 등을 문지르며 물었다.

"커버 불러달라고."

헤일로의 말에 문서연이 고개를 기울였다.

"커버요? 음원 커버? 편곡 실력이 벌써 거기까지 퍼졌나? 어쨌든 전 괜찮은 기회라고 생각해요."

반면, 남규환은 이상하다는 표정으로 손을 올렸다.

"전 반대입니다. 음원 불러달라는 것도 아니고, 미국 첫 방송인데 커버 너튜버로 이름을 알리는 건 좀 그렇다고 생각합니다. 뭐, 노해일 씨 신곡을 부를 수 있다면야 또 다르겠지만."

"당연히 음원 소개할 기회를 주겠지. 적어도 1시간 이상 떠들어야 할 텐데."

"거기서 부른 이유가 더 있다고 했지, 해일아?"

한진영의 물음에 헤일로가 고개를 끄덕였다. 토크쇼에선 HALO 커버를 해줄 다른 인플루언서를 불렀다.

"음… 너튜버를 다섯 명이나? 그럼 기회가 없을 수도 있겠네."

"전 반대."

"그래도 괜찮은 기회 아닌가. TDS는 유명한 방송국이니까."

이 둘의 의견 모두 틀린 말은 아니었다. 여러 게스트를 초대한 이상 잘못하면 병풍이 될지도 모르는 일이다. 한진영은 그들의 의견을 잠자코 듣다가 마지막에 가장 궁금했던 것을 물었다.

"그런데 이번 토크쇼 주제가 뭐야? 매번 바뀌던데."

설마 인플루언서의 세계, 커버 가수의 세상. 이런 건 아닐 터였다.

"그게 중요한가요, 전 반…."

"HALO 특집이요."

그 순간 남규환이 입술을 벌린 채 얼어붙었다.

"그럼 커버라는 게 〈랑데부〉에서 했던 걸 불러달라는 거야?"

태연한 한진영의 목소리.

"네."

"흠. 진짜 커버 가수로 부른 거네요. 가수가 아니라 커버 가수로 부른 게 마음에 걸리긴 하는데."

"서연이는 의견 보류?"

"네, 혹시 다른 섭외는 없어요?"

"규환이는 반대라 했고."

남규한의 귀에 사람들의 대화 소리가 점점 뭉개진다. 그중에서 '반대'라는 말을 들은 그는 벌떡 일어났다.

"잠깐만!"

정적으로 물든 주변을 인지하며 남규환이 조심스레 덧붙였다.

"전… 가는 게 맞다고 생각합니다."

"너 설마 HALO 특집 듣고 마음이 바뀐 건 아니지?"

"노해일 씨의 인지도를 늘릴 좋은 기회입니다."

"아까 커버라고 별로라며."

"다른 가수들은 커버 안 하나요? 커버 또한 실력을 보여줄 수 있는 한 가지 수단입니다."

둘의 투덕거림을 자애롭게 보던 한진영이 입을 열었다.

"어떡하고 싶니, 해일아."

한진영은 뭘 하든 좋았다. 어차피 초청은 노해일이 받았고 여러 인플루언서를 초청한 만큼 MR이나 세션은 방송국에서 준비할 거다.

"글쎄요."

"무조건! 가야 한다니까요!"

"너, 우리 사장님께 강요하지 마."

해일로는 잠깐 고민했다.

'여러 게스트가 오는 토크쇼라니.'

그는 그런 토크쇼를 해본 적이 없었다. 언제나 해일로라는 사람과 그의 음악에만 집중했다. 하긴 어떤 호스트가 해일로를 앞에 두고 다른 게스트를 부르겠는가. 그들은 해일로가 하루를 비우라고 하든 이틀을 비우라고 하든 응당 그럴 사람들이었다. 그래서 굳이 가야 하나 싶으면서도 자신에게 HALO 커버를 불러달라는 게 흥미롭기도 했다. 무엇보다 촬영 스튜디오 위치가 눈에 들어왔다. 캘리포니아주 로스앤젤레스. 그가 좋아하는 술집과 날씨, 사람, 파티 모든 게 있는 곳이다. 그는 LA에 꽤 괜찮은 기억을 가지고 있었다.

"하루 이틀 더 생각해보고 결정할게요."

소년의 대답을 긍정으로 듣고 문서연이 외쳤다.

"그럼 전 여권을 재발급받으러 갔다 오겠습니다."

"어, 나도!"

"여권은 필요 없을 것 같은데."

"왜요…?"

한진영이 딱 보아도 오해한 것 같은 문서연과 남규환을 난처하게 바라본다. 그들은 천천히 불길함을 깨달았다.

"설마… 저희는 안 가요?"

"일단, 초청한 게 해일이뿐이라. 가도, 모두는 못 가지 않을까?"

방송국에서 숙소와 비행기를 보내준다고 했는데, 그건 소년만 해당되는 사항이었다. 아마 데려가도 매니저나 편집자 한 사람까지만 허용해줄 것이다.

'단 한 사람…?'

남규환과 문서연이 서로를 의식한다. 눈치 게임 시작. 먼저 1을 외친 건 문서연이다.

"저요! 사장님! 제가 이래 봬도 한예종 엘리트 출신! 자퇴했지만 영어 기가 막히게 합니다. 통역사로 사장님을 보필하겠습니다!"

"제가 더…."

영어는 잘하지 못하는 남규환이 입을 달싹이다 일단 말했다.

"잘합니다."

"뭘? 영어?"

"…비슷한 …청소?"

문서연이 피식 웃는다.

"영어 비슷한 청소? 뭐, 청소 마법이라도 쓸 줄 아시나? 어? 윙가르디움 레비오사 할 줄 아냐고."

"스투페파이는 가능한데?"

남규환이 주먹을 들었다. 문서연이 무서운 척하며 비명을 질렀다. 참 사이좋은 세션들이다.

헤일로는 작업실에서 쫓아내고 싶은 두 사람을 보며 말했다.

"다 같이 가도록 해요."

"어? 그래도 돼? 비행기랑 숙소는…."

불쑥 소년이 카드를 든다. 얼마 전에 만든 반질반질한 새것이지만 한진영은 저 안에 든 게 뭔지 안다.

'저번에 무슨 옴므 향수 광고에서 헤일로 노래가 나오긴 하던데 하하.'

"충성을 다하겠습니다, 사장님."

헤일로는 문서연을 따라 하는 한진영의 말투에 피식 웃었다. 어쨌든 미국 섭외 건은 결정되었다.

한진영은 그들이 하다 만 일을 떠올렸다.

"그럼 다시 음반 작업 시작할까요?"

"그러죠. 뭐부터 하면 좋을까요?"

"퍼커션 먼저 가능할까요?"

미국, 아니 벌써 HALO 특집을 기대하는 남규환이 손가락으로 자기를 가리켰다. 헤일로가 고개를 끄덕였다. 남규환은 음반 작업이 아직 남아 있다는 게 빈말이 아니었음을 깨달았다.

"이번엔 오버 더빙으로 가게요?"

"세션 고민 중인 게 있어서. 혹시 다른 악기도 쓸 줄 알아요?"

"어, 어떤 타악기냐에 따라."

남규환이 노해일을 따라 녹음실로 들어간다.

'싱글 음반 작업한 지 얼마나 됐다고. 그동안 따로 작업하는 게 있었나?'

문서연이 고개를 갸웃했다.

"우리 얼마 전에 한 게 싱글 작업 아니에요?"

"그렇지."

한진영이 녹음실 문이 닫히는 걸 보며 고개를 끄덕였다.

"그럼 이건 정규앨범 작업인가? 이렇게 빨리?"

문서연은 '한 달에 한 번 앨범을 뽑는 사람이 세상에 하나가 아니라니, 세상은 알면 알수록 대단한 것 같다'고 생각했다. 그런데…대답이 들려오지 않자 그녀는 고개를 들어 한진영을 바라보았다. 한진영은 가끔 이렇게 미묘한 표정을 지을 때가 있었다. 말해야 할까 말까 고민하는 것처럼. 그녀도 모든 걸 말하는 건 아니니 서운하진 않았다.

"비슷할걸."

"…비슷?"

정규앨범이면 정규앨범이지 비슷한 건 뭘까? 정규앨범이 아니라 미니앨범이라는 걸까?

"뭐, 곧 알게 되겠죠."

"그렇겠지."

녹음을 끝내면 곡이 완성될 테고, 그럼 모를 수가 없을 거다. 한진영이 씩 웃으며 말했다.

"머지않아 말이야."

* * *

"머지않아 해외에 나갈 일이 생길 건 알았지만, 정말 혼자 가도 괜찮겠니?"

진짜 혼자 가는 건 아니지만, 어쨌든 미성년자인 자식이 부모 동반 없이 타국에 나가는 건 걱정될 수밖에 없다.

"촬영만 하고 오는 건데요."

평소와 다름없게 웃는 아들을 보며 박승아가 새초롬히 물었다.

"이번에도 새벽에 혼자 돌아다닐 거야?"

이미 그는 유럽 여행을 갔을 때 새벽부터 일어나 몰래 숙소를 나갔다 들어온 적이 몇 번이나 있었기에 어머니는 심문하듯 물었다.

혜일로는 딱히 대답하지 않고 웃었다. 지키지 못할 게 뻔하니 하지 않는 것이다.

"어머니, 제가 잘 따라다닐게요."

"네, 어머니 걱정하지 마세요! 언어는 제가 책임지겠습니다."

"시큐리티가드 남규환입니다. 치는 거 잘합니다."

아들 대신 대답해주는 밴드 사람들에 박승아는 살포시 웃으며 고개를 끄덕였다.

박승아와 인사하고 공항으로 들어온 일행은 신기하다는 듯 표를 쳐다보았다. '비즈니스석'이라고 쓰여 있었다.

"와, 저 비즈니스석 처음 타요."

"나도."

그들은 아무렇지도 않게 비즈니스석을 끊은 고용주의 지갑 사정이 걱정됐다. 호텔도 따로 결제한 것 같은데 음원 1위도 하고 방송도 나온 건 알지만, 이렇게 물 쓰듯이 써도 되는 걸까 싶었다.

"근데 어떻게 기자 한 명이 없냐."

"조용하니 좋은데 뭘. 그리고 지금 자정이잖아."

남규환이 슬쩍 주변을 돌아보았다. 톱스타의 기자회견처럼 화려한 카메라 세례를 기대한 건 아니지만, 탑승 수속을 마친 후로 그나마 오던 시선도 사라졌다.

"뭐, 아무에게도 알리지 않았으니 아무도 모르는 거지."

말했다면 진작 '국뽕' 기사가 도배되지 않았을까. 적어도 이 정도로 조용하진 않았을 것이다.

"그럼 같까요?"

"가자!"

시간이 되었다. 지루하게 전광판만 보던 사람들이 벌떡 일어났다. 신이 난 누군가가 노래를 흥얼거리자, 헤일로도 웃으며 화음을 맞췄다.

"환상의 나라로 오세요. 즐거운 축제가 열리는 곳, 영원한 행복의 나라."

[손님 여러분, 로스앤젤레스 국제공항에 오신 것을 환영합니다.]

* * *

〈더 미드데이 쇼〉 HALO 특집'의 시작은 미국 전역에서 일어나고 있는 한 현상(phenomenon) 때문이다. 사람들이 HALO 현상 혹은 HALO 효과(effect)라고 부르는 이것은, 얼굴 없는 가수를 저격했던 어떤 블로거로부터 시작한다. 'Who is HALO?'라는 제목으로 음원 사이트 조작을 의심했던 어떤 블로거와 그 의심을 음악으로 타파했던 어떤 가수, 그리고 그 가수의 음악 'I am HALO'가 빌보드 핫100의 23위까지 오르며 HALO라는 가수가 본격적으로 전미에 알려졌다.

빌보드 23위란 매우 애매한 숫자일지도 모른다. 새로운 스타가 탄생하고, 그 스타의 곡이 빌보드 1위가 되는 일도 일어나는 세상이니 말이다. 하지만 어떤 마케팅 없이 얼굴 없는 가수로 오로지 음악을 가지고 승부하여 빌보드에 오르고, 스포티파이를 포함한 디지털 스트리밍 플랫폼에서 1위를 달성할 수 있는 일이 세상에 얼마나 될까? '얼굴 없는 가수'로 마케팅이 되었다고 보는 시선도 적잖이 있지만 적어도 그의 음악성을 무시할 사람은 없었다.

HALO라는 가수의 음악을 듣게 된 사람들은 생각한다. 한 달에 한 번 이런 퀄리티의 곡을 아무렇지도 않게 발매할 수 있는 가수라면, 그들이 이미 알고 있는 유명 가수일 게 분명하다고. 그것도 당연히 톱에 도달했던 뮤지션일 게 분명했다. 그들 중 도대체 누구인가? 평범한 일상을 살아가던 사람들이 호기심을 가졌다. 도대체 누가 이렇게 정체를 숨기고 재밌는 짓을 하는가? HALO에 대한 추리와 탐색이 흥미롭게 다가왔다.

그리하여 'I am HALO'가 빌보드 23위에 오르고 조금 지났을 때 대략 3월쯤 #Who is HALO 혹은 #Are you HALO?라는 해시태그를 건 움직임이 천천히 일어났다. 그 움직임에 대중은 응했다. 그리고 트렌드를 본능적으로 따르며 선두주자가 되길 바라는 이들인 '별'들이 이 HALO 현상을 이끌었다. 그를 잘 알고 있는 듯한 의미심장한 문구를 올리는 사람들이 있었다.

[그는 음악만큼 뜨거운 남자야.]

[둘보단 셋을 좋아하지.]

또한 은근히 의심받으며 관심을 키우는 가수도 있었다.

[최근에 따로 하는 작업이 있어서요.]
└ #혹시 당신…?
└ 글쎄요;)

지금 HALO란 이름이 전미에서 히트 상품임은 분명했다. 거짓말이나 사기를 치는 사람이 아니더라도 모두 그 이름 하나에 관심을 가졌다. 특히, HALO의 정체를 추리하며 용의선상에 오른 사람들을 하나하나 찾아가 그들의 행적을 파헤치는 어떤 사이버 렉카는 전성기를 맞이했다. '네가 하는 짓이 스토커와 뭐가 다르냐'는 논쟁에 휩싸였음에도 불구하고, 아이러니하게도 그의 콘텐츠는 수면 위로 부상하게 된다. 지상파 프로그램의 콘텐츠가 된 것이다. 이를 적극적으로 활용한 건 메이저 토크쇼라고 여겨지는 〈더 투나잇 쇼〉였다. 셀러브리티를 초대해 장난삼아서 했던 'HALO 특집'이 성공하며 이내 모든 토크쇼로 퍼져나갔다. 〈더 미드데이 쇼〉 HALO 특집도 그 물결의 막바지에 올라탔다.

"저는 미드데이 쇼의 작가 헬렌입니다. 만나서 반가워요, 미스터 로(Roh)."

"저 역시 반가워요, 헬렌."

"한국은 꽤 멀리 있는 거로 아는데. 불편한 문제는 없었나요?"

"음, 촬영 대신 피크닉을 가고 싶긴 했어요."

"하하, 맞아요. 오늘 날씨가 너무 좋더라고요. 저도 출근하기 싫어서 혼났죠."

작가가 키득대며 웃었다.

"그나저나 영어 정말 잘하시네요. 커버는 한국어 버전이라 이렇게 잘하실 줄 몰랐어요. 솔직히 놀랐습니다."

그들이 소년에게 요청한 HALO 커버는 할리우드 스타 벨 모리슨의 언급으로 꽤 많은 관심을 끌었다. 벨 모리슨이 아니었다면 그들 또한 이 소년의 존재도 몰랐으리라. 북미 사람들은 전반적으로 자막과 한국어에 익숙하지 않았지만, 그런데도 곡의 분위기가 충분히 전달되었다. 적어도 〈더 미드데이 쇼〉 제작진들은 모두 동의했다. 작가는 어찌 되었든 소년에게 영어로 된 커버도 부탁할걸 그랬다며 잠깐 후회하다가, 커버 가수들의 무대 시간이 그리 많지 않다는 걸 인지했다.

"오늘 좋은 무대 부탁드려요."

마지막 인사로 으레 하는 멘트에 소년이 입꼬리를 올리며 고개를 끄덕였다.

작가가 안내해준 분장실에 헤일로가 들어서자마자 시선이 쏠렸다. 메이크업을 진행 중이던 메이크업 아티스트부터 정체불명의 메이크업을 받는 게스트, 그리고 그들을 촬영하고 있는 소형 카메라맨까지. 헤일로는 그들을 보며 천천히 고개를 갸웃했다. 사람이 많은 건 문제가 아닌데, 그냥 뭐랄까 그가 예상치 못한 광경이 있었던 것이다. 머리에 해바라기인지 불가사리를 쓴 사람, 머리카락을 왁스로 고정해 뾰족하게 세운 사람, 그리스 로마 신화에서나 나올 법한 긴 튜닉을 입고 예수님처럼 서 있는 사람 등 토크쇼보다 곧 서

커스를 할 것 같은 사람들이었다.

"헤이, 네가 마지막 너튜버지?"

옆으로 다가온 남자는 그나마 정상이다. 고급스러운 클래식 정
장을 입은 그 역시 너튜버인 듯 브이로그를 찍는 카메라를 들고 서
있었다.

"난 바커스야. 너튜브에서 커버 활동을 주로 하고 있지. 물론, 내
음악도 만들면서. 여기에 인사해줄래?"

"안녕."

"오! 보기보다 시니컬한 친구네. 좋아. 그래서 친구 넌 이제 어떤
콘셉트로 분장할 예정이지?"

"…꼭 해야 해?"

그의 물음에 바커스가 눈을 번쩍 떴다.

'이대로 가겠다고?'

소년은 그냥 캐주얼하게 입고 있었다. 뭐, 딱 청소년답긴 하다.

"꼭 할 필요는 없지."

다만, 어떻게든 태양처럼 보이려는 사람 속에 묻힐 거다. 토크쇼
의 게스트가 많다 보니 결국 시선이 분산되기 마련이다.

"그러는 넌?"

소년의 물음에 바커스가 제 복장을 내려다봤다. 다른 이들과 달
리 단정하게 입은 그는 클래식한 브랜드의 정장을 흐뭇하게 바라
보며 대꾸했다.

"나를 가장 잘 보여줄 수 있는 복장이라서 입은 거야. 내 구독자
들에게 가장 익숙할 거거든."

그 말에 소년이 어깨를 으쓱하며 답했다.

"나도 그래."

'좀 의왼데.'

바커스는 웃는 얼굴을 유지하며 천천히 소년과 멀어졌다. 그는 소년을 알지 못하는 척했지만 사실 알고는 있었다. 같이 게스트로 나오는 데 당연히 조사했다. 그가 어떤 채널을 하고 어떤 콘셉트며 어떤 곡을 커버할지 진작에 알아봤다. 이 소년도 당연히 자신보다 아래다. 사실, 여기서 모인 사람 중에 가장 구독자 수가 적다고 할 수 있다. 특이 사항이라면 한국에서 방송 활동을 하고 있다는 것. 그래 봤자, 인지도를 따지면 한 Z급? 이곳은 한국이 아니라 미국이다. 그리고 실력은 한⋯ C정도? 소년은 특이하게 영어가 아닌 한국어로 불렀고 그래서 이해하기 힘들었다.

'영어였다면 한 A-에서 B는 줬을 텐데, 아까워.'

소년은 '부디 시험에 들지 말게 하소서'를 커버했고 다행히 그와 전혀 겹치지 않았다.

'잠깐 다행이라고?'

바커스는 얼핏 얼굴이 굳었다. 왜 자기가 다행이라고 생각했는지 알 수 없다. 소년이 꽤 잘하긴 했지만 그렇다고 자신이 부족하지 않다. 게다가 소년은 다른 인플루언서와 곡이 겹친다. 뭐가 됐든 자신이 월등히 유리한 상황이라고 안심한 바커스는 굳은 얼굴을 풀고 슬쩍 고개를 돌렸다. 뚜렷한 포시 악센트를 쓴 소년은 한쪽 벽에 기대 분장실을 둘러보고 있었다. 여유롭고 태연하게. 무대는 어떨지 모르겠지만 태도는 '음, 한 B+ 정도 주지'라고 생각한 바커스는 소년과 마주치자 웃으며 말했다.

"오늘 잘해보자고, 미스터 젠틀맨."

＊＊＊

남규환이 눈을 껌뻑였다. 옆에 앉아 있는 문서연도 마찬가지로 눈을 깜빡였다.

"잘 부르네."

"별론데."

"괜찮은 것 같은데."

한진영이 덧붙였다.

그들은 관중석에 앉아 〈더 미드데이 쇼〉를 관람하고 있었다. 그들의 사장이 자유를 줬지만, 그들이 선택한 건 언젠가 자신들이 서게 될지도 모르는 미국 방송국이다. 아쉽게도 이번엔 출연할 수 없지만 언젠가 카메라 앞에서 연주하길 바랐다. 이번에 출연하지 못한 이유는 간단했다. 방송국에서 노해일만 섭외한 것도 맞지만, 노해일밖에 섭외할 수 없었다. 무척 단순한 이유였다.

"세션 자리가 없다고 하더니. 진짜 피아노 외에 없구나."

"원래 음악용 스튜디오가 아니라 토크쇼 스튜디오니까."

"그래도 문서연, 네 자리는 마련해주겠다고 하지 않았어?"

"피아노 관뒀어."

문서연의 말에 다들 멍하게 고개를 끄덕였다. 그 와중에 커버 무대가 끝났다. 사람들이 만족한 듯 자리에서 일어나 환호성을 질렀다. 떠드느라 제대로 듣지 못한 그들도 일단 손뼉을 쳤다. 게스트가 많다는 게 거짓은 아니듯 한 사람당 분량이 그리 길지 않다. 토크쇼에서 으레 오가는 질문과 대답 후 무대가 이루어졌다. 가장 흥미로 웠던 건 바커스라는 사람과의 토크였다. 다른 이들이 한국인 정서에 맞지 않는 콘셉트로 나왔다면, 가장 깔끔하고 호감 가는 정장으로 나온 바커스는 중저음 음색에 젠틀하고 센스 있는 입담을 가지고 있었다.

"당신에게 HALO란?"

"HALO is… Me… 라고 하면 아무도 안 믿겠죠?"

"물론, 절대로요. 성대를 바꾸고 오는 걸 추천하죠."

그리고 이어서 바커스의 무대가 이어졌다.

"오, 좀 잘 부르네."

"별론데."

"넌 HALO가 부르는 거 아니면 다 별로라고 할 거지?"

"객관적으로 하는 말이야."

"사장님 무대도 별로라고 할 거야?"

"흠… 별로면 별로라고 해야지."

문서연이 질린다는 표정을 지었다.

아무튼 바커스가 커버한 건 HALO 2집 '우리가 다시 만날 때'다. 호불호가 없었던 노래인 만큼 반응이 가장 좋았다.

"그런데 사장님도 영어로 부르는 거예요?"

"아닐걸?"

"그럼 한국어로? 그래도 괜찮아요? 여기 외국인들밖에 없는데 영어로 부르는 게 낫지 않나?"

한참을 커버 무대를 보던 문서연은 좀 걱정되었다. 아무래도 한국어면 반응도 적고 전달도 좀 부족할 것이다. 영어를 잘하니 그냥 영어로 다시 편곡해서 부르는 게 낫지 않을까 싶었다.

"해일이는 괜찮다고 하던데."

"그런가요?"

문서연이 사장님답다며 덧붙인다.

한진영은 "전달하기 어렵다고 곡을 바꾸는 일은 없을 거예요. 좋은 곡은 언어와 상관없이 잘 전달되는 법이니까요"라고 했던 헤일로의 말을 떠올렸다. 자기 노래를 아무렇지도 않게 좋다고 표현하며 전투적으로 불타오르는 소년을 말릴 마음은 들지 않았다. 으레 그렇듯 잘할 거라 믿으니까.

이윽고 쇼호스트인 루시의 멘트와 함께 소년이 등장했다.

"오늘 방문한 친구 중 가장 어린 가수입니다! 만나서 반가워요."

"만나서 반가워요, 루시."

루시가 놀라 눈을 깜빡였다. 뚜렷한 포시 악센트가 의외였다. HALO 현상 이래로 포시 악센트가 다시 유행(?)하긴 했는데, 이런 악센트는 함부로 꾸밀 수 있는 게 아니었다.

"정말 제가 좋아하는 목소리예요, 로. 그리고 영어를 정말 잘하는군요."

"통역을 두는 것보단 우리 둘이 대화하는 게 좋잖아요?"

"어머. 세상에, 이 친구 봐. 내가 10년만 어렸다면 정말 좋았을 텐데."

"루시, 10년이 아니라 20년!"이라는 어느 관중의 외침에 루시가 웃음을 터트렸다.

"좋아요, 오늘 보았던 친구 중에 가장 마음에 들어요. 목소리도 그렇고. 마치 그가 10대였다면 이런 목소리를 냈을 것 같아요. 미스터 로, 이대로만 늙는 거예요."

그 말에 소년이 피식 웃었다.

"무대를 하기에 앞서 몇 가지만 물어볼게요."

"첫째로 HALO의 음악을 좋아하는 이유는? 아, 물론 이 자리에 나온 만큼 좋아하길 바라요."

이건 당연하다.

"완벽하니까."

"오케이! 가장 명쾌한 답변이었어요. 솔직하고 좋네."

다른 이들은 세상에 있는 모든 미사여구를 썼는데, 루시는 이 담백한 답이 나쁘지 않았다.

"그럼 HALO의 음악 중 가장 좋아하는 곡이 있나요? 또한, 그 이유는?"

헤일로에게 이건 어려운 질문이다. 모든 노래가 각각의 이유로 좋았다. 잠깐 고민하다 이렇게 말했다.

"앞으로 나올 6집이요."

예상치 못한 답이다. 그러나 괜찮은 답임이 분명했다. 이 자리에 있는 관객들도 마음에 드는 답이라며 손뼉을 쳐줬다.

"언제 나올지 모르는데?"

"좋아요, 5월에 나올 6집이라고 정정하죠."

이건 헤일로의 애드리브!

와! 소년의 정정에 HALO 팬이 분명할 사람들이 환호성을 질렀다.

달마다 곡을 출시하는 행보가 끝나가고 있다고 말하는 몇몇 무리가 있다. 그들의 의견에 함부로 반박하지 못하는 건 한 달에 한 번 앨범을 낸다는 게 말이 안 된다는 걸 모두가 알았기 때문이다.

분명 누군가는 이런 소년의 말을 비웃겠지만, 그래도 가려운 등을 시원하게 긁어준 느낌이었다.

루시도 얼굴이 밝아졌다. 앞선 인플루언서들도 재밌었지만, 소

년은 뭐랄까 쓸데없이 과장하지 않고 정말 그대로의 팬심을 보여
주는 것 같아 좋았다.

"무대가 아니라면 계속 토크를 했을 텐데. 지금 너무 재밌어요.
여러분도 그렇죠?"

하지만 토크의 끝이 다가오고 있었다. 루시는 반쯤 아쉬운 얼굴
로 소년의 무대를 소개한다.

"이번 무대는 HALO의 4집 '부디 시험에 들지 말게 하소서'."

앞서 했던 무대와 중복된 노래인 걸 알고 관중이 잠깐 웅성거렸
다. 그러나 그들은 잠깐 호감을 느낀 소년을 위해 손뼉을 쳐줬다.
웬만큼은 부르겠지 생각하며 그들은 앞선 네 개 무대의 평균 정도
를 기대했다. 이미 그들이 아는 곡이기에 큰 기대를 하지 않은 것이
다. HALO의 음악은 HALO 외에 어울리지 않는다. 그의 음악은 곧
한 사람의 인생을 반영했기 때문이다. 다른 사람의 인생은 흉내 낸
다고 해도 함부로 흉내 낼 수 있는 것이 아니다.

익숙한 오르간 소리가 들려왔다. 그리고 반대로 익숙하지 않은
소리.

오 주여

그 언어가 자신들이 아는 언어가 아니라고 웅성대는 것도 잠시,
그들은 모르는 언어에 본능적으로 더 귀를 기울였다.

아버지께선 모두를 사랑하라고 말씀하셨죠

모두가 이미 아는 노래이기에 뜻은 한 박자 늦게 그들에게 다가온다. 누군가는 생각했다. '괜찮은데?'라고. 무엇보다 소리가 예쁘게 들려왔다. 영어와는 무척 다른 느낌인데 그래서 더 신비하기도 했다. 그다음엔 소년의 청아한 목소리가 귀에 도착했다. 사라져야 할 오르간 선율 위로 새로운 목소리가 덧씌워졌다.

성당의 창에서 들어오는 눈부신 빛, 그리고 그 빛을 통해 느껴지는 따뜻한 손길. 알지도 못하는 언어가 신의 음성처럼 도착했다. 그들은 해석하려고 했으며 어떻게든 그 뜻을 알려고 갈구했다. 그러나 신의 음성이기에 인간인 그들이 이해할 수 없는 것도 납득이 갔다.

"아버지…."

누군가 두 손을 맞잡고 작게 읊조린다.

이건 HALO의 음악이 아니다. HALO 커버라고 했지만 그는 신을 싫어했으면 싫어했지, 이렇게 어루만져주는 사람이 아니었다. 어떻게 보면 음악에서 보인 HALO의 인생을 해친 걸지도 모른다.

'이건… 태양을 향한 모독이야.'

HALO의 어떤 팬은 그렇게 생각했다. 하지만 동시에 생각보다 이 노래가 밉지 않다는 걸 인정했다. 따뜻한 손길이 나쁘지 않았다.

'…HALO가 이 곡을 듣는다면 무슨 생각을 할까?'

어린 소년이 가져온 위로, 길 잃은 어린양을 위한 노래. 맞잡은 두 손 위에 부드러운 건반이 닿는다. 피아니스트의 손이 멈췄고 그와 함께 무대가 완전히 끝났다. 마무리 멘트를 지어야 할 루시가 말을 잃었다.

"와…."

한편, 무대 뒤편에서 소년의 무대를 본 게스트들은 각양각색의 반응이었다. 소년과 중복된 곡을 부른 게스트의 표정은 일그러졌고, 독실한 신자로 알려진 게스트는 두 손을 맞잡고 눈물을 글썽였다. 반면, 바커스는 여전히 웃는 얼굴로 있었다. 다만 미세하게나마 입술이 떨린다. '그래도 전달력은 내가 이겼어'라고 믿는 그는 가슴 한편이 따뜻해진 건 인정할 수 없다. 그는 태양처럼 뜨거운 남자다.

'나쁘진 않긴 했어. 영어로 불렀다면 더 좋았을 텐데.'

카메라가 전환되며 관객들을 비췄다. 손뼉을 치는 사람은 없었다. 참 잔인한 인간들이다.

'적당히 괜찮았으면 소년에게 격려의 박수를 쳐주지.'

괜히 눈에 손을 올리고 있는 관객들을 보며 바커스는 몸을 홱 돌리고 문을 향해 걸어나갔다. 더 볼 것도 없다 싶었다. 그 뒤로 들려오는 우렁찬 박수 소리는 착한 분장실 직원들이 치는 것일 테다. 멀찍이 들리는 환호성은 '뭐, 너튜버가 웅성거리는 연기 하나쯤은 할 줄 알아야지'라고 생각했다.

"여기까지… 〈더 미드데이 쇼〉였습니다."

나지막이 엔딩 멘트가 들렸다. 바커스에겐 환호성을 질러주던 루시의 목이 잔뜩 잠겨 있었다.

***

다음날 아침, 헤일로는 기지개를 켜며 거리로 나왔다.

"토크쇼는 어딜 가나 똑같네."

축하 겸 찬양을 늘어놓던 멤버 전원은 술에 곯아 잠든 아침, 헤일로는 홀로 자신이 가장 잘 아는 거리를 걷고 있다. 언제나처럼 기타 케이스를 등에 달랑 멘 채다. 헤일로는 주변을 둘러보았다. 그의 고

396

향이 생각보다 많이 변하지 않았던 것처럼 이곳도 그랬으면 좋겠다. 그가 기억하는 거리 위로 시간이 덧씌워진다. 쭈그려 앉아 한참 횡단보도를 쳐다보는 소년에게 누군가가 다가왔다.

"혹시 처음 오셨나요? 관광명소나 식당을 추천해드릴까요?"

"아니요, 괜찮아요. 이미 잘 알고 있거든요. 그냥 기억을 좀 되살리는 중이에요."

"아, 오랜만에 돌아오셨나 봐요."

헤일로는 피식 웃으며 답했다.

"오랜만이긴 하죠."

헤일로는 오르막을 따라 죽 올라와 마침내 기억의 끝에 도달했다. 그는 주변을 두리번거렸다. 이 동네에 올 때마다 들렀던 레스토랑까지 곧이다. 물론, 같은 자리에 같은 식당이 있을 거로 여기지 않는다. 같은 사람도 당연히 없을 테고 설사 존재한다 하더라도 이미 무덤에 묻혔을 것이다. 그런데도 그의 걸음은 고집스럽게 앞으로 나아갔다.

'닉의 부엌(Nick's Kitchen)'은 버거와 샐러드 그리고 브런치를 파는 레스토랑이었는데, 가장 인기 있는 메뉴는 치즈버거였다. 치즈버거가 특별히 맛있어서라기보단 다른 메뉴가 맛없어서 단골들은 늘 치즈버거를 시켰다. 그도 그들처럼 창가에 앉아 주문하곤 했다.

"늘 먹던 거로."

"자네는 여기에 원두라도 맡겨놨나?"

"오늘은 두 잔으로 부탁해, 닉."

"버거나 처먹어."

음식보다는 오히려 닉이 취미로 뽑아주는 커피를 마시러 가는 곳이었다. 유럽의 일류 바리스타가 만든 것처럼 커피 향과 맛이 기가 막혔다. 그는 그곳에서 늘 진한 에스프레소를 마셨다. 그러곤 햄버거집 관두고 카페나 열라고 말했다.

'평생 햄버거집을 하겠다고 대답하곤 했지.'

헤일로는 코너를 돌아 걸음을 멈췄다. 그 끝에 나타난 건 아이스크림 가게와 반반 나눠 사용하던 닉의 허름한 버거집이 아니었다.

"진작 커피숍으로 바꾸라니까. 봐, 이렇게 잘 됐잖아."

헤일로는 입꼬리를 올리며 관광객으로 붐비는 대형 카페를 발견했다. 과거와 같은 모습은 전혀 아닌데, 가게도, 크기도, 사람도 모든 게 다른데 그래도 반가웠다.

'에버신스(Ever Since)'라고 간판을 내건 카페에 그는 기타를 달랑거리며 들어갔다. 카페에 들어서자마자 원두향이 짙게 풍겼다. 특이한 구조의 인테리어가 눈에 들어왔고 무엇보다 손님이 무척이나 많았다. LA의 카페는 대개 테이크아웃 중심이라 안에서 시간을 보낼 수 있는 카페를 찾기 힘들다. 별다방을 제외하면 거의 없다. 펍이면 몰라도. 그래서 그런지 오래된 극장을 개조하여 지어진 이 2층 구조의 카페에 모든 캘리포니아 사람들이 몰려왔나 싶을 정도로 가득 차 있었다. 느긋한 커피타임을 원하는 다양한 국가의 사람들이.

헤일로는 주변을 두리번거리며 안으로 들어갔다. 그는 이 카페가 오래된 극장을 개조했다는 걸 알지 못했지만, 극장처럼 무대가 있는 건 금방 발견했다. 또한 무대에 피아노를 포함해 밴드의 악기가 존재하는 것도.

"어? 저 사람 혹시…."

"왜? 누구 있어? 어? 노해일?"

멀리서 그를 뚫어져라 쳐다보는 시선을 느끼지 못하고 가만히 무대를 쳐다보았다.

"이곳에 처음 오셨나요?"

입구 앞에 서 있는 그가 신경 쓰였는지 베스트를 갖춰 입은 직원이 다가왔다.

"이곳엔… 처음이죠."

미묘한 뉘앙스라고 생각했지만, 이 카페가 만들어진 건 이 소년이 태어나기도 한참 전일 테니 직원은 착각이라고 여겼다.

"에버신스에 잘 오셨어요. 베벌리힐스에서 소문난 명소이죠. 인기 메뉴는 아인슈페너와 라떼. 물론, 다른 커피도 훌륭합니다. 옛 극장을 개조하여 만든 카페이니 천천히 구경하세요. 눈이 즐거울 거예요. 아, 그리고 오늘 정말 잘 오셨어요. 공연이 준비되어 있거든요."

"공연이요?"

"네, 오늘 저녁에 극장 무대에서 재즈공연이 열릴 거예요."

'재즈라. 좋네.'

헤일로가 고개를 끄덕였다. 시간이 많으니 종일 카페에 있어도 좋을 것 같았다.

"어떻게 도와드릴까요?"

"치즈버거랑 에스프레소 부탁해요."

직원이 포스에 메뉴를 입력할 즈음, '지이잉' 진동이 길게 울렸다. 유심칩을 끼운 한진영의 번호였다.

'음, 생각보다 일찍 일어났군.'

헤일로는 차분히 생각하며, 핸드폰을 다시 집어넣으려고 했다. 다시 울리는 진동. 전화를 받지 않으니 곧장 메시지가 왔다.

[어디야?]

* * *

"와, 여기 되게 좋다. 미국에서 이렇게 큰 카페는 보기 드문데."

"누가 새벽에 몰래 나가지만 않았다면 더 좋았을 텐데 말이야."

뼈가 담긴 말에 헤일로는 시선을 피하며 슬슬 재즈공연을 준비하는 무대를 바라보았다. 방금 들어간 붉은 머리의 여자가 오늘 공연을 보여줄 가수인 것 같다. 세션일 수도 있지만 헤일로는 그런 느낌이 들었다.

샐러드와 이것저것 시킨 사람들은 문서연이 별그램용 사진을 찍을 때까지 기다렸다.

"사장님은 안 먹나요?"

"아까 치즈버거 먹었어요."

"아….."

문서연이 안타까운 듯 말했다.

"여기 유일하게 치즈버거만 평이 안 좋던데."

"그래요?"

"네, 다들 다른 메뉴는 다 맛있는데 치즈버거는 아쉽다고 그러더라고요."

"음."

헤일로는 쿡 웃었다. 그리고 다시 한번 '내가 진작에 버거집 관두랬잖아, 닉' 하고 생각했다.

그때 어디선가 소란이 일었다. 케이크를 잘라 입에 넣은 문서연도, 크루아상을 먹던 남규환도, 한진영도 모두 고개를 돌렸다.

무대에 어두운 붉은 머리의 가수가 나와 있었다. 화려한 드레스를 입은 가수가 꽤 예쁘다는 감상도 잠시, 가수와 사장이 대화하는 게 눈에 들어왔다. 표정으로 보아 그리 좋은 상황은 아닌 것 같았다.

"연주자가 갑자기 펑크를 냈다고요?"

"급하게 연주자를 구하는 중이지만."

사장이 난처한 얼굴로 주변을 둘러본다. 공연을 기대하며 온 손님들을 보니 그는 어떻게 지금 당장 세션을 구해야 하나 암담했다. 심지어 한둘도 아니고 피아노, 콘트라베이스, 풀할로우바디 기타와 콩가까지 모든 세션이 펑크를 냈다.

웅성거리는 소리가 번진다. 중년 부부 하나가 사장한테 와서 오늘 공연에 대해 물었다. 사장은 마땅한 대답을 줄 수 없었다. 하루만 시간이 있었다면 어떻게든 구했을 테지만 공연 직전에 잠수를 탄 지금, 신이 아닌 이상 연주자를 창조할 수는 없다. 무대 위에 팔짱을 끼고 있는 가수가 우울한 얼굴로 마이크를 만진다. 결국 사장이 결정해야 할 때다. 그가 무대로 올라와 "오늘 공연이 취소되었습니다"라고 알리려고 하는 그때 가수가 고개를 번쩍 들고 사장에게 무언가를 속삭였다. 사장이 황당한 얼굴로 고개를 젓지만, 가수가 검지 하나를 들었다. 결국 사장이 망설이다 입을 열었다.

"혹시 이 자리에 악기를 다룰 수 있는 분이 있습니까?"

그 한마디에 웅성거리던 군중이 조용해졌다. 악기를 다룰 수 있는 사람은 있더라도 준비되지 않은 연주를 하겠다고 나서긴 쉽지 않다. 게다가 옛 극장을 개조하여 만든 곳인 만큼 무대의 주목도가 매우 높았다.

헤일로가 가수를 쳐다보았다. 어떻게든 공연을 하고 싶어 하는 가수와 헤일로의 시선이 마주친다. 가수의 뚜렷한 초록색 눈동자와 헤일로의 검은색 눈이 교차한다. 가만히 시선이 고정된 가수는 불현듯 소년의 눈이 밝게 빛난다는 걸 알았다. 강렬한 느낌이 들었다. 어쩌면 저 애가 손을 들고 이렇게 말하지 않을까? '제가 할게요'라고.

"방송국에서 심심하지 않았어요?"

"어?"

"한국에 돌아가기 전에 공연하고 싶지 않아요?"

밴드 사람들은 그 한마디에 곧장 눈치를 채고 얼굴이 밝아졌다. 그러니까 한 사람을 빼고.

"전 피아노 관뒀어요."

"하기 싫으면 안 해도 돼요. 그런데…."

헤일로가 의미심장한 눈으로 문서연을 쳐다봤다. '정말 안 하고 싶어?' 하는 시선이었다.

문서연은 빵을 다시 한입 크게 베어먹으며 고개를 끄덕였다. 준비되지 않은 공연은 하고 싶지 않다.

"콩가는 오랜만에 다루는데."

"어? 너 하게?"

남규환이 고개를 끄덕였다. 말은 안 했지만 그는 방송국에서 심심해 죽을 뻔했다. HALO 특집이라면서 뭐, 특별한 것도 없고, 다음엔 토크쇼에 다 같이 출연해 공연했으면 하는 생각뿐이었다. 음악이 간혹 징글징글하기도 한데 어쩔 수 없는 직업병인지 하루 이틀 놀았다고 스틱을 다시 잡고 싶었다.

"콘트라베이스는 정말 칠 줄만 아는데."

"할 줄 알아요?"

"너는 할로우바디 기타는 칠 줄 알고?"

헤일로의 웃음에 한진영도 맞대 웃었다.

"진영 오빠도 가게? 그럼 나는?"

"피아노 안 친다며, 하기 싫으면 안 해도 돼."

한진영이 문서연의 머리를 가볍게 쓸며 일어났다.

"다들 가는데 나만 어떻게 있어."

가수의 초록색 눈이 소년을 따라 움직인다. 다른 일행도 일어났지만 그녀의 눈은 소년에게만 꽂혀 있었다. 사장은 기타를 메고 다가오는 소년을 보고 반색했다.

"기타는 제가 잘 보관하고 있겠습니다! 뒤에 있는 일행분들도 설마….."

"위 아 밴드(We are band), 한국. 아, 그러니까, 코리아. OK?"

남규환이 "에헴" 하며 영어를 뱉었고, 겨우 알아들은 사장이 고개를 끄덕였다.

가만히 사태를 지켜보던 사람들이 그들의 용기에 박수를 보냈다. 불만족스러운 얼굴로 자리를 뜨는 사람도 있었다. 용기는 훌륭한 거지만 공연의 완성도를 걱정하기도 했다. 아무래도 갑자기 결성된 악단이었으니.

"잘할 수 있지?"

"하, 나 피아노 관뒀는데 진짜 해야 해?"

"콘트라베이스는 한 10년 전쯤 배웠나?"

그리고 전혀 긴장감 없는 밴드 사람들이 쳐다보자 헤일로가 덧붙였다.

"재즈는 처음인데."

그들을 초조하게 바라보는 사장이 한국말을 알았다면 기겁했을지도 모른다. 하지만 해맑은 얼굴들이 동시에 악기를 향했고 곧 조명이 내려앉았다.

***

올리비아에겐 참, 영화 같은 하루다. 오랜만에 잡힌 공연 일정. 그것도 그녀가 가장 좋아하는 카페 '에버신스'의 공연이라 그녀는 며칠 전부터 두근두근하는 마음으로 공연을 준비했다. 대학 친구들이 축하한다며 꼭 보러 오겠다고 했고, 그녀의 도전을 교수님들도 축하해줬다. 그렇게 아르바이트로 번 돈으로 그녀가 태어나서 입은 드레스 중 가장 화려한 걸 빌려 무대에 섰는데… 공연이 그대로 끝날 위기에 처한 것이다. 그녀의 잘못이 아니라 연주자들의 잠수라는 어처구니없는 이유로. 느낌이 싸하긴 했는데 전날 리허설을 하는 동안 클럽에 가겠다, 어쩐다 할 때 알아봤어야 했다.

그녀는 사장에게 연주자가 없으면 혼자라도 할 수 있다고 말했지만, 친절한 사장님은 외로울 가수를 위해 실례를 무릅쓰고 관중에게 물어봤다. 있을 리 없었다. 그런 우연이, 기적이 일어날 리 없었다. 그러나… 어떤 소년과 눈이 마주쳤다. 등에 기타를 메고 있다는 걸 알기도 전에 소년의 존재감이 그녀의 눈을 붙잡았다. 살짝 올라가는 입꼬리, '내 도움이 필요해?'라고 묻는 악마의 속삭임 같았다. 그런 악마의 도움조차 절실한 그녀는 고개를 끄덕였고 곧 소년이 자리에서 일어났다.

심장이 두근거린다. 조율하는 사운드를 따라 피가 요동치기 시작했다. 마이크를 붙잡고 관중을 바라보던 그녀는 잠깐 시선을 돌려 소년을 바라봤다. 기타를 안고 태연하게 조명을 받는 소년이 고개를 끄덕인다. 왜인지 서서히 안정되어가고 있다는 걸 느끼며 그녀는 입을 열었다.

당신은 사랑의 형태를 아나요?

그녀의 목소리와 함께 선율이 일어났다. 그 순간 오래된 옛 극장은 시간을 돌려 과거의 명예를 되찾았고, 네 명의 연주자는 화려한 오케스트라가, 명품을 흉내 낸 값싼 드레스는 프리마돈나의 드레스가 되었다.

"와!"

아무 생각 없이 공연을 올려다본 남녀 무리가 입을 턱 벌리며 무대를 바라보았다.

공연 시작 45분 전, 가벼운 차림의 회사원들이 1층 한구석에 자리를 잡았었다.

"산타 모니카에 가서 마시는 게 낫지 않나?"

"왜 좋잖아, 아인슈페너는 여기가 제일 맛있더라. 그리고 곧 재즈공연도 볼 테니 얼마나 좋아."

"아마추어의 재즈공연 말이지?"

"어허, 설마 무시하는 거야? 에버신스에서 공연했던 사람 중 자네가 애타게 요청하는 가수도 있다는 걸 부디 잊지 말게."

"아니, 내가 언제 무시했어."

편안한 차림의 성인 남녀가 저녁 시간 에버신스 1층에 모여 앉았다. 콧수염의 남자가 그 자리에서 유일하게 투덜거렸다.

"재즈공연을 볼 거면 커피 말고 술 한잔이 낫지 않냐는 의미였어."

"내 딸이 오늘도 집에서 술 냄새 풍기면 죽여버릴 거래."

"오, 자네 와이프를 많이 닮았군."

"그보다 다들 섭외는 어떻게 되어가고 있어?"

"〈코첼라〉가 끝난 지 얼마나 됐다고 그래. 좀 더 자축하자."

"축제가 끝났으니, 우리가 다시 일을 시작할 때지."

"축제 때 미친놈이 갑자기 못 나온다고 해서 고생 꽤 했는데. 우린 언제까지 고생해야 할까?"

"뭐, 디렉터에서 내려온다면?"

그 말에 다들 허탈하게 웃었다. 이 자리에 모인 이들은 전원 〈코첼라 밸리 뮤직 앤드 아츠 페스티벌〉의 운영진이다. 쟁쟁한 뮤지션을 섭외하여 북미 최대의 페스티벌을 기획할 책임을 진 디렉터라 할 수 있다.

〈코첼라〉는 특별한 이슈가 없을 때는 매년 4월 둘째 셋째 주 금, 토, 일로 총 6일 동안 진행한다. 5월 현재, 내년 〈코첼라〉까지는 1년이나 남아 있는데 벌써 섭외를 걱정하는 건 〈코첼라〉는 3개월 만에 준비할 수 있는 대학 축제가 아니기 때문이다. 〈코첼라〉에는 매해 각 분야에서 가장 핫한 아티스트가 참가하며, 그들을 보기 위해 20만 명에 달하는 사람들이 캘리포니아 사막에 모인다. 이 정도 규모의 축제를 3개월 전에 준비할 순 없다. 책임감만 말하는 게 아니라

스폰서부터 인력, 선별업체 준비 등 꽤 오랜 시간이 필요했다.

무엇보다 가장 중요한 건 스타들의 스케줄이다. 스타들의 인기 지표 중 하나가 스케줄인데, 정말로 톱스타들은 1년 치의 일정이 가득 차 있으니 그들은 지금부터 일을 시작해야 했다.

"그래서 베일에선 응답이 왔나?"

"베일은 늘 똑같지. 우린 매니지먼트가 아니라 유통사니 직접 연락해라. 연락됐으면 우리가 그렇게 요청했겠냐고. 직통 연락처라도 알려주던지."

"이쯤 되면 그 영감이 '태양'을 가둬놓고 곡을 쓰게 하는 게 아닐까? '태양'을 헤드라이너(headliner)로 모시고 싶다고 말했는데도 들은 척도 안 하더라."

그들이 집중한 건 아무래도 이 시대의 최고의 트렌드 아이콘, HALO. 그들은 어떻게든 내년 캘리포니아의 사막에 '태양'이 뜨는 걸 보고 싶었다.

"그나저나 여기 외국인이 왜 이렇게 많아."

"그러게. 유독 많네."

그들은 외국인이 싫다기보단 주변에서 외국어가 꽤 많이 들려와서 하는 말이었다. 아시아 인들이 주변을 두리번거리며 착석하는 게 보였다. 그들의 언어를 용케도 한국어라고 인지한 콧수염이 손가락을 튕겼다.

"아, K-POP 쪽 섭외는 어떻게 되어가고 있어?"

"그쪽이야 작년에 초대했던 밴드를 초대할 생각인데."

"아니면 아이돌그룹도 좋고."

"새로운 얼굴은 없어?"

"새로운 얼굴을 왜 〈코첼라〉에서 찾아. 뭐, 네가 무슨 말을 하는 진 알겠는데, 글로벌 스타가 될 새로운 얼굴이 아직은 안 보여. 인기도 있고 무엇보다 실력이 좋은 스타가 있다면 데려오고 싶지."

"흠, 지금이 몇 시지?"

"왜, 그건?"

역시나 모니카 해변에 갔어야 했다고 콧수염이 한탄할 즈음, 펑크를 낸 연주자 대신 우연찮게 카페에 방문했던 어떤 밴드가 무대 위로 올랐다.

"마치 영화 같군."

"그래, 공연만 훌륭히 끝나면 한편의 음악영화라고 해도 의심하지 않겠어."

단발머리의 말에 구레나룻이 동의했다.

머지않아 그들의 말은 증명되었다. 아마추어 여가수와 밴드의 오케스트라가 커다란 카페에 울려 퍼진다. 바깥에서 소리를 듣고 들어온 손님도 커피를 시키는 걸 잊고 무대를 지켜봤다. 사랑이 초콜릿과 같다는 가사처럼 이 얼마나 절절하고 달콤한 무대인가.

"있네, 새로운 얼굴."

그들이 처음 집중한 건 무대의 가장 앞에 선 가수였다. 그러나 귀가 예민한 이들이기에 시선이 점점 뒤로 향했다.

"갑자기 결성한 밴드치고 완성도가 너무 높은데?"

"이미 아는 곡이었나?"

"유명한 곡이긴 하지."

유려한 피아니스트와 능숙한 퍼커셔니스트, 탄탄한 콘트라베이시스트. 무엇보다 눈에 들어온 건 기타를 치는 소년이다. 동양인이라 그런지 나이 가늠이 전혀 안 된다. 겉모습은 중학생 같은데 실력만 보면 최소 40대는 될 것 같다. 그래, 잘 봐줘도 천부적인 재능을 가진 30대 초반에서 20대 후반. 10대나 20대의 실력으로는 절대 보이지 않는다.

가수도 노래를 잘 부르긴 하지만, 그녀를 안정적으로 리드하는 것은 풀할로우바디를 연주하는 소년의 힘이다. 가수도 잘 아는지, 노래 한 곡을 마칠 때마다 소년을 바라보았다. 그녀는 기어이 소년의 옆으로 가 노래를 부르기까지 했다. 그리고 불쑥 마이크를 들이대는 가수의 돌발행동에 소년이 피식 웃고는 뒤이어 가사를 적게나마 따라 불렀다. 애정이 담긴 장난에 감미로운 노랫소리가 돌아오자 가수가 화들짝 놀랐다. 같이 보던 관객도 마찬가지였다. 잠깐 정적이 일던 자리에 휘파람과 환호성이 일어났다.

"원래 연주자가 펑크를 내고 우연히 식당에서 밥 먹고 있던 연주자가 무대에 올라왔는데, 연주도 미친 데다 저렇게 노래를 부른다고? B급 영화도 이렇게 안 만들겠다."

단발머리가 냉소적으로 중얼거렸다.

그때 콧수염이 불쑥 들어왔다.

"저 꼬마, 한국 가수래."

"가수라고? 어쩐지. 가수가 아니면 말이 안 되지."

"네가 그걸 어떻게 알아?"

"옆자리에 앉은 여자들이 'No Wheel!' 하면서 환호성을 지르기에 뭐냐고 물어봤더니, 유명한 한국 가수래. 뒤는 그의 밴드고."

"유명하다고? 난 처음 듣는데."

"데뷔한 지 몇 달도 안 됐다니까."

"와우!"

콧수염이 수염을 쓸며 생각에 잠겼다. 새로운 얼굴에 증명된 실력. 이쪽에서도 이름이 알려진다면 〈코첼라〉에 부르기 좋을 것이다.

"저기요, 혹시 저 친구 무대 영상 없어요?"

콧수염은 실력이라도 보자는 마음으로 기어코 옆자리의 한국인들한테 영상 주소도 얻어냈다. 가수와 한국인 밴드의 환상적인 연주가 끝나고, 그들은 문을 닫으려는 카페 구석에 둘러앉아 영상을 함께 보았다. 첫 번째 그들도 이미 보았거나 들어는 보았던 'HALO 커버 영상', 두 번째 가요제의 공연, 그리고 세 번째 홍대에서 일어났던 게릴라 버스킹 '직촬'까지 아무 말 없이 영상만 본 다섯 명은 다 같이 커피를 마무리하고 자리에서 일어났다. 대화는 더 필요 없었다. 이채가 서린 서로의 눈을 바라보는 것으로 충분했다.

"여기 오길 잘했지? 내가 오자고 했잖아."

구레나룻이 문을 열며 말했다.

"솔직히 오늘만 인정할게."

콧수염이 마음에 들지 않는다는 얼굴로 고개를 끄덕였다. 그가 원하던 새로운 얼굴과 검증된 실력, 그 두 가지를 가진 가수들을 만났으니 괜찮은 수확이라고 생각했다. 내년은 몰라도 언젠가 다시 만나게 되지 않을까.

"후보에 올려놓을 친구들을 찾았으니 말이야."

12. 파도타기

"온 지 얼마나 됐다고 벌써 돌아가네. 가기 싫다. 진짜 재밌었는데."

출국 일정을 멀게 잡진 않았지만 그리 짧지도 않은 시간이었다. 그러나 밴드 멤버들은 이상할 정도로 LA 시내를 잘 쏘다니는 노해일을 따라다니고, 즉흥적으로 연주하다 보니 어느새 다시 비행기에 오를 날이 되어 아쉬웠다. 모든 게 백일몽 같았다. 미국 방송국, 즉흥 연주와 베벌리힐스에 화려한 5성급 호텔, 한눈에 담기는 LA 시내까지. 곧 화려한 야경이 구름 속에 가려졌다.

"다음엔 정식으로 초대받아서 오자. 우리 모두."

"우리 머무른 호텔 받으려면 어디서 초대를 받아야 해요?"

"음, 글쎄… 그래미?"

"와."

현실적이면서 전혀 현실적이지 않은 한진영의 대답에 남규환이 영혼 없이 감탄했다.

"왜 그래? 우리 사장님 그래미 받을 수도 있지."

"그건 좀…."

애초에 한국어로 된 노래만 부르는 소년이다. 현실적으로 그래미는커녕 빌보드도 힘들 것 같았다.

"그나저나 해일이는 잘 자네."

"뭐, 잠 못 이룰 일이 있었잖아요."

한진영이 의아해하자 남규환이 음흉한 얼굴로 대꾸했다.

"에버신스에서 만난 가수… 이름이 뭐더라? 아무튼 진한 포옹에 헤어질 때 키스도 하고."

남규환의 말에 문서연이 눈살을 찌푸리며 끼어들었다.

"촌스럽게. 키스가 아니라 프랑스식 인사 비즈(bise)야."

"그게 뭔데 썹덕아."

스튜어디스가 제때 나와 표고버섯이 가득 담긴 라면을 가져다주지 않았다면 문서연이 진짜 남규현의 멱살을 잡았을지도 모른다.

헤일로가 일어난 건 인천공항에 도착한다는 방송이 울렸을 즘이었다. 멜로 영화와 액션 영화를 각 한 편씩 끝까지 다 본 남규환은 옆에 앉은 소년이 깨어난 걸 보고 곧바로 본론을 꺼냈다.

"사장님, 진짜 무슨 일 없었어요?"

"네?"

"올리비아랑."

"아."

무슨 말을 하나 했던 헤일로가 옅게 웃자 남규환은 부정의 뜻으로 받아들였다. 그러고는 마치 자기가 인연을 잃어버린 듯 깊게 공감하며 안타까워했다. 올리비아가 소년의 나이를 듣더니 깜짝 놀라긴 했고, 그 후로 만난 적도 없으니 진짜 끊어진 모양이다.

"나도 한때 그런 사랑을 한 적이 있지."

"미친놈인가봐."

헤일로는 남규환과 문서연의 만담을 보며 웃을 뿐 올리비아에게 연락처를 받았다는 걸 언급하지 않았다. 스물한 살인가 스물두 살이라고 했던 어린 친구에게 연락할 생각이 없으니 말이다.

[손님 여러분, 잠시 후 인천공항에 도착하겠습니다. 안전을 위해 좌석벨트를 매주시고….]

헤일로는 안내방송을 들으며 기지개를 켰다. 곧바로 작업실에 가서 멈춰놓은 음반 작업을 해야겠다 싶었다. 잠은 비행기에서 충분히 잤으니 말이다. 하지만 그는 계획을 수정해야 했다. 음반 작업을 할 수는 있지만 '곧바로'는 어쩌면 힘들지도…. 입국장에서 카메라 세례와 소년을 향한 외침이 그들을 맞이했기 때문이다.

"노해일이다!"

"노해일 씨, TDS 토크쇼에 섭외되었다고 하는데…."

"지금 LA 카페 공연 영상이 국내에서 화제가 되는 걸 알고 계십니까?"

어쩌면 소년이 아닌, 이른바 '국뽕'을 향한 외침일지도 모르겠다. 톱스타가 입국할 때만큼은 아니더라도 기자들은 혈안이 되어 노해일의 사진을 찍어댔다. 그의 해외에서의 행보에 꽤 큰 관심이 쏠려 있었다. 어쩌면 당연한 일인지 모른다. 그들이 SNS나 커뮤니티, 기자들에게 홍보를 한 건 아니지만, 그렇다고 미국에서 가만히 있었던 것도 아니었으니.

[와… 나 노해일 만남.]
└ ??? 노해일? 어디서?
└ 인증 없으면 뭐다?
└ 지금 산타모니카 해변인데 노해일 흑형하고 버스킹하는데??
└ (인증)
└ 사교성 무엇 ㄷㄷ

내 가수든 남의 가수든 일단 유명인을 만났다는 것만으로 손가락이 들썩였다.

[(속보) 지금 LA에서 노해일 뜸.]
└ 이왜진?
└ 사진 보니까 ㅈㄴ 행복해 보이네.
└ 그래서 나만 궁금함? 노해일 왜 미국에 있어? 신곡 준비한다며.
└ 뮤비는 아닌 것 같은데 행사 있었던 거 아냐?
└ 그게 뭔데?
└ 여기 아는 사람 아무도 없음 ㅋㅋㅋ

몇 개의 목격담은 일명 '어그로'로 여기며 무시했지만, 수십 개의 목격담이 뜨니 이윽고 모두가 궁금해했다. 노해일은 왜 미국에 있고 무얼 하면서 지냈는지. 그리고 곧 그들은 발견했다. 애초에 숨길 생각도 없었던 가수의 흔적을.

'파도타기'의 팬들이 발견한 건 너튜브에 '직촬'로 올라온 카페 에버신스에서의 공연이었다. 처음에 자막도 없었던 영상에 누군가가 자막을 입혀 다시 너튜브에 올렸고 풀 영상이 퍼져나갔다. 영화 같은 서사와 감동을 일으킨 성공적인 무대, 불신했던 관객이 앙코르를 외치는 엔딩은 보는 사람에게 전율을 일으키기에 충분했다.

[이게 왜 영화가 아니냐고ㅜㅜㅠ 누구든 만들어주라.]
└ 이런 거?
(주인공) 이 공연 제가 이끌 수 있어요!
(악당1) 수단과 방법을 가리지 말고 공연을 취소하게 만들어!
(흑막1) 세션 잠수라… 괜찮은 시나리오네. 진행시켜.
└ ㅅㅂㅋㅋㅋㅋ장르가 바꼈는데.
[팝 잘 어울릴 거라고 생각했는데 녹는다 녹아.]
└ 가수 표정도 녹은 거 같은데.
└ 노해일 아직 미성년자다 조심하자.
└ 내가 뭘;;;
└ 이거 영상 음질 더 잘 나온 거 없음? 크게 듣고 싶은데 사운드 풀로 하면 깨지네.
└ 노해일은 저기서 안 부름?
└ 저 가수 공연이야 세션 펑크나서 도와준거고ㅇㅇ
[보고 싶다. 뭔가 목소리 익숙함.]
└ 나온 게 몇 소절 가성뿐이긴 한데 그 사람 느낌이 좀 나긴 하네.
└ 어 너두?
└ ㅇㅇ똑같다는 건 아닌데 뭔가 영향은 좀 받은 듯.
[근데 노해일 누가 영어 못한다고 하지 않았냐?]

그리고 여기서 끝나지 않았다. 간혹 대중보다 기자들이 더 집요할 때가 있다. 그들은 노해일이 행사든 일정이든 어떤 목적으로 미국에 갔을 거라고 생각했고, 마침내 TDS 방송국 토크쇼에 관한 이야기를 듣게 되었다. 한국에서 잘 알려지지 않은 토크쇼이지만 어쨌든 대형 방송국, 그리고 현지인들에겐 알려진 토크쇼라는 정보 하나로 자극적인 기사가 생산되었다. 대중이 무엇보다 관심을 두는 것이 K-POP이 아닌가? 또 다른 말로 한류, 한류가 퍼져나가고 있다는 가장 큰 지표인 해외 방송 섭외는 지금 이 사태를 불러일으키기 충분했다.

찰칵! 찰칵! 찰칵!

"노해일 씨, 대답해주세요!"

"노해일 씨, TDS 토크쇼에서 만난 사람들과⋯."

그때, 가장 쓸모 있는 질문이 헤일로의 귀에 들려왔다.

"노해일 씨, 신곡 작업은 모두 끝낸 겁니까? 신곡의 정확한 발매 일자가 언제입니까?"

헤일로가 입꼬리를 올렸다.

* * *

"노해일, 약간 보이긴 했는데 그거 맞네."

"또라이?"

"응."

남다른 기자가 '수박'을 보며 어처구니없다는 얼굴을 했다.

- (NEW) 밤의 등대 | 노해일

귀국 당일, 밤 12시 음원 발매. 홍보팀도 없는 독립 레이블의 홍보 효과는 기자들이 만들어줬다.

"오늘 밤이라고 하길래. 뭔 헛소린가 싶었는데 진짜 밤 12시에 짜잔 하고 떴네. 12시가 오늘 밤이 맞나 싶지만."

"난 그보다 음반 작업 앞으로 3개월은 더 걸리겠지 했는데, 이게 이렇게 뚝딱 만들어지는 거였어?"

"뭐, 〈랑데부〉하면서 준비했겠지."

대충 시간을 따지면 〈랑데부〉 촬영 때부터 준비하지 않았을까 싶었다.

"대단한 애는 맞네."

남다른 기자는 팔짱을 낀 채 싱글 음원을 감상했다. 사실 이미 곡은 게릴라 버스킹에서 듣긴 했지만, 제대로 녹음된 음원을 들으니 새삼스럽다.

"성적은 어떨 것 같아?"

"차트인은 쉬울 테고."

"쉽다는 표현이 웃기긴 한데, 그럴 거 같네."

노해일이 신곡을 낸다고 했을 때 HALO를 따라 한다는 말이 돌았지만 당분간 조용해질 건 확실하다. 곡의 성적이 좋지 않다면 시끄러워지겠지만. 그가 듣기에도 괜찮으니 성적이 괜찮게 나오지 않을까. 외국이면 몰라도 한국에서 가장 큰 기대를 받는 친구니까.

"지금 노해일은 자고 있으려나."

남다른 기자의 말에 동료 기자가 픽 비웃었다.

"뭐, 착한 어린아이냐. 12시 됐다고 바로 코 자게. 지금쯤 긴장돼서 손에 잡히는 게 없을걸."

"아무리 또라이라도 그렇겠지?"

* * *

　특정한 출근 시간은 없지만 늘 헤일로의 작업실에 있는 이들은
굳게 닫힌 마스터링실을 보며 혀를 내둘렀다.

　"오늘 음반도 발매했는데 도대체 뭘 녹음하는 건가요?"

　"바보냐. 최근에 세션 녹음했던 걸 보컬 입히나 보지."

　"아니, 그건 아는데. 그걸 왜? 지금?"

　곧 나올 성적에 아무것도 집중 못 할 때가 아닌가 싶었던 남규환
과 문서연은 곧 자신들의 어린 사장이 그렇게 초조해할 성격이 아
니라는 걸 다시 한번 느꼈다. 그래도 저렇게 바쁜 이유가 궁금했다.

　"그래서 어때?"

　"뭐가?"

　"지금 사장님이 준비하는 곡."

　"아."

　오버 더빙으로 가장 먼저 녹음한 남규환이 문서연에게 물었다.
문서연은 베이스와 드럼이 녹음된 후에 오버 더빙했으므로 잘 알
것이었다.

　그녀가 눈알을 굴리며 기억을 떠올렸다.

　"좋긴 좋았는데."

　"그런데?"

　"음…."

　문서연이 어휘력의 한계를 느끼며 고민했다. 마땅히 표현할 수
있는 단어가 생각나지 않는다. 굳이 말한다면.

　"그냥, 사장님 스타일은 아닌 것 같았는데."

　"스타일?"

418

"되게 곡이 단순하다고 해야 할까. 펑크라고 해야 하나?"

"단순한데 펑크라고?"

확실히 노해일의 곡과 거리가 멀어 보인다. 그래도 불가능한 건 아니니 다음 음반 콘셉트는 펑크로 가나 싶었다.

"형님은 못 들어보셨어요?"

"나도 완성된 건 못 들었어. 음반 작업할 땐 웬만해서 안 들어가 니까."

"그렇죠. 저도 방해할까봐 안 들어가긴 하는데."

노해일이 기를 쓰고 숨기는 건 아닌데, 뭐랄까 '밤의 등대' 녹음 할 때와 달리 오버 더빙으로 진행하니 유독 궁금했다.

'도대체 어떤 곡을 만들길래.'

잠깐 마스터링실을 쳐다본 남규환은 문득 잊고 있던 걸 떠올렸다.

"근데, 사장님 혹시 팝은 안 부른대요?"

"응? 왜?"

남규환의 물음에 한진영이 잠깐 미묘한 얼굴이 되었다. 남규환 은 기시감을 느꼈다. 예전에 뭔가를 물어볼 때도 이랬던 거 같다. 그러나 심증만 가지고 따질 수 없어 모른 척하고 넘어갔다. 그보다 더 바라는 게 있으니까.

"그냥… 잘 부를 것 같아서요."

영어 노래라면 재즈 할 때 듣고 영상 올라온 거로 다시 들었지만, 팝이나 록으로 제대로 듣고 싶었다. 그냥 기묘한 느낌이 들어서다. 토크쇼에서 노해일의 HALO 커버를 직관했을 때 느꼈던 기묘한 감응이 지금까지 이어지고 있다. 팝을 들어야 속 시원히 해소될 것 같다.

"영어 잘하잖아요. 한국에서 보기 드문 영국식 영어로."

악센트가 강한 영어. 그가 원어민이 아니니 어떤 악센트인지 판단할 순 없었지만, 영국 영어라는 건 알았다.

"우리 회식이나 언제 한번 하죠. 같이 노래방 가는 게 어때요?"

"노래는 그냥 여기서 불러도 되는데 굳이?"

"아, 그건 그러네. 사장님한테 팝 불러달라고 할까?"

"넌 왜 그렇게 팝에 집착하냐."

문서연의 예리한 지적에 남규환이 입을 뻐끔거렸다. 그도 자신이 이런 생각을 하고 있다는 게 정말 이상하고 미친 것 같아서 말할 수가 없다.

"넌… 왜 내 말끝마다 집착하냐? 나 좋아하냐? 하, 나 좋아하지 마라."

"미친 새끼."

결국 남규환은 말을 돌리고 당연하게 욕을 먹었다.

"그런데 형은 뭐 봐요?"

"레이블 공식 메일."

"공식 메일? 우리도 봐도 돼요?"

"뭐, 삭제만 하지 않으면 신경 안 쓰던데."

한진영의 말에 문서연과 남규환도 컴퓨터에 다가갔다. 그리고 동시에 모두의 눈에 이채가 서린다. 한진영이 뭘 그렇게 집중해서 보나 했는데 이상한 건 아니었다. 레이블 공식 메일이니만큼 늘 그렇듯 섭외 메일이 다수지만 가장 상단에 뜬 게 눈에 띄었다.

"하긴, 사장님도 나갈 때 되긴 했지."

"그러게요. 사실 진작 안 부른 게 이상하긴 한데."

"뭐? 우리 사장님 안 부른 거야? 거절한 게 아니고?"

이유는 모르지만 진작 나갔어야 할 프로인 건 맞다. 적어도 한국의 가수라면 다른 예능은 안 나가도 이 프로그램은 나가지 않는가. 물론, 논란도 많고 보이콧을 하는 가수도 적잖이 있다. 그런데도 신인에게 좋은 기회인 건 맞았다.

"내가 전하고 올까?"

"…넌 시끄러우니까 내가 갔다 올게."

이 기회에 현재 작업 중인 음반이라도 듣자며 남규환이 나섰다.

그쯤 혜일로는 같은 소식을 다른 방식으로 인지하게 되었다. 그는 마스터링실 소파에 앉아 잠깐 머리도 식힐 겸 생각나는 게 있어 딴짓 중이었다.

"진짜 있네."

30분가량 인터넷을 찾아 헤매던 그는 서핑에 관한 이야기밖에 없어 포기하려던 찰나 '파도타기'란 이름을 발견했다. 그 이름은 공항에서 기자 외에 그를 보러 왔던 사람들이 준 선물에 박힌 글자였다. 혹시나 싶어 인터넷에 검색하다 드디어 찾아낸 것이다. 노해일의 팬들이 모인 인터넷 카페를 말이다.

"세상에 이런 것도 있구나. 세상 참 좋아졌네."

늙은이 같은 말을 하며 그는 곧장 가입 버튼을 눌렀다. 비공식 팬카페는 보통 가입 조건이 빡빡한 경우와 그렇지 않은 경우로 나뉘는데, 노해일의 팬카페는 두 번째였다. 노해일이란 이름이 대중에게 알려지기 시작한 게 얼마 되지 않은 탓에 더 많은 회원을 받으려는 목적이었다. 덕분에 혜일로도 어렵지 않게 가입했고 생각보다 많은 인원이 모여 대화를 나누는 걸 발견했다. 지금도 계속 최신 글이 올라오고 있었다.

　헤일로는 늘 자신을 사랑하는 이들을 사랑했다. 자신에 대해 떠들고 대화하는 팬들을 누가 싫어할까. 그는 소파에 누워 그들의 대화를 구경했다. 악성 댓글은 활발한 회원들에 의해 이미 삭제되고 없었으니, 그에 관한 찬사와 관심만 남아 있었다. 그중 헤일로의 눈에 들어온 게시글이 있었다. 매일 똑같은 제목으로 올라온 게시글이라 누르지 않을 수 없었다.

[음방기원 +56일 차. 슬로건이랑 굿즈까지 완비!! 이제 음방만 남았다…! 난 믿어. 달이 곧 지상파 어딘가에 뜰 거라고… 뜬다는 소식 뜨면 바로 사무실에서 제로투 갈김.]
　└ 사무실 분들은 무슨 죄야;;;;
　└ 이 정도면 달이 무서워서 한 번은 해줄 듯.

　헤일로는 피식 웃었다. 이런 게시글이 여러 개 달렸고 공약도 매번 달랐다. 오늘 올린 공약, 제로투가 뭔지 모르겠지만 샌드백 같은 걸 말하는 게 아닐까 생각했다.
　'음방이라. 한번 나가도 나쁠 것 없지.'
　어차피 신곡 홍보차 한 번은 라디오나 방송에 나갈 생각이었다. 그 형태가 뭐든 안 해본 걸 했으면 좋겠다 싶었는데, 이들이 말한 음악방송도 섭외 메일이 온 건 알고 있지만 아직 수락은 하지 않은 상태였다.
　그는 뒹굴뒹굴하며 느릿느릿 댓글을 썼다. 다들 소식이 없다고 속상해했으니 먼저 알려줄 생각으로 '꼭 한번 나갈게요. 그때 만나요'라고. 그리고 다시 일하려던 찰나, 답글 알림이 여러 번 울렸다. 우측 상단에서 빨간 종이 울리고 있어 누르지 않을 수가 없었다. 그는 팬들의 환호를 기대하며 알림을 눌렀다.

  └ 이 새끼 뭐야 ㅅㅂ
  └ 달 사칭 한두 번 보냐? 신고해.
  └ 간절한 사람 놀리지 말고 ㄲㅈ ㄱㅅㄲ야.

"…어?"
 이건 예상하지 못했다. 헤일로는 처음으로 당황하여 진짜 신고됐는지 확인했다. 그리고 곧 '파도타기에서 차단되었습니다'라는 문구를 보고 어처구니가 없어 웃음을 터트렸다.
 때마침 작업실에 들어온 남규환이 그를 멀뚱히 바라봤다.
 "혹시 음반 작업하다 미쳤어… 요?"
 얼마 지나지 않아 기사 하나가 인터넷에 올라왔고, 곧이어 기사가 몰고 온 파도가 카페를 뒤덮었다.

 [(파도타기) 속보!!! 달 음방 나온대]

* * *

 헤일로는 마스터링실에서 걸어 나왔다. 해가 떠오르고 있는 새벽, 작업실은 고요하게 가라앉아 있었다. 천천히 슬리퍼가 바닥을 스치는 소리가 들린다. 그는 휴식실 소파에 몸을 던져 누웠다. 어머니가 가져다 놓은 아로마 워머에서 따뜻한 섬유유연제 냄새가 났다. 커튼 틈 사이로 눈부신 볕이 들어왔다. 그는 손으로 햇볕을 막으며 나지막이 중얼거렸다.

"끝났다⋯."

그는 쉬지 않고 진행한 HALO 6집 작업의 경과를 고했다. 사실 LA에 가지 않았다면 진작 끝냈을 일이지만 그렇다고 후회하진 않는다. 오랜만에 먹은 치즈버거도, 로스앤젤레스 날씨도, 기억과 크게 다르지 않은 전경도 만족스러웠기 때문이다.

헤일로는 눈을 감고 잠에 빠지려다 핸드폰을 들었다. 잠시 꺼두었던 핸드폰에는 연락이 쌓여 있다. '집에 안 들어오는 건 너희 아버지와 똑같다'는 어머니의 메시지와 그 밖에 지인들의 연락이다. 미국 토크쇼에 진짜 나갔냐고 묻는 사람들도 있었지만 대개 그의 음원에 관해 잘 들었고 노래 좋고 축하한다는 이야기였다. 번외로 한 사람만 이상한 말을 했다.

> 신주혁 : 이번엔 그거 안 나오냐?
>
> 앨범 내려고요?
>
> 신주혁 : ㄴㄴ 난 잡지가 아니야.

그럼 왜 묻나 의아해하며 헤일로는 이어서 '수박' 앱에 들어갔다. 그리고 그는 지인들이 왜 축하한다고 했는지 알게 됐다. 전날 밤 12시에 발매됐던 음원이 차트에 진입했다.

- 46위. 밤의 등대 | 노해일-밤의 등대 (1st Single Album)

헤일로는 곡에 대한 팬들의 반응을 읽다가 잠들었다.

* * *

2월 28일 발매된 노해일의 미니앨범 〈또 다른 삶〉은 음원 차트 최고 성적 2위까지 달성한 것에 비해 평론이나 평가가 적은 편이었다. 그때까지 그는 막 데뷔한 신인에 불과했다. 신인의 곡을 리뷰하는 사람이 없진 않아도 '전문가'라 불리는 '평론가'들의 리뷰는 찾을 수 없었다. 소년이 대중의 눈에 든 건 〈랑데부〉 가요제였다. 황룡필과 함께 부른 '영웅의 노래'에 수많은 평론이 달렸다.

노해일의 팬들 중에는 순수한(작사 작곡 편곡에 '노해일'이란 이름밖에 없는 순도 100퍼센트) 곡의 평론을 궁금해하는 사람도 있었다. 물론 그들도 알았다. 평론가들의 리뷰가 간혹 대중적이지 않으며 이상한 놈들도 있다는 것을. 그럼에도 내 가수가 전문적인 사람들에게 좋은 평가를 받길 원하는 게 팬의 마음이다. 또한 팬이 아니더라도 어떤 가수의 곡을 평가하고 비판하는 데 있어 평론 글이 최고의 참고문헌으로 활용된다. 그렇게 기다리던 평론은 팬들의 마음을 부풀어 오르게 하지⋯ 못하고, 불을 지폈다.

> _평론가 김준석: 3.5 /5.0
> 발매되기 전부터 말 많았던 음원이다. HALO병(한 달에 한 번 발매하는 해외 가수 HALO를 따라 하는 병)에 걸렸다는 소리가 많았지만, 고집스럽게 싱글앨범을 발매했다. 조금 더 시간을 갖더라도 프로답게 정규나 미니앨범을 만드는 게 좋지 않았을까⋯. 곡의 구성이나 분위기는 '노해일'만의 음악 세계를 두드러지게 보여준다. 몽환적인 분위기는 해외 음원의 분위기를 자기만의 색깔로 살렸다.

└ 그래서 왜 3.5임??

└ 지금 발매 하루도 안 돼서 10위까지 뚫고 올라간 곡 보고 싱글이라 아쉬움 ㅇㅈㄹ하는 거임?

└ 김준석 유명한데 모름? 한국 가수 노래는 많이 줘도 3.5임. 근데 HALO나 레이디 저스틴한텐 극찬하며 5점 줌ㅋㅋㅋ

└ 평론가 어떻게 되냐? 내가 이 새끼보다 평론 잘할 수 있을 거 같은데.

물론 긍정적인 평론도 많았다.

> _대중음악 평론가 이지애
> 익숙한 어쿠스틱 기반의 도입에도 불구하고, 신시사이저의 구성, MIDI 사운드가 아닌 실제 세션으로 풍성해진 사운드, 기승전결의 스토리텔링, 판타지적인 분위기까지 인상 깊은 음원.

> _음악 평론가 박현수
> 청아한 음색의 보컬과 몽환적이고 환상적인 악곡이 절묘하게 맞아떨어짐. 소년다운 목소리로 유명한 해외 가수 H와는 정반대의 느낌으로 제 매력을 살림.

다만 원래 좋은 말 백 마디보단 나쁜 말 한 마디가 더 기억에 남는 법이다. 팬들은 자기들이 속상한 것보다 이 글을 볼 가수가 속상할 것을 걱정했다. 그러던 찰나 '노해일, 지상파 첫 음방 출연 확정'이라는 기사가 떴다. 한 회원이 기사를 발췌하여 카페 게시판에 올렸고, 노해일 사칭으로 스트레스받던 팬들이 두 팔을 벌렸다.

[(파도타기) 달 음방 다음 주 쇼음세(Show! Music World) 일정 확정!!! 5월

31일 토요일이래!]

　└ 왔노라! 보았노라! 이겼노라!

　└ 와 쇼음세면 첫 출연에 1위도 하려나?

　└ 애매하지 않냐 싱글에 심지어 디지털 음반으로 나와서.

　└ 인디언 기우제가 결국 성공하네ㄷㄷ

　대한민국의 음악방송은 넓게 본다면 음악을 다루는 모든 방송이란 의미겠지만, 작게 보면 가요 쇼프로그램을 '음악방송'이라고 통칭한다. 대한민국에서 그런 쇼프로그램은 지상파 셋, 케이블 셋을 포함해 대략 일곱 개 정도가 있었다. 그중 노해일이 출연한다고 확정된 〈쇼! 음악 세상〉은 현존하는 가장 오래된 음악방송으로, 무대 음질이나 라이브 환경이 비교적 괜찮은 수준으로 알려져 있다. 비인기 가수에 대한 편집 문제나 인기 순위 기준에 대한 논란은 있지만, 전자는 사실 대부분 음방의 고질병이었고 후자는 너튜브 조회 수를 반영한 방식으로 개선했다. 그리하여 노해일이 1위 가능성이 없는 것도 아니었다. '수박' 등 대한민국 디지털 스트리밍 플랫폼 차트 총 순위는 노해일이 가장 높았으니 말이다.

　그래도 팬들이 기대하는 건 따로 있었다. 만들어놓았던 응원봉과 슬로건을 드디어 개시할 때가 온 것이다. 한 가지 고비만 무사히 넘긴다면 달콤한 과실을 베어 물 수 있을 것이다. 그 고비가 좀 크지만. 간혹 티켓팅과 비견되는 '공개방송' 말이다. 방청권을 살 수 있거나 예약제라면 모를까. 〈쇼! 음세〉는 다른 지상파 프로그램과 달리 선착순 입장이다.

　'연차가 답이다!' 하며 팬들이 뼈를 갈고 이를 가는 사이 5월 31

일이 되었다. 이날은 모두에게 특별한 날이다. 팬들에겐 노해일의 첫 번째 음방이자 첫 공방이 될 것이고, 또 아직 아무도 모르지만 HALO 6집 발매가 예정된 날이었다.

"오, 사장님 염색 잘 되었네요."

헤일로는 평소와 다름없는 표정으로 거울을 들여다보았다. 그는 누군가 소개해준 곳(연예인들이 자주 간다는 헤어관리숍)에서 탈색과 염색을 했다. 처음 탈색했을 때는 영국을 오가며 제대로 관리하지 못했으니 이번에야말로 빨주노초파남보를 누리기로 했다. 그리하여 염색한 색은 '밤의 등대'에 맞춘 금발이다. 제 모습을 제대로 살피지 않고 대충 확인만 한 헤일로는 곧장 여의도로 향했다.

음방에 출연하는 대부분이 아이돌그룹인진 모르겠지만, 그와 비슷한 시간대에 도착한 사람들도 신인 아이돌그룹이었다. 아홉 명이란 인원이 카메라에 담기는 사이 매니저와 그들의 스태프들이 이동했다. 헤일로는 그들 중 하나와 눈이 마주치자 인사했다. 그들도 어색하게 인사했다. 대기실에서 만난 게 아니라 방송국 로비 엘리베이터를 기다리고 있던 터라 어색한 침묵이 흘렀다.

그때, 누군가가 큰 목소리로 다가왔다.

"이게 누구야? 설마 우리 해일 씨?"

"장 PD님? 안녕하세요. 그동안 잘 지내셨어요?"

과하게 반가워하지도 않고 늘 같은 여상한 태도로 인사하는 소년에게 장 PD가 환하게 웃어 보였다. 아무렴 그가 기획한 〈랑데부〉를 성공적으로 만들어준 주인공이 아닌가. 그리고 PD란 소리를 듣고 화들짝 놀란 아홉 명도 큰 소리로 인사했다.

"PD님 안녕하세요!"

"아, 깜짝이야. 네. 아, 안녕하세요."

"하나둘 셋, 저희는 온 더 아스테로이드, 리틀 프린스입니다!"

아이돌그룹은 허리를 숙여 인사하곤 곧 그룹 구호를 외쳤다. 헤일로는 아이돌인 원더는 알고 있었지만, 아이돌 멤버 전원이 함께 인사하는 것은 처음 본 터라 인사법을 신기하게 바라보았다. 그리고 한편으론 어린 나이인데도 참 고생한다고 생각했다. 누군가 그에게 그런 인사를 시킨다면 가만두지 않을 것이다.

장 PD는 고개를 끄덕이며 형식적인 미소를 지었다.

"만나서 반가워요. 이름 들어본 것 같은데 어느 회사 소속이에요?"

이름을 들어봤다면 어느 회사인지 알았을 것이다. 그래도 아이돌 중 리더로 보이는 소년이 환한 얼굴로 설명했다. 장 PD는 모호한 태도로 묻고 싶은 것만 묻는다.

"아아, 그렇구나. 그런데 매니저는 어디 가고?"

"잠깐 볼일이 있다고 하셔서….'

"으음. 알았어요. 다음에 또 봐요."

장 PD는 다시 한번 고개를 끄덕이고, 이내 완전히 관심을 버렸다. 그들이 뭘 잘못해서가 아니다. 지금도 수십 개의 그룹이 만들어지고 해체되는데, 신인 아이돌그룹에 이름도 못 들어본 소속사, 거기에 뭐라고 한마디 더 붙여야 할 매니저까지 자리에 없으니 장 PD가 무심해진 건 당연했다. 옳은 건 아닐지라도 이 세상은 그렇게 돌아가고 있었다. 장 PD는 그보다 미래가 더 확실한 소년에게 관심을 쏟아부었다.

"염색 때문에 못 알아볼 뻔했어요. 너무 잘 어울리는데요? 음방 때문에 염색한 거죠?"

엘리베이터 문이 열리자 장 PD가 소년과 함께 올라탔다. 무슨 목적이 있는 것 같기도 했다.

"혹시 음방 외에 일정 있어요?"

'그래, 그럼 그렇지.'

헤일로는 옅게 웃으며 "글쎄요" 모호하게 대답했다. 장 PD가 다 안다는 듯 마주 웃었다.

"그거 말하는 건 아니니까 걱정 말아요. 섭외는 다 끝났거든."

"아."

'그거'라면 아직 대중에 알려지지 않은 〈랑데부〉 시즌 2를 말하는 것이었다.

"물론, 나와주면 나야 좋지만."

헤일로가 웃으며 거절의 뜻을 표했다. 컬래버도 재밌었지만 그가 바라는 건 자신의 독주다. 장 PD가 이해한다는 듯 고개를 같이 끄덕였다.

'이 인간. 그게 본론이 아니라면 왜 따라오는 건지.'

그때, 굳게 닫혀 있던 엘리베이터 문이 열리고, 문 앞에 서 있는 남자와 마주쳤다.

"어, 장 PD님?"

"한 PD 어디 가, 이 시간에?"

"잠깐 외출 좀 하려고. 아니 근데 장 PD님은 어쩐 일이세요?"

"나? 아, 우리 해일 씨랑 만나서 인사할 겸 온 거지. 인사 다 했으니 이제 갈게."

"어? 같이 가요, 선배님! 아, 그리고 노해일 씨, 만나서 반가워요,

잠깐 나갔다 올 테니 인사는 이따 해요."

스타 PD인 장 PD를 따라 엘리베이터에 탑승한 〈쇼! 음세〉 PD가 소년에게 친근한 눈으로 인사했다. 뒤에 선 장 PD는 눈을 찡긋하며 "도와준 거예요"라고 벙긋한다. 굳게 닫힌 엘리베이터를 보며 헤일로가 허허롭게 참 음흉한 인간이라고 생각하는 사이 스태프가 더 호의적인 태도로 다가왔다.

헤일로는 불이 꺼진 관중석을 보며 리허설을 진행했다. 이미 무대 하는 걸 보긴 했지만 스태프들은 새삼스레 감탄했다.

"와, 노해일 리허설도 잘하네. LMR도 아니고 MR로만 간다고 해서 음방무대 잘 모르나 했더니 라이브를 그냥 잘하는 거였어."

"바깥 상황은 어때?"

"어떻겠냐. 타노스 컴백했다고 난리다."

"역시 화력은 아이돌이네."

지난주 노해일보다 하루 빨리 4년 차 아이돌그룹 하나가 복귀했다. 그들이 들고 온 곡은 대중적으로 괜찮게 뽑혔고 곧 빠르게 차트인했다. 성적도 나쁘지 않다. 다만 신인인 노해일의 싱글이 그들보다 더 순위가 높게 있었다. 곡이 더 좋으니 당연한 일이지만 그들의 팬이 어떻게 받아들일진 모르겠다. 그런데 그 팬덤이 배타적인 성격일지라도 사실 별거 아니라고 받아들일 수도 있다. 같은 연차의 아이돌그룹이었으면 좀 더 의식했을지도 모르지만, 노해일은 싱어송라이터에 가까웠다. 설사 타노스 팬들이 곡의 성적을 의식한다고 할지라도 다른 가수에게 비난을 내뱉고 물통을 집어던질 린 없다. 그냥… 무시하고 반응을 안 할 것이다. 유치하긴 해도 가수의 의지를 꺾어버리기 꽤 좋은 방식이니 말이다.

"에이, 설마요. 그리고 반응 안 한다고 해도 노해일 팬이 반응해 주겠죠."

"공방에 노해일 보러 온 팬이 얼마나 될 거 같냐."

"음… 그래도 좀 있지 않을까요?"

"타노스보다 더?"

"에이, 그래도 노해일이 아이돌도 아니고 의식할 일이 뭐가 있겠 어요."

"야, 신인 곡이랑 비교당하면 얼마나 열 받는지 몰라? 그리고 타 노스는 라이브 못한다고 공격받은 적이 많아서 팬들이 의식할 수 밖에 없을걸. 하필 순서도 노해일이 타노스 바로 앞이잖아."

"에이, 그래도."

비교하기 좋은 순서이긴 했다. 그래도 노해일은 솔로이고 그들 은 그룹이니 비교하기 어렵지 않을까. 스태프는 FD의 말은 어느 정도 과장일 거라고 생각했다. 그러나 그는 곧 알게 됐다. FD의 말 이 실현되었다는 것을. 그러니까 반만.

혜일로는 불이 꺼진 무대에서 싸늘한 분위기를 느꼈다. 앞선 무 대는 신인 아이돌이지만 꽤 많은 사람이 호응해줘서 유독 더 그렇 게 느껴졌다. 그는 소리 없이 입꼬리를 올렸다. 원래 늘 그가 분위 기를 달구기 전에 싸늘한 면이 있었지만, 평소와 다른 건 관객의 긴 장 때문만은 아닌 것 같았다.

'재밌네. 열애설 터지고 다음 달 콘서트 했을 때 분위기 같네. 그 정도는 아닌가.'

어쨌든 그는 언제나 홀로 얼어붙은 호수 위로 걸어갈 준비가 되 어 있었다. 혼자서 충분히. 분명 그랬는데, 어쿠스틱의 전주가 들려올 때 "해일아! 사랑해!!" 하는 익룡 같은 소리가 그의 귀에 꽂혔다. 누군지 전혀 모르는 사람이다. 그러나 그 우렁찬 목소리가 그에게 날아왔다. 집에서 나온 이래로 그는 늘 HALO라는 예명으로 불려 왔다(애인조차 그의 본명을 몰랐다). 그래서인지 해일이란 이름으로 불리는 건 무척 이상했다. 저도 모르게 입꼬리가 올라간 모습이 카메라에 담긴 줄도 모르고, 헤일로는 아무렇지 않은 척 입을 열었다.

어두운 밤에 나아가는

이윽고 무대의 조명이 켜졌고 헤일로는 그를 향한 슬로건을 몇몇 개 발견했다. 많지는 않지만 그에게 보라는 듯 자기 존재를 알리며 온몸을 흔드는 사람들. 그걸로 충분했다. 그는 그들을 위해 노래 부르기로 했다. 그의 노래가 누군가의 멱살을 붙잡고 억지로 그의 감정에 공감하게 만들지는 않는다. 그러나 그들은 살랑이는 물결을 보았다. 특별한 응원법은 없었지만 팬들은 사전에 연습이라도 한 듯 같이 고개를 흔들고 중요한 부분을 따라 불렀다. 그들은 아주 능숙한 가수가 되기도 했고, 반주 중에 훌륭한 팬으로 돌아왔다.

별들의 항해를 따라

그리고 마침내 가장 중요한 노랫말이 들려왔을 때, 관중석 어딘가에 환한 불빛이 생겼다. 곧 또 다른 불빛이 번쩍, 서서히 불빛이 번져나간다. 이윽고 금색의 불빛은 어떤 형태를 이루었다. 헤일로는 그 불빛을 만들기 위해 노력한 팬들의 노고를 모를 수가 없었다.

그의 노래를 따라 불빛이 흔들렸고, 마침내 절정에 도달했을 때 세상이 환하게 번졌다.

등대가 되어 비추어줄게

길 잃은 어부에게 북두칠성이 길을 안내했듯이, 응원봉이 만든 북두칠성이 그를 팬들에게 안내했다.

노해일의 음악은 겉으로 단순해 보인다. 어쿠스틱 기반의 멜로디에 언제 어디서 편안하게 들을 수 있는 사운드라 산책할 때나 샤워할 때, 출퇴근 길에 듣다 보면 어느샌가 멜로디가 입에 찰싹 달라붙는다. 기억하기 쉬운 멜로디에 사람들은 간혹 '나도 노해일처럼 노래를 부를 수 있지 않을까' 하고 착각하고 만다. 하지만 막상 노래방에 가서 인기 차트 1위를 선택하고 노래를 시작하면 엇박자에 당황하게 된다. 게다가 어느덧 노래를 불러야 할 박자에 숨을 쉬고 있는 자신을 발견하게 된다.

'생각보다 호흡이…. 이건 긴 정도가 아닌데?'

가장 큰 문제는 하이라이트다. 노해일은 굉장히 쉽게 부르지만, 그의 음역은 원래 높은 편이었고(정확히 넓었다) 박자와 음정을 자유롭게 가지고 노는 테크닉은 아무나 할 수 있는 게 아니었다. 노해일의 음악을 제대로 분석해 본다면, 그 음악 속에 얼마나 많은 테크닉과 계산이 숨 쉬듯 들어갔는지 알게 된다. 어떤 보컬 트레이너는 노해일의 곡을 한번 불러보고 이렇게 말했다.

"얘들아, 오디션에서 부르지 마라."

단순해 보이는 겉껍질은 화려함을 속이기 위한 눈속임이다. 아니, '절제'라고 표현해야 할까. '절제된 화려함'이 노해일의 음악 속에 묻어나온다. 이 절제와 화려는 어쭙잖은 실력으로 표현할 수 없었다. 이건 전문가들의 평가다. 물론 노해일의 음악방송의 공개방송까지 참여할 정도로 가수에게 애정을 가진 사람들은 이미 느꼈거나 알고 있었다. 그리고 그들은 생각했다. 음악만큼 노해일이란 사람도 그렇다고.

헤일로는 방송국에서 나오자마자 마주하게 된 사람들이 자신의 팬이란 걸 깨달았다. 모를 수가 없었다. 슬로건부터 응원봉을 들고 온몸으로 티를 내는데 모른다면 이상할 것이다.

"무대 어땠어요?"

헤일로는 그들을 보고 먼저 물었다. 이미 답을 알고 있지만 그는 늘 팬들을 만나면 물어보곤 했다. 익숙해지긴 해도 질리지 않는 게 칭찬 아닌가.

회사원부터 어린 학생들까지 다양한 나이대의 사람들이 곧 그의 바람을 충족시켜줬다.

"너무 좋았어요!"

"'밤의 등대' 너무 좋아요!"

"항상 잘 챙겨 듣고 있습니다."

"이거 받아주세요!"

주섬주섬 꺼내는 쇼핑백에는 간식거리와 굿즈가 담겨 있었다. 비공식 팬카페에서 만든 것들이었고, 헤일로는 그중에서도 응원봉을 신기하게 쳐다보았다.

'이게 그 빛이었구나.'

비공식 카페에서 만든 것치고 응원봉의 퀄리티는 대형 기획사

못지않았다. 경제력과 기획력을 갖춘 2,30대 팬들이 팬심만으로 어디까지 할 수 있는지를 보여주는 듯했다.

응원봉의 유리 구 안에 초승달이 박혀 있다. 버튼을 누르자 옅은 노란 불빛이 들어온다. 달과 같이 은은한 빛이지만, 깜깜한 곳에서 보면 환하게 빛날 것이었다. 그의 노래 그리고 모두가 만들어준 무대처럼. 헤일로는 생각지도 못한 무대를, 그들이 만들어준 등대를 떠올렸다.

"고마워요."

그가 그때 느꼈던 감상을 그냥 말하고 싶었다. 특별한 건 아니고. 그냥… 즐거웠다고.

"오늘 정말 좋았어요."

《영광의 해일로》 3권에서 계속…